1984年に生まれて

郝景芳

櫻庭ゆみ子・訳

中央公論新社

目次——1984年に生まれて

第0章 5
第一章 7
第二章 32
第三章 61
第四章 87
第00章 115
第五章 120
第六章 147
第七章 173
第八章 196
第000章 210
第九章 214
第十章 227
第十一章 235
第0000章 254
第十二章 260
第十三章 284
第十四章 294
第十五章 320
第十六章 343
第十七章 369
第00000章 394
あとがき 399
訳者あとがき 401

1984年に生まれて

第0章

ときどきこう思いたくなる。人生がうまくいかないのは、もしかしたら自分に最もふさわしい道がまだ目の前に現れていないからではないか、と。

人は結局のところ、自分の意志に突き動かされて踏み入れた道を歩むことになる。それがどんな意志かその時には分からなくても、自分の意志と周囲との摩擦は感じることができる。摩擦が激しければ激しいほどによりいっそう苦痛を感じるし、苦痛が大きければ大きいほどによりいっそう、周囲の状況と自分の意志にずれが生じていることがわかる。そうすると自分の置かれている状況を変えざるを得なくなる。多くの場合、自分で望んだからではなく、苦痛に押しやられて、立ち位置があちこち移動し、そしてようやく落ち着くのである。それまでは自分がどこに向かっているのか、いつ落ち着くのか、それともどこかで壁に衝突して死ぬのか、何もわかりはしない。ただどうしても動かずにはいられないことだけはわかっている。

立ち止まったときに、自分が自分となる。そうなった時はじめて、それまでの絡み合いや転変のすべては、自分の意志がそうなるよう選んでいたにすぎないのだとわかる。

今日やっと私はいくつかのことを振り返ることができるようになった。思い出しても何も不快なことはない。それに二度と望みをかけないと腹を括《くく》れば、そんなに深刻なことでもない。実際大したことではなかったのだ。ただ私がずっと高望みしていたまでだ。

今のこの口調や態度は、依然として唯一の、確定した、最終的な姿でないことはわかっている。現在の私は過去の私を絶えず変更し、未来の私もまた今のこの私を変更し続ける。それぞれの時間軸の上にいる私が、絶えず自分を否定しそして再生し続ける。私は今のこの口調ですべてを手早く書き記したのち、自分に言い聞かせるのだ。さあ、お前自身は、あるいは私自身は、こうやって生成されたのだ、と。

第一章

私は一九八四年に生まれた。

だいぶ後になって気づいたのだが、多くがこの年に変化を起こし始めていた。私が生まれる半年前、父は初めて仕事を辞めることを考えた。最初は王老西《ワンラオシー》なる人物が唆《そそのか》し、一緒に郷鎮《ごうちん》企業をやろうと父に持ち掛けたのだった。王老西はわざわざ町まで出てきて小さな料理屋で父を説得した。父は乗り気ではなかったが、辛抱強く耳を傾けた。父の心を多少なりとも動かしたのは、彼らがやろうとしている中身ではなく、王老西の言葉だった。

王老西はこんな感じで言ったのだ。「なあ沈智《シェンチィ》、あんたは物分かりのいい人間だろ、最初に会った時からすぐわかったさ。ほかのやつらとは違う、頭の働きがいいし、見識もある。なあ、お前みたいな頭の持ち主が、こうやって工場ですり減るまで一生あくせく働いて、それで満足かよ？　今がどんな相場になってるか見てみな。南じゃあ奴らとっくにがっぽり儲けてやがる。まあそんなどっか遠くのことは置いといて、そこの「大邱庄《ダアチウチュアン》」を見ろよ、金回りがよくなってるだろ？　俺たちだって儲けの手立てを考えたっていいじゃないか。いまや「無法無天《なんでもあり》」のご時世だ。賭けにでりゃ運が回ってくる。ああ言っとくが、法を犯すわけじゃない、「無法無天」ってのは、つまり、多くのことが法の外だってことだ。制限する法がなけりゃあ天もないってわけだ」

この「無法無天」という言葉が父を動かした。いい思い出も悪い思い出も含めて父の記憶を揺り動かしたのだ。その後何年も経って王老西が監獄に入ったと聞いた時も、父の心ではこの言葉が繰り返し響いていた。

王老西はこうも言った。「今は、これをやっていいとは誰も言わん、ただし、だめだというやつもいない、そうだろ？　ってことはやっていいってことじゃないか」

「……帰って情報を探ってみないと」父はテーブルの端に座り、箸で碗のへりを軽くたたきながら、言った。

「そりゃそうだ、探ってみて、考えてみてくれ」王老西は肉を一切れ父の碗に入れた。

「後で書面にした資料をくれないか。工場長に尋ねてみるから」父は言葉を返した。

王老西がやろうとしたのは単純なことだった。父の工場から技術と設備を借りようというのだ。王老西は市の郊外に位置する県に住んでいた。父が若いころ下放《かほう》したのが王老西の村で、王老西とは仲が良かった。王老西は父と年齢も近く、村のガキ大将だった。鳥打ち、川遊びと何でも先陣を切り、村にいた当時から父とは自然に気が置けない仲となっていた。この王老西たちが、村で小規模の化学肥料を製造する加工工場を起こし、「進宝《ジンパオ》」という賑々《にぎにぎ》しい名前をつけていた。郷鎮企業ということだが、この名称は一年前に改められたもので、以前は社隊《しゃたい》企業[※1]と呼ばれ、そのもっと前は生産大隊と呼ばれていた。生産大隊は一九七八年から肥料製造権を買い、化学肥料製造を手掛けたのだが、当時父はまだ村にいて、短期間だったが彼らと一緒に働いたことがあった。だから昔の馴染みといえないこともない。義理人情から言えば彼らの手助けをすべきだが、父が憂慮するのは自分のいる工場がこれを許すかどうかだった。

「これがうまくいきゃあ、俺たち双方にご利益ありだ」と王老西が言った。

「そうは言っても」父は言葉を続けた。「俺一人では決められない」

「そりゃわかってる」

「謝一凡《シェイーファン》に打診したらどうだ。あいつの父親が取り仕切ってるんだろ」

王老西はきまり悪そうに頭を掻きながら言った。「わかってる。でもむこうは教養人だし、俺とは面識もない」

「へっ」父は箸で王老西の手をたたいた。「俺には教養がない、そういうことか」

「へっへっ」王老西は否定もしなかった。「これが成功したらお前が俺たちの工場長さ」

父はぎょっとしてのけぞった。「なんだって！」

「そうそう、そういうことだ」王老西は真面目になって答えた。「お前なあ、工場じゃただのエンジニアだろ、課長になれるかだっておぼつかない。俺んとこ来て工場長になってくれりゃあ将来ほんとに金が儲かったあかつきには、お前に損はさせねえから」

「俺にはできっこない」大慌てで父がさえぎった。

「何言ってるんだ。お前は村の人間となじみが深いし、村から出てって二年足らずだが、訪ねてみりゃあ相変わらずの付き合いのよさだ。村長だって暇があったら顔みせにきてくれ、といつも言ってるじゃないか。それに、お前、前に子供らに読み書きや算術を教えていただろ、今やあい

※1　一九五八年以降、最末端の行政機関として郷（村落）ごとに「人民公社」が設けられた。人民公社とその下部組織である生産大隊が所有、経営する企業を「社隊企業」という。人民公社の解体に伴い、社隊企業は一九八四年に「郷鎮企業」と名を改めた

つらももう立派な大人だ。工場をやろうってのはこいつらなんだ。お前が工場長になってくれたら奴らは喜んで従う。もし今回の導入がうまくいくなら労働者は問題ない、ただ技術を分かった管理者がどうしても必要なんだ」

父は黙ってじっと聞いていた。

王老西が耳打ちして言った。「お前さあ、温州の状況を聞いてないだろう……」

そして一席ぶとうとしたところを父が手で制した。父は王老西がこの数年、村を出て各地でいろいろ動いているのを知っていた。嘘か本当かわからぬうわさが数多く語られており、金持ちになる話に人々は魅了されていた。けれども父がこの時考える必要があったのはそういったことではなかった。天秤にかけたのは出稼ぎで稼ぐ収益の多少ではなかったし、考慮しなければならないのは金儲けのリスクがどれほどかではなく、別の、もっと厄介な選択の問題だった。父は、まるで進退窮まる将来の問題を見て取ったかのように、下を向いて空の茶碗を見つめた。王老西の話を遮《さえぎ》ったのは、考えを乱されないようにするためだった。一攫千金《いっかくせんきん》を狙う話はどこにでもある。必要な時に耳を傾ければいい。しかし今踏み出すかどうかは金儲けの話によって決まることではない。

昼飯時の十二時、店に続々と客が詰めかけ、茶褐色の円卓が人で埋まった。碗に入っていた麺はきれいに平らげられ、ジャガイモと牛肉炒めは薬味のネギとニンニクしか残っていない。二人は、次々に入ってきては座席を見つけられずにいる客の手前、ばつが悪くなってきたので支払いを済ませ、立ち上がって出入口に向かった。

「一つお前が知らないことがあるんだ」父がドアのところで王老西に言った。

「ん？」

「女房に子供ができて、三か月なんだ」

「おお、そりゃあいい」王老西は拳を高々と掲げていった。「めでたいぞ、老弟《ラオティ》！」

「ああ、だが、俺が言いたいのは……」父は続けた。「今は穏当にやってかなきゃならんてことだ」

「ああ、わかってるわかってる、そりゃそうだ」王老西は急いで言葉を継いだ。「もう邪魔しないから、早く帰って嫁さんのそばにいてやれよ。来週もう一度話しに来るから。何かあったら俺んとこの村の郵便局に電話で連絡してくれればいいから」

ちっともわかってやしない、父は思った。

別れの時、父は二八車（二十八インチの大型自転車）を押しながら、陽の光にさらされている王老西を眺めた。髪を左右に分け、白シャツのポケットには黒いサングラスを差し、ラッパ型ジーパン姿で、手を振っている。まるでスケートリンクのチンピラだが、怖いもの知らずの鼻柱の強さが透けて見えた。その雰囲気は父に少年時代の自分を思い出させた。今、自分は従順な労働者として三年も働いている。流行を追うこともなく作業着にくるまり、仕事が終われば帰宅して食事をし、テレビを見る。もう長い間昔のことを思い出すことはなかった。王老西は自分よりずっと若く見える。この感覚が、時計の振り子のように、心にドンとぶつかり、離れていったかと思うとまたドンとぶつかる。父はくるりと踵《きびす》を返し、ペダルを踏んで自転車にまたがると、その場を離れた。

工場に戻るとまだ昼休みの最中で、作業場は静まり返っている。労働者たちはほとんどが午睡《ごすい》のために宿舎に戻っていた。陽光が工場の天井近くにある換気用の窓から差し込み、斜めの光の柱の中でほこりの粒子が舞っている。光は工作機械の組み立てラインを照らし、ところどころ錆《さ》びた緑色の機器が、まるで光沢のある毛皮の獣が頭を低くしてうずくまっているように見えた。父は作業場を通り抜け、狭い休憩室に向かった。手洗い場の前で女性労働者が二人、弁当箱を洗いながらしゃべっている。大きく赤い字で書かれた「責任をもって節水しよう」の文字の下で水をザーザー流しながら、耳に口を寄せあって夢中でおしゃべりに興じている。父がわきを通り過ぎても振り向きもしない。

休憩室に入り後ろに視線を走らせた後、父はドアを閉めた。休憩室にはそれぞれに一つあてがわれたスチール製小型ロッカーがあり、食べ物や身の回り品、小銭を入れるのに使われていたが、父は日記帳を入れていた。ほとんど何も書かないのだが、ただ置いておきたかった。そして誰も人がいないときだけ取り出した。

父は、窓際に置かれた木のベンチに座り、ノートに鉛筆で、一九八四年四月四日、と下手な楷書で小さく記した。

そしてベンチの背もたれに身を軽くのけぞらせた。この数字にはちょっと驚いた。もう四月とは。あと十日と少しで誕生日だ。毎日が同じことの繰り返しなので、日々が過ぎてゆくことに気づきもしなかった。鉛筆で粗雑な紙に四という形を書き込んだ時、父はいつもと違って胸がざわついた。もう四月とは。あと十数日で三十歳になるのだ。

父は窓枠に頭をもたせかけたまま大きく息を吸い込み、それからゆっくりと吐いた。理性では、数字には何の意味もない、この日とほかの日に違いなどないと受け止められるのだが、感覚的にはかなりの衝撃だった。できる限り呼吸を整え、気を落ち着かせる。三十而立《さんじゅうにしてたつ》、立つ年は他とは違ってしかるべきだ、こういった考えを父はごく小さいころから持っていた。三十歳は敷居みたいなもので、そこを超える前の一秒と越えた後の一秒は違っているようだった。当時三十歳といえばまだはるか先のことに思えたのだが、それが今目前に迫っている。

そもそも父は王老西が提案した計画を書き留めようとしただけだった。それがこの時になって突然書く気がしなくなった。このざわついた落ち着かなさに比べたら、どんな計画も取るに足らぬように思えた。十代の頃の血気盛んな奔放さ、そしてその後の農村での悶々《もんもん》として鬱屈《うっくつ》した日々を思い出すと、周囲の空気すら重苦しくなってくる。思い描いていた町に戻ってからの生活はこんなものではなかったはずだ。父はぼんやりと座り続けた。頭が重い。当初気に留めなかった臭い、機械油やまだ散らずに残る汗や、昼の残飯の臭いといったものが四方八方から押し寄せ、午後の凝固した光線や組み立てラインと混ざりあい、濁る。

ふいに鉛筆をとり、紙に書きつけた。

外の世界を見に行きたくなった。

この言葉を書いた途端、重荷をおろしたように楽になる。なんだこんなことだったのか、さっきは気が張り詰めすぎていたんだ。言葉が一瞬前の重苦しさを一掃し、すべての焦りに答えが与えられたようだった。長い吐息がもれた。

この時、父には不安の出どころを見極める余裕がなかった。なんだか触れたくないものに触れたような感じだったのだ。その不安はずっとあった。ただそれを考えることをずっと避けているのだ。十代の時は、こんなに早く自分が三十歳を迎えようとは思いもしなかった。まるで十代のどこかで夢の中に入りこみ、夢から覚めたら三十になっていて、その間の時が一気に過ぎてしまったという感じだった。青年期は社会的身分が低く[※2]、革命部隊にしたがって「革命を受け継ぎ、生まれ変わろう」のスローガンを叫び、旗を振って下放した。それから、あっという間に十数年が経ち、町に戻ってみたら何もかも様変わりしており、以前の恐怖や興奮などは人々の頭からきれいさっぱり忘れ去られ、自分の人生も先が見えてきた感があった。毎日工場に出勤し、流れ作業、三交代のルーティン、退職するその時に向かってひたすら同じことを繰り返す。どうしてこんな風にすべてが変わってしまったのかわからず、なりふり構わず訊いてまわってみたくても、周囲の者は黙して語らず、誰も口に出そうともしない。まるで何も起こらなかったとでもいうように。こんな状態でこのままずっと、錆びついた軌道の上を終着点まで行ってしまうのは恐ろしかった。この突然降ってわいたような、記憶と現実から生じた不安を取り払いたかった。この感覚はあまりに深く埋もれており、触れたくないものだった。

午後いっぱい父はいらいらしながら時を過ごした。ノートに書いてぶつけたことで感じた一瞬の解放感は、そのまま続くことはなかった。発《た》つべきか否か何度も繰り返し考え、そして最後に出した結論は、行く先がまだ決まっていなくても出発しなければならないということだった。すべてがまだ定まっていない時に行動を起こすべきなのだ。

蝶番《ちょうつがい》を二つ壊してしまう——工場は冷蔵庫を製造しており、作業場では冷蔵庫の扉の蝶番を作っていた——鉄片を穿孔機《せんこうき》の受け口に入れたとき、なぜかきちんと入っていなかったのだ。工場管理はそれほど厳格ではなく、不良品もよく出た。それでもやはり、見回りの熟練工からお説教を食らう羽目になった。ぼんやりした状態は案外隠せないものだ。顔にはっきりと出てしまう。どうにか退勤時まで持ちこたえると、父は作業着をロッカーに投げ込み、隣の作業場の謝一凡に会いに大股で駆け出した。

謝一凡はちょうど仕事を終えた人々の群れに交じって出てくるところだった。背が高いのですぐにわかる。

父はその姿を見つけて歩み寄ったが、二メートルほど手前で立ち止まった。

謝一凡の傍らには彼の妻がいた。色白でほっそりとした呂晶《ルウジン》である。謝一凡は片手で呂晶の腰をそっと抱き——守るように、指先がかすかに触れるほどに、もう一方の手を前に出し、不意にぶつかってくる人々を遮るようにしている。呂晶は片方の手に緑のビニールの手提げを持ち、もう一方の手を腰に当て、大きくなったお腹を突き出すように少しのけぞった姿勢を支えている。二人ともほかの者よりゆっくりと歩いている。謝一凡は真剣な面持ちで、すぐ前の地面をじっと見つめたままだったので父が近づいても目に入らなかった。

この光景を目にしてはっと冷静になった父は、昼のあれやこれやの心配とさっきまで忘れていたことどもを思い出した。

「一凡！」父は謝一凡の名を呼んだ。

「沈智！」と父を目にした謝一凡は立ち止まり笑顔で応えた。

父は呂晶と謝一凡を交互に見比べてから、この人波の中では話を切り出すのは無理だと思った。そこで「一凡、今晩時間はあるかい？　ちょっと相談したいことがあるんだ」と尋ねた。

「ああ」謝一凡は嬉しそうだった。「呂晶に付き添って病院に行くところだから六時過ぎには家に戻れると思う。七時半には晩飯がすむからそのあとは空いてる。来いよ」

呂晶が、細い眉と切れ長の目で微笑みながら言った。「奥様の体調はいかが？」

「えっ、ああ、まずまずだ」父はかすかに決まり悪そうに頭を掻き、あたりを見回した。

宿舎に戻る途中、父の心境はもう午後とは違っていた。イライラして落ち着かなかった心は次

※2　社会的身分として模範にすべき貧農、労働者ではなく、批判、迫害されるべき対象の家庭出身だったということ

第に冷却し、二度と煮えたぎることなく、濡れた後で風に吹かれて感じる湯冷めの感覚が残った。たった今目にした光景のごく些細な、一瞬では気づきにくい何かが目に飛び込んでくると胸に鈍い痛みを走らせた。謝一凡の顔に浮かんだ慎重な面持ちか、あるいは呂晶の腰に触れるか触れない程度に添えた指か、それとも一緒にいる二人の様子か、何かが父に私の母を思い出させたのだ。父は、これはかすかな罪の意識なのだと思った。謝一凡が呂晶をいたわるように、心から私の母に接したことがなかったように思えたのだ。もしかすると謝一凡が呂晶を愛するようには母を愛したことがなかったのかもしれないと。

混乱した思いの中で父は宿舎に向かった。父と母は二人とも部屋をもらえず、男性独身寮の一部屋で肩を寄せあうように住んでいた。本来は男性労働者二人部屋の宿舎だったのを、そのうちの数部屋を空けて、独立した部屋の割り当てがない若い夫婦にあてがっていた。宿舎は広い中庭の一角にあり、四角いくすんだ灰色をした三階建ての建物は、古ぼけて鉄の窓枠があちこち錆びている。

父と母は結婚してまだ一年余りだったが、知り合ったのは十数年前だった。下放した先が同じ村で、当時ほぼ同じ時期にこの町からその地に行った若者は七、八人いた。父はすらりと背が高かったが、母は背が低く小太りで平凡な顔立ちだった。特に付き合いがあったわけでもない。父は下放して三年目に同期の于欣栄《ユィシンロン》という名の少女と恋に落ちた。于欣栄の父親は一九五〇年代に大学を卒業し、出版社の編集長を務めていた。権力者ではなかったが、気骨のある知識人だったため、政治運動が始まるとひどく迫害されて家族も戦々恐々とする毎日を過ごすことになった。于欣栄には姉と弟が一人ずついたが、彼女が進んで下放を申請した。何か立派なことをしようとしてのことだった。しかし村の生活は耐え難かった。村人にしろ一緒に下放した仲間にしろ自分がそういった周囲の人間と同じ仲間だとは思えなかった。彼女は幼い頃から家で本に親しみ、他人より見識があると思っていた。気位が高く、管理されるのを嫌い、反逆児といった印象をまとっていた。厳しい肉体労働に従事する農村で、こういった気質は目立ち、自由気ままなその雰囲気は父を引き付けた。人々に交じって彼女を思わず見てしまった時、相手も自分を見ていることに父は気がついた。その場に父がいると、彼女が仲間と話すときの声が、挑発するかのようにわざとらしく大きくなった。

ある時の批判闘争会では、于欣栄がちょうど父の隣におり、その横に母がいた。父が時々頭をかしげて彼女たちに目を走らせるたびに、横を向いて父を見る于欣栄と目が合った。彼女は首に赤いスカーフを巻き、誰よりも艶やかで魅惑的だった。周囲の者たちは興奮し叫び声をあげながら壇上を見つめており、すぐわきで起こっていることに気づく余裕などなかった。

壇上には以前の村長がいた。老人と息子たち三人がひざまずき、殴られている。造反《ぞうはん》派が生産大隊をのっとってから、先の村長は人民を迫害した地主階級、大罪を犯した牛鬼蛇神《ばけもの》に仕立て上げられていた。町から下放してきた若者たちも何人かが造反派の列に加わっていた。造反派は壇の上で「まだ罪を白状しないのか」「この裏切り者の地主め、まだずる賢く立ち回るのか」「お前らは大人しく改造を受け入れよ、さもなくば死だ」等々叫びながら、鞭を何度も振り下ろし、老人が床に頭をつけ、台の下の群衆が大声で怒鳴った。于欣栄の横にいた母は怯えつつも爪先立ちで見ながら、全身を震わせ時々思わず手を口にやり、目を閉じた。父と于欣栄に注意を向ける者は誰もおらず、周囲のスローガンを叫ぶ声にささやきあう言葉はかき消された。父も于欣栄も周囲の熱狂から距離を置いていた。于欣栄は時おり、挑発するように父に笑いかけた。騒ぎが最大になったとき、于欣栄が父の袖を引いた。父はその意味を悟ったが表情を崩さなかった。それから二人はすきを見てこっそり別々に群衆から抜け出ると、前を行く于欣栄のあとを父が追った。田野《でんや》は人影もまばらで風に吹かれて麦の穂が波のさざ波のように揺れ、黄金色がほのかに光る。二人が小川の川べりに出ると、そこには木が一本立っていた。

　こうして二人は三年間恋愛状態にあったが、周囲のごくわずかな親友だけがそれを知っていた。その二年間に父の革命的情熱は徐々に冷めはじめていた。下放した当初「貧農、下層農民による積極的な再教育を受け入れよう」という動員のスローガンを心に刻み、肉体労働と思想改造に情熱を注いでいた。しかし、ほどなくして改造とは口先だけで、表明は何の役にも立たず、出身がやはりすべてだということに気づいたのだった。日中は農作業に従事し、犂《すき》で耕し風選《ふうせん》し、麦を収穫し脱穀する。晩にはさらに生産大隊を手伝って腐ったり錆びたりした用水路や水道管の補修をした。手も足もあちこち傷だらけだった。それでもこういった勤勉さが認められることなどなかった。出身の問題がいつまでもついて回り、就職の機会があっても推薦を受けられず、下放した青年たち内部で批判が為されれば、出身についての説明を再び書かねばならなかった。辛い労働から倦怠《けんたい》感が生まれ、倦怠感から疑惑が生じ、農村に来た目的がどこにあるのか父にはわからなくなった。懐疑や萎縮《いしゅく》の兆しがいったん生じてからは、周囲の者が天も揺るがすばかりにスローガンを叫びたてる様を目にすると、ついていけなくなった。前途の見通しは立たずそれが苦しみとないまぜになり、やりきれなく疲労感が募った。長年繰り返されてきた闘争大会はもう堪えられないものに変わっていた。

　こういった状況にあって父はエネルギーを愛情に傾けた。于欣栄との関係はとてもうまくいき、永遠の愛の誓いも交わし、町に戻ってから結婚することも話し合っていた。二人の蜜月《みつげつ》は相当長く続いた。当時下放青年たちの恋愛は厳しく批判されたため、二人は何度も組織の審査を受けたがその都度固く口を閉ざし、しっかりと秘密を守った。そのようにしていれば万事がうまくいくと思っていたのだ。ところが革命運動が終結しても、誰もが家に帰れるわけではないことがわかった。コネのある家は次々と子のために手をまわしたが、革命運動中に批判闘争にかけられ職を解かれた者はなかなか名誉回復せず、権利回復の手続きは一向に進まなかった。しまいには誰もが焦りだした。そして、村での居残り組があと四、五人となったところで情報が全く途絶えてしまった。そのあと突然村に一人定員枠があき、態度の良い下放青年を帰京の人員として推薦するといううわさが流れた。生産大隊はまず于欣栄を選んだ。そしてその次はもうなかった。その晩、于欣栄は父の生活から消えたのだった。父にとって人生の最大の打撃だった。

村には四人の青年たちが残るのみとなった。さらに三年が過ぎ、父と母は特に話し合うわけでもなく一緒になった。提案したのは父からで、母はそんなことを夢に描くことすらできなかった。父は何もかもが素晴らしく、自分よりもはるかに優れていると思っていたのだ。父の方は、于欣栄が姿を消してから長く続いた激しい怒りから回復しつつあり、それまで見落としていたことにも考えがいくようになっていた。母の他人に対する優しく細かい配慮や、ちょっと驚いたような、おごりがみじんもない笑い、批判闘争会の残酷さに耐え難いといった様子を思い起こし、こんな優しさを持った人間は、残忍ではあり得ないだろう、と思ったのだ。

父と母は一九八一年にようやく町に戻ってきた。謝一凡が父親に頼んで工場の定員枠に二人分の空きを作ってくれたからだった。当時謝一凡の父親は副工場長になっていた。父と母は、まるで逃亡中に生産大隊に拾われ路上に降ろされた浮浪者さながら、二人でかばいあいながら道の角まで来たのだが、そのとき、あたりのあまりの変わりように自宅の場所すらわからなかった。

町に戻った当初、父の于欣栄への恨みは骨髄に達しており、機会があり次第復讐してやる、と常に心に念じていた。それが時の経過に従ってその思いが減じていき、時には自問するようにもなった。もし当時生産大隊がまず先に自分に話を持ってきたならば、自分も同じように裏切るだろうか。

裏切るかもしれない、父は思ったのだ。

宿舎の入り口まで来た時、ふと母が一昨日リンゴを食べたがっていたことが脳裏に浮かんだ。その時は、高すぎるな、と聞き流していたのだが、今申し訳なさとともにそれが思い出され、上りかけた階段でくるりと向きを変えると、リンゴをいくつか買い求めに行くことにした。

二〇〇六年、私はプラハで父と「無法無天《なんでもあり》」について話していた。それは初春のことで、大学は四年の最後の冬休みだった。私は欧州に父に会いに行ったのだ。父は四日間店を閉めてプラハ市内の各地を案内してくれた。ドイツの都市を三か所訪れ、その帰りにウィーンにも立ち寄った。旅の終わりから数えて三日目に、私たちはプラハの街角のありふれたカフェで朝食をとったが、食後に気分が緩み、ぬくぬくとした陽だまりの中で動くのが億劫になり、それでカフェに居座っていた。

父がかつて仕事を辞めた件について話が及び、父は「無法無天」についての父なりの解釈を語った。

「後から考えたんだが、当初「無法無天」に刺激されはしたが、何か悪事を働こうとしたわけではないんだ」

ちょっと考えるように、父はいったん言葉を切った。

「ただ環境を変えたかったんだよ、自分で自分のルールを作ってね」ここまで言うと、また言葉を切った。「ただ、これもだいぶ後になってわかったことだがね」

父の言葉には理解しがたい鬱々《うつうつ》とした響きがあった。父が自分自身のことを私に語ることはほとんどなかった。私たちが一緒に暮らした時間は指折り数える必要がないほど短く、大人になって初めて、見知らぬ人を知るように私は父を見ているのである。共に暮らしたわずかな期間も、父は過去のことはほぼ語らず、語ったとしても面白おかしい逸話くらいだった。父がこの言葉を口にしたとき内心何を思ったのか私にはよくわからなかった。小舟が霧の中を切り進み航路を見出したものの、全景がまるで見えないといった感じの言葉だった。

「あのね……」私は慎重に尋ねた。「自分で自分のルールを作るってどういうこと？」

父は一瞬ためらい、どうやって説明したらいいか考えていたが、最終的に説明しないことにしたようだった。「大したことじゃない、つまり自分に……自分にきまりを課すんだ」そして逆に私に聞いてきた。「どうだい、ここ何日か見て回って心は決まったかい？」

「まだ、まだよく考えてない」私は答えた。

父は私がどの大学に行きたいのかを尋ねたのだ。今回のプラハ訪問はドイツやオーストリア方面の大学を見るためだった。大学四年の卒業が間近に迫る中、私はまだ進路を決めていなかった。留学申請は選択の一つになりえたし、父は支持してくれた。私は何度か講演会やキャンパス主催の座談会に参加した。世話人が招いた卒業生が、ショートカットの髪をジェルで固め、目の周りのアイシャドーを光らせてステージ上で体験談を語るのを会場の端に座って聞いた。彼女の口から飛び出す英語は壇上で潮のように高々と噴き上がり、まるでクジラが吐き出す小魚やヒトデのように、羨望のまなざしで聞き入る聴衆席の頭上から注ぎ込まれる。私のほうは干からびた砂の上に座っている。

私は父が当時飛び出した理由《わけ》を知りたかった。それは私が心の内に抱えた不治の病と関連があるはずだった。先ほどの父の言葉を突き詰めたかった。何が理由であのように言ったのか父に問いたかった。でも、どう尋ねたらいいかわからなかった。それは当然私が知らないことと関係があるはずだった。父の心の中にはあまりに多くのことが詰まっている。半分は私が生まれる前のこと、残りの半分は私と母のもとを離れてからのこと、いずれも私からすると遥か遠くで起こった出来事。父には解決できない苦悩があるのかもしれないし、あるいはまた多くのことの理由を探しているのかもしれない。父がそれについて説明してくれたことはない。この数年、二人がやりとりする時には互いに干渉しないことを共通の認識としていた。

カップの底に残った最後のコーヒーをマドラーでかき混ぜていたが、そのうちに飲む気がしなくなった。残った茶色の液体の表面にミルクの泡が描いた細い曲線は、まるで過去の物語がよじれて絡んだ糸になってじっとり湿った現実に溶け込むようだった。

四年間父に会っていなかった。父は記憶の中のイメージとかなり違っていた。父が変わったのか私が変わったのかはわからないが。今回初めて父も気分が沈んでいることに気づいた。陽だまりの中に座る父は、白髪を押さえ込むように野球帽をかぶり、依然として若く見えた。逆光のために顔は暗く、しわやその他の細部は見えない。帽子のふちが顔の上半分に影を作り、目も鼻もすっぽり覆っている。ほとんどの時間、口角を心持下げていたが、時おり片端をあげて微笑む。父は面長で、法令線《ほうれい》が深く刻まれていたため、笑うと斜に構えているような印象を与えたが、まじめな面持ちになると苦虫を嚙み潰したような感じに見えた。私は時に自分が父に最も似ているのはそれぞれの顔のパーツではなく、こういった突然浮かぶ苦々しい表情ではないかと思った。あるいは唇の角度だけかもしれないが。「お父さんは、留学したほうがいいと思う?」

「してみてもいいし、しなくてもいいだろ。肝心なのはこれからお前が何をしたいかだ」父は答えた。「ただね……父さんが思うに、外に出てみるのも悪くないさ。国外を見てみると、考え方が違ってくるんじゃないかな」

父の言葉が、風が一瞬石を揺らすように、私の心を軽くゆすった。二人の間を流れる水をじっと見つめたが、そこを跳び越えられるかわからなかった。私と父とでは出国の状況がまるで違う。父は自分から外の世界に飛び込んでいき、厳しい生活ものともしなかった。私のほうはただ履歴書を仲介機関に渡して、驚くような履歴に包んでもらい、それなりの金を払って通知を受け取り、そそくさといくつかの授業をとり、学期の終わりまでなんとか取り繕い、一巡り旅行した後ナントカ大学の学位を持って帰国する。そして、箔をつけた留学帰りの肩書で職探しをする。この過程もそれほどスムーズにはいかず、結果ももっとみじめだろうが、基本的にこんなものだ。

「でも私はエリート校じゃないし、成績もよくないの」と私は言った。

「そんなことは何でもない」父は言った。「外に出たいと思えば出られるものさ。たくさんの中国人留学生がここにいるだろう？　お前ほど成績がいいわけでもなく、大学も大したことない。それでも出国して語学学校に一年通って、最後には入学申請が通ってる」

「それだってただ学位をとるだけでしょ」

「学位を侮っちゃだめだよ」父は言った。「学位があればいろんなことができる」

私は父の眼を見た。本心じゃない、と私は思った。以前欧州にいる中国の留学生について語ったとき、父の態度はこうではなかった。父は、中国の学生にも高卒の十八歳で出てきてまず語学学校や予備校に入り、それから学部に入る者もいると言っていた。両親に頼らずすべて自力で、時には大変な苦労をする者もいれば、堕落する者もいるし、その中間でやりくりし、可もなく不可もなくの成績で卒業し帰国する者もいる。毎年のように続々と学生が押し寄せ、全世界に流れ込み、将来は各国のどこかの片隅を占めるようになるのさ。父がこう言った時、そこには、傍観者の冷めた揶揄《やゆ》するような雰囲気があり、あざけるような口調だった。父はこのような学位の取り方に否定的だった。それが今は両極の間でバランスをとっているように見えた。一方で虚栄をよしとせずにしていながら、一方で極力自分を抑え、自分の態度が私に影響を与えないよう願っているようなのだ。子供のことに事が及ぶと人は率直になれないのかもしれない。

私はどうしても出国したいわけではなかった。でも国外に行く以外にましな道がなかった。大学院への推薦を得るには、四年時の成績がクラスの上位一割以内でなくてはならず、私には資格がなかった。院試をためらっていたため、申請時期を逃し、就職は無理ではなかったが、面接採用期間はほぼ終わっており、春以降、機会はますます少なくなっていた。母は、引き続き家にいられるように、家のすぐ近くで仕事を見つけ、ゆくゆくは家の近くで結婚し老いるまで家にいることを望んでいた。しかし私はそれを恐れていた。逃げ出すように父に会いに欧州に来たのも、学校探しといいながら、実際はこういった未来から離れてただ休暇を過ごしたかっただけだ。

「父さん」私は顔をあげて父を見た。「あの時、一体どうして国外に出たの」

私がこんな問いかけをするとは思っていなかったらしく、父ははっとした後、どう答えるべきか言いあぐねていた。「説明しにくいな。ちょっと込み入った事情があったんだ、百パーセント自分の選択というわけでもないし、当時面倒なことがあって……それに出国したっきりになろうとは思ってもいなかった……考えも何回か変わったし」

枯れ葉ですっかり覆われた水の底を父の言葉がぐるぐる回っていた。私はわかったようでよくわからなかった。波がひたひたと思惟の奥深くまで押しよせ、積もった砂の中から浮かび上がった心の底の記憶が、ふわふわと漂う。私は何か言おうとしたが急に胃が痛みだした。

「本当は、お前が外国に行きたくないならそれだってかまわない」まるで私の思いを見抜いたかのように、父は言った。「お前が行きたいと思った道を進めばいい、どれでも父さんは支持するから」

私は父をじっと見て、それから下を向いた。「どの道を行きたいのかが分かったらいいのに」どの道を行きたいか分かったならば何もかもすんなり解決する。そうなれば皆と同じようにいつも慌ただしくして、破滅に向かっているこの世界を救うために我々は今や何をなすべきか、と大真面目でごく些細な下らぬことをあれこれ論議していられる。実習経験について履歴書の初めに書くべきか最後に添えるべきか、同音異義語で単語を暗記すべきか否か、一般職か専門職か等々。それができたらどんなに充実することだろう。ここまで考えた時、なんだか哀しくなってしまった。

私は確かに何かを感じとっていた。体内で腫瘍《しゅよう》のように育っている何かを。それが急に感情を波立たせたり、原因のわからぬ恐怖を引き起こしたりもした。けれどもすべてはまだ暗闇に潜み、形がわからない。「エンドウ豆のうえで寝たお姫様」に登場するお姫様が何かに苦しめられて眠れないでいながら、マット百枚をひっくり返さなかったため、原因が一粒のエンドウ豆であることを知るべくもなかったように。

そのまま昼食時まで座っていたが、二人とも空腹を感じなかったのでつまみを適当に口に入れると、あてもなくぶらつくことにした。私の旅の日程もそろそろ終わりに近づき、まだ訪れていないのは数か所を残すのみだった。プラハ旧市街の石畳、傾斜の急な赤い屋根、小さな教会の入り口で日向ぼっこをする猫、ショウウインドウの中に納まったマグネットやコーヒーカップ、のんびりゆったりとした風情だ。この緩さが私にはどうにもしっくりこない、まるで見知らぬ世界のように思えた。

私たちはスロープを上がりプラハ城を見に行くことにした。山道は緩やかにうねり、巨大な黄色い石の塊が山頂に向けて敷き詰められて、神秘的な荘厳さを呈している。坂の途中にカフカ博物館があった。建築デザイナーは館内を真っ黒の陰鬱な空間にし、青白い光でびっしり書き込まれた文字を照らしている。なぜこんな風にするのかわからなかった。カフカのあの重苦しさを表現したかったのか、あるいは「異化されること」による圧迫感を表現したいのか、ともかく、ある種のおどろおどろしさがあった。カフカ本人が来たらどんな反応をするだろうかと気になってしかたがなかった。測量技師Kが小さなバーで娘とその母親にしたように、目を見開き、厳粛かつ無邪気に「どうしてこんなふうにするのか」と尋ねるかもしれない。

少し疲れてきて上まで登るのが億劫になった。しかし山頂まで登ってみると、来て正解だった。山頂は見晴らしが素晴らしく、プラハの違った面を目にすることができたのだ。プラハがこんな構造をしているとは思いもしなかった。額に風が吹きつけ、遥かかなたまで見通せる。眼下のプラハ市街は落ち着いた城下町だった。市街地の赤煉瓦の屋根は、アニメの世界のようで、切れ目なく続く三角屋根、散らばった庭園、ところどころにそびえたつ教会、至る所に石畳の小道、古びた木造りのティーテーブルと鉢植えが並ぶ窓があった。ふもとを歩いていたときは何とも思わなかったのに、ここから見おろしている景色はふわふわとして現実味を欠いている。山頂の様子はまた違っていた。冷ややかな城塞、厳《いか》めしい石壁、天を指して屹立《きつりつ》する教会。以前にも、この時以降も数多くの教会を訪れたが、プラハ城の大聖堂はやはり最も心揺さぶられる聖堂の一つだった。なぜそう感じたかはわからない。最も大きいわけでもないし、芸術的に際立っているわけでもない。ただその風格が突出していた。城壁には典型的なゴシック様式の重々しく天にそびえる彫刻が施され、室内は暗くがらんとし、暴風雨の前兆のように壁がのしかかってくる。空気は氷のように冷たく、思わず身震いするほどである。

そしてこの瞬間、はじめて例の測量技師が理解できるような気がした。技師はふもとの町でゆったりして切迫感のない皮相な精神を目にしながら、ふと顔をあげた途端、雲の端から顔をのぞかせる城塞の無言の圧力と目には見えぬが刻々と変わる様相を感じとった。個人の手に余る圧力と不安。この上下二層の構造はどこにでも存在するのかもしれないが、プラハほどはっきり可視化される場所はないのだ。

城の宮殿の傍らにカーキ色をした桶のような形の不細工な建物があり、風格のある城塞の中で異様なほどに目についた。父にあれは何かと尋ねると、ソ連占領時代のトーチカだと答えが返ってきた。遠くからじっと見つめると、それが軽蔑《けいべつ》したような笑いを浮かべてこちらを見ているように思えた。見ろよ、俺はすべてを破壊できるのだ、とでも言っているようだった。

しばらく佇んでいると、心の中で自分でも説明のできない変化が起こってきた。ようやく、なぜ父が、長年戻ってこなかったのかが少しわかった気がした。この場所に残るということは、まとわりつく過去の何もかもを放棄することであり、今後何も望まず何も失うものもないということである。ここにただ住むだけ、ここは自分とは何の関係もないのだから、ここに何ものも求めなくてよいし、この地も何も求めてこない。ただ風景を見るのみ。喜びも悲しみも込めずに。自分の成績や立ち位置について心配する必要もなく。この場所は故郷とはこんなにも違っていて、すべてを視覚でとらえ心に照らす必要はない。でも、これで本当にいいのだろうか。

下山の時の石段は幅が広く、ずっとなだらかだった。私は両手をポケットに突っ込み、下を向いていた。父は私の様子を見たが何も言わず、しばらくしてから、「どうしたんだ、何考えてるんだ」と尋ねた。

「父さん」私は言った。「信じてもらえるかな、私みたいな凡庸《ぼんよう》な人間でもある種のクオリティを生活に求めているってことを……それも、いつもみんなが言ってるみたいな、美味しいものを食べたり飲んだりするというんじゃなくて……別の種類のクオリティを」

「もちろんだ。信じるよ」父は慰めるように言った。「どんなクオリティなんだ?」

「うまく言えない。ある種のたぶん、……意味のあるいい生活、って感じ」私は言った。「本当は文句を言う筋合いはないのはわかってる。いろんな面で結構順調だし、最高でもないけど最悪でもない。卒業したら勉強でも仕事でも、どっちをやったっていいし。大した成果は出せないだろうけど、もともとそんなに出来がいいわけじゃないから、ぜいたくは言えない。そんなことはわかってる。でも内心で受け入れられなくて。父さん、この感じわかる? つまり心ではどっか焦っていて、満足できなくて、もっといろいろ探してみたいって思ってて、だけど何に不満なのか自分でもはっきりしない」

「わかりすぎるほどわかるよ」父は優しかった。

「私は、ただ……」少々混乱してうまく言葉が見つからない、「この世界に本当の自由ってあるの?」

「いま不自由に感じているのかい?」

「あっと、そういう意味じゃなくって。ただ……なんか自由が感じられないの」私は続けた。「小さい頃は、いつか自由の感覚をつかめるはず、ってずっと思ってて、なのに今もつかめていない。なにも誰かから強制されたり奴隷みたいにこきつかわれたりしたわけじゃないのに。でも自由を感じないの」

どう表現したらいいのかわからなかった。つまり山頂にいたときから再びあの虚無の感覚に取り囲まれた感じなのだ。例のいつものあの感覚。山の頂で霧に包まれ、ぼんやりした白い靄《もや》のほかには何も見えず、足元もおぼつかない。踏ん張ろうとすればするほど焦ってくる。卒業時の選択肢にとどまらず、もっと長い時間の尺度でどの方向に行ったらいいのかがわからない。もっと長い尺度、百年、千年、一万年。学生寮にいるなら一万年後の自分がどんな様子か想像することができる。それが現実ではほんの小さな一歩すら踏み出せないでいる。

この感覚は期末試験の半月前は弱まっていた。朝から晩まで自習室に入り浸り、夕食をとる間もなく、教室から出てくるとすでにあたりは暗く、自転車にまたがっても夢の中にいるようだった。試験が終わっても感覚はマヒしていて、ただぼんやりと座っている。忙しすぎても緊張感がなくなりすぎても頭は働かず、悩みを感じることすらなかった。それがプラハの山頂で再び例の感覚に見舞われた時はじめて私は、逃げようがないことを悟った。それはずっとそこにあった。しばらく忘れることはできても、突破する方法をきちんと見つけださない限り、その感覚はいつでも舞い戻ってきて、私を取り囲むのだ。

ただそれに対抗する力を心の中にかすかに感じることはできた。弱々しくも頑固で、ふわふわ漂う糸のようでありながら消えることなく緊張を強いる感覚。六月なのに私はぶるっと身震いした。いったい何を求め、あるいは何を恐れているのかがわからない。

「どうやったら正しい方向が見つかるんだろう」父に尋ねた。

父はかすかに微笑んだ。「聞く相手を間違ってるぞ。わかってたらこんなに何年もあれこれやってないだろ？」

その日の会話はここまでだった。そのあとの数日間、二人の間にこの話題は持ち上がらなかった。プラハを発つ前の晩になって、父はいくつかヒントをくれた。その晩、私たちはコンサートを聴きに行った。プラハでは何度もコンサートを聴いた。私が好きなのはドヴォルザークとブラームスだったが、父が好んだのはベートーヴェンだけだった。その晩は由緒ある劇場で「運命」を聴いた。黄金色のテンペラ画でおおわれた天井が運命のたたく振動に共鳴し、座席までもが震えた。

劇場から出ると、父が近くのバーでビールを飲もうと誘った。うんと言ったが気乗りがしなかった。まもなくここを離れなければならなかったし、どこに行き何をしたらいいのかもわからず、気が重かった。

「このあいだ聞いたよな、どうやって方向を決めたらいいかと」父が突然切り出した。いくらか真剣な、あるいは沈痛な表情で「思うに、落ち着いて自分の心に尋ねてみることが必要なんじゃないか。百パーセント心を静めて、心の中の声を聴くんだ。あの始まりの音のように」父は「運命」の始まりのメロディーを口ずさんだ。「ダダダダン。初めて聞いたときは、運命が扉をたたいているんじゃなくて、何かが心をたたいた気がしたよ」父は手をあげて、とんとんとたたく動作をした。「人間は実はこの音に追い立てられて進んでるんじゃないか。どの方向かわからなくても、少なくともある種の感覚はある。方向が違っていたら、なんだか気持ちが悪くなる。すぐにはわからなくてもいずれはわかるもんだ」

私は顔をあげて父を見た。父の視線はグラスに注がれ、眼にはグラスの弱い光が反射している。

「ならいったい何がたたいているの」私は尋ねた。

父はただ首を横に振ると言った。「ひとりひとりちがうんだ」

父の言葉は私の心にさざ波を起こしながら、ゆっくりと醱酵していった。その晩私はほとんど眠れなかった。うとうとする中で何度も同じ夢を見た。夢で私は鏡が幾層にも連なった小さな空間の、その中央に立っている。左右を見渡しても出口が見つからない。鏡の中では歪んだ人影が揺れ、大きく笑う目と口が映っている。鏡の後ろには私には見えないたくさんの眼がある。私は夢の中であっちこっちぶつかっていく。

二日目、帰国する飛行機の中で、思考の氷面に細い亀裂が現れた。その時私は乗り物酔いで頭痛と吐き気と闘いながら眠ろうとしていたところだった。飛行機が離陸した際の朦朧《もうろう》状態の中で、地平線とバラ色に染まる空の光が一瞬目に入った。冷たく広がる空間、点のような家々、平坦な原野。上空からすべてを目に収めるとまるで傍観者のような気分になり、それがじわじわと傍から見られている感覚に変わっていく。その瞬間、混沌の中で一瞬何かがはっきりと姿をあらわした。そして長い日々何を焦り恐れていたのかがわかり始めた。茫洋とした大地がゆらりとかしいで見せた一瞬に、言葉が脳裏にひらめいたのだ。

They are watching you.［カレラハ　オマエヲ　ミテイル。］

これこそ私が恐れていた言葉だった。

第二章

父の自転車の呼び鈴が中庭に響いたとき、母はちょうど乾麺を中華鍋に落としたところだった。ここは工場の宿舎で、独身寮なので台所はない。部屋に錆だらけの黒っぽい練炭コンロがあるだけだった。灰色の中華鍋がコンロの上に置かれ、コンロに設置された煙突が天井に向かい、二度折れ曲がって窓の外へと延びている。鉄製の中華鍋の外側は、長年使われて真っ黒い焦げがこびりつき凸凹《でこぼこ》している。練炭コンロの下部の扉は開いたままで、中の燃え盛る赤い炎が見える。石炭の燃え殻が扉の外の塵取りの上にうずたかく積もっている。コンロは部屋の中の唯一の暖房であり、暖を取り、湯を沸かし、料理をする、このルーティンに欠くことのできないものだった。中華鍋の水が沸騰してぼこぼこ音を立てていたが、入れたばかりの麺はまだ硬く鍋のへりからぴんと張り出すので、団扇《うちわ》であおぎながら箸でかき回す。この時母は窓越しに父の自転車を目ざとく見つけた。父が離れた距離から片足乗りでサーっと窓の下まで滑り込み、すっと降りると自転車に鍵をかけ、壁のほうに倒して宿舎に走り込んでくる。この一連の動作は無駄なくしなやかだった。今もこんなに素敵、母はいささか誇らしかった。

母にとって父との結婚はいまだに信じられないことだった。母が初めて父を見たのは、穀物を干している場所の後ろで、積み上げてあった藁《わら》の塊に手を突いてさっと跳び越え畑に着地する姿だった。軽々としなやかな一連の動作、袖を肘の上までまくり上げて露出した腕のラインが美しかった。父は仲間たちと駆け出すとそのまま遠ざかっていった。母は後姿をずっと見送っていたのだが、この若者に自分が嫁ぐことになるとは想像すらしなかった。

窓の外では風が強くなり、柳の枝を思う存分しならせ揺らす。雲は低くたちこめ、自転車置き場の屋根に迫り、そこを押しつぶさんばかりだった。空が一面に黄土色に染まり今にも雨が降りそうである。

父がドアを開けて突風のように入ってくると母の隣にどさりと腰を下ろした。顔が濡れ髪の毛の先が跳ね上がっている。洗面室に行って顔を洗ってきたのだとわかる。父は鍋の中の麺を見つけ顔を近づけると深く息を吸い込んだ。それから身を乗り出しどんぶりに盛ったとろみのついたキクラゲと卵の炒めものを覗く。

「ちょうど麺が食べたいと思ってたとこだ」父は嬉しそうに笑った。

「でも黄花菜《ホワンホワツァイ》※1が手に入らなくて」

父は手に持ったビニール袋を高く掲げた。「リンゴを買ったんだ」

「まあ」母は驚きながら、少し恥ずかしそうに言った。「机の上に置いてくださいな」

母は、箸で麺を小さな盆に掬《すく》い上げると、ホーロー引きのカップに入った冷水を注ぎ、軽く揺らしながら箸でさっとかき混ぜ、小ぶりの碗によそった。碗は一か所口が欠けているのだが、母

※1　乾燥させたユリの花。滋養に富むといわれる。もどしてキクラゲや卵と炒め、麺のあんにしたりする

はそこを慎重に回して避けながら父に碗を渡した。父は長袖の仕事着を脱ぎ、半袖シャツ一枚になると、またを広げ、肘を膝に置いてずるずるっと麺をすすった。母が十八インチのテレビをつけた。アナウンサーの正確な北京語がロウソクの光さながら小部屋の隅までを満たした。父は碗に頭を突っ込んでいたが、胸の内を様々な思いが行き来し、口を動かしながら心の中でこれから言おうとする言葉を繰り返していた。

　テレビではいつものニュースを流し、あれこれ巧みな言葉で人々に語りかけている。今は本当に時代が変化しています。経済は好調ですし、鉄鋼生産量が再び最高値を記録し、鄧小平《とうしょうへい》同志の南方視察の後広東は再び新たなラウンドに入り急速な発展を見ています。各地で起業ブームが沸き起こり、「会社」が最もホットな言葉となっています。全国各地に次々と第二第三の歩鑫生《ブウシンション》※2が生まれています云々。アナウンサーの高揚した声が響く中で、万物はみるみる成長し、数字が土壌を突き破るタケノコのように、自由自在に跳ね上がっていく。

　母は食事の最中、上の空だった。父に部屋の割り当てについて何か知らせがあったのかを聞きたくてうずうずしていたのだ。もう早くから労働組合で人々が、もうすぐ次の部屋割り当てが行われるだろう、すぐに順番待ちが始まる云々と話しているのを耳にしていた。子供が生まれるからにはどうしても部屋が必要になる。上層部に打診してほしいと父に頼みたかったのだが、あまり言いすぎるのも憚《はばか》られた。母は常に自分は見識不足だと感じていたので口をさしはさむのにも勇気が要った。何度も言いすぎて父が不機嫌になることも、また父が指導部に行くことで同僚に陰口の機会を与えるのも嫌だった。こうして言葉が胸の内をぐるぐるめぐり、何気なく言い出すことができずにいた。

　ニュースがもう終わるという時、母は碗を下に置き、箸をそっと碗の上に置いて口を開こうとした瞬間、父が先に切り出した。母は出かかった言葉をぐっと飲み込んだ。どんなことでもまず父に先に言ってもらう習慣になっていた。

「秋麗《チウリィ》、どう思う、この工場で一生働いたほうがいいのかな?」父は尋ねた。

「えっ……どういう意味?」母はぽかんとして、それからそっと父の顔色を窺った。

「思うんだけど、ここでずっと働いても、昇格する機会などないだろうし、指導部からも重視されていない……」

「そんなことないでしょ」母は慌てて言った。父に自信がないのかと思い「そんなことないと思う。町に戻ってまだそう経ってないでしょう? 当り前よ、あなたは能力があるし、しっかり努力してるのを見せたら今後課長に昇進するのだって問題ないと思うけど」と励ますように言った。

「そういうことじゃないんだ」父は答えた。「つまり……チャンスをつかみに外に出るってのはどうかと」

「……どこに行くっていうの?」

父はごくりとつばを飲み込むと、慎重に切り出した。「王老西《ワンラオシー》が今日やってきて、商売のチャンスを持ち掛けてきて……」

「王老西?」母は戸惑った。「あの人たちと一緒になるつもり?」母は一呼吸置くと、ためらいつつ言葉を選びながら言った。「ようやく町に戻ってきたところでしょ? また村に戻りたくなったの? 何を考えているの? あそこであんなに長く待っていたのにまだ待ち足りないとでも

※2　一九三四‐二〇一五。浙江省出身の著名な起業家。中国では文革期に模範とされた人民解放軍兵士、雷峰に次いで名が知られている

いうの？」

「いや、彼らのところに行きたいんじゃなくて、つまりそのやってみたいんだ……」

母は言葉をつぐみ、父が言い出すのを待った。

けれども父は続けられなくなった。自分でも何をするつもりなのかを十分考えたわけではなかった。出ていくという考えは、ともかくここを離れたいという衝動で口から出たことだったが、次の一歩については全く考えていなかった。王老西の村が好ましい選択肢でないことは承知していた。でもほかにどこに行けるのか、自分でもわからなかった。

それで父はもごもご答えた。「つまり考えてるんだけど、今やみんなどんどん出稼ぎに行って稼いでるだろ、ここにいてぬるま湯につかっていても何かができるわけじゃない、いっそ何か商売でもやってみたらどうかと」

「何の商売をするの？　出店で落花生でも売るの？」

「うまく説明できない、でもチャンスはあると思う」父はもう破れかぶれの気分だった。「国営工場の中にも伝手《つて》を頼って売買を始めたり、自営業者に物を売ってもらって差額を儲けたりしている者もいるとか聞いてる」父はたしか王老西がこんなことを言っていたと思ったが、確証はなかった。

「それって……許されるの？　後で捕まらないように気を付けて頂戴」

母は内心で、ついこの間の厳しい取り締まり[※3]にひどく怯えていたし、十数年にわたる政治闘争の悪夢もまだ終わっていなかった。本能的に危険を察知したのだ。狐が落とし穴に落ちるような危険である。母にとって商売というものはすべてが危険に感じられるのだった。

「みんなやってる。本当だ。絶対気をつけるから。その時になったらきちんと確認してからやるから」

「でも……」母は見るからに生気をなくしていた。下を向いて食器を片付けはじめ、声も小さくなった。気分が重くなるほどにますます感情を押し殺すかのようだった。「でももしあなたが工場からいなくなったら、あの……部屋のことがまただめになる」

父は黙ってしまった。

「ここ数日で番号札が配られるって、聞きました？」相変わらず小さい声で母は言った。大したことではないかのように、皿に残った麺の残骸を小さな碗に集め、それからテーブルに落ちた菜っ葉も箸で摘み取って同じように碗に入れると、お碗と皿をきちんと積み重ねてから箸を片手に握って食器と一緒に持ち上げた。しかし母は立ち上がらず、顔をあげて父を見ながら言った。「この工場に来てからそれほど時間が経ってないし、組織の中でコネもない、ほんとなら二人とも同じところで働いているから部屋をもらえる可能性も少しあったのに、もしあなたが抜けて私一人だけになったら順番待ちの列から外されてしまう。十月にはもう生まれるのに……」

「わかってるよ」父は母の手を軽くたたき、その手で母が手にしていた皿や碗を受け取ると言った。「すぐに出かけるってわけじゃない。ただこの心づもりがあるんでちょっと相談したんだ。今後のこともあるし。心配しなくていいから、心配ないよ、あれこれ考えなくていいから。今は身体が一番だ」

「ニュースの時間」が終わりの時刻になった。アナウンサーの身体の上に字幕が白い縦線となっ

※3　一九八三年から翌年にかけて「精神汚染」キャンペーンが張られ、資本主義化にブレーキがかけられた

て残り、父の顔の上にちらちらと反射する。母はそれでも食器を運ぼうとしたが、父はさっと立ち上がり母の手を抑えた。「座ってなよ、いいから、俺がやるから」とガチャガチャ音を立てて食器を手にとり、ドアにかかる暖簾《のれん》を肩で押しのけ、洗面所へと運んでいく。母はもう一言二言言いたかったのだが、父が出ていったので仕方なく座り直し、テーブルを軽くふくと縫物を取り出した。窓の外は土砂降りになっていた。真っ暗な天地の中に憂いが広がっていく。

母は針仕事の手を休め、思わず天井に目をやった。今のこの部屋がただ狭いだけならまだ我慢できたが、気になるのは男性用宿舎であることだった。同じ階の住民はみな独身の男たちであり、ここに夫婦が一組だけ出入りするのは実に不便だった。服の着替え、洗濯、物干し、すべてに細心の注意が必要だった。ベッドは上下の二段ベッドで、若い二人が愛を交わす時はベッドの板がギシギシ鳴るので、二人とも気が気でなくなる。同じ敷地の宿舎内には二人のような若い夫婦がかなりおり、いずれも年末に部屋が割り当てられるという希望を頼りに、じっと我慢していた。恨み言も小言も言わず、狭い宿舎で肩寄せ合いながら昼間働き、夜をやり過ごすのだ。

父は食器を両手で捧げて洗面所に向かった。洗面所で皿洗いをしている時、心の内は混乱を増すばかりだった。王老西が言ったことは、当初は気にかけなかったのが、時間が経つにつれて頻繁に心に浮かぶようになった。王老西が深圳《しんせん》の情報をどうやって手に入れたのかわからなかった。おそらく八割がた人づての噂話なのだろうが、言っていたことはどれも筋が通っていた。深圳は工場が建ち並び、人々は頭の回転が速く目先が利く。毎日のように大量の密輸船が入港し、荷揚げ品はいずれも電子腕時計で、そこに個人商がどっと群がり買えるだけ買い漁るとその手ですぐさま転売する。そうして一気に大金を稼ぐと言うのだ。あちらはもう新しい時代に入ってるんだ、ついていかないと落ちこぼれるぞ、とも言っていた。この言葉が扇動的なのは否定できなかった。

初めて聞いたとき、父は真実味に乏しいと疑ったが、今この時に思い返してみると、とても心惹かれるものがあった。行けないと思うほどに魅惑的な話に思えた。

実は父はどこに行くかは気にしていなかったし、金を稼ぐか否かも問題にしていなかった。もちろん母にはできるだけたくさん金を稼ぐつもりだとは言っていたが、一人になって真剣に何かをやる理由ならいくらでも思いついたし、そういった理由が成り立たなくても、やはりやるつもりだった。こういうときこそ自分に向き合わねばならなかった。父自身も自分の心持ちを形容しがたかった。それは農村に下放していた頃、朝から晩まで農作業に明け暮れた後でもう耐えきれなくなって誰かれなく喧嘩を吹っ掛けたくなる気分、思いっきり風に吹かれたいという気分、方法はわからないのだが、ともかくどうにかして張り詰めた空気を抜きたいという気分だった。それはまた幼い頃、海や川で泳いでおぼれかけた時のようでもあった。手を振り回して水をかき分け何かをつかんで水面に浮かび上がろうと必死でもがいているときは、水面の外が果たしてどうなのかなどとは考えるべくもない。

父が気にかけていたのは金儲けのことではなく、いつまで今のように生きていかねばならないのかということだった。父は物心がついたころから、いつも周囲の人々の後にくっついて歩いてきた。はじめは受け身で、ある時からは自ら進んで、そして今はそのどちらでもなく。ほかに選択の余地がなかった。自分でなにも選べなかったし、ただその日その日をやり過ごすことだけを考えていた。辛い日々が一段落してまた辛い日々が来る、それをやり過ごすと、次の日々に飛びつく。恨めしく思ったこともあったが、自分に恨む資格がないことも分かっていた。だいたいいつも、他人の決定をただ引き受けてきた。それが今回は、初めて自分で選択できるのではないかという気がしていたのだ。

こんなことを考えていない時は、今の生活を続ける以外の可能性などないように思えた。けれどもいったんこの考えにとらわれると、考えるのをやめようにもそれは脳裏にこびりつき離れなくなる。自分の一部がどこか破られたようで、心穏やかでいることができなかった。農村での最後の数年間を思い出し、革命への情熱が跡形もなく消え失せ、貧相な土地での労働に疲れ、町にもずっと帰れずにいた時のことを思うと、落とし穴に落ち込んだような出口のない苦しさが迫ってきた。かつては世界戦争が始まればいいとも思った。そのくらいの大混乱がなければここを離れるチャンスすらない。そんな無力感に終始つきまとわれ、町に戻ってからもそれが消えることはなかった。この感覚を父は振り落としたかった。

しかし、母が下を向いて「十月には生まれる……」といった時、出発は無理だと父は悟った。とてもできそうになかった。自分がいない時、母が一人で人ごみにもまれ、まわりがみな部屋を与えられているのにその恩恵にあずかれずにいる姿が父の目に浮かんだ。その時母は、最後に農村に取り残されたときのように、見捨てられたという恐怖を顔に浮かべながら、誰にも恨み言を言い出せない、辛くやるせない思いを抱くはずだった。母が決して恨み言を言わないのは、他人の苦悩を見るのに忍びないからで、この母の忍びない気持ちが父に忍びない気持ちを起こさせるのだった。父にはわかっていた。今回もやはり忍びなくて行けないだろうと。

十月には生まれるのだ、父は思った。

皿や碗を何度もすすぐ。汚れはもう落ちていたが、頭の中が千々に乱れるので、また最初から洗いなおす。窓の外で時おり鳴り響く雷鳴に一瞬びくりとするものの、すぐにまたじっと考え込んでいる現実に戻る。それは父が最も迷っていた時だった。心の不安がグイグイ押してくるのだが、その不安が何なのかうまく言い表せなかった。

父が部屋に戻ったとき母はすでにお湯の準備を済ませていた。父が戻ったのを見た母の丸々とした顔からは不快さはすっかり消えていた。母はにっこりとして立ち上がり、足洗い用の洗面器を持ってきた。「さあ足を洗ってくださいな」母は言った。

その晩は土砂降りになったので、父が謝一凡《シエイーファン》を訪ねたのは翌日の早朝だった。

空が明るくなるや否や父は起きだし、半袖シャツを羽織ると顔も洗わずに出かけようとした。鏡に目を走らせると髪をさっとなで、ポケットの中の鍵をさする。

母は眠そうな目でいぶかるように父を見た。「どこに行くの」母はもごもごとつぶやいた。

「何でもない、寝てなさい」

窓の外ではまだ小雨がしとしとと降っていた。父は玄関口のコート掛けの下にある柳行李《こうり》の中から雨傘を取り出した。宿舎の踊り場で雨の様子を見て大したことがないとみると傘をたたんで小脇に挟み自転車のペダルを踏んだ。自転車は誰もいない路地を曲がりくねりながら進んだ。雨のあがった早朝はすがすがしい草の香りが漂っている。

謝一凡の家は工場からそう遠くない赤煉瓦づくりの建物群の中にあり、自転車で十分とかからなかった。彼ら若い二人はまだ働いて間もなかったので、割り当てられたのは狭い１ＤＫだった。

父はそっとドアをたたき、しばらくしてからまた二度ほどたたいた。まだ二人が寝ているのではないかと思い、引き返そうとした瞬間ドアが開いた。謝一凡はきちんと身じまいを整えていたが、手におたまを持ったままで、笑って父を通した。背後には呂晶《ルウジン》が小さなテーブルで粥《かゆ》を食べているところだった。

「昨晩《ゆうべ》の土砂降りじゃあ」謝一凡は続けた。「きっと来ないだろうと思ったよ」

父は頭を掻いた。「今朝まだ起きてないんじゃないかと思ったよ」

「起きてるさ、とっくのとうだ」謝一凡は父に椅子をすすめると「粥はどうだ」と聞いた。

「いや結構、かまわんでくれ」

謝一凡は笑った。「何遠慮してんだ」こう言いながら父に粥をよそった。粟《あわ》粥の熱気がゆらゆらと立ち昇る。

父は粥をすすりながら王老西の件を話した。謝一凡はじっと耳を傾け、しきりに頷いた。

王老西たちが求めていることは実際には複雑なことではなく、ただ国営の工場と提携して、工場の生産技術を借用し、訓練指導もしてもらおうというものだった。また冷蔵庫の製造も考えていて、本体製造が無理ならば部品の加工を扱い、売り上げを工場側と山分けしようとも考えていた。彼らの工場が今手掛けている化学肥料の生産はそれほど順調ではなく、競争が熾烈《しれつ》で苦境に陥っているため、新たな可能性を切り開こうと加工工場の道を探っていたのだ。一方、父の工場は市内でも大型の国営工場であり、普段から計画経済に基づいた買い付けと販売を行っていた。確実に収益があるため、従業員の働きぶりはおざなりで、何をするにも受身だった。本当にただ座って山分けにありつけるなら願ったりかなったりである。双方に利益があり誰も損をしない。ただこのやり方が合法かどうかがわからず、ある日突然法令が下って非合法だとみなされ、トップが処罰される可能性もあった。何と言っても厳しい取り締まりがあってまだ一年しか経っていないのだ。

「このことについてだが、確かなことは言えないんだ」父は言った。「お前の親父さんにも、これが素晴らしい計画などと吹聴するつもりもない、つまり、今こういう状況になってるんで、親父さんに相談したいんだ。やるかどうかは、まず指導部の反応を見てからだ」

「うむ」謝一凡は言った。「わかった、まず俺から親父に一言言っておくよ」

「この件は投機的不正売買とみなされる可能性だってないわけじゃないんだ。慎重に進めないと」父はさらに続けた。「ただ、王老西に言わせると、南では正常な取引だと。双方にとって願ったりなんだが、俺たちのこの僻地じゃ誰もやろうとしない」

謝一凡は父の碗が空になったのを見て、もう一杯粥をよそった。呂晶が食べ終わると、謝一凡は気遣って箸や碗を片付けるのを手伝い、それから蜜柑を一つ彼女にとってやった。父は謝一凡と世間話をひとしきりし、王老西のことは二度と持ち出さなかった。謝一凡は普段から工場のことなど念頭にないことは父にはわかっていた。彼の父親が副工場長でなければ、あるいは呂晶が妊娠しなかったならばもっと投げやりになっていただろう。父の頭の中では、謝一凡は唐伯虎《とうはくこ》※4といったイメージだった。こんな工場で働くような人物ではない。

呂晶が部屋を片付けに奥に引っ込み、謝一凡が皿洗いに台所に立っている間、父は壁に貼られた二枚の習字の手本をじっと見ていた。二枚とも青いボールペンを使ってきっちりした楷書で書かれている。この二枚の紙に書かれた蘇軾《そしょく》※5の詞《し》は、達筆で、一目で謝一凡が書いたものだとわかった。父は蘇軾の作品をいくつか知っていたが、それも最も有名な二、三首だけで、壁に貼られたその二首は知らなかった。

父は丁寧に文字を追った。最初の一首は「酔落魄」だった。

酔落魄　蘇軾

※4　唐寅（一四七〇－一五二四）。明代の著名な文人。書画に巧みであった。伯虎は字（あざな）
※5　一〇三七－一一〇一。北宋の政治家。書家や画家としても優れ、北宋代最高の詩人として名高い

軽雲微月、二更酒醒船初発。孤城回望蒼煙合。記得歌時、不記帰時節。
巾偏扇墜藤床滑、覚来幽夢無人説。此生飄蕩何時歇。家在西南、長作東南別。

（雲が漂い、月は淡く輝く。真夜中に酔いから覚めれば小舟は岸を離れている。振り返って見れば、ぼんやりと霧に包まれた城下。笑い声は脳裏にあるもいつ船に戻ったのやら。頭巾はずり落ち扇は下に落ち、頼りない藤の寝床から落ちそうである。覚めてみれば夢の静かな境地を語る相手もなし。この漂泊の身にいつ休みが訪れるのか。家は西南にあっても、東南に向かう道で別れを言うばかり。）

父は何かに心を動かされるというタイプではなかった。しかしこの一首は父の心をとらえた。自分でも何に感動したのかわからなかった。「此生飄蕩（この漂泊の身）」というところか。悲しみがそこに滲み出し、定めとでもいうべきものを感じさせる。まるでこの一瞬に自分の未来を見届けたような気分だった。はるか遠くの、曖昧模糊《あいまいもこ》とした、寄る辺のない運命だと定められた未来を。

年月が経ったとき父はこれのみを諳《そら》んじるようになっていた。私が、アメリカ中西部の町で父の寝床の横に貼られていたこの詞を見つけた時、やはり青いインクの楷書で書かれていた。その文字はゆがんでいて、書きつけられたA４普通紙の半分は角が擦り切れて捲れ、紙の端が黒ずんでいた。ベッドわきのスタンドの灯りに照らされて、くしゃくしゃになった領収書の山に埋もれ、注意しなければ気づかなかった。酔っぱらった時に書いたのだと父は言った。酔った時だけ口を衝いて出てくるのだと。

謝一凡の家の壁に貼ってあったもう一首の詞は「満江紅」だった。書かれた文字はもっと整っていた。おそらく何度も繰り返し書いたのだろう。父は古典の知識があるわけではなかったが、三国志は多少なりとも知っており、江表伝や曹操といった文字を見ればそこに示される懐古の情は理解できた。父には謝一凡の文学的気質が分かっていたので、「謫仙詩、追黄鶴」で終わるこの詞を好んだのを不思議とは感じなかった。

満江紅　蘇軾

江漢西來、高樓下、葡萄深碧。猶自帶、岷峨雪浪、錦江春色。君是南山遺愛守、我為劍外思歸客。對此間、風物豈無情、殷勤說。

江表傳、君休讀。狂處士、真堪惜。空洲對鸚鵡、葦花蕭瑟。不獨笑書生爭底事、曹公黃祖俱飄忽。願使君、還賦謫仙詩、追黃鶴。

（長江漢江は西から勢いよく流れこみ、黄鶴楼から望むと、はてない碧。流れは互いに通じあい、岷山と峨眉山の雪解け水のさざ波を伴って、錦江〔四川成都〕の春を彩る。君は民から愛される陝州の通判だが、私は故郷を想っても帰れない流浪の身。目の前のこの景色を見てどうして心が動かされないことがあろうか。これからそれを吐露しよう。

『江表伝』を読まないでくれ。祢衡《でいこう》は哀れでもあり惜しくもある。祢衡の葬られた鸚鵡州に目を向ければ葦の花が物寂しく咲くばかり。書生の葛藤を笑わないでほしい。曹操や黄祖といった権力者も一瞬で消えていくものだ。君には李白のように詩作に専念し、崔顥の名作「黄鶴楼」を目指す心意気でいてくれ。）

「詞はいいもんだ」と謝一凡が皿洗いを終わるのを見計らって、父は壁を指した。

「ああ」謝一凡は少しばつが悪そうに頷くと「ただ字がよくない。どっちがいいかな」

「最初のほうがいい気がする」父はちょっと考えて言った。「でもお前は二首目が気に入ってるんだろ」

「ああそうだ」謝一凡は玄関口で工場の仕事着を羽織りながら答えた。「『書生を笑うなかれ』の句が好きなんだ。でも一首目も悪くない。なあ、生まれてくる子が二人とも娘だったら、「軽雲《チンユン》」と「微月《ウェイユエ》」と名付けるのはどうだ？」

「ちょっと詩的にすぎやしないか」父は笑って言った。「まったくもって労働者の娘らしくない。まあいいか。言うとおりにするよ。息子だったらどうするんだ」

「息子だったらその時また考えるさ」

私と微月の名前はこうして決まったのだった。


帰国後、私は、プラハで見た例の夢、狭い鏡の空間にいて、鏡にたくさんの人影が映り、鏡の裏にたくさんの眼があるあの夢を幾度となく繰り返し見た。無数の視線は光線の束となった。真ん中で行き場をなくした私は隠れようにも出口を見つけることができず、しまいにはうずくまり、体を丸めてぐんぐん小さくなった。親指ほどの大きさの人形になると、四方に笑い声が響き渡り、私の身体を突き抜ける。驚愕して頭を抱えたところで目が覚める。

目覚めると二度と眠れなくなり、ベッドの上で座ったままあえいでいる。学生寮では消灯の時刻を過ぎており、やることがないので、ベランダに出て階下を見下ろす。真夜中、しんと静まり返った中では、どんな微《かす》かな音でも大きく聞こえる。胸の奥の響きも。ダダダダンとたたく音。夜の青白さが街灯のオレンジ色の中で愁《うれ》いを帯びた曖昧模糊とした色に変わる。私の思考も曖昧模糊となる。

ベランダから下を見ると、二つの建物の間の掲示板や広告看板が見え、掲示板には幾重ものポスター、校内の大小様々な講演会、劇、音楽会などの予定が貼られている。この時期には卒業公演があるもので、ポスターではおさげ姿でうつむきかげんの娘がこれ見よがしの哀愁に満ちたポーズをとっている。真正面にあるのは若い男性スター歌手の巨大なポスターだった。ほっそりとした上品な姿、額で切りそろえられた前髪の下から切れ長の瞳が見える。感情豊かなそのまなざしで何かを訴えかけるようにポスターのこちら側の人間をじっと見つめている。眺める角度をどう変えても、相手からいつもじっと視線が注がれる。

They are watching you.［カレラハ　オマエヲ　ミテイル。］

私は目を閉じた。

キャンパスはひっそりと静まり返り、コンクリートの建物がゆっくりと朽ちていく。世界が夢を見る時刻、歩き回っても出口が見つからない。藤蔓が壁の隙間から外に伸び、巨大な葉が日の光を遮る。傾いた建物は瓦礫《がれき》と化し、灰塵に砕けた夢が埋まっている。出口がどこなのか私にはわからない。

授業が始まり、慌ただしさの中で漫然と日々が過ぎ、私の無駄な試みが繰り返される。ハエが透明のガラスに何度もぶつかり続けるように。

私は国外に出ることを真剣に考えるようになり、行く段取りや行ける場所を考え始めた。外国に行けば自由になるのか、これは断言できなかった。父は、外国に行けば違ったものを見ることができる、と言った。けれども私が期待する変化を与えてくれるかはどうかは疑わしかった。昔から私は何も恐れず自由奔放に行動するタイプではなかった。どこに行くにしろ他人の視線がいつもついて回る。

これに気づいたとき、少々絶望的な気分になった。

国を出ることに関して、寮では羅鈺《ルオユイ》が状況を一番よく分かっていた。彼女は大学一年時から卒業したら外国に行くのだと言っていた。行きたがっていたのはアメリカ、それもニューヨークだ。五番街はなんといってもウインドウショッピング、エンパイア・ステート・ビルからの眺めは最高、『セックス・アンド・ザ・シティ』のキャリーが行ったレストランはとっても素敵、と教えてくれた。大学三年でTOEFLとIELTSを受けていて、大学での成績はよくないが英語だけはできた。ニューヨークの大学だけを申請した。学費は高く奨学金は少ないが環境がいい。羅鈺にはニューヨークが似合っていた。彼女はよく大小の紙袋を抱えたままドンとドアを押し開け駆け込んでくると、額に浮かんだ汗もそのままにいそいそと買ってきた服を試着した。手足がほっそりと長く、新しい服をまとってモデルのようにキャットウォークをする姿は素敵だった。思うがままに物欲を発揮するさまは愛らしく、お金ではなく、美だけを愛しているかのような錯覚を起こさせた。

彼女の父親は学費を出すことに同意していた。私の父と同じだ。けれども状況は全く違っている。羅鈺の父親は金を惜しみなく使える企業家だった。彼女は、出国手続きや国外の生活から、どの部屋を借りるか、どのスーツケースを使うかまで興奮したように語った。けれども私の心の底の疑問に答えてくれなかった。

「あんたも国外に出なよ」彼女は言った。「ニューヨークに来てさ、一緒に住もう。街に繰り出してウインドウショッピングするのよ」

「でもちょっと考えさせてよ……」

「そんな考えることないでしょ。あれこれ迷ってたらいいことないよ」羅鈺は言った。「今年の申請枠はもうすぐ締め切られちゃう、略歴でいいから私に送ってよ、修正してあげるから」

寮内でテキパキ動く人影はまるで吹き抜ける風のようだったが、ぐずぐずためらっている私は、まるで家が見つけられず誰かの助けを待っている迷子のようだった。李清音《リーチンイン》はボーイフレンドが他の都市の大学に通っていたので、そこの大学院を受けた。勉学のためではなく一緒になるためである。于舒《ユイシュー》は地元に戻り、そこの国有企業に就職する。それは電力グループ傘下のうま味のある組織で、一般人は入れない。親戚が退職したその隙間にもぐりこんだのだ。

「大学生活最後のこの暇な時期にボーイフレンドを見つけなきゃ」清音は言った。「あとで見つけるのは大変だよ。大学にいればずっと簡単だからね。あんた、お見合いするカップルをみたことないでしょ。従姉が二十五歳でお見合いしたけど、会った途端にお金の話、もう最悪。ほんと考えといたほうがいいよ」

「思うんだけど」于舒は言う。「仕事は国家機関や国有企業内で、夫はその外でみつけたほうがいいの。二人の内どちらかが安定していれば、子供の学校やらなんやらにも目星をつけられる。それでもう一人が外に出て金を稼ぐわけ。あたし、前は仕事が決まらなくてずっと当てなしだったけど、今じゃ家のほうで紹介してもらえる。女性はね、そんなに上を目指さないほうがいいんだよ」

なにもかもがよく見聞きすることだった。言葉が尽きると、後は笑い声だけが残る。卒業前の気怠《けだる》さはあちこちをふわふわ漂う笑いに変わり、はるか遠くの廊下から耳に入ってくる。ドアを開けてそこに醸し出された空気の中に飛び込み、何を笑っているのかと訊く。ドラマやアニメ、イケメン、空になった駄菓子の袋。私はテレビの前に引っ張られ、彼女らと一緒になって笑う。皆の楽しそうな様子がどんなに羨ましかったことか。その楽しみから自分がどれほど隔てられていたことか。

「ねえ雲雲《ユンユン》」羅鈺が高らかに笑いながら尋ねた。「出たり入ったり何やってんのさ。あっちこっちふらふらしてさ。みんなであだ名をつけてあげたよ。女神竜、首があって尾が見えないから」

私は彼女たちと一緒に笑った。大学の四年間、私はどこに行くにもいつも一人だった。皆と一緒にいられないというのではなく、情緒不安の時に他人に見られたくなかったのだ。于舒は朝から晩までネット小説を読みふけり、泣いたと思ったら笑い出し、心ここにあらず。清音はボーイフレンドと毎日のようにビデオチャット、イヤホンをつけてかわるがわるにラブコールし休日ともなれば相手のもとにすっ飛んで行った。羅鈺は毎秒三六〇回転の風火輪[※6]を乗りこなしながら、宿題のことを話していたと思うと、一秒後には鼻歌交じりに出かけている。彼女たちの生活は常にもっとも単純な要求に従っている。だから抽象的なものには全く疑問を抱かない。私とは本当に違っていた。

春の湿気が壁の隙間からにじみ込んでくる。月日は水が流れるように滑っていき、その中で私は左からも右からも突き上げられ次第に行き場を失っていった。心ではいつも説明しがたい緊張感を感じて手のひらにじっとり汗をかく。相変わらずあれこれ考え、先のことを想い息ができなくなった。周囲では皆が浮き立ち、様々な音があふれかえっている。廊下で全く聞き取れない方言が耳に入る。両親と何か言い争っているのだ。時たま食堂で食事をすると、隣のテーブルの男子学生が何かとセンパイ、センパイと呼びかけている。いかにも馴れ馴れしく、そして突然名前とクラスを名乗りだす。なんのことはない、知り合ったばかりの同じ学部の学生同士が大学院や博士課程の状況を尋ねているのだ。授業中、時々後ろのドアから洒落たスカートを穿《は》いた女子学生が抜き足差し足で入ってくる。青い分厚いファイルを抱え、口紅もつけたままだ。三月の空気は早春の猫のようである。軽薄で落ち着かず焦りと不安に満ちている。

四月、すべてが慌ただしい。急いで準備した申請は結果が出ず、締め切りの日がゆっくりと過ぎていく。送った資料には断りの返事が数通、あとは梨のつぶてだった。つまり、この一年の申請は失敗だったということであり、留学の可能性はありえなかった。冷静に本心を言えば失敗自体には特に傷つかなかった。ただこれによって選択肢がいっそう狭まったことは確かだった。未来の方向は宙ぶらりんのまま定まらず、長引くほどに心の底の不安が広がっていく。

父が再び電話をしてきて私の進路を尋ねてきた。まだちゃんと考えていないと答えると、ともかくまず国を出て語学学校と予備校で一年勉強し、それから翌年受験したらどうかと言った。わからない、と私は答えた。父は私にしばらく考えさせてくれた。私の代わりに進路を決めるようなことはしなかった。これはよかった。私は決断の責任を父に託さなかった、つまり将来の不満の責任も父に押し付けていないということだ。国外に出たところで自分の疑問が解決されるはずがないという潜在的な感覚が依然としてあった。

父は行動の人だった。心の中のわだかまりは人には告げず、助けも求めず、自分で処理しようとする。父が何を考えているのか誰もわからなかった。足取りだけが残されるのだ。私には父のような行動力がなかった。日常に対して不満を抱くところは受け継いだのに、父のこの行動力は受け継がなかった。同じように変化を好まない母の保守性を受け継ぎながら、母の持つ日常生活への情熱は受け継がなかった。こうして私は負の結合体となり、日常の些事《さじ》をぼんやりやり過ごしながらその現状を打ち破る決心もないのだ。

　私の観察によると、行動力にとって最も肝要な部分は行動しながら考えること。アウトラインがすべて固まる前に第一歩を踏み出すことだ。計画のプロセスは延々と続く。目標を設定し、段取りを整え、各方面に意見を求め、物質的な準備を整え、細部まで完璧にしてリスクを計算する等々、そうこうしているうちに、人々の情熱もかき集めた勇気もすり減らされて消滅し、行きたかった場所は頭を悩ませる大量の些事に埋もれ、次第にそれほど行きたくなくなっている。慣性に従うにしろきちんと計画するにしろ、この時点で道半ばにして不可抗力の理由が現れる。例えば家族の反対や、手続きの不備、体調不良等々。そして当然のように小さくしぼんでゆく。しぼんでしまうと、心から残念に思い恨みがましく感じたりする。ああ惜しい、理想を実現しに本当に行きたかったのに、現実によって息の根を止められたんだと。だが、真相は、己に行動力が欠けていたまでのことだ。

　五月のある晩、電話口で聞いた母の声は優しくも焦りがにじんでいた。表面のやさしさは実際の焦りを隠そうとするものだった。母はずっとひたむきに社会を信じてきた。宗教を信じるように周囲の社会を一途に信じた。自分自身がかつてこの社会に幾度となく捨てられたにもかかわらずだ。私を社会に融け込ませるか、融け込ませるのに必要な資本を蓄えさせようと焦っていた。それがどんな資本か理解すらせずに。どこから聞き出してきたのか「だったらプログラマーの資格を取ったらどう、そうでなければ「新東方」[※7]に通うとか」等々隣近所からかき集めてきた真偽の入り混じった情報を語る。誰それは公務員試験に受かり、誰それはボーイフレンドができた。誰それの職場は住まいからとても近い云々。「近所の子供」とやらが別の名前に入れ代わったところで、その役割は同じだった。私の就くべき仕事は、単純で安定した役所の仕事で、前途はなくともリスクを冒さずにすむものをと願ったのである。それこそ母が子供のころからよく見聞きし理解していた最高の仕事だった。

「あなたはわかってないのよ。今の大学卒業生は月収二千元が一つの目安なの、急がないと」母の声は細くやわらかで、夜の景色にふんわり浮かぶ。甘酒の様に、言葉の中に酔わせるような微かな苦みがあった。「スーパーで就職した大学生を見たことがあるけど、箱の運搬では一か月に二千元なんてもらえないの。作業が辛いだけじゃなくて、いつなんどき誰かに替えられても文句が言えないのよ。ほんと、この目で見たから。あなたも早めに準備しなきゃダメ、見る間にあと二か月になっちゃったじゃない。[※8]次が決まっていい頃でしょ。やっぱり新卒採用で探すべきじゃないの、手続きも手間が省けるし、人員の配置換えになったときだって優位に立てるしね。もし卒業時に仕事が決まってなかったら、履歴に自宅待機と書かれて、新卒枠採用ではなくて社会人枠採用となっちゃうでしょ。そうしたら就職はもっと難しくなる」

「ええと、うん……」私はもごもごと答えた。

「ねえ、この日曜日にちょっと帰ってきて、母さんの同僚のところに一緒に行かない？　手土産持参で。べつに贈り物のつもりじゃないの、心づけ。その同僚、とても義理堅くてね、一言で請け合ってくれるの。あれこれ聞いてもこないし」

「私、帰れない」

※7　留学に力を入れている中国の大手の塾
※8　北京の学校は一般に、九月入学、六月卒業

「用事があるの？　それなら来週は？」

「……帰りたくない」

母が辛抱強く説得を始めた。甘く醱酵した声が夜空に蒸発してゆく。心がざわつき、すぐ目の前にぼんやり浮かんだ記憶の断片が黄昏《たそがれ》時の街灯の下で脈絡なくふわふわと漂っている。階下では自転車で集まった学生の一群が、晩にキャンパスの外へと繰り出しどんちゃん騒ぎをしようと計画を練っており、時おりどっと沸き起こる歓声が緑の合間から立ち上りこちらの心をかき乱す。私は携帯を横に置いた。母の声が遠くから響く。

「何とかして一度帰ってきなさい」しまいに母が言った。「最終的に就職するかどうかは別として、やっぱりあちらに伺って、好意に感謝しなくちゃ」

こうして日にちが決められたがそれまで一か月ほどしかない。暗がりで携帯のカレンダーを見ると、明滅する緑色がぼうっと瞬く蛍の光のようである。どうっと押し寄せる一枚の壁のように未来がやってきて、私を逃げ場のない隅に追い込む感じがした。決断しなければならなかった。

私は微月に電話を掛けたが、つながるまで何度も掛け直さなくてはならなかった。

これまでずっと事ある毎に微月に意見を聞いてきた。微月、林葉《リンイエ》、何笑《ホーシャオ》とは六歳から二十歳まで、いろいろな空想をしてはその世界でチームを組んで、とそんなことをして一緒に大きくなってきたのだ。私は彼女たちの生活に目を向け、同時に自分も彼女らから注意を向けられたと想像してみた。気づけばもう随分長く三人と行動を共にしなくなっていた。指折り数えてみると九か月近くが過ぎている。これには驚いた。

「ああ、雲雲」と微月が言った。「ちょうど連絡しようと思ってたとこなの。ちょっとみんなに知らせたいことがあって、そしたらちょうどみんなで集まろうってことになってて。来週なの。

来るでしょ？　絶対来てね」

「うん、わかったけど、何なの？」

「来週になったらわかるから」微月が答えた。「いつが都合いい？　土曜それとも日曜？」

すぐ会えるだろうからと、私は自分の問題を洗いざらい話すのは避けた。

微月への電話を切ってから、今度は林葉にかける。状況をざっと話したところ林葉ははっきりと国外に出るほうを勧めた。あたしね、もっと難しい選択を迫られてるんだ、と彼女は言った。もともとの計画では、卒業したらギャップイヤーのつもりでアルバイトしながら南へ一人旅行をするつもりだったのに、今それがだめになりそうなのだという。彼女は南にあこがれていた。目論見では、大学四年を卒業すると同時に雲南《うんなん》に行き、喫茶店やバーでバイトなどして一年半ほど暮らしてみる。そうやって異郷でいろいろ経験を積んだ後で仕事に就くつもりだった。この計画は聞こえがよかったし、自立的で魅力的だった。ところが皮肉にも大学院に受かってしまった。母親をうまくあしらうためだけに申請したはずが、受かってしまうとは。こうなると母親が彼女の南行きを許すはずがなかった。

「ならどうするつもりなの」私は尋ねた。

「それでも行くよ」彼女は言った。「雲雲、あんたも外に出なよ。あたしたち、ずっとずっと遠くに行くんだ」

彼女は真正面からの衝突を避け、母親にはうそをついて旅行に出、そのあとずっと戻らないつもりだった。新学期の学生登録締め切りをやり過ごしてしまえば、すべてそのまま決まっていく。現実にスマートにかっこよく対処する独断専行の勇ましい計画だったが、その口調は彼女の話す内容ほどには、気楽な感じに聞こえなかった。やはり母親の意見を馬耳東風で聞き流すことができないでいるのだろう。彼女も選択に迷い、自分を確信しているわけではないのだ。

雲南、雲南、彩雲のながれる南方、彼女はつぶやいている。石畳の通りに霧雨がしとしとと降りそぼり、彼方に雪山をのぞみ、目の前に流れる水、中庭を囲む住居は小ぶりだが精緻《せいち》な造りで、東巴《トンパ》文字が施された灯籠が時を経た木の扉の外にかかっているのよ。そしてそこでの生活を夢想する。バイトの合間に雪山に登ってもいいし、ある程度稼ぎをためてシャングリラからチベットに入るのもいい。彼女は雲南で書く日記にする牛革のノートも用意していた。

林葉の声からは、おなじみの、幻想にどっぷりはまった様が見て取れた。中学の時、授業中に詩を写していた彼女を思い出す。実に細々とたくさんのものを持っていた。小物に夢中で、病的なほど執拗《しつよう》にあれこれきれいな小物を集めて回っていた。硬貨を入れる香袋《こうぶくろ》を買うために市内のありとあらゆる店を探し回りもした。美しい小物が彼女自身の彼方への麗しいイメージと一緒くたになり、ふわふわした絵空事を描き出すのだ。彼女も羅鈺と同じで、物事の表層的なところに惹かれたが、羅鈺と違うのは、その表層的なところに思い入れを込める点で、そのために物事はより美しく、より非現実的になるのだった。

林葉への電話を切り、私は運動場のわきにじっと立っていた。初夏の夜風が顔をなでる。夜がグラウンドを包み込み、トラックの合成樹脂の臭いがかすかに周囲に漂っている。スーパーの入り口でさざめく笑い声が遠くから夜風に乗ってふんわりと聞こえてきた。あたりはうっとりさせるようなけだるい空気に包まれている。この夜のとばりの中で私は心が重かった。林葉は彼女が望むようなのっぴきならぬ状態にあるわけではないのは聞いていて分かった。大学院への進学を放棄すると話すときはまだ留保があり、しまいには母親の押しの強さを再び言い出したから。望んでいないことと望んでいることを語っていたが、イメージに夢中になりながら行動力が伴わないところは私と全く同じだった。

この二日後、私は何笑とフェイスタイムで連絡を取った。何笑は今香港に交換留学中だった。すでに仕事を見つけていて、北京に戻って卒業試験の面接を受けた後、香港で仕事に就くという。スクリーンに映った何笑は、髪を短いポニーテールに縛り、見た目は前とほぼ変わらず、相変わらず頭の回転が速くてよく笑いよくしゃべった。話もすっきりと論理的で、速からず遅からずよどみなかった。彼女は留学に行けとか就職したほうがいいといった忠告はしなかったが、どちらの場合も元手と収益、短期的元手と長期的収益についてちゃんと考えたほうがいいと言った。長期の収益を計算するときは、必ず感情を計算に入れなくちゃダメだからねとも言う。

何笑は私が永久に追いつけないレベルにいる。ずっと一番、いつでも一番、何があっても一番だった。六年の時私たちは一緒に小学生オリンピックに参加を申請した。全市で申し込んだ生徒を試験の成績順に並べて二十のクラスに分けたのだが、私は十四番目、彼女は一番目のクラスだった。そして最難関の大学に合格する。知能が高いとはどういうことかを私に初めて知らしめたのが彼女だった。必死に勉強に励むわけでもなく、すべてがさりげなく、何の苦も無く覚え込んでしまうのだ。

大学でも様々なことをやっていた。国際学生組織に加わって欧州に行ったとか、スペインの学生たちと北京で体に障害を持った子供の後援活動をしたとか、いつも忙しくしていながら成績はトップだった。人生がいつでもやりたいことでぎっしり埋まり、達成すべきことがあるのみで選択に迷うことはなかった。それは私がそうありたいと望みながらできないとわかっている状態、さまよいつつどこにも身を寄せないという状態だった。たぶん何笑の辞書には「さまよう」という言葉すらないのだろう。

何笑の専門は数学、私にとっては聞くだけで難しいと感じる分野だ。当初それは純粋な学問を扱う分野だと思っていたが、その後微月によれば何笑が学んでいるのは金融で、三年の時に実習に行き、週たった二日で月三千元をもらったという。本当に驚いた。私が卒業後に欲しいと思っていた月給のレベルだ。当時何笑にそのことを尋ねると、大したことないよ、と笑った。今回分かったのは、彼女の卒業後の年収が五十万香港ドルだということである。確かにこれからすると三千元などちっぽけな額だった。何笑がすごいとは知っていたがこんなにすごいとは予想外だった。彼女は迷う必要などなかった。ただ最高のものを選べばよかったのだ。

　何笑は自分の仕事についてはあまり話さなかった。違いがあまりに大きいと気まずさだけが生じるのがわかっているからかもしれない。私は北京やロンドン、香港について語り、また私たちの町や幼い頃いた街の通りについて話した。何笑は最後に、一番好きな都市は香港だと言った。ここはシンプルでテンポも速いし、何をするにも礼儀正しくて私情を挟まない、香港の会社は税も低いし、仕事に適してるよ、と。

「香港で古惑仔《クーワンザイ》（チンピラ）見た？」私は尋ねた。

「どこに古惑仔なんているんだか」何笑は大笑いした。「来たばっかりの時はあたしも古惑仔っているのって聞いてまわったけど、あれは映画だけだってさ、ほんとにいるわけないじゃん、治安はすごくいいし。夜でも通りはとっても静か」

「尖沙咀《せんさそ》に行ってみたいな」

「来なよ、来て一緒に遊ぼ」何笑は笑って誘った。「でもけんかもないし、かっこいいヤーさんもいないからね。通りをぶらついてる人間だけ、並みの人込みじゃないよ。許留山《ホイラウサーン》※9は最高に美味しいんだ。もし来るんだったら、許留山で御馳走したげる。ドリアン食べる？　アハハ、それは偏見ってもん、香港のドリアンは北のとは違うんだから。ほんとだって。嘘じゃない。熟したのはすごく甘い。北で売ってるのは熟す前のやつ。ドリアン班戟《パンケーキ》ってほんと最高。班戟っていうのはクリームを加えたミニケーキのこと。来たらわかるよ。何のブランドを買いたいの？　教えてくれたら送ったげる。こっちに国内にものを送るのを専業にしている人がいてね。でも香港も狭いから、すぐ行くところがなくなっちゃって、来てもがっかりするかな？」

「これからもずっと香港にいるつもりなの？」

「ううん……微妙。香港が北京よりいいなんて、実は思ってないしね。ただ香港の身分証が欲しいわけ、今後ビザなしで国外に行けるし、旅行ももっと手軽になるでしょ。あはは、でも特に何かがしたいってわけじゃなくて、ただ旅行に行きたいなと思ってるだけ。そうそう、知ってる？香港の木、鉢植えにしてるあの手のゴムの木だけど、こっちだと山に植えていて家より大きくなってる。ほんとだって、見たらわかるから。ほんとすごい。小さいころ香港には高層ビルしかないと思ってたけど、こんなにたくさん樹木があるなんて。緑が多いのが好きなんだ。こっちだと夏に海岸で遊ぶのにも都合がいいし……でも香港はほんと小さい」彼女は最後に言った。「小さい時はこんなに小さいなんて想像もしなかったよ」

五年後、実際何笑に香港で会ったとき、彼女は家を購入したところだった。集合住宅のほんのちっぽけな一部屋だったが、一平米あたり九万香港ドルもして、私にとっては豪邸だった。ヴィクトリアピークのふもとにあり、周囲には彼女が語っていたゴムの木が野山一面に生え広がり、その厚みのある葉肉は絞ると汁が出そうだった。香港はコンクリートのざらついた地域だと思っ

※9　香港大手のスイーツのチェーン店

ていたのだが、実際はずいぶん違った印象だった。山上は一面に緑が広がり、大量の雨のおかげで緑の木々が至る所に生育し、時々台風に見舞われるたびに天と地が攪拌されて一筋の混沌とした奔流となった。そこは実はしっとり柔らかく、生き生きとした生命力が感じられる場所だったのだ。人々は毎日を堅実に、力強くやりくりし、いつも競い合っていた。何笑に似合った場所だった。

何笑の様には絶対になれない。ほんと、みんなのようには永遠になれっこないのだ。彼女たちはそれぞれがはっきりとした、実体のある目的、努力すれば世俗の世界で手にできるものを追い求めていた。これが、この世界で生きていく信念を得るための必要な条件だった。しかし私自身は、追い求めているものがあまりに空虚だから、私の信念を支えるものもこのように空っぽなのだ。

時々みんなに「自由なの?」と聞いてみたかった。誰にも尋ねずじまいだったが。反論が怖かった。「自由じゃないなんて言える? こんなにたくさんの選択肢があって、不自由なんていえるの?」と。もしそう問われたら黙るしかなかった。むこうが正しいのだと思う。でも私はこんな選択肢が欲しいわけではなかった。これが私を絶望的な気分にさせた。

第三章

午後仕事が終わると、父は謝一凡《シェイーファン》と一緒に一足先に職場を出た。

朝工場に入ったとき、謝一凡が父を誘ったのだ。「よかったら晩飯食いに俺んとこ来ないか。ここ数日親父がちょうどいるから直接話したらいい。一、二杯お相伴でもすれば、何とかなるかもしれんさ。俺があらかじめ説明しといてやる。曖昧にしといておじゃんになるよりいいだろ」

父は実のところ謝の親父さんを少々恐れていた。普段工場で見かけても、下を向いて避けるのが常だった。親父さんは本来穏やかな人柄だったが、習性で父は指導者に近づくのを避けたのだ。それでも謝一凡の言うとおりだとわかっていた。王老西《ワンラオシー》の件を打診するにしろ、今後工場をやめようと思っている件にしろ、やはり謝の親父さんに直接話しておくに越したことはなかった。父は頷いた。「わかった、じゃあ仕事が終わったらお前を待っているから。適当な時間を見計らって行こう」

父は四時に仕事場からあがった。この時間帯は、作業場の人間は、親方も含め茶を飲み世間話に興じている。父はまず組合に顔を出し、母に晩飯は外で済ますからと告げ、それから作業場に戻ると謝一凡がすでに入り口で待っていた。二人は自転車にまたがり、自由市場に行って黄花魚《キグチ》を二匹買い求めた。豪勢な珍味だ。年末や祝い事がある時しか買わないのだが、謝の親父さんの一番の好みと聞いていた。父は賑やかで活気にあふれる中を、自転車を押していった。自由市場は屋根を柱で支えた巨大な建物の中にあり、にぎやかな声であふれかえっている。狭い二本の通路わきで農民が白い麻袋を広げその上に野菜を積み上げ、野菜から落ちる泥がコンクリートの地面と一体となっている。父と謝一凡が歩きながら話していると、時おりサツマイモが積み上げた山から滑り落ち、二人の足元の湿った泥の上に転がった。

その晩の酒宴は上々だった。謝の親父さんは工場では厳《いか》めしかったが、若輩の前では気さくだった。太い笑い声がよく響いた。父は謝一凡とは十代のころから付き合いがあり、謝一凡の家にも何回か来たことがあったから見知らぬ間柄ではなかった。酒が三杯目になると謝の親父さんは鷹揚《おうよう》になり、工場内外の変化や政治についても語り始め、ますます管理が難しくなる山積みの業務や、工場長としての難しさや、税改革後の希望や負担について語りだした。

「お前たちに言っとくが」親父さんは酒を一口すすった。「よく聞いておけよ、今年が転換点になる。時が経って後で思い出してもそういうことになっているだろう。多くのことはこれからも変えなくちゃならん。今現在は見えてないだろうが、そのうちはっきり見えてくる。これからは工場長の自己責任になる。人員の募集や解雇も自分でやらにゃならんようになる」

「それはいいことですよ」父は親父さんにコップの縁いっぱいまで酒を注ぎながら言った。「親父さんにとっちゃいいことでしょう」

「いいか悪いかわからんよ」謝の親父さんが答えた。「ただ方向性は正しい。わしは早くから言っとったが、工場をきっちり動かしたいなら、例の政治運動はやっちゃだめだ。きちんと操業させたいなら、できるやつを取り立て、できないやつは降ろす、それで初めてちょっとばかり希望が出る。だがな、こうやるとあらゆる圧力が一切合切工場長の頭にのしかかってくる。良くなればいいが、うまくできないとつぶれてしまう。おそらく今後の趨勢《すうせい》は、自分で損益の責任を負わなきゃならんようになるだろう。現行の工場のままじゃ、八割がた赤字になるだろうが、その時になったらもう手の下しようがないのさ」

「最近ルール作りをされたじゃないですか」

「あんなもんが役に立つと思うのかね」謝の親父さんは手を横に振った。「お前も一凡も大人だろ、ああいうのがなんだかわかってるだろ、工場で演説をぶって、規則をやかましくいって役に立つかね。お前たち若いもんが聞き入れるかね。役に立たんよ。学校でだって効かないやり方だ。もし本気で労働者を働かせたいんだったら、本気になってやらなきゃだめだ……ともかくもだ、お前たちはこれからはちょっと慎重にやってくれ」

「今後人員が削減されるんですか」父が急いで尋ねた。

「おそらくな、この一年半が勝負だ」

「そういうのは、プレッシャーが大きすぎますよ」父はことの勢いでつづけた。「……やはり私が自分から辞表を出したほうが簡単に済むように思いますが」

「おっと」謝の親父さんは急いで続けた。「そんな風に言っちゃおしまいだ。焦らないでくれ、見境なく辞めさせることなどできない……物を盗んだり、規則違反をしてなければ、お前さんを解雇はあり得ん」

「でも」父は答えた。「仕事を辞めて……というか、外に出て世間を見てみたいんです、チャンスがあるかもしれないし、どう思いますか」

謝の親父さんは黙ったままキュウリの和え物を二はさみほど口に入れ、しばらくぱりぱりかみ砕き、それからグイっと一口やってから答えた。「外のことはどうもわからんが、でもいいことじゃないか。飛び出してやってみればいい、壁を超えられんとも限らんし。それにな、もし二年前に聞かれたんだったら、ちょっと待って様子を見てからにしろと言っただろう、だがな、今回は何か動きがあるようだ。今年は状況が違ってきている。これからはおそらくますます緩くなり、厳しい取り締まりはしなくなるだろう。やはり外のほうが融通が利くし、機会も多いだろう、工場はいま何とか動いている状態だが今後どうなるかわからん。若い時に飛び出してみるのもよかろう」

この言葉を聞いて、父は鎮静剤を飲んだかのようにほっとした。そして言葉も滑らかになり、王老西について語り、自分の考えを語り、それから下郷したときのことを語った。謝の親父さんが理解してくれたことがある種の保証になった感じだった。少なくとも、父の憂慮にことさら圧力をかけることはなく、父が自らを偽らざるを得ない状況に追い込むことはしなかった。

酒が三巡りすると、謝の親父さんは次なる情勢を分析し始めた。核心を衝く言葉に無駄はなく、将来を見通した話しぶりに、父はひそかに舌を巻いた。親父さんは「鄧小平はなかなかの人物だ。ああいったことを経験しても[※1]個人の損得を勘定せず、大局を見ることができる。経済をどう運用するかは、自分たちの手でやらせなくてはいかん。今の段階ではその功罪をとやかく言うのは時期尚早だが、遅かれ早かれ公平に議論がなされるだろう。年始はまだ皆びくびくしていたが、鄧小平が深圳を訪れただけで情勢に見通しがつけられたじゃないか。お次は引き続き先に歩を進めなきゃいかん。統制経済をやめ、生産量も価格も工場自体に任せるべきだ。今が転換点だ。早めに方向を決めとかんと将来損をすることになる。生きていく上では転換点をつかまなきゃだめだ。上昇と下落の起伏が大きくなっている。将来工場が儲けるか損するかは今どうするかにかかっている」

この時、父は王老西から頼まれた件を切り出した。そして、さらに工場の次の計画についても話した。驚いたことに、親父さんも王老西と同じことを考え、私営工場との提携を考えていた。ただまずは国が許さないだろうと思ったのだ。実際工場には余力もなかった。工場の今の設備は老朽化し、使い物にならなくなったものはすでに廃棄していたが、残りも効率が悪く、遊ばせているものなど実際ほとんどなかった。一緒にやろうにも使えるまっとうな設備を提供するのは無理に近かった。

この件は可能性がないと父は思った。父がそれを気にかけたわけではなかったが、それでも胸の内はやはり重苦しかった。工場を離れられるかどうかということと、王老西のこの件をどこか結び付けていたので、もし王老西の件がうまくいかないのならば、工場を離れて自分に何かやれるのかはわからなくなる。

「それじゃあこの件は……」

「だめだというわけでもない」謝の親父さんはちょっと言葉を切った。「お前さん、前に王老西が南に行ったことがあると言っとったが」

「はい、確か一時深圳にいたことがあると」

「なら奴は深圳で外国人の社長と知り合いになってはいないかね?」

父はぽかんとしてどう答えたらよいかわからなかった。確かに王老西の口調では世界中に知り

※1　鄧小平は、文化大革命中激しい批判を受けて、全職務を剝奪される等の迫害を二度経験している

合いがいて、深圳の某社長がどうのこうのと言ったり、外国人云々と口にしていたが、本当に外国人と知り合いなのか、それとも、誰かが言った話を耳にしただけなのかはわからなかった。

「もしかしたら会ったことがあるのかもしれませんね」と父は慎重に言葉を選んで言った。「でもそうだとも言い切れませんが」

「折を見て聞いてみてくれ」

「もし知り合いがいたらどうだというのですか」

「外国の冷蔵庫工場の人間と知り合いだったら、その工場の生産ラインをうちに導入できないか訊いてみてくれないか」

「外国の生産ライン？」

「ああ」親父さんは答えた。「王老西に言ってくれ、もし外国の生産ラインを引き込むことができたら、こちらの工場で交換した設備を提供することができる」

ここで父はようやく理解した。王老西が頼んだ件は、謝の親父さんのツボにはまったのだ。謝の親父さんはもしかすると生産ライン引き入れについて以前から考えていたのかもしれない。しかし親父さんにはまずルートがなかったし、従来の生産ライン設備をどう処理すべきかの見通しも立っていなかった。王老西がもし事業を軌道に乗せることができるなら、それこそ双方に利がある。謝の親父さんにはやはり思惑があったのだと内心思わず感嘆し、二つ返事で引き受けようかと思った。しかし、ふと別の考えにも行き当たった。王老西はあまりあてにならない。ルートを見つけられるかは別のこととして、外国の設備を輸入した際、王老西が古い設備に甘んじるか、それとも進んだ外国の設備を先取りしてしまうか、いずれも不確定要素なのだ。それで、父は話を一歩元に戻し、慎重な構えで言った。「わかりました。向こうであちこちに打診してみるように伝えておきます」

それからさらにしばらく話し、料理もあらかた食べつくしたところで父はテーブルを片付ける謝一凡を手伝った。ベランダで飼っている鳥が目に入り、そこでまたひとしきり、オウムとナイチンゲールとではどっちが賢いか、オウムはどの種類が飼いやすいのか、毛が混じりっけなく一色なのはどの血統か、鳥と散歩するにはどこがいいか等々が話題となった。いずれも謝の親父さんの興味に合わせたものだった。暇乞いをするときには親父さん自ら戸口まで見送ってくれ、タバコをくゆらせながら二人が靴に履き替えるのを見ていた。作業着を羽織った時、父は動作を止めて尋ねた。「謝工場長、どう思いますか。もし王老西の方に情報が入ったら、私も一緒に深圳に行って見てくるというのは。我々の工場の代表として向こうとやりとりすれば、王老西に任せるよりも手堅くなります」

「わかった、行くといい」親父さんはあっさりと承諾した。全く予想外のことだった。「もし実際動くようだったら、事務の王《ワン》に列車の切符を買わせよう」ともう一言が言い添えられた。

「それは、大変ありがたいです」父は急いで礼を言った。

父と謝一凡がドアの外に出ると、親父さんはスリッパをはいたまま廊下まで出てきて、タバコの煙を吐きながら笑って言った。「二人ともしっかりやりなさい。チャンスはこれからいくらでもあるから。いま社会が大きく動いているんだ、お前さんがた出遅れないようにしないとだめだ」

父は頷くと、手を振って別れを告げ階段を下りた。踊り場でまがった時、もう一度顔をあげ謝の親父さんの顔を仔細《しさい》に眺めた。向こうはそれに気づかず目を細めタバコを吸いながら廊下の小窓を通して真っ暗な夜空を見つめている。老いが忍び寄っていたが、全身から沸き立つような情熱があふれ出ていた。嵐の中で力を温存し、暴風雨が去ってからその封印を解くことができる人間がいるのだ。これを父は初めて知った。

階下に降りると、二人は自転車を押しながら歩いた。父が親父さんは豪快で気迫があると褒めたが、謝一凡はため息をついただけで何も言わなかった。アパートが並ぶ地区の街灯は、ポッソンと間隔が開き、橙色の光が錐《きり》のように立ちならび、後方へ長く伸びた自分たちの影がだんだん短くなり、そして足元まできて丸く縮まると、またしだんだんに長く伸びてゆく。長いものから短いものへ短いものから長いものへと、人間の理想と現実のように繰り返し膨らんだり収縮したりする。

「雑誌をちょっと見るからあそこの売店まで付き合ってくれないか」謝一凡が言った。

「もちろんだ。何を買うんだ?」

「『人民文学』だ。詩の特集をやってるみたいなんだ」

「お前の詩があるのか」

「ないよ、俺のがあるわけないだろ」ばつが悪そうに答える。謝一凡の声には自嘲の響きがあった。「他の作品を見るんだ。いつか本当に俺のが載ることがあったらいいがね」

「気にすんな、のんびりいけよ」父は口調も滑らかに慰めた。「掲載される日がぜったいくるから」

謝一凡は首を横に振り、黙り込んだ。謝一凡には今生への強い衝動があるわけではなく、たいていのことはどうでもよく、ただ時おり詩を書いて生きるようすがとしているのだと父にはわかっていた。謝一凡はかつて大学進学に大きな望みをよせていたのだが、[※2]二年間受験して合格しなかったため進学をあきらめていた。望みを失ってからはその他のことも投げやりになっていた。父は当時、謝一凡がやけ気味で、神経過敏だとも感じていた。もし受験したいのなら、もう二年ほど受けても問題はない。家庭環境は悪くないし、働いて家族を養うことが望まれていたわけでもない。けれども謝一凡は大学を受験しないと決めてしまった。生来何に対しても固執しないたちなのか、あるいは十分なレベルになく、再受験しても屈辱を感じるだけだと理性が判断させたのかわからない。父はわけを聞かずじまいだった。父が町に戻る一年以上前から謝一凡はすでに労働者として働いていた。

父の眼には、謝一凡はやはり気にしているように見えた。幼いころは秀才だと言われるたびに朗らかに笑っていたのが、今は軽口で秀才だと言われると顔がさっと曇った。それは、大学に受からなかった古傷に触れたからに他ならない。謝一凡は小学校を通してずっと作文がうまく、教師に褒められ、黒板新聞に書き写されてもいた。のちに文革で下放すると、村での農作業の合間に、皆に歴史ものを語って聞かせ、週末には数十キロの道のりを自転車で町まで行き、家宅捜査で持ち出された書籍をこっそり人から買い受け、村に戻って皆に回した。いつもノートと万年筆一本を携え、昼の休みの時に柳の老木の下に腰かけて何かを書きつけていた。それを反動的な言論ではないかと疑うものがあり、上部組織に報告され、ノートがいきなり取り上げられ調べられたものの、そこに書きつけられた文句は胸に秘めた思いなどでは全くなく、批判でもなければ理想や抱負でもなかった。今日の太陽がどうだとか、土、風、雨の様子、仲間の中でだれが一番汗をかいたとか水を多く飲んだといった類の事ばかりだった。矯《た》めつ眇《すが》めついじくりまわされたあと結局くだらないものだと判定され、ノートが投げ返された後はもう誰も彼を構わなかった。町

※2　一九七七年、文化大革命のために十年間停止していた大学入試が復活した

から来たほかの若者や村の連中は、きざな奴だと冗談半分に敬意をこめて大秀才と呼んだ。町に戻って二年間大学受験に失敗した後、工場では人々が半ばちゃかすように、俺たちのこのぼろ工場はだめだ、秀才ですら外に一歩出た途端秀才じゃなくなっちまう、と笑った。謝一凡は意に介さぬ風で、自嘲気味に一緒に高笑いしていたが、胸の奥ではこの状況に多少なりとも失意を感じていたのだ。それからというもの「秀才」の言葉が誰かの口に上るたびに顔色が曇った。

それでも詩作は続けていた。二年前にある雑誌に、自分がいかに苦しんでいるかを書いた女子労働者の文章が掲載され、大きな反響をよんだことがあった。謝一凡も父に見せに来た。この文を読んで少し共感するところがある。でももっと違った考えも言いたくなる。毎日が重苦しいという あの感覚は俺にもあるが、向こうはもっと退廃的だ。謝一凡は、あの手の憤懣や意気消沈した詩や文章は書きたくない、そうじゃなくて、何かを探求する感覚を詩に書きたい、探求の詩、崩れた塀や瓦礫で埋もれた廃墟にあってあたりを探し求める感覚の詩を書きたいのだと言った。労働者になったことは後悔していない、と謝一凡は続けた。なぜなら工場労働者であれば少なくとも何か役に立っていると感じることができる、だがずっと工場労働者でいるつもりはない。遅かれ早かれ何かをするつもりだとも語っていた。

父は、謝一凡に真の詩人気質といったもの、つまり言葉がよどみなく出て文章になるというのではなく、どんなことにも自分自身の内心から発せられる抒情的な気質を感じていた。それは父にはないものだった。

雑誌が置いてある売店は閉まっており、なんだか水を差されたような感じになった。二人が向きを変えて引き返すことにしたとき、父は先ほどの会話を思い出した。

「なあ、一凡」父は探るように尋ねた。「あの時お前も言ったろう、一生工場で働くつもりはないって、こういうことか？」

「ああ？」謝一凡はちょっと考え込んだ。「ああ、そうかもな。すっかり忘れてた」

「なら今はどうなんだ？　工場を出るつもりか？」

「どこに行くって言うんだ？」

父は自転車を押しながらブレーキを握りしめては放し、放しては握りしめしたので、自転車はぎくしゃく進んだ。「わかるわけないだろ、あのときお前こそどこに行こうと思ったんだ？」

「俺か……北京に行こうと思っていたような気がする」謝一凡は考えるように言った。「どっかの授業を聞いてみようかと思ってた、詩作についての授業がないかと思って」

「今でも行くつもりか？」

「呂晶《ルウジン》に子供ができたのに、どうやって出られるんだよ」謝一凡は嬉しそうに言った。口調に恨みがましさや不満はなかった。

「今後、という意味だよ」父は言った。「子供が大きくなっても、まだ北京に行こうと思うかい？」

「それは分からない、その時になったら決めればいいさ」謝一凡はこういうと、下を向き、親指をはじき、ベルを鳴らした。チャリンという澄んだ金属音が静寂な夜に響き渡り、二人の会話を遮った。「それでも、やっぱり行くだろうな。少なくとも天安門がどんなものなのか見てくる。王国林《ワングオリン》の代わりに見てくるさ」

この名を聞くと、父は心が重くなった。王国林は一九七三年に死んでいる。死ぬ間際もずっと「毛《もう》主席を愛し、天安門を愛す」と言っていた。王国林も頭がよく、謝一凡とは最も馬が合い、二人で一晩中『楚辞《そじ》』について語ったり、事ある毎に杜甫、プーシキンを語っていた。それが、劉少奇《りゅうしょうき》[※3]を支持する文章を書いたことで有罪となり、獄中でも抵抗詩や反動的な詩を多く書いたために、さらに多くの罰をうけ最後は獄死したのだった。

帰り道、先に謝一凡の家に着いた。部屋の入り口についていた黄色の電灯が地区委員会の看板の一角を照らし出し、チョークで書かれた「優生優育」[※4]の文字が目に飛び込んできた。薄暗い中でそれはぎょっとさせるものだった。謝一凡は自転車にチェーンをかけ、アパートの入り口に立った。

「お前はどうするつもりなんだ」謝一凡が父に尋ねた。「外に出ていってやることに決めたのか？」

「まだ決定じゃないんだ」父は言った。「迷ってもいるんだ。後ろ盾を見つけないとね」

「喜んで後ろ盾になってやりたいけど」謝一凡は言った。「でもこればかりは、だれが後ろ盾になったって無駄だ、自分で決めるしかない」

「わかってる」父は頷いた。手を振り、片足で自転車にまたがると、宿舎の方に走り出した。少したってから後ろを振り返ると、謝一凡がまだアパートの外にいて、下を向きながら柳の枯れ枝の下を行ったり来たりしているのがぼんやり見えた。距離が離れているので、その表情ははっきりせず、何を考えているのかも読み取れなかった。

その晩、父は夜通し眠れなかった。「深圳に行く」という考えが頭の中を占めて、興奮と心配がないまぜになった状態だった。目を見開いたまま、緑の窓枠から外を見ると、半分だけ引いたカーテンの影から月が半分顔を出している。新緑が芽吹いたばかりの柳がゆらりまたゆらりと動き、窓に映る細長い影が、まるで動物の長いひげのように見えた。深圳の喧騒と天高くそびえる高層ビルが目の前で揺れている。父は北京を思い、王国林とかつての自分を思い、何とも言えない気分になった、結局その晩は一晩中眠れなかった。

後に私が五歳になった年、謝一凡は初めて北京に行って、そして天安門を見た。その時は謝一凡は心底失望し、さらにまた父親からも激しく叱責されて、その後の十数年間、二度と首都のこの地を踏むことはなかった。[※5] 二回目の北京訪問は、私と微月《ウェイユエ》が高校二年に上がり、微月を連れて大学見学をした時だ。その時天安門の前にじっと立ち尽くし、「お前たちと同じくらいの年齢の時、何より見たかったのが天安門だったんだ」と感慨深げに微月に言ったのだった。

私は微月とは二か月を置いて同じ病院の同じ部屋で生まれ、ゼロ歳から十八歳まで、いつでも一緒だった。母は用事ができたり買い物に行ったりするときは、私を微月の家に託した。私には、ビスケットの缶から薬の小箱まで、微月の家のすべてがお馴染みで、微月にとっては私の家がそうだった。私たちは一緒におままごとで遊び、手をつないで学校に通い、弁当を分け合った。教師は「沈軽雲謝微月《シェンチンユンシエウェイユエ》!」と何かを言いつけるときはいつも二人の名前を続けて呼んだ。二人がまるでつながった名前をもっているかのように。微月は私にない、美しさ、やさしさ、あふれるような才能、他人への気遣いをすべて備えていたが、奇妙なことに私は少しも嫉妬を感じなかった。あるいは二人がぴったりと寄り添っていたために、一人がもう一人の長所を自分のものとし、

※3　一八九八 - 一九六九。政治家。資本主義路線を歩むとして批判され失脚。文化大革命中に獄死する

※4　「優れた子供を良い条件の下で育てる」という意味。「一人っ子政策」(一九七九 - 二〇一五)の中で提唱された

※5　一九八九年、天安門広場の労働者学生デモと人民解放軍の衝突事件(六四事件)を暗示。政治運動に加わった謝一凡を、父親が叱ったという意味

第三者の前でもただ誇らしさだけを覚えていたということなのかもしれない。ほら見てみて、これが私の微月！　という具合に思っていたのだろう。私は微月が輝くような一生を送ることを期待していた。そうすれば、そばにいた私もその輝きを分けてもらえるから。私は彼女がはるか遠く彼方へと行くものだとばかり思っていた。

近く行われるクラス会のことを考えて、私は衣装ダンスのなかをあれこれひっくり返し何とかまともに見えるような服を探した。クラス会は互いにこれまでの成果を見せ合う機会、誇らしげにする者も、こっそり隠れている者も目だけはしっかりと開けている。私が普段抱えている憤懣や嫉妬は、隠しようのない虚栄心にあっさり取って代わられた。周りには自分の美しい部分を見てもらいたかった。特に私が気にしている相手ならなおさら。昔の友人に私の混乱した状態を見せたくなかった。

けれども着ては脱ぎを繰り返しても、出かける勇気が出てこなかった。太ったのかあるいは服が縮んだのか、どの服も小さく、縮んでみじめに見えた。しまいには気持ちも折れて、椅子に崩れるように座り込み、しばらくは立ち上がることができなかった。

列車を下りたところで私は微月に電話を掛けた。「着いたよ。どのレストランなの？」

「ちょっと待ってて、私たちで迎えに行くから。今ちょうど通りをぶらついてるところ、すぐ近くだから」

「わかった、ボーイフレンド？」

「張継《チャンジイ》とよ」微月は答えた。「でも……ボーイフレンドっていうのは違うかな」

「結婚するの？」

「する、じゃなくて」微月は笑った。「もうしてるの」

「えーっ！　いつだったの？　なんで、私全然知らなかった」青天の霹靂《へきれき》だった。

「先週、まだ誰にも言ってないの。あなたが最初」

電話の声には多少の恥じらいと、かすかな誇らしさがあった。私は本当にびっくりした。身近にいる同い年の知り合いで「結婚」というものに近づいた人はまだ一人もいなかった。私たちは二十二歳になったばかりで、卒業証書すらまだ手にしていない。同級生の多くはガールフレンドやボーイフレンドもできないでいた。いたとしても大抵卒業時に別れる不幸な運命を前に、泥酔して感傷に溺れるのが関の山。結局無情にも別れ頭を抱えて大泣きするのが見えているからだ。何人かは結婚恐怖症に陥っていた。まだ十分に遊んでいないからとか、数多《あまた》いる中で最も優秀で最も自分にふさわしい相手を見つけられないと、家庭生活への恐怖を理由に結婚を拒絶し引き続き相手探しをしようとしていた。大多数は一人ロマンスに浸るふりをしており、こんな時に現実的に身を固める者などいなかった。それが幼い時からずっとクラス中のあこがれの的だった微月が、絶えず男子から言い寄られてきたきれいな女の子がこんなことになるなんて。全く想像の域を越えていた。

私はずっと、結婚とはかなりの程度自分自身を放棄することだと思っていたような気がする。微月が突然結婚したという知らせは私を途方に暮れさせた。こんな風に結婚してしまうなんて、では私は、私はどこに行ったらいいのだろう？

その夜、同級生が大勢集まった。みんなに会うのはずいぶんと久しぶりだった。二十数名がテーブル二つにぎゅうぎゅう詰めに座った。微月と張継が結婚したことを発表してキャンディーを配ると場は一挙に盛り上がり、そのまま浮ついた賑々しさへと移行していった。お祝いの言葉、それに対する感謝の言葉、八卦《はっけ》※6と冗談、結婚と子育てをあてこすったりとみんなが口々に言い立てて大変な騒ぎだった。まるで沈黙してしまうとこの喜びの日から喜びがなくなってしまうとでもいうように、全員が饒舌《じょうぜつ》になった一方でその分深く語る機会もなかった。微月と張継は二人が知り合ってから愛し合うまでのあらましを皆に語って聞かせ、張継はどのように微月を追いかけたかを語り、続けてどうプロポーズしたかを語る。彼は私たちより年が上で話し方も堂に入っていた。周りではだれかれとなく質問が飛び交ったが、私にはなぜ結婚などしたのか微月に聞くチャンスがなかった。

二人が今どこに住んでいるのかを微月に聞いたとき、彼女はもう部屋を借りていて、実家からそう遠くはなく、姑の家からもそれほど遠くないのだと答えた。舅と姑は時々やってきて二日ほど泊まっていくという。結婚ってどんな感じなの、と訊くと、姑はとても親切だと微月が答えた。「向こうの家ではとても大事にされてる感じがするの」微月は笑って言った。「うちでは、なんだか誰からも気にかけてもらえないって感じがしてたけど」

「こんなお嫁さんをかわいがらない家はないでしょ」

「ちがうって。私、性格は良くないし、家事もできないし」微月が言った。

「もし微月が性格が悪いなら、この世に性格のいい人間なんていなくなる」私は言った。

彼女は穏やかに笑った。「ほんとだってば、何かあるとすぐイラつくの」

微月の悦びは内心からわき出たものだった。携帯からもその喜びは伝わってきていた。彼女は自分の悦びの表現をドラマ仕立てにはしない。それがかえって胸を打った。人が本当に内心から喜びを発しているかを見分けることは実は簡単である。あることを表現するのにいきさつを重点的に述べるか、自分自身について述べようとするか。後者はおそらく自信のなさを隠すつもりで、しゃべりながら自己表現し、そして異口同音に褒めてもらおうとする。微月はそうではない。自分のことを話すのに、事実そのものを伝えていた。顕示欲のないこういった精神を前に、人はその幸福を咎《とが》めようがない。

私は沈黙した。胸の内には名状しがたい感情が渦巻いていた。悦びもあるし、置き去りにされたような孤独感もあった。近くの席にいた人たちは少人数のグループに分かれて盛りあがり、私は世界の外側に座っている。誰もが幸せな様子で、まるで私一人が幸福という名の舞台に立ち、私だけが見ることのできる劇を見ているかのようだった。口に入れた食べ物は味がなく、いったい何を食べているのかもわからなくなった。

宴会が半分ほど進んだ時、突然呉峰《ウーフォン》がドアを押して入ってきた。地方にいた彼が駆けつけて来ることを知らなかったので、一瞬ぎょっとなった。呉峰は私の横の席が空いているのを見て滑り込んだ。この一瞬の出来事に私はかなり慌て、しばらく言葉が出なかった。

呉峰は周りに一通り挨拶した後、料理をつまみ始め、そして笑いながら私の状況を尋ねてきた。私は当たり障りなく説明し、まだ国外に行くか就職するか決めていないと答えた。そりゃ国外に行くべきに決まってるだろ、なぜ行かないんだい、と呉峰は快活に言った。そこで初めて、呉峰も国外に出るつもりだということが分かった。

二年ほど会っていなかったが呉峰はそれほど変わっていなかった。今でも私が好きだった中学の頃の感じが残っている。相変わらず聡明で、話好きで、活動的で、何事も効率を重んじ、話は率直で実際的、そして自意識過剰なところがない。呉峰はアメリカに行こうとしていたようで、話題はアメリカから始まり、『フレンズ』[※7]『セックス・アンド・ザ・シティ』[※8]へと移っていった。

※6　陰陽による相性の占い

いる。

私にとってのアメリカは『愉快なシーバー家』※9のイメージどまりだったが、呉峰にとってはそのイメージが異なるのは明らかだった。それはビジネスパーティーであり、ブリーフケースやネクタイであり、財務計画、金融報告書、そして軽快なリズムといったものだった。出国したその日から、彼は戻るつもりはなかったのだ。グリーンカード申請までの段取りすらしっかり整理している。

呉峰に、将来卒業したら何をするのかと尋ねてみた。ふつうこういった問いは形式的なもので、尋ねられたら大体がまだ考えていないと答えるものだ。しかし呉峰は、まず電子系の修士課程を終え、関連のある仕事に就き、二年後にまた金融分野のMBA取得のためのカリキュラムを履修し、将来はシリコンバレーで働くつもりだとスラスラと答えた。一生涯プログラマーでいるつもりはなく、自分で起業したい、とも言った。「博士課程は行くつもりはないんだ。勉強が大変だからじゃなくて、行く必要がないと思うからね。アメリカのPh.D.はアカデミーに照準を合わせているから、インダストリーでは歓迎されないんだ。ドクターよりマスターを得るほうがずっと簡単だし、就職にはマスターで十分なんだよね。インターンを早めにやってれば、就職が決まったらグリーンカードの順番待ちをはじめられる。MBAをまた履修するのはソーシャル・キャピタルをちょっと積んでおこうと思うからさ」

彼の軽快なリズムで繰り出される言葉を聞きながら、私は時間の亀裂を感じた。そして悟った。容貌は以前のままだとしても、彼はもう二度と以前のあの彼ではありえないのだ。

「修士の学費は自分で出すんでしょ？」私は尋ねた。

「うん、二年だけだからね。途中で助手をちょっとやれば学費の一部が免除されるから、生活費もひねり出せる。計算したんだ。順調なら、就職して一年半で投資資金を回収できる」

呉峰はどうやって留学のコネづくりをし、入学許可を取り付けたかを語った。すべてが順調だと話す顔には功利目的と書かれていたがそれを隠そうともしなかった。そして自嘲気味に、こういった功利目的の行為も、別に得意がっているわけではなくて、ただその時々に利用できる規則でゲームをしているだけなんだと言った。

しばらくして呉峰は、ガールフレンドも一緒に町を出て行くんだけど、別々の都市に行くことになっていて、行き来するには列車だと五時間、飛行機でも四十分くらいかかるようになると言った。それだと辛いんじゃないのと聞くと、皮肉っぽい口調で、このほうがいいんだと答えた。彼女は普段からなよなよしてるし、いつも人にくっついていて、ちょっとしたことですぐ泣く。少し離れたほうが自由になるんだ、と呉峰は言った。

「美人のガールフレンドだと楽じゃないね」私はからかった。

「どこに美人なんているんだか」冗談と真剣さが半々の答えが返ってきた。

私は笑ったりしゃべったりしながらそのまま彼の話に付き合った。口の中にかすかな苦みが広がった。あるかなしかの、ガムを噛み続けた末のほぼ味なし状態のあの感覚。わかっている。呉峰との関係は終わろうとしているのだ。彼が出国したらこちらに連絡する理由も義務もなくなり、私も今後長いこと彼のニュースを耳にしなくなるだろう。彼も他の皆と同じく、私がぶつかり続けている透明なガラスの天井をひょいと踏み越え、私には見ることも想像することもできない世

※7　一九九四年から二〇〇四年まで放映されたアメリカのテレビドラマシリーズ
※8　一九九八年から二〇〇四年まで放映されたアメリカのテレビドラマシリーズ
※9　一九八五年から九二年まで放映されたアメリカのテレビドラマシリーズ

界に入っていこうとしているのだ。私だけが取り残され、出口が見つからないままぐるぐるとその場をめぐり、ガラスの天井と、そして自分と闘っている。どうしようもないこんな状態でいるのは好きではなかったが、それでも彼らの歩みについてゆくのは嫌だった。私が探し求めているものはまだここに残っているのだ。私はそれから目をそらすことができない。

「お前は？　どこに申請するつもりなんだい？」呉峰が聞いた。

「……まだ決めてない。ドイツとか、オーストリア、それともスイスかな。でも申し込もうと思ってるその辺の国は英語留学の定員枠が少なくて、とっても難しいから、うまくいくかわからない」

「大丈夫だよ、いいニュースがあったら教えてくれよ」呉峰が言った。「その時は遊びに連れ出すから」

「いいよ、きっとね」私は答えた。

そして私たちは静かに前途を祝し、社交辞令を交わした。色あせた写真のような感覚だ。私たちもついに、世故に長けた大人たちがみんなそうするように、お互い心からの挨拶ではなく社交辞令でこの場を閉じたのだ。あるいはこれこそが最良の別れ方なのかもしれない。

集いが終わり、三々五々と人々が去ってゆく。外に出てからふと気づくと、徐行《シュイシン》と一緒に歩いていた。心がまた不安になった。すべてのことや人との関係が卒業前に終わりになるのだろうか。徐行と一緒に路地を通り抜け、大通りでタクシーを拾う。徐行と一緒に歩くのは大学の四年間で初めてのことだった。

学部の四年間、私はクラス会に出ることはほとんどなかった。徐行がどの大学だったかいつも思い出せないのだが、それなりの大学だったはずだ。彼は四年時でインターンをはじめ、卒業したら北京の民間企業に入るということだった。パーティーの時、私は彼が少し変化したことに気づいた。食事中に彼が話題にしたのは、先週どこのホテルに行ったとか、どこそこの研修で有名人を見かけた云々というものだった。その話題はいつも唐突に始まり、油気のないあっさりした生活を送っている私たちの中では妙にずれていた。李欽《リーチン》が何度も徐行の言葉尻をとらえてからかった。徐行が、万達《ワンダア》の社長を知ってるだろう、先週食事の時に見かけたんだ、と言えば、李欽は、万達なんて知らないねえ、ガムは益達《イーダア》のしか食わないからね、と答えた。徐行が事情通ぶって財テクの重要性を説き、投資できるなら投資すべきで、貯金は損をするだけだと語り出しても、だれも反応しなかった。円卓の回転台はぐるぐる回り、話題も八卦のほうへと移っていく。ほんの数人が徐行の言葉に反応したが、彼のようにこういったことを真剣に受け止める者はいなかった。

パーティーがはけた後に一緒に歩きながら、私は徐行の気まずい思いを和らげようとした。ところが彼は気まずいとは全く思っていなかったようだった。依然として自分自身の話をつづけていて、自分の仕事はプラットフォームがよくできてるし、会社は膨大なデータをグリップしてるし、CEOは大富豪なんだと語り、しかもそれをわざとさも何でもないことのように言うのだった。

「うちの会社は上場しない」徐行は言う。「この手の会社の多くは上場しないんだ。もし上場したければとっくにできていたけど、社長がそうしたがらないんだ」

「どうしてなの」

「社長は、上場するとコントロールしにくくなって、会社の発展に利さないと考えているのさ。社長は実際にはすごく金を持ってて、上場したら『フォーブス』の順位でも上位数名の中に入るんだけど、ともかく上場したがらないんだよね。『フォーブス』もパッとしないって言ってる。

本当に金を持っているCEOは、世間に顔を出したがらないからさ。彼らに比べたら『フォーブス』に名前が挙がってる人間はほんといって大したことないんだよ」

私たちは道でタクシーを拾おうとしたが、レストランの入り口では捕まえにくかったので、大通りまで歩いた。路地は一方通行で、道幅は狭く、両側に自転車やバイクが所狭しと停めてあり、その間を小型の自動車がかろうじてのろのろと進む。道の両側では平屋の店が軒を並べている。拉麺店、四川料理店、ネイルサロン、アクセサリー店等々。店の入り口はポスターで半分ほど埋まっている。付近には中学校が多く、夜でも子供たちが群れて歩いていた。私たちは人と車の間を立ち止まったり進んだりし、車を通すために時々自転車が駐まっている隙間に身を寄せた。こんな状態では大した話はできないし、実際、話せることもそれほどなかった。徐行は私に実家での財テクを勧め始めた。現金はインフレから逃れられないのだからと。話してくれた財テクの方法は大方忘れてしまったが、ほとんどが徐行の会社での経験と関係していた。だから聞きたくなかったのだ。暗がりの中で私が思い出していたのは、昔同じ机に座っていた時のことだ。冬の教室は凍り付くような寒さで、冷え性の私の手は凍えて氷のように冷たくなっていた。徐行は当時暖房側に座っていて、授業が始まると手をスチーム管の上にかざし、やけどしそうな温度に耐えながらその手が温まると、私の手を握って温めてくれた。そのあと私は彼の告白のメモを受け取り、けれどもメモの中身については拒絶した。当時徐行はとても努力していたが、教師や同級生からはどうも認められていなかった。そういった冷遇の憂き目が私たち二人を少し近づけたようだった。のちのちあのメモを思い出すたびに私は胸が苦しくなった。

徐行がいつからこんな風に変わってしまったのかわからない。記憶の中の彼は、いつも中学の時の寡黙《かもく》で羽目を外さない少年だった。出会ったころ、私は彼のこの寡黙さに親近感を抱いたのだ。その時は好きになるまでにはいたらなかったが、ずっと親しい頼もしさのようなものを感じていた。今の彼は、宴会の席で世間慣れした話をする。グレーのストライプが入った半袖ポロシャツは、当時の私にとって三十五歳以上の男でなければ着ない服装だった。

これからどうするんだと徐行が聞くので、まだ国外に出るか就職するか決めていないと答えた。徐行は私の出国に反対した。国外に出ることに対し軽蔑のこもった敵意すら抱いているようだった。そして、目下の出国ブームは賛成できないとして、あれこれ批判し始め、さらに国際政治にも言及し出した。徐行はよくいる一部の学生と同じように、国内の発展に強い期待を抱いていたのである。いわく、いい流れに乗っている今こそ主導権を握るべき大チャンスの時期だ。欧米は逆に衰退へと向かっているから国内で時勢を見極めれば大成功を収めることができる。留学したら逆に何も学べず、金で学位を買うだけだ。将来中国が世界一の大国になったときに帰国してももう遅い。アメリカのある都市ではすでに破綻が起こり始め、どこそこの州は農村のようになっている云々。そうは言っても、徐行は外国に行ったことがなかった。なのに議論の時はいちいちもっともらしいことを言う。彼の自信満々な態度に根拠などないのに、それでもその楽観的な見方にはそうかもしれないと思わせるものがあった。彼は、時代が紛れもない金鉱を掘り当てたところなのだと信じ切っていた。

「君のうちは家を買った?」路地をまわったときに徐行が唐突に聞いた。

「えっ?」

「家を買ったかい?」

「ああ、まだだけど」私は答えた。

「今住んでるところの財産権は誰なの。買ってないの?」

私は口をつぐんだ。あまりこの話題に気乗りしなかったのだが、それをどう説明したらいいのかわからなかった。

「まだ買ってないと思う」私は言った。「まだ工場所有の建物のまま」

「工場の建物だって？　数年前に財産権を移譲しただろう？　あの時に買わなかったわけ？」徐行は私の言葉に、これは大変だと言わんばかりの真剣な面持ちになった。「なら言っとくけど、家に戻ったらともかく母親に言って買うようにしてもらえよ。今住んでる家を買ってもいいし、別の建売でもいいから。あと二年は家がどんどん値上がりするから、買わないでいるとますます買えなくなるぜ。嘘じゃない。真剣に言ってるんだ」

「今だってこんななのにまだ上がるの？」私はつぶやいた。

「上がるよ」徐行が答えた。「絶対に上がる、なんとしても買わなきゃだめだ。数日前、富力《フーリィ》のCEOに会ったとき……」

私は聞こえなかったふりをして、足早にタクシーの方に向かった。徐行は自分の投資計画を語りだした。家を買って人に貸し、賃貸で家をキープする。これから数年でできるだけ早く金をため、頭金が用意できたらすぐに北京に小さな家を買い、賃貸料でローンを賄う。自分はやや離れた郊外に小さな部屋を借り、賃貸料を低く抑える。徐行の声がガラスで遮られた水蒸気のように聞こえた。急に冷やされて滴り落ちる水の粒である。徐行は私の冷淡さと感傷に、家に対する私の無関心、彼に対する私の感傷的な気持ちに気づかないのだろうか。徐行は最後まで投資理論に没頭していて、何も察した様子がない。

「彼女とは何年も付き合ってるんでしょ？　彼女も働いてるの？」タクシーに乗ってから私は尋ねた。

徐行は一瞬ぽかんとした。話題がこんなふうに突然さえぎられようとは思いもしなかったようだ。

「彼女は、いいんじゃないかな。なかなかよくやってる、つまり故郷に戻って仕事してるんだ」

この話題には触れられたくないようだった。

「故郷に戻ったの」私はちょっと驚いた。「じゃあ遠距離？　それってまずいんじゃない？」

その時私は探りを入れるつもりではなく、ただ話題を変えたくて思いつくままに尋ねただけだった。徐行のガールフレンドの実家は、商売をやっていて裕福だったこと、娘がもっといい階層の若者と付き合うことを望み、徐行が農村出身であることを見下していたことを私は全く知らなかった。当時、こうした問題はまだ表面化していなくて、赤裸々に話題に出すまでにはなっていなかったのだ。数年後にはすべて決着がつき、徐行のガールフレンドは同郷の公務員を紹介され、嫁にいって子供を産み、徐行は長いあいだ落ち込んだ。しかし卒業したばかりの頃の彼は、まだ希望を捨てきれず、認めてもらうために必死に二年ほどもがいていたのだ。そんなことを当時の私はつゆほども知らなかった。もし知っていたら、彼の変化をもっと理解できただろうし、彼のスノッブ化にもう少し寛容になれただろう。でもあの時はきちんと気付いてやれず、私は質問を重ねることで、本来は和やかだったはずの雰囲気を少しずつぎこちないものにしてしまった。私は家からそう遠くない交差点でタクシーを降りたが、そのときも当たり障りのない挨拶しかしなかった。タクシーが角を曲がるとき、徐行が車内で電話をかけはじめたのが見えた。

その後かなり時が経ってからも、私は徐行が去っていったあの晩を思い出すことがあった。私はポツンと一人通りに立っている。左側にはガソリンスタンド、その裏は静まり返った公園、右手には広い公道が走り、夜行の大型トラックが轟音とともにフルスピードで走り抜ける。道路の

いく感じだ。真ん中を走る路面電車が一、二分ごとに汽笛を鳴り響かせる。全世界が私から飛ぶように去って

その瞬間、私はある感覚にとらわれる。私や周りの人たちは囲いの中で飼われた小動物の群れのように、柵の中で押し合いへし合いしぶつかり合いながら前へ前へと駆けてゆく。ずいぶん長く走り続け、ついに囲いの端まで来ると、柵がバラバラに壊れる。皆はついに自由の身となり、喜び勇んで散ってゆける。ところが次の瞬間フルスピードで別の小さな囲いへ走り込み、奪い合うようにして自分の場所を確保すると、そこにうずくまり動きをとめてしまう。全力で走ったのはまさにこの一瞬の場所の確保のためとでもいうように。文字通りあっという間の素早さである。

私ははっきりと見たのだった。かつて好きだった相手とそしてかつて私を好きだった相手が、こうやって現実の暮らしへと踏み込んでゆく姿を。

第四章

二日後、父は同じ食堂に王老西《ワンラオシー》を誘った。そそくさと包子《パオツ》を腹に詰め込んだところで、王老西は待ちきれないというように父を引っ張って食堂から出た。父の予想に反して、王老西は工場の生産ラインのニュースに少しも興奮しなかった。外国の工場長との連絡係をあっさり引き受けると、肝心かなめの話へとすぐにでも入りたがった。何が肝心かなめなのか、父はわからなかった。

王老西は父を引っ張って、路地や通りを抜けると、まっすぐに小さな公園に入っていった。この一年の間にすでに街の雰囲気は緩み、新しいものへの興味が体制の権威に対する恐怖を上回っていた。人々はまたギターをかき鳴らすようになり、若いカップルは外のベンチに座るようになった。恥ずかしそうにもじもじしながら並んで腰かけ、時々肩を寄せ合い手を取りあう。ほのぼのとした雰囲気が漂っていた。父は王老西と二人で公園を歩くのは実にちぐはぐだと思った。それでわざと王老西から二歩ほど遅れて歩いたのだが、王老西はそのたびに父が追いつくのを待って、顔をぐっと近づけてくる。まるでひそかにたくらみ事をするかのようだった。父が早く話を切り出させようとすると、王老西は話そうとして考え直し、誰もいない場所じゃないとだめだと言った。

「ここならいいだろう？」築山の裏に回ったとき、父が言った。

王老西はまだあちこちを見回している。

「なんだよ、いったい？」父は少々うんざりしていた。

「あのな、今回でかいチャンスをつかんだんだ、うまくいけばがっぽり儲かる」

「どんなチャンスだって？」父は疑わしそうに言った。

「外貨だ」王老西の口から飛び出たこの言葉に、父はぎょっとなった。

「何の外貨だって？」

「あのな、今広州《こうしゅう》あたりじゃどこも外貨が必要だが、為替保留限度額が分からなくて、ドルでも香港ドルでも価格がひどく跳ね上がっちまってな、もし外貨管理局が把握している保留限度額がわかるやつがいたら、そいつはその場で大儲けできるのさ」

父の疑念は依然として晴れない。「それがお前と何の関係があるんだ？　お前が外貨を持ってるって」

「俺は持ってないさ」こういうと王老西は顔をぐっと近づけてきた。「でも持ってるやつがいる」

「……だれだよ」

「お前が知ってる人間だ」王老西はニヤリとした。いかにも嬉しそうだった。なにやら秘密めかしてもいる。「もう連絡を取っている。心配ない、お前がその気ならそう言ってくれ。もしやる気があるなら俺と組んでやるってことだ」

「ちょっと様子を見させてくれないか。俺には一寸先も闇だよ。お前がさっき言った話だって、俺の方で何かできるわけじゃあるまいし」父は一瞬考えてまたことばを続けた。「それにしても……深圳にいくのか？」

「そうだ、深圳だ。それから広州の別の場所だ」

父は心が動いた。それでもこう答えた。「ああ、もう少し考えてみよう」

「もう十分考えただろ」王老西は大げさに父の手の甲をたたいた。「チャンスは逸するべからず。二度とめぐってこないぞ、こんないい金儲けのチャンスは。こうしよう、今日の午後仕事が引けて、もし都合が合えば俺と一緒に外貨管理局に行くんだ。その人物に引き合わせてやるから。顔がわかれば安心するだろ」

父はいぶかるように王老西を見た。雀が二羽足元でじゃれあっていたかと思うとさっと舞い上がり、鳴き交わしながら日を浴びて穏やかな湖面を飛び越えていく。湖の周囲ではしだれ柳が心地よさそうにそよいでいた。

その日の午後、父が仕事を終え工場の出入口を出たところで、王老西がタバコを吸いながら自転車を引いて待っているのが目に入った。タバコをくわえ、手にした小さな鏡に向かって、手で何度も前髪をかき上げている。父に気づくと、嬉しげにぐっとペダルを踏んで自転車を滑らせながら、工場から出てくる女の子たちにまるで知り合いかのように声をかけるので皆が目をそらしていく。見ているだけで恥ずかしくなった父は、人目を引きたくなかったので、うつむいて自転車にまたがり路地の方向に向かった。

王老西は父に追いついて身を寄せると、午後に聞き出した新しい情報を口角泡を飛ばして話しだした。そして行き先を指示しながら、この計画がどれだけ収益が見込め、どれだけ信頼できて、どれだけ発展性が高いかを述べ、もし今回首尾よくいけば将来はついでに輸入に携わることができるのだと語り、そしてまた今回は大物が後ろ盾になっているので、絶対に面倒なことにはならないと言った。父が、今日いったい誰に引き合わせるのかと尋ねると、王老西はちょっと待てよ、会えばわかるからと言って譲らない。

理由のわからぬままに、第六感が父を不安にさせた。

外貨管理局のビルの入り口まで来たとき、父は突然中に入りたくなくなった。しかし、王老西がなだめすかして無理やり引きずり込もうとする。

ちょうど二人がもみ合いながら入り口のホールに入った瞬間、階段から下りてくる人物が父の視界に入ってきた。

于欣栄《ユイシンロン》だった。

呆然とした後、身をひるがえして出ていこうとする父を、王老西がつかんで離さない。次の瞬間、于欣栄が父の背中越しに澄んだ声を響かせた。「沈智《シェンチィ》、私がわからなくなったの?」

進むことも引くこともできずに戸惑っている間に、于欣栄はすでに父の目の前まで来ており、昂然と言い放った。「私が王老西に言ってあなたを来させたのよ」

父は恨めし気に王老西を見て言った。「なんだよこれは……?」

「私が頼んだのよ」于欣栄が先取りして答えた。「王老西が私に頼みに来たんで、もしあなたを連れてこられるなら支援すると言ったのよ」

王老西は得意げに、体を少しかがめて于欣栄に言った。「さあ、こいつを連れてきましたよ。例の件はどうですかい?」

于欣栄はにっこり笑い、階段のほうに顔をかしげた。「言ったことは守るわよ。上で話しましょう」

こう言うと王老西をつれて歩き出した。父はその場に突っ立って動こうとしなかった。于欣栄が振り返り、再び父のところに戻ってきて尋ねた。「何を警戒してるの? 私のこと? ご心配なく、今日の話はビジネスの件、ほかには何もなし」父がまだ躊躇《ちゅうちょ》しているのを見ると、にっこり笑った。「さあ、行きましょ。何やってるの、取って食うわけでもないのに」

様々な思惑が父の心をめぐった。まず于欣栄に平手打ちを食わせ、多年にわたる恨みを晴らそうかとも思った。しかし父は一度も女性に手を上げたことはなかった。文革中の武力闘争が行われていたころも、女性と取っ組み合ったことはなく、本当に打ってかかろうという時にはひるんでしまった。それに、于欣栄が何事もなかったような態度をとっているのに、自分がまだ恨みを抱いているさまを見せれば形勢は不利になる。相手が完全に忘れていることをずっと覚えているというのは、精神的な弱さを示すようなものだ。一番いいのはさりげなく軽蔑の念を示し、別の機会にとことん追い詰め、屈辱感を味わわせてからさっと引き上げること。こうすれば、捨てられた女のように恨みがましくまとわりつくような振る舞いをすることなく、積もり積もった鬱屈も晴らせる。ただ今行われようとしている商談がこれにふさわしい機会なのかどうかは父にもわからなかった。なんといっても于欣栄の手から必要な外貨を受け取ろうと、相手に助けを求めているわけであるから。

父は思いを巡らしながら王老西に引っ張られるように階段を上がり、于欣栄に続いて廊下の右側の小会議室に入った。会議室には事務机がひとつ置かれ、その向こうに半ば禿げかかった中年の男が座っており、タバコを吸いながらその日の新聞を読んでいた。于欣栄は「趙《チャオ》所長」と声をかけ、手短に王老西らの要求を話した。微笑みを浮かべながら禿げた男の耳元に口を寄せ、小声で何かをささやいている。この情景を前に父はいらいらして顔を背け、壁にかかったカレンダー、それから窓の外に見えるガレージの屋根を眺めた。周りで聞こえる会話はざわざわして耳に入ってこない。

最後に中年の男がひとこと言った。「いいことだ、国は今開放を推進しているから、我々も国の呼びかけに応じなくてはならない」

父は黙っていた。

于欣栄が再び下を向いたまま言った。「家庭を持ったんだってね。いいじゃない。でもあんたの家庭のことは私に話さないでよね、聴きたくないから。今後暇があったらここに立ち寄って頂戴。ほかのことでも一緒にやれないかじっくり話しましょ。昨今金儲けの機会はたっぷりあるから。双方にとっていいチャンスだからね」于欣栄は顔色一つ変えずに言った。いったいどういう心境なのか計り知れなかった。

父は黙っていた。

外貨管理局を出て王老西と別れる時はじめて、父は二人が五百万元の外国為替を首尾よく手にしたことを知った。

王老西は父の肘をつつき「よう、なかなかいいじゃないか、お前のおかげだ」というと高らかに笑い自転車で去っていく。父は茫然としてしばらくその場に立っていた。

夜、父はまず私の祖父を訪ねた。祖父の家は自転車で小一時間ほどかかる。突然訪ねることを思いついたのは、次の一歩をどうするにしても、祖父の意見がどうしても必要だったからだ。

祖父母は五十をいくつか越えたばかりで、二人ともまだ退職していない。祖父は人民銀行に勤めていて、祖母は居民委員会[※1]がつくった共同経営の工場で砥石《といし》車を作っていた。父は幼い頃からずっと祖父母と一緒に生活していたが、中学で政治熱に浮かれてからは両親との関係がぎくしゃくし始め、十六歳で下放すると家に戻る回数は更に少なくなった。下放から戻ると直接工場に住み込み、数週間に一度家に帰ってくる程度となった。しかし毎回母を伴って遠方からはるばる二度バスを乗り継いでくるのは煩わしいことこの上なく、いつしか訪ねる回数も減っていた。祖父はもともと慎重に行動するたちだったのが、文革中にひどくつるし上げられてからはいっそう寡黙となり、何事も心の奥にしまって人に語ることはほとんどなかった。父はここ数年祖父とは距離ができ、会ってもぎこちなかった。けれどもこの世界で父が最も気にかけている、あるいは唯一気にかけていたのも、やはり祖父の考えだった。

祖父母は家におり、父を見ると非常に驚いた。出迎えた祖母は猫背気味の背中にショールを羽織っていたが、父を見るとすぐに両腕をとって家に引き入れた。祖父も部屋から出てきた。その日の新聞を手に持ったまま、驚いたように尋ねた。「どうして今日やってきたんだ。明日も仕事じゃないのか」

父は明るく笑って答えた。「夜戻ります。夕食がすんだら」

父は祖母の後から台所に入った。祖母が喜んでいることは言葉の端々から感じられたが、いつものようにゆったりした動作で多くを語らず、あれこれ尋ねることもしなかった。ただ父と一緒に白菜を洗っているときに父の身体の調子を尋ね、そして母の体調を気遣った。夕食にはインゲンの肉炒めが加わり、さらに、その場で小麦をこねて伸ばし肉龍《ロウロン》※2を作った。いずれも特別のごちそうで、それが自分のためであることを父は知っていた。

もし自分が訪ねてこなかったら、祖父母は白菜と麩の炒め物に饅頭《マントウ》を添え、卵を割りいれたス

※1 都市住民の居住区ごとに設けた自治組織。町内会。百戸から六百戸ごとに一つ設けられている

※2 肉を巻き込んだ花巻

イトンという、肉のかけらもない夕飯で済ませたことが見て取れた。父は心配になり、祖母になぜもう少しましなものを食べないのか、節約しているのかと尋ねると、祖母はお金に困っているわけじゃないのだと繰り返した。祖父の胃病が頻繁に起こるようになったので、少しの油気もダメなのだという。父は驚いて、祖父の病気はそんなにひどくなっていたのか、医者に見せなかったのか、薬は服用しているのかと矢継ぎ早に尋ねた。祖母は、医者には何度も見せたのだが、そのたびにゆっくり休養するしかない、根治は難しいとしか言われない、と語った。あの人の胃病は昔からでね、小さい頃は貧しくて、若い時は戦乱に巻き込まれたでしょ、中年になったらなったで農場に送られて強制労働。批判闘争中につるし上げられたときは、二日にわたって食事を抜かれたり、冷えきった饐《す》えた残飯を与えられただけ、殴られたり蹴られたり、もう限界まで苛《さいな》まれたんだよ。そこへきて老いが加わったから、とうとう日ごとに悪化してねえ、今じゃ温めたスープや、水っぽい粥か柔らかく煮た麺のほかは、ほとんど受けつけなくなっているんだよ。父の心は重く沈んでいった。父親の胃病がこんなにひどくなったことを自分は知らなかったのだ。

夕食の時、父は祖父をまじまじと見ながら注意深く食べた。椀の中の香しい肉龍が祖父の食欲を刺激し、我慢しているのがいっそう苦しくなるのではないかと気になり、味わうどころではなかった。しかし祖父は顔色ひとつ変えるでもなく、いたって心穏やかに平然と食卓に向かい、父の椀の食べ物を気にかけないばかりか、そちらに目が向いたとしても、これといった反応を示さなかった。医者に食事制限を言い渡されたからというより、今まで一度も食べたことがなくてよくわからないものを見るかのようだった。父は当初祖父が我慢しているのかと思ったが、その後、祖父には実際食べたいという欲望がなく、見たいとも思っていないことが分かった。父はただ敬服した。その平静さと意志が、強制されたものではなく、無欲からきていると気づいたからである。

その後二十数年間、祖父の身辺にいなかったために、父は祖父のこういった質素な飲食が晩年まで続いたことを知ることはなかった。祖父は十数年来美食には目もくれず、海老や蟹とは絶縁し、魚には箸をつけなかった。年越しのごちそうがテーブルに並べられても箸を動かさず、冷たいものはけっして口にせず、辛いものも食べず、肉類もごくわずかしか摂らなかった。寿司やピザ、フライドチキンなどを前にして、誰かに一口試してみないかと勧められても、笑って箸を手に取り、饅頭を片手に、くたくたに炒めた野菜を箸でちょっとつまんで鷹揚に口に運ぶ。それは私にはあまりにおなじみの頑固さだった。世界が風に吹かれようが雨に打たれようが、全く動じない頑固さである。

「一体全体何ごとなんだ」祖父は食べながら尋ねた。父が大慌てでやってきながら黙ったままでいるので、いぶかっていた。

「お父さん、最近仕事は順調ですよね」と父はまず家の情況から会話に入った。

「ああ、何とかやっている」祖父が頷いた。

「相変わらず元の部署ですか？」

「変わった。工商銀行に移動になった」

「どの銀行ですって？」

「工商銀行だ。今年人民銀行を改組し、わしらは工商銀行所属になった」

「ああ」この話は聞いたことがあったようだと父はこの時ようやく思い出した。「それなら元のところに出勤しているわけじゃないんですね」

「やはり同じところだ。看板をすげ替えただけだ」祖父は箸をおくと、尋ねた。「いったい何があったんだ。秋麗《チウリイ》に何かあったのか」

「いえ、いえ」父は急いでいった。「秋麗は大丈夫です」

父は言葉を選びながら簡潔に王老西と于欣栄の計画を話し、このようなやり方は法に触れないだろうかと尋ねた。二人がこっそりと外国為替を手にしたことは話さず、ただ外貨管理局にはこういった外貨が保留されており、それで積極的に商売をしようとしているとだけ伝えた。祖父は一瞬黙った後に、外貨のことは管轄外だ、だが、直感的にはリスクがあると思う、慎重にすべきだ、と答えた。

父は少し考えてから尋ねた。「では問題が起きるとしたら、最も危ないのはどこだと？」

「ブラックマーケットだろう」祖父が答えた。「今の問題はどんなものにもブラックマーケットがあるってことだ。国債もそうだ。なんでもそういったもんを大勢のもんが買っては転売しているっていうじゃないか。工場の物資も、外貨もそうだ。今後国がこのブラックマーケットをどう処理するかわからんが、もし対処することになれば、たくさん逮捕者が出るだろうし、対処しなければ、遅かれ早かれ大きな問題が起きるだろう」

父はじっと黙っていた。考えを決めかねていた。父が祖父の言った大きな問題を理解するのは数年後のことである。この晩、父はそこまで先のことは考えず、ただこのリスクが自分の身にも及ぶ可能性とそれがもたらすであろう結果に思いを巡らせた。そして、ひとまず様子を見てからにしようと決めたのだった。

祖父もじっと考え込んでいた。ここ数日祖父たちは工商銀行設立に関する業務に当たっており、人民銀行の貸付金が続々と移管されてきていた。そのため新たな貸付の決済が間に合わなくなって、どうも不安だった。詐欺師がますます多くなり、金の詐取やローン詐欺が横行し、工場の名義で金を借りそれをブラックマーケットの転売に使うものもいた。

祖父は文革前の日々をよく思い出した。規則にがんじがらめで自由はないがごまかしもない日々。当初祖父は出金業務を担当していて、国営企業の日々の資金は祖父たちが請け負っていた。紡績工場やベアリング工場、テレビ工場などに出資し、一定期間後に綿布やベアリング、テレビを徴収するのであった。祖父たちの業務は、出資と徴収をきちんと監督し、時には現場に足を運んで検査を行うことだった。検査しに行くときは、彼らは指導者であり、工場長、党書記も礼儀正しく出迎えねばならなかったし、祖父たちも厳正な態度で臨み、帳簿も細かくチェックした。当初は現金輸送車がなかったので、銀行の職員が紙幣がぎっしり詰まった段ボールを三輪車の荷台に積んで、市内を横切って郊外の工場まで運んだ。紙幣はずっしりと重く、三輪車を踏ん張ってこぐので、太ももの筋肉がぐっと突っ張った。段ボール箱は粗末なもので、武器を持った護衛もつけていなかったが、その数年間は、盗みを働く者もいなかったし、強盗に遭うこともなかった。それからずいぶんと時が流れたが今でも祖父の脳裏には、明るくがらんとして誰の声もしない静まり返った通りの様子が浮かんでくる。当時もし金を奪おうと目論む者がいたら、すぐつかまって銃殺されただろう。皆が寒空の下のセミの如くじっと黙っていたから、通りは明るくがらんとしていた。

祖父の世界も様々な変遷を経ていた。幼い頃、祖父は晋中山の寒村に住んでいた。ひどく貧しく、畑はみな傾斜地にあった。ふもとから山の中腹まで地形に沿って家が建てられたので、とぎれとぎれで集落にならず、屋根の低い土造りの家が十数メートル置きにポツンポツンと建っていた。家々は斜面のわずかな棚田を見下ろしており、村民がふもとまで下りるには斜面を滑っていくしかなかった。昔から土地が痩《や》せて荒れた地域で、何かが変わり得るなどという希望はなかった。十年一日の絶望感に満ちており、なにか苦労したとしてもどうしようもない地形だった。そこに戦乱が加わり、日本人も匪賊《ひぞく》も襲来し、さらに荒れ果てた。最終的にはどうにもやっていけなくなり、ある程度大きくなった子供は村の外に出すしかなかった。モンゴルに行くもよし、兵士になるもよし、どう生きようが本人次第である。幸い祖父には太原《たいげん》市で職についている母方の叔父が一人おり、商売柄銀行に知り合いがいたので、十五歳の時にその銀行の見習いとして働くことになった。祖父が入ったのは国統銀行だった。生まれて初めてワイシャツを着て、慎重に周囲の人間を観察する習慣を身に着けていった。

太原が共産党に支配されるようになる以前から、祖父はこういった銀行の平凡な一職員だった。太原戦役[※3]の際に銀行の幹部たちは皆逃げ出し、共産党軍が威風堂々と市内に入って来た時には祖父と同僚たちが接収の対象となった。共産党幹部が皆に向かって「革命をやりたくないかね。もしやりたいなら一緒についてきなさい。やりたくないのならここを引き上げて故郷に戻って農業に従事しなさい」と問いかけた。当時十八歳だった祖父は、仕事を始めてから二年しか経っておらず、よく意味が分からぬままに、「革命をやると食事にありつけますか」と尋ね返したところ、幹部は「もちろんだ、革命をやれば饅頭が配給される」と答えた。故郷に戻っても山村の痩せた土地ばかり、雨が降らなければ飢える、どう言われようが戻ることはできない。祖父はよくよく考えたすえ、「革命をやります」と答えたのだった。

数日を経ずして祖父は共産軍に天津まで連れていかれた。当時、平津《へいしん》戦役[※4]はほぼ終息し、一両日もすれば市内に入ると聞かされていた。天津城の外では下っ端の職員たちが全てトラックにぎゅうぎゅう詰めに押し込まれ、空腹に苦しめられながら遠くの爆撃で舞い上がる埃《ほこり》を見ていた。冬の極寒の最中、押し込まれたトラックの中は吐息が白い煙のように充満していた。ドカンドカンという爆撃音は破滅でもあり、希望でもあった。トラックの中で彼らはポケットに手を突っ込んでしゃがみ込み、故郷の削麺《シャオミエン》の味を懐かしんでいた。どれほどの時が経ったか、トラックがブルブルとエンジン音を立てると、詰め込まれていた十代の少年たちを果物の種さながらにガラガラと市内の通りに振り落とし、そのまま轟音とともに走り去っていった。「種」たちはそれぞれの建物に転がり込み、そしてそこに根を生やしたのである。祖父は、初めて銀行のビルを見た時は息を呑んだ。建物は厳めしく巨大で、目の前に立つと圧倒された。まったく違う世界にいるような奇妙な感覚に襲われたのである。祖父はこういった建物を見たことがなかった。巨大な石の塊がきっちり積まれて雄大な垂直の壁となってそびえ、正面にまっすぐ立ちはだかるいくつもの太い柱は、灰色なのに光沢があった。壁面には引きちぎられた横断幕がふわふわ漂い、それが風でなびくさまが何ともわびしい。祖父が接収のために部隊とともにビルに入ると、置いていかれた資料の箱の山とマホガニー製の机に散乱した廃棄書類が目に入った。そういえば太原の国統銀行が接収される時もやはりこのような廃棄資料の山だった。呆然として廊下に立ちつくしていると、隊長から後頭部をパシッと叩かれ「何やってんだ、早く運べ」と命令されたのだった。

一九八四年の銀行改組は、祖父にはチャンスだった。文革中に仕事を失い、農場で労働させられ、名誉回復した後も元のポジションには戻れなかったのが、今回の改組で新しい部門へ配属された、つまり再出発となったのだ。その実改組でもなんでもなく、事務所は引き続き元のままで

※3　一九四八年十月‐四九年四月。第二次国共内戦後期の戦役の一つ。激烈な戦闘を経て中国人民解放軍側が太原を攻略し、山西省全域をほぼ支配下に置くことになった

※4　一九四八年十一月‐四九年一月。国共内戦のうち、一九四八年九月から始まる三大戦役の一つ。北京と天津の攻防戦で、人民解放軍側が勝利し、人民解放軍の北京無血入城へとつながる

人員にも変化はなく、事務机や書類ファイルすら全くそのままで、事務所の外の表札がすげかえられ、表札の文字が変わり、公文書の便箋の頭の印字が赤い工商銀行の文字に変わっただけだった。祖父と同僚たちは黙って今回の変化を見ていた。大した動揺もなく、まるで普段と変わらないかのように。

表札が変わった最初の日、荷運び役がはしごを登ってビルの大理石のドア脇に上がった。そして真鍮の黒字が書かれた真新しい縦長の額が車の中から運び出され、はしごの下で受け取った者がその端を持ってそろそろと起こし、古びたモップでさっと拭いて壁にかけると、はしごの上と下で声をかけあいながら位置を調整した。祖父はこの一部始終を見ていた。これが大転換の象徴であり、時代の変遷を意味するものだということがわかった。けれども祖父の心が沸き立つことはなかった。かつて初めてこのビルに踏み込んだ時のことが思い出された。やはり同じように迅速に扉の外の表札がすげかえられていた。こんなにもよく似た状況でありながら、こんなにもその記憶はぼんやり遠くにあった。もっと古い記憶をたどれば、太原の銀行が接収された際も、表札を変える動作は同じように敏速だった——あらゆる記憶がどれも似かよっていて、すべてが混ざりあい、まるで区別がつかない。そこにあるのは、どんな姿勢で、どんな動作をしていたかだけだった。

この感覚が心の中でぐらぐらと揺れ始め、ほーっというため息が漏れた。

私は何か選択するとき、コインを投げて決める。コインが地面に落ちた瞬間に心の感触を見極めるのだ。もう一度投げたいと思ったのか、安堵のため息を漏らしたのか、その一瞬に自分の本当の願望や自分の気持ちの方向が分かる。今回は状況が少々特殊だった。コインは長いこと空中に浮かび、地面に落ちてもしばらくの間旋回した。クラス会のあの晩も、どちらかの面を上にして倒れようとはしなかった。

クラス会から帰ってきたとき、私は重苦しさを引きずるように二階に上がった。

外国に行くべきか否か。外国に出れば期待した自由を得られるのか。一人部屋を借り、たまにバイトをして、見知らぬ人に会い、見知らぬ場所にでかける、そんな外国の生活を予想してみた。

このイメージに私は幾分引き付けられた。ちょっぴり行ってみたい気分になった。外の世界が実際に自由か否かにかかわらず、少なくとも永遠に繰り返される日常と他人と交流する煩わしさにがんじがらめになることはないし、少なくとも想像の自由はあるはずだ。

ただし父に多額のお金を使わせることになる。これは私の望まぬことだった。そしてどう母に打ち明けたらいいのか。ここまで考えた時、足が止まった。廊下は真っ暗だった。電灯がまた壊れているが修理するものは誰もいない。私は薄汚いガラスの小窓から月を見た。このたったひとつの微かな光源の下では足元もぼんやりしてよく見えない。

ドアをたたく前に、私は決心し、切り出す言葉を整え、臨戦態勢を備えた。

お母さん、考えたんだけど、やっぱり国外に出たい。

お母さん、難しいのはよくわかってる、ただ、こんな短い時間で人生の終わりまで見渡せるようなことにしたくないの。

ドアをたたくとき、運命の偶然性ということには全く考えが及ばなかった。

ドアを開けると、一人の見知らぬ若い男が客間にいて、母と顔を寄せるようにして何か話している。母はそそくさと私に声をかけると、再び頭を下げて何かを見ている。私が自分の部屋に入りベッドの上を整理していると、彼らの話し声が扉の隙間から聞こえてきた。とぎれとぎれに聞こえてくる言葉に、シーツを握った手が止まってしまった。

　湯を飲みに部屋から出る。水が沸くまでの間、台所と客間の間に立って耳をそばだてる。私は軽く咳をして母の注意を引こうとしたが、母は眉をひそめて印刷された紙をあれこれ見比べており、私に気づかない。その男が顔をあげて私を見た。媚びるように笑った。かなり若く、髪はオールバックに固めて年寄りくさい背広を着てはいたが、どう見てもせいぜい二十八、九だった。こちらに挨拶をしようとしたが、母の気がそれるのを恐れて声は出さないでいる。

　母は確かに考え込んでいた。これは珍しいことだった。よく集合住宅の前庭でおばさんたちとおしゃべりをして、他人があれこれ言うことを相互に矛盾したまま受け入れることはあっても、このように長時間一つのことを考えることなどほぼなかった。こんなに母に思案させるなんてよほどの心配事、それも説明しづらいことに違いない。かつそれは具体的で細かく立ち入ったことなのだろう。母が抽象的なことに真剣になるはずはなく、その限りあるエネルギーは、自分の苦しい生活を何とかすることにもっぱら注がれていたからだ。

　私は台所の入り口に立ち、かすかな不安を感じていた。母も私に気づいたが、二人が何を話し合っているか聞かれたくないようで、ことさら声を低く落とした。私は果物を切り、コップの牛乳を温めた。電子レンジの音にかき消され二人の低い声は聞こえなくなったが、観察する時間ができた。私は耳にした言葉の断片からあらましをつなぎ合わせ、事の全容を把握しようとした。台所のタイルの隙間を見ていると少々めまいがしてくるので客間の天井に視線を移す。天井には水がしみだして乾いたしみがあり、年月の痕跡となっていた。私にはわかっている。自分が気に留めなかった生活の背後で多くのことがずっと進行していたのだ。

　客が去ってから、母に尋ねた。「あとどれだけお金が足りないの」

「ああ、気にしないで。ちょっと聞いてみただけだから」母は隠すように言った。「あの人はこの地区で客引きしている人なの。つかまっちゃって、それで部屋で話を聞いてみただけ。本気じゃないから、気にしないで」

私はまた尋ねた。「いくら足りないの」

母はとぎれとぎれに説明を始めた。私に負担になりはしないかと恐れるように、こちらの様子をうかがいながら恐る恐る言葉を選んだ。私になにか忠告しようとするときと違い、いま置かれている状況を語るその言葉は、まるで下を水が流れる薄く張った氷のように、今にも崩れそうな、不安感に満ちていた。この不安は私の理性に訴えかけるものがあった。母は一度も気づくことがなかったが、小さい頃からこれまで私の考えを変えることができたのは、言葉による忠告ではなく、母がまれにふと漏らす心細げな不安だった。

ため息が続いた。「お母さんにもわからない。これはまだ決まったことじゃないし、心配しなくていいから。もうちょっとあちこち訊いてみるつもり。建物を壊すにしたって今すぐというのでもないしね」

母の心配はわかりやすいものだった。この部屋は工場が一九八〇年代に建てた古い建物で、長年補修がされておらず、冬は寒く夏は暑かった。一時解雇《レイオフ》が始まると、工場は労働者の不満を和らげようと部屋を取り上げたりせず、私たちが住むに任せていたが、所有権は私たちのものではなかった。ここへきて住人を移住させて取り壊す話が出ており、早くて年内には取り壊しが始まるという。所有権がないので引っ越し資金についての交渉などなく、まとまった額の賠償金など出るはずもなかった。あたりの不動産は日に日に高騰し、ここ数年ですでに十倍に跳ね上がっているので、新たに不動産を買うにはもらえる賠償金では到底足りなかった。そうした情報に触れるたび母はパニックに陥った。この状態をみて私は徐行《シュイシン》の言葉を思い出していた。そういえば彼は家を買うことを私に勧めた最初の人間だった。徐行の言葉は私には無縁のことで、聴きたくもなければ、条件反射で遠ざけてしまうようなものに思えたが、それでも彼の言葉は私に効き目があったのだ。扇風機の唸る音に混ざって、私の目には、吹き荒れる金銭の暴風雨とその中でめまいを起こしている母の姿が映っていた。

　母は一生をこうした不安にびくつきながら過ごしてきた。若い頃は風に吹き飛ばされてあちこちをさまよい、ようやく落ち着いた工場で二十年以上にわたって働いてきた。大木にしがみつくように必死に工場の枝にしがみつき、一生が安泰であるようにと願ってきた。けれども願いを託したものはどれも頼れる楯とはならなかった。秋風が立つと、やはり漂う落ち葉の身となる。リストラが行われると最初の集団の一人として工場から追い出され、収入はほぼゼロになった。それから八年たった今でも安定した収入はなく、これで住む場所までなくなったとしたら、人生がもはや無に帰《き》すような悲惨さを味わってしまう。

　この混乱した夏が来る前は、こうした事態はまともに私の頭に入ってきたことはなかった。白紙の上に突然現れた青写真を前にして、私は現実と非現実が入り混じった不思議な感覚を味わっていた。頭の中では数字が目まぐるしく点滅していた。彼が正しいのかもしれないし、彼らが皆正しいのかもしれない。微月《ウェイユエ》の早すぎる結婚、于舒《ユイシュー》の忠告、そして徐行を思い出した時、いくつかの事柄は自分で思っていたほどには縁遠い世界のことではないのかもしれないと感じられるのだった。

「あといくら足りないの？」私はもう一度母に尋ねた。

　父に電話をかける前に、私の気持ちはいったりきたりと揺れ動いた。学校に戻り、建物の下の木陰を行きつ戻りつしながら、犬を散歩させているカップルや知人を避けて、気をそぞろにさせる夏の夜に千々に乱れる思考を整理しようとした。木陰の隅の、街灯も届かない暗がりで、ぼんやりと浮かぶ建物をまるで暗く沈んだ未来を見るかのように凝視する。ポケットの硬貨を握って取り出そうとしてはやめる。手のひらにうっすらと汗がにじみ出した。それでも最後まで取り出さなかった。

電話が通じた。声に雑音が混ざり、誰かが家具を運んでいるような、木製の器具が床にぶつかるような音がした。ヨーロッパでは午後の時間帯である。父は店で忙しく働いているはずだ。ワイシャツの裾をズボンに突っ込み肘まで袖をたくし上げた父が肩と顎で携帯電話を挟み、手の甲で汗を拭っている姿が浮かぶ。話を切り出す前に私は再び躊躇したが、やはり父に私の考えを伝えた。家の困難な状況は話さず、移転取り壊しのことも、金銭のことも伝えず、ただ自分の結論だけを話した。電話での会話を、苦しみを訴える場にしたくなかった。ここ数年の恨みつらみを吐露して、父の不在を断罪したいとは思わなかった。父はしばらく沈黙した後、どうであれ応援するよ、と言った。

「でも、本当に公務員になりたいのかい」父は尋ねた。

「あまりなりたくはない」私は答えた。「でもまず試してみようと思って」

父に話していない記憶の一つに、小学校の頃、ある日帰宅して母が靴下二足を高い値で買ってしまったとよくよくしているのを目にした時のことがある。十二歳だった私は母がまだ大人になりきっていないように感じられ、将来はきっと今より良い生活が送れるはずだから、これからは私が母の代わりに全てをひきうけてやるのだと思ったのだ。当時二人きりの孤独の中で母の切迫した状況はとても哀れに思えたし、未来はまだまだ先のことに感じられていた。

私は父に尋ねた。「お父さん。お父さんにはこの世界で、どうしてもせずにはいられないことがあったの?」

父はしばらく考えた後で答えた。「ともかく自分で選択したことだ。結局、すべて自分で選んだことだったんだよ」

「もし自由と責任があるとしたら、どちらを選択すべきなの?」

「わからない……」父は言った。「……でもこの二つは、ふつうは分けられないんじゃないか」

その晩から幾日も経たないうちに私は仕事の契約をした。母の昔の同僚から紹介された仕事で、あとは私が同意するだけだった。職場は地区内の統計局だが、私の檔案《とうあん》※5は別の部署にあり、私は統計局への出張という形をとっていた。正式な公務員というわけではなく、どういう区分なのか私にもわからなかった。二年たてば正規職員に昇格できるということである。詳しいことはわからなかったし関心もなかった。

母と一緒にその同僚の家に行ったことは覚えている。スーパーで買った大げさな包装のドライフルーツ、牛乳、オリーブオイルのセットに数百元したコピーブランドの柄物のシルクのスカーフを合わせた贈り物を提げていった。その同僚は背が高く痩せて目の小さな女性で、大笑いする時に歯茎が大きくせり出した。あれこれ熱心にしゃべりながら、自分の手助けを些細なことだと言い、大したことではないという様子をしてみせるが、その態度は横柄だった。シルクのスカーフのブランドの質が低いことをそれとなく含みを持たせて指摘し、いくつかのブランド名を並べ立てた。言葉尻に階級がちがうんだよという意識をにじませている。彼女はもともと工場での受けがあまりよくなかったと母は言っていた。足が悪かったのであまり働けず、人と良好な関係を築けなかったらしい。病気の時に世話をしたことがきっかけで母が行き来するごく少数の同僚の一人となったということだ。その夫は口数が少なく、ありていの挨拶をするとさよならと手を振って部屋に引っ込んでしまった。手助けは大いにしてやりたいが、自分の身分としては私たちのようなちっぽけな庶民とは距離を置きたいのだとでもいうように。

母は挨拶をしながら話題を探し、あからさまな軽蔑に気づかないふりをして、彼女が子供を自慢するのに合わせて同意のかぶりを振り、お世辞と感謝を言い続けた。見ていてたまらなかった。何度も母を促して帰ろうと思ったが、その都度こらえた。その家から出てきたときは自分自身に相当腹を立てていた。自分でちゃんと仕事を見つけることができなかったことと、毅然《きぜん》として母を止められなかったことへの怒りだった。

卒業を数日後に控えたある日、学校に戻り面接を受け卒業の手続きを行った。私は昼夜のサイクルがひっくり返ってしまい、まるで何かに取りつかれたように真夜中に突然起き上がり、意識が戻って自分でも仰天した。夢の中では中学時代に戻り、それから大学卒業へと続く。そこでは、私は卒業の際に剣を手にし天下を旅する騎士だった。俠客《きょうかく》よろしく短い上着を羽織って駿馬《しゅんめ》にまたがり、夢を旗印に世界を駆け巡っては自由な思想を開花させ、天下の伝奇を書き綴り、人間界の不平等を取り除かんとしている。花々が咲き誇る原野を大股で進み、頭を上げて胸を張り、世界中の人々からあがめ敬われてるかのように誇らしげに。それからふと地面の顔が目に留まった。どの顔もそれぞれ気持ちよさそうに体を地中に横たえ、あざけりの笑いを浮かべ私を見ているではないか。その途端身動きができなくなる。彼らがもうずいぶん前からそこに横たわってい

※5　個人情報を収集した保存資料。学歴、職歴、家族構成から交友関係、政治的傾向など広範にわたる情報が記録され、原則的に本人は閲覧できない

たことに気づいたのだ。

そしてはっと目が覚めるのである。

卒業後、二週間経って仕事が始まった。朝八時に出勤し、夕方五時に仕事を終える。最初の数日は会議だけで、それから表に手書きで書かれた数字をコンピュータのエクセルに打ち込む作業をすることになった。統計局は十数名で構成され、局長、副局長、課主任、及び運転手やその他の事務員を除くと十名に届かぬ人数で業務を担当した。毎月全ての区の企業や個人経営者からの報告書を集め、コンピュータに入力して総数を計算し、それから一般的な分析報告を書いた。あたふた大忙しでこれら一連の工程を一巡りしたところで、ほぼ一か月が過ぎ、次の月の準備が始まる。走り書きした膨大な報告書の数字から何が読み取れるのか私にはわからなかった。そういった数字は紙面からコンピュータに打ち込まれても依然として数字であり、のっぺりして無表情である。今月が先月より多くの数字を打ち出したことは計算で分かったが、この増加が何を意味するのか私には謎だった。

仕事を始めて三か月経つと、仲介業者を通じて私の名義でローンを組んだ。ここ数年父がたびたび送ってきたお金と母が貯蓄したおおよそ二十万元、それに二十万のローンで六十平米余りの２ＤＫの分譲を購入した。三十年ローン、毎月一千元余りを支払う。この分譲住宅は私たちが住んでいる所からそう遠くはない、ややさびれた場所にあった。金を支払うその日、私は母と一緒に建設現場を見に行った。コンパクトなモデルルームは効率的に見え、外観も華やかだったが、建築現場は乱雑に散らかり、将来のアパートは鉄筋とコンクリートがむき出しになったまま雑然としている。

砂とほこりが風に舞い上がる中に立っていると、毎日がこの建築現場のように混乱していると感じられた。

仕事を始めて一か月経ったある晩、祖父の家に食事に行くと、祖父が私の仕事について尋ねてきた。当時祖父は七十四歳の誕生日を迎えたばかりで、年に似合わず記憶力も思考力もしっかりしていた。祖父は私の仕事のやり方から細部の状況、GDPデータの統計の正誤について尋ねたのだった。こういったことは普段滅多に問われることがなく、ふつう人々が聞きたがるのは同僚についてや給料、福利のこと、そして住まいの割り当てがあるかどうかくらいである。聞かれて初めて私は、祖父が今でも世の中の状況を気にかけていることに気づいた。

当時私は仕事を始めてからまだ四週間で、業務内容についてよく把握しておらず、ほとんど答えられなかった。

「それは……私もうまく言えない」

「まやかしがあるかね」

「わかるわけがないわ」私は答えた。「入ったばっかりで、こういったのは指導部が管理すべきことで私に話すわけがない」

「データはごまかしちゃいかん」祖父は瞬きもせず見つめた。老眼鏡の奥の瞳が大きく開かれている。「ごまかしはだめだ」

「わかってる、私がごまかすはずないでしょ」慌てて答えたが、こう言える資格など全くないことに気づくと、つけたすように言った。「私はただ数字を打ち込むだけだから、打ち込んだのは間違えていないとしか言えない。でも誰かが数字を変えたとしたら、私にはどうすることもできない」

「お前たちはチェックしないのかい」

「それはよくわからない……たぶん監査でチェックするんじゃないかな」

「チェックしなくてはいかんよ」祖父はため息をついた。「チェックしないでどうして正しいとか間違っているとか言えるんだね」

数字の偽装については、統計局に入る前からいろいろ聞いていた。統計の数字はテレビで毎日ピカピカと表示され、その数字は毎年の計画に従って、多からず少なからずのペースで増加しなければならない。穀物も、鋼鉄も、衣類も、電気器具も、玩具も、車も、飛行機も、数字は倍増し、ジグザグと右上がりの曲線が無限に続き、とどまるところを知らずに永遠に伸び続け、時代を巻き込み山も海も薙《な》ぎ払う怒濤の勢いで前進し、ロケット弾のようにぐんぐん上昇していく。目もくらむような数字と次々と延びる棒線グラフの中で、人間はどっと沸き起こる歓声の泡沫《ほうまつ》と灰色のほこりに埋没し、影も形もない。数字が疾風の如く駆けまわり乱舞しても、さらに高次の計算と計画では寸分の狂いも生じないのであった。そこに隠されたメカニズムを、仕事を始めたばかりの私はよく理解できなかった。

「数字が正しくなければ、大きな問題が起きる」祖父はさらに続けた。「大躍進《だいやくしん》のあの二年間は……」

私は、祖父がもう少し言葉をつづけるのを待ったが、祖父はぐっと自制した。祖父が初めてつるし上げられて右派にされたのは、とりもなおさず大躍進を疑う言葉を口に出したからだった。だからこそ、祖父は当時のことをほとんど語らなかった。それ以外の過去の多くのことについても語ることはほぼなかった。若い頃に国民党統治地区にいたため、文革中に攻撃され、殴られ、ひどく苛《さいな》まれたのだ。だから太原でのことは語らず、人民共和国成立以前の経歴や文革中の迫害についてもほとんど語らなかった。苦痛に感じたことやあらゆる不公平に対していずれも口数は少なかった。恨みを抱きたくもなし、許したくもなしという感じだった。

祖父が時おり話題にするのは、中国共産党が政権をとった直後の平和な時期のことである。当時人々は純粋で、国家建設に身を捧げようと一心に願い、未来に対しても心から信じ切っていた。五十年代はよい時代だった、と祖父は言った。また町に入ってきた当初の数年をよく覚えてもいた。食堂の食事は質が高く量もたっぷりとあった。もともと外資銀行でもっぱら頭取たちに食事を作っていた洋食のシェフを食堂のコックとして雇い入れたわけで、毎日の食事は素朴だがとてもおいしかった。しかしそういった良き時代は長くは続かず、大躍進の鋼鉄づくりが始まり、食堂の鍋釜すら溶鉱炉に入れられた。すなわち食べられるものもなくなってしまったのである。

「当時がどんなに馬鹿馬鹿しかったかわかるまい」祖父は昔を振り返っていった。「鋼鉄を作れと言うんで、それっとばかり家の鍋も釜も盆も一切合切を溶鉱炉に放り込んだ挙句、銀行の鉄の柵すらすっかり外しちまった。そうじゃろう、本当に馬鹿げとる、真夜中に大声で叫ぶんだ、銀行に行こう、柵を外すんだ、と。銀行の外側に立ち並んだ手すりをきれいに取り壊しちまったんじゃ。その後はもう何日もむき出しの階段のままさ」

ずっと心の中にあった疑問が浮かび、私は尋ねた。「その時誰も馬鹿馬鹿しいって思わなかったの?」

「皆そう思ったさ」祖父は答えた。「手すりすらも溶かしちまって、馬鹿げてると思わないものがいるか」

「じゃあなぜ誰も何も言わなかったの?」

祖父は首を横に振った。「そんな度胸のあるやつはおらんよ」

「でもそれだけ大勢いたんでしょ。全員を取り締まれるはずもないのに……」

「当時はお前たちの今とは様子が全く違っておって」祖父はため息をついた。「誰もがまな板の上だ、自分を守りたくなるんじゃよ」

祖父は話好きな人間ではない。なにか滑稽だと思ったとしても、そしてそれをずっとそう感じていたとしても、そのことを他人に話そうとはしなかった。子供の時から他家に居候する身だったので自然と寡黙になり、戦時中、緊迫した中で世間を更によく観察することを覚えた。十数年来つきまとう胃痛のように、違和感に絶えずつきまとわれながらも、いつだって腹のうちに収めてきた。いかなる手段をもってしても他人の本心などは知りえないのだとみなしてきた。すらすら述べられた自白、天地にかけて嘘は言わないと宣言した上での告白でも信用できない。沈黙は不自由であると同時に最後の自由でもあった。

祖父は普段奥の部屋で腕を組んで座り、よく空を見ていた。何かを考えているようにも、何も考えていないようにも見えた。家のことはだいたい祖母に任せ、自分はただ新聞を広げ、テレビ欄にある芝居や卓球といった見たい番組にボールペンで印をつけ、時間が来たらテレビをつける。その他の時間は、まるで無私無欲の銅像のように、外界の出来事や動きにわれ関せずといった風だった。ところが実は表向き無関心に見せているだけで、世界のどんな動きもすべて心に収めていたのである。

祖父と祖母は暴風雨を生き残った枝葉《えだは》であり、二人で寄り添いながら平穏だが寂しくもある孤独な晩年を過ごしていた。祖母は時おり昔のことを話題にした。太原戦役で逃げ回ったときはまだ十五歳で、祖父に出会っていなかった。祖母の母親は読み書きのできない農民で、避難民として町に流れ着き、国軍将校の奥様の下で洗濯係や料理番として働いた。太原城内が爆撃された時、祖母は、目の前に爆弾が落ちて床が大きく崩れ、周りにいた者が炸裂した破片の直撃を受けて倒れるのをその目で見た。そして自分の母親とともに山に逃げ込むのだが、人々にもまれる中で片方の靴を落とし、棘《とげ》のように突き出た乾いた松の枝を素足で踏んで歩いた。恐怖で震え、足から血を流していたのに痛みすら感じなかったという。多くの年月を経て、荒れ狂う暴風のような日々の記憶はもう曖昧になっていたが、山で落とした片方の靴については忘れることがなかった。自分は幸運な生き残りである。その靴の記憶は、祖母の過去数十年の出来事の中で最も深く心に刻み込まれたものであった。

仕事を始めてから半年余り経った時、私は祖父が問題視した事柄について概要がわかるようになっていた。あらゆる数字には人為的な操作が含まれ、最終報告の数字は、あらゆる人を満足させる値になっている。企業の報告する数字は苦心の末にはじき出されたもので、税務局の数字と合致するようになっていた。企業は税金の額を抑えたいので成果を少なく粉飾して報告したりする。一方、政府はともかくも企業の税収を増やしたい。税収が業績としてみなされ、ＧＤＰの増加率に従って市で開かれる会議の席次が決まるからだ。ＧＤＰ増加率が低い区長は会議室の隅の柱の陰にある席に座らされる。このため、区の指導者は大企業に電話をかけるよう統計局に命じ、生産量がなぜ落ちたのか、なぜ規定量を超える成長ができなかったのかを訊ねさせる。こうして双方の力の均衡がとれた数字、つまり高すぎず低すぎない数値が出てくるのだ。数値が事実かどうかは曖昧になった。企業から上げられる報告書もどれが真実を反映しているかは判断し難かった。地区の数字が出たら、そこからさらに調整が加えられる。もしかしたら誰かの栄誉のために多少虚偽の報告や隠蔽が行われ、一年目は急速に数字が伸びたのに二年目はそれが遅すぎるということが起こるとも限らないからだ。それぞれの地区で常に虚偽の報告があり、市の政府もそんなことは承知なのだが、最後は末端での調整が行われ、それから省、中央へと報告が上がっていくとそこでも再び下部組織での調整が行われるのである。最終的には、ありとあらゆる層の人々の力や経験によって上なり下なりの調整を行い、各方面の要求を満たす数字をはじき出した。毎年ちょうど目標を達成した数字、計画よりほんの少し高い数字が出るように工夫し、計画のすばらしさが示されるようにする。数字は確かに現実から生まれてきたもので、まったくでたらめに捏造《ねつぞう》されたものではない。しかし、幾重もの歪んだ鏡の反射を経ることで、変幻自在になっていた。現実は計画に迎合し、計画が最も優れたものとされていた。

こうしたことを私は最終的に悟ったのだった。祖父は二度と尋ねなかったし、私も祖父にどのように説明したらいいのかわからなかった。多くのことがこのように奇妙《きみょう》奇天烈《きてれつ》だった。美しく飾り立てられた数字には真実が含まれておらず、うわべだけ誇張されたものであることは皆知っていたが、誰も気にしなかった。皆が知っていて、皆で黙認していた。地位を保つために、真実を究明する自由を放棄したのだ。テレビ画面には、どこまでも掘り起こされる土地と、次々に建てられていく高層ビルや鉄橋、道路が映し出され、人々の目を引き付けて興奮で血走らせるのである。

列車が疾走しているときに、速度計の示す数字が正しいかなどと誰も気にしないものだ。

第00章

はじめて彼に会った時のことを私はまだ覚えている。

それは、ある不愉快な出来事の後だった。それが何だったのか具体的なことはもう忘れてしまった。もうずいぶん昔のことだ、細かい記憶は消えてしまっている。ただ覚えているのは、仕事中に何か不都合なことが起き、他人から批判されたかなにかで、家に帰って本を読んでいてもどこか不満がくすぶり集中できず、考え方も幾分極端になっていたことだ。その時に彼とだいぶ長いこと話し込んだ。話題は終始書物をめぐってのものだった。

それは二〇〇六年十月、私が仕事を始めて三か月後のことだった。最後に彼に会ったのは二〇〇九年四月である。すべてのことが、あわせて二年と六か月、この期間に起こったわけだ。

ずいぶん長い間、彼は私が唯一話すことのできる相手だった。後に私がある人と恋に落ちたときでさえ、彼より親しくはなれなかった。私はこれまで、彼と議論を交わしたような問題を、ほかの誰かと討論したことはなく、彼だけが私の言っていることを理解してくれた。彼に対して愛情を抱かなかったのは確かである。幻想としての愛すら抱かなかった。けれども彼には依存していた。学識ある目上の人に畏れを抱くように少し恐れてもいたし、学識ある目上の人に依存するように依存もしていた。彼にはやや奇妙な厳粛さがあったが、とても寛大で、迷ったときにはともかく会うことができた。年上の学識経験者といった感じだった。

かといって彼は年配ではないし、年齢を意識させなかった。私よりは年上だが、どのくらい年が離れていたのかもわからない。外見は終始変わらず、何歳なのか見当がつかなかった。目は深い茶色だったが深みがあってほとんど黒と言ってもよく、私をじっと見つめるときは、さらに色が深まった。旧式の鼈甲《べっこう》縁の眼鏡をかけていた。両の頰はやや落ちくぼみ、話をするとき微かに縦じわがよった。髪の毛はこげ茶色、量はたっぷりしていて、ぼさぼさで目にかからんばかりだった。白髪は一本もない。すべてがまるで備え付けの衣装ダンスの中にずっと置かれていた箱のようで、そこには過去が、揺るぎない細部まで、ぎっしりと詰まっていたのだ。

今でも記憶はこんなにも鮮明である。いつも思い出すごとに、当時の悲哀がそのまま蘇《よみがえ》る。激しい悲哀ではなく、何かに永別する時の醒めた希望のない悲哀である。

あの時期、毎度彼と討論するときは常に私自身の問題から話をはじめ、最後にようやく大きなテーマへと行きついたことを覚えている。

当時、私の苦悩は確かに異様なほどに多かった。悩み、焦り、行きどころのない不安、そして毛糸玉ほどの些細な摩擦が心にまとわりつき、抜け出すことができず、毎日自縛状態に陥っていた。これらをまず議論しないことには、通気口が開けられず、もっと広いテーマに入ってゆくこともできない気がした。苦悩を引き裂かないとより広いテーマに入れなかったのだ。

毎回会うたびに、私はソファーに丸くうずくまり、自分の苦悩をひとつずつ並べ始める。彼は横に座り、じっと黙ったまま聞いている。私は評価してほしかった。彼の評価が私にとっては最も鋭い刺激となっていたから。

「毎日の日々がどんなにつらいかわかる?」私は彼に恨みがましく言った。「もう一生こんな感じから逃げられないのかも」

わかるよ、というように彼は頷く。

「私はできのいい思想家じゃない」私は口を尖《とが》らせた。「あなたとこういったことを討論するのは、世界の問題を解決したいんじゃなくて、自分の問題を解決したいから」

大丈夫、というように彼はまた頷いた。

「苦悩が私をあなたのところに来させるの」私はまた言った。

「わかっている」彼が奇妙なほどにやさしく言った。「最初からわかっている」

彼は私が期待したように、私の苦痛を認めてくれた。私が期待していたのは常にこのように認めてもらうことだった。あげつらうのでもなく、教訓を垂れるのでもなく、誰かが「君の苦痛は確かだ、君にはこのような苦痛を感じる理由があるのだ」と肯定しながら言ってくれることだった。いったん共感してもらえると、私の満杯の苦痛はたちまち半減した。そして静かに彼の言うことに耳を澄ませることができた。

彼はいつも慌てずまずはじっと黙っている。大体いつも顔を伏せて机に置いてある古い万年筆を手に取り、眼鏡拭きの端切れでそれをしっかりと拭《ぬぐ》っている。私は彼が何かを言うのを待つ。部屋の中はしんと静まり返り、息も止まったかの如く、置時計の立てるカチッカチッという音が、まるで刀で時間を一片ずつ削り取るように響いた。その音を聞いていると、自分の身体が削り取られているように感じた。一片、一片と。蟬の羽のように薄く、決して戻ることなく。一秒削り取られるごとに一ミリずつ死へ接近してゆく。

それから私たちは討論を始めた。彼がいつも身に携えている本の手稿を取り出すと、私たちは一字一字たどりながらそこでの問題について議論し始める。始まりの段階では私の考えはまとまりがなく、水の上をしぶきが跳ねるように思いついたことをそのまま述べる。しかしその後で、これらの飛び散った点が次第に線で繋がり、まとまった論考になっていくことに気づく。彼と議論でき、彼の批評に堪える論考である。これはとても刺激になった。今でも脳裏には当時私たちの行ったあらゆる議論が鮮明に刻み込まれている。今から見ると、その内容自体はたいして重要なものではないが、それでもそれは一切の手掛かりになっている。

私はこのように言ったことを覚えている。重要なのは統治の問題ではなく、上層と下層の人々の問題であり、上層・下層の人間と統治者とは分けて考えるべきで、統治者は上層部の人間ではない、と。そして、人類の平等は自由な世界でも到達できないし、物質的に極めて豊かな時には逆に思想が消え去るだろう、とも言った。これはいずれも彼の手稿に書かれた意見とは違った。彼は鋭い疑問を述べたが、最後にはすべてを受け入れた。とても冷静で、あらゆることを見てきた老人のようだった。こういった冷静さは一つには様々な経験を積んだことによる寛容から来ており、また半分は、彼が自分自身の限界を受け入れていることから来ていた。私の考えはいずれも私が経験して彼が経験していないことから来ており、そうした経験を彼も理解したいと思っていたものだった。

私は彼に、世界の人間は、彼が考えるように満ち足りて余分な時間ができれば自分の頭で考えることを好むようになるなんてことはけっしてないと言ったことを覚えている。実際、物質的に豊かになるほどに、人間の心はますます物質的なところでお互いに比べ合い占有欲が生まれるようになるのだ。皆が豪勢な家に住み、家族で集い、週末には娯楽があり、美しい服を着て車で世界を周遊し探検することができるようになったら、人々はこの上何かをしようなどと考えるだろうか。人々が物質的なものを獲得する過程にあるとき、統治者はそれを邪魔する存在であり、人々は怒りで対抗するかもしれない。しかしもし統治者が力を尽くして人々をより豊かにしようとしたら、だれが統治者など気にするだろうか。いや、いや、彼が考えるように、統治者は人々が自分で物事を考えるのを妨げるために彼らを貧困に陥れているのではなく、それとは全く逆に、統治者はあらゆる力を使って人々が富むように仕向け、その状態を自分の立脚点にするのだ、と。

　それを私はこの目で見たのだ。

第五章

六月のある朝、父は列車の車両連結部分の空間に座り、細長いガラス窓を通して原野を眺めていた。王老西《ワンラオシー》は父と向き合って座り、瓜子《グアッ》※1を歯で割って食べ続けている。列車が発するガタンゴトンという規則的な音はレールの長さを感じさせ、繰り返される低く機械的な音は、人声でざわつく乾燥して暑い車両内で、心地よい眠りに引きずり込む安定した力を持っていた。父は瞼が重くなってきたが、眠りたいとは思わなかった。今回列車に乗るという得難い機会に巡り合ったのだから、眠ったらそれこそもったいない。胡坐《あぐら》をかきトイレ側の壁にもたれて、小刻みな揺れの中で窓の外をじっと見つめている。初夏の太陽が差し込み、額に汗がにじみ出てきた。汽車の外は刈り入れ時の麦畑が一面に広がっていた。青と黄色が半々、麦わらが取り除かれた場所は褐色の大地が露呈している。遠方では植えられたばかりのか細いポプラが密生し、押し合うように枝を伸ばし、まるで飢えて足を引きずりながらも頭は高く掲げた貧しい少年のようだった。遠くを眺めていれば列車が走っているとは感じられない。目の前には村落が散らばり、いたるところに崩れた壁、薄暗く汚れた窓ガラス、飯炊きの煙のあがった屋根があった。ときたま老人が二八式自転車にまたがりよろよろとあぜ道を通り過ぎてゆく。

彼らも外へ行きたいと思うのだろうか？　父は思った。それとも生まれた所に生涯とどまろうとするのだろうか？

父は南方に向かう列車に初めて乗ったのだった。ズボンのポケットから淡いピンクのちっぽけな切符を目の前に取り出し、しげしげと眺める。小さい切り口のある紙切れの上には「北京経（　）至広州」（北京経由で広州行）という文字がはっきりと印刷してあった。「北京」の文字は小さく、「広州」の文字は大きい。指の長さにも満たない紙切れの、しわしわの表面は赤い数字がのさばって判読しがたい。それがこれほどの大きな魔力を持ち、一人の人間を数千キロも彼方の最南端へ運ぶことができるのだ。これが父にはどうにも不思議だった。大規模な「意見交流会」※2の時に、父は無賃乗車で北京、済南《さいなん》、石家庄《せっかしょう》まで行ったことがあったが、こんなピンクの紙切れ一枚をポケットにいれて正真正銘の南方へ行くなどということはなかった。

「おいおい、食わないと俺が平らげちまうぞ」王老西がふと父の腕を小突いて言った。瓜子のことである。

「ああ、食ってかまわん、俺はいらん」父は言った。「それを食ってるとのどが渇く」

「水を飲めよ」王老西は後ろを指さした。「飯には金が要るが、水はただだ」

「いちいち動くのが面倒だ」父は首を横に振った。「トイレを使うのも厄介だ、飲まずにいられるなら飲まない方がいい」

※1　ヒマワリやスイカ、カボチャの種を炒って加工したもの。ヒマワリの種が一般的
※2　文化大革命時の「大串連（経験大交流）」のこと。毛沢東思想に共鳴した学生（紅衛兵）が北京と地方を往来した

「しょんべんすら面倒なのかよ」王老西はからかうように言った。「じゃあここで待って何すんだ？　三日もあるんだぞ」

「待ってるさ」父は再び外を眺めた。

　行ったり来たりと人々が絶えず父と王老西のわきを通り過ぎていく。背後のトイレのドアがバンと開き、バタンと締まり、その都度鼻を衝く悪臭が漂ってきた。父ははじめ眉をひそめていたが、次第に鮑魚《ほうぎょ》のなんとやらで※3、その臭いも気にならなくなった。トイレの入り口前にはいつも人がたまっていて、ドアの隙間から漏れ出る臭いに抗いながら前に向かって押し合い、顔に焦りの色を浮かべながら目の前の鉄の扉をじっと睨んでいる。ボイラー室で魔法瓶に熱湯を入れた人々が弁当を提《さ》げ、トイレの順番をじりじり待っている人々の間を大声をあげながら通り過ぎてゆく。漂ってくる飯や炒め物の匂いと汗くさい体臭、トイレの臭気が一緒くたになり、父と王老西の頭上を旋回する。どういうわけか、父はこの状況にあっても苛立ちはしなかった。すべての感覚が、眼球の動きにつれて車窓の外にふわふわと浮き出し、よく見知っているようでいてまるで見知らぬ田畑へと漂い出てゆく。陽光が窓の外の空気を引き入れる。列車の車輪が鉄のレールと立てる音に、父は真空の空間に入り込んだような気分になり、そばにいるはずの人々が数キロ彼方にいるような感覚に襲われていた。

　王老西が突然父に言った。「もうすぐ邯鄲《かんたん》に着く。たぶん人が降りるだろうから、なあ、座る場所があるか中に入ってみようぜ」

「ここで十分だ」父は返事をした。

　無駄な骨折りはしたくない。ようやく誰もいないところを見つけて座ったのだ。押し合う必要もない。窓に寄りかかることだってできる。たとえ車両の間の狭い通路だとしても、ともかくここは自分専用の隅っこだ。それに車両の中がここよりましという保証はない。どの座席も定員を超えた人間でぎっしり埋まり、席の間の空間も人が立ったり座ったりしており、饅頭《マントウ》、麺包《パン》、瓜子、醤豆腐《ジャントウフ》、茶葉蛋《チャイエタン》や午餐肉《ウーツァンロウ》が散乱し、スープや湯水が飛び散って周囲の床に座っている人々にかかったりもする。父は座席争奪戦には加わりたくなかった。このままでいて十分快適である。気持ちは高ぶっていたが、他人と詰め合って座りたいとは思わなかった。

王老西は一人ではいられない質《たち》だった。父が黙り込んだのを見て、王老西はひっきりなしに周囲の者に話しかけた。行き来する者たちも自分の席があるわけではないので、座り込むと王老西と一緒に瓜子をかじり始める。顔まで真っ黒に日焼けした中年の親父さんがちょっと座って話しはじめた。退役軍人だったが、四月に老山での戦闘※4で負傷し、退役して北京に褒賞をもらいに行き、今は農業をしに故郷に戻るということだった。顎に傷跡があり、話すときには口の一方が歪んだ。「ましなほうだ、すんでのところで頭がなくなっちまうとこだった」元兵士は笑った。

十六歳の痩せた少年も一時話に加わった。深圳の埠頭に働きに行くのだという。少年の話では、村にいた貧乏な男が、食い扶持が多く土地が狭くて食うや食わずだったのが、深圳に出稼ぎに出て埠頭で運搬工として働いたところ、一日に三十元稼いだという。「三十元だぜ」少年は言った。「一日で三十元！　すげえんだ、そいつは年越しに村に戻ってきて、その金持ちがさ、よく肥えた豚を二頭飼っててさ、二年間ももったいなくてつぶせなかったのを、故郷に戻って来るなりお

※3　鮑魚之肆：乾物屋の乾魚の生臭さはそこに長くいれば気にならなくなる。「朱に交われば赤くなる」の意味で使う慣用句

※4　一九八四年四月に始まった中越国境戦役のこと。両国国境に位置する老山と者陰山をめぐって軍事衝突が起こり、老山は激戦区となった

ふくろにつぶさせたんだぜ。大鍋をたくさん用意して鍋いっぱいに肉の煮込みをつくってさ、干し肉も何本もつり下げて、村の親戚や仲間や助けてくれた皆をごちそうに招いたんだ。すげえんだ。見たことないだろ、テーブルいっぱいの肉だぜ、俺、あんなに腹いっぱい食べたのは生まれて初めてだ。二日目にそいつ、おふくろに子豚三匹を買ってやってさ、これからは豚は売らんでええ、肉が食いたいときゃあ食えばいいときた、すげえ奴だ。俺らの村でも数年前に出て行ったやつらがいるけれど、こんなのは見たことない。深圳で金を稼ぐのはちょろいもんなんだ、行きゃあ金儲けができるんだ。俺、勉強がからきしダメで、それでおっかさんが深圳に行っていいってさ、やってみろって」

「お前さんみたいな貧弱な奴がかよ」王老西は両手で少年の薄い肩を摑んで確かめるように揉んだ。「埠頭のものを動かせるんか？」

「慣れるさ」少年は答えた。それに荷運びをずっと続けるつもりなどない、うまくいけば工場で働けるかもしれないだろ、香港人がやってる工場はえらく儲かってるってやつは言ってたし。

「まだ小さいのに、根性があるじゃないか」王老西は半分茶化すように半分感心するように言った。

「ちいさかねえよ、満十六だ、数えで十八になるんだ」少年は答えた。

列車はあふれかえるような情熱で一杯だった。抑えようにも抑えきれず、まるで深く積もった雪が溶けだしたあと、どっとあふれ出して土壌を突き破る新芽のようである。ある大学生とも話す機会があった。すでにもう夕暮れ時で、窓の外は一面に湖が広がり、輝きの失せた夕日が湖水を照らし、窓に映る周囲の人影や洗面台が現れたり消えたりしていた。大学生はトイレから出てきて手を洗うと、座席には戻らず、狭い通路で王老西の横に立ち、じっと動かずに外の湖水を見ていた。

王老西はこの様子をしばらくうかがっていたが、「何を見ているんだ?」と声をかけた。

大学生は下を向いたまま王老西に目を走らせ、それから父の方も見た後、笑って答えた。「別に、向こうにいる鳥を見てるんですよ」

「お前さんも広州に行くんかい?」

「ああ、まず広州をちょっと見てみようと思って」

「出張かい? それとも親元をたずねるんか?」

「ちがうんですよ」大学生はこう言うとしゃがみ込み、王老西が手渡した瓜子を断るでもなく一緒にかじり始め、「僕ですね、実は辞職したとこなんです。広州や深圳が気になって見てこようと思って。チャンスがありやしないか」

「辞職」の二文字を耳にして、父ははっとなり、思わず背筋を伸ばすと口をはさんだ。「どの職場を辞職したんだい?」

「北京無線工場、ラジオを製造してるとこです」大学生が答えた。

「こりゃたまげた、すげえじゃないか。普通じゃ入れねえすげえ職場だ」王老西がため息を漏らした。

そしてこれを機に三人は話を始めた。父と王老西はこの時初めて相手が大卒であり、しかも相当なエリートだということ、卒業前に工場に配属されたものの、仕事に非常に不満を感じていたことを知ったのだった。工場では彼の知識は少しも必要とされず、仕事といえば、設備の保全と修理だけだった。工場長は大学生の意見を重視すると言ったが、現場の技師や専門職人たちはどこ吹く風だった。普段はただ流れ作業を見て、おしゃべりをして、家族の話などして人間関係をほぐし、時間になったら仕事の手を止めて帰宅する。お互いの関係はとても親密になっても、毎日無駄に時が流れていく。大学生がよかれと技術面での改善意見をいくつか申し出ても、誰も耳を貸さない。「我々の工場では」と彼は言葉をつづけた。「誰もが自分は偉いと思ってて、結果誰も何もできないんですよ。本当にもうこれ以上は我慢できなかった。今でなくてもいずれはやめますよ」

　大学生の話に父はある程度共感を覚えた。父は大学生のように自分を高みに置くことはしない。それは大学生に学歴がおよばないからであり、周囲を見渡してもそのような高みから見下ろす態度をとるものはいない。けれども、その悶々として耐えられない感じは父にとってよくわかる感覚だった。父はうれしくなった。ついに自分と同じような考えを持つ人間が現れたのである。自分一人ではなかったのだ。

「なら広東に行って何をするつもりなんだい」父は大学生に尋ねた。

「誰か僕と一緒に会社を始める人間をさがすつもりです」

「会社だって？　すごい根性だ」会社を設立するなどとは、まるで王国を建立すると言っているように父には聞こえた。

「大したことじゃない」大学生は続けた。「同級生が今年年明けに中関村《ちゅうかんそん》[※5]ではじめてます。僕なんか出遅れてますよ」

「そりゃすごい！」父は感嘆して言った。「でもまずいこともあるだろう？」

「そうですね、賠償の支払いもしょっちゅう起きてますね」

「こわくないのかい？」

大学生は一瞬厳粛な面持ちになった。「『あぶ』[※6]が好きなんですけど、中でも一番気に入っている文句があって「何かを請け負わねばならないならば、全力で請け負うべきである。もしそのことでつぶされたのなら――それは自分の責任だ」ですね」

父ははっとした。大学生の語り口から、落ち着きと我の強さと、そして後には引かない決意が感じられ、心がかすかに揺れ動いた。やはり教養か。父は大学生に感嘆するばかりだった。

「いやいや、それほどじゃないんです」相手は昔の読書人のように腕を組んで挨拶する仕草をした。

「後で機会があったら、俺の友人にぜひ紹介したい」と父は言った。「そいつも教養があるんだ。大学生が好きで、大変な読書家でね、詩も書くし、プーシキンがお気に入りなんだ」

「へえ」大学生が反応した。「僕は詩は書きませんけど、友人で詩を書くやつを何人か知ってます。彼らは北京で詩人の結社を立ち上げたとこです。「未来列車」っていって、朦朧詩を書くんですけど、僕にはよくわかりません。後で住所を教えますから、張大明《チャンダアミン》っていう人と連絡を取れば入れるってその友人の方に言ってください」

そしてみなはそのまましばらく話し続けた。大学生が自分の目論見を話せば、王老西は自分たちの心づもりをぼかして話した。外貨のことは言えないので、転売された物の売買をするつもりだと話す。そしてお互いに広州と深圳に関する情報やうわさを交換し合った。そこへ行ったこと

※5　北京市の北西郊の大学機関が集まる地域の一角にあり、改革開放経済が始まった当初に自由市場が現れ、後に「中国の秋葉原」と呼ばれる電化製品販売を主とする商店街に発展する

※6　アイルランドの作家エセル・リリアン・ヴォイニッチ（一八六四－一九六〇）の作品。原題は The Gadfly で、一八九七年作。司祭志望の青年が革命運動に巻き込まれ悲劇的最期を迎える長編小説。中国語訳は一九五三年。一九八〇年代、若者の間で盛んに読まれた

がある者はまだ誰もいなかったが、話はいずれも道理にかなっていた。老西が昔からこんな感じで、言うことだけはいっぱしに筋が通っているのを父は知っていた。深圳行きもだが、父は王老西が行った経験があるとばかり思っていたのだが、出発前になって初めて王老西も行ったことがないし、列車の乗り換え回数すらおぼつかないのを知ったのだった。それで父は王老西の言うことはすべて割引きして聞いていた。ところが大学生は王老西と似たような気質で、当初から深圳には行ったことがないと言いつつ、話し出すと実によく知っており、年明けに鄧小平が南方視察を行ったときビルの何階まで上ったかまでも明確に述べて、まるで実際にその場で見ていたようだった。こうして、二人の唇からもれだす深圳は、輝かしい輪郭を見せるようになっていた。チャンスがそこここに転がり、高層ビルが周囲を取り囲み、通りは外国製品で満ちあふれ、香港人や鼻の高い白人があちこちを闊歩《かっぽ》し、工場がぎっしりと立ち並んで大勢の人々が飛ぶように走り回っている。時間、効率。時間、効率。金銭が水のように流れている。

夜、車両の明かりが消え、廊下も静かになってくると、父は興奮してやはり眠れないので、そのまま外を眺めていた。王老西はくの字にした身体が崩れるように半ば横たわり、先ほどのビールが効いてきたのか目を閉じて寝に入ろうとしていたが、まだもぞもぞと身体を動かしている。

「おい」父は王老西を呼んだ。「眠ったのか？」

「ん？　まだだ」

「ちょっと聞くけど、なんだか、自分が騙《だま》されているような気がすることはないか？　……誰かに騙されてて、自分でも自分を騙しているような」父が尋ねた。

「何のことだ、誰かに騙されたんか？」

「俺だって誰に騙されたのかわからんし、そいつが誰かを突き止めることもできない」父はあれこれ考えたがどう言ったらいいのかもわからなくなった。「そいつは俺自身かもしれない。なんというか、ともかくあれこれ考えていて、ある種の感覚に過ぎないんだが……まわりの皆はもともと何かしたいことがあって、同じ方向に向かって一斉に駆け出すんだ。それで自分もよく見定めずに皆に続いて走り出す。そして走って走って走って気が付くと皆は別の方向に、あるいは四方八方に駆け出しているんだ。最初はどうして自分がこっちに走ってきたのかわからなくて、その後はなんで変更されたのかますますわからなくなっちまって、皆は最初はこっちに来るべきだと口々に言いながら、そのあとであっちだ、と言うんだ。彼らに騙されたんだか、それとも自分でそう思い込んでしまったのか。ともかく彼らは何か秘密を知ってて、自分一人だけがそれを知らない感じなんだ」

「お前の話は、誰が誰にだって」王老西は半眠り状態でもごもごとつぶやいた。

「今考えてみると、下放したのは七十年だ」父はやはり独り言を言うように言った。「あっという間に十数年だ、何でこんなに速くすぎちまうんだ」

「ああ」王老西がもごもごと答えた。

「あの時のことを覚えているか？　つるし上げのあの時だ。自分がどうやって潜り抜けたんだかほとんど忘れてしまったが、ただ恐ろしいあの感覚は残っている」

王老西がいきなり目を開けくるりと身を起こした。「覚えてるかだって？　きれいさっぱり忘れちまいたいとこだ」

「なあ、本当は」と父は真面目になった。「あの時お前の親父をやった奴、お前、恨んでるんじゃないか？」

王老西の父親は中華人民共和国成立前、ちょっとした家柄だったために政治闘争中に富農に仕立て上げられ、村でのつるし上げの時に殴られ胸を踏みつけられて傷を負い、それから背中を丸め絶えずせき込むようになり、二年と経たずして亡くなった。王老西の父親が死んだとき、父はまだ町に戻っておらず、王老西が涙と鼻水で顔をぐしょぐしょにしながら郊外の荒れ野に穴を掘って父親を埋めるのを傍らで見ていたのである。王老西の母親は亡くなり、親戚もおらず、ただ一人、木の切れ端を墓碑として突っ立て二回叩頭《こうとう》をした。当時王老西はまだ少年だったが、毅然としていた。歯を食いしばり一言も口をきかず、絶えず袖で鼻水を拭う。吹き付ける風が身を切るように冷たかった。

「恨まないでいられるか」王老西が答えた。

「復讐しようとは思わないのか、奴らに」父が尋ねた。復讐することは父自身もかなり長く考えていたのだが、結論を出せずにいた。

「誰に復讐すりゃあいいんだよ?」王老西は口をゆがめた。「村から出てった奴らのことは置いとくとしてもな、村にいるやつらを俺がどうこうできるのか? そいつらの家に押しかけてって、ドアを蹴り破り、叩きのめすってのか? もうあの時代じゃねえよ。俺は、事は単純に考えてるのさ。金儲けをするんだ。たんまりと、それこそ数えられねえぐらい儲けてやる。それから奴らの家に行ってばらまくのさ。それで言ってやるんだ。「お前ら、俺の家が富農だとぬかしやがっただろ。ああ俺は富農だ、それがどうしたってんだ。俺様はお前らよりゃあ金を持ってるさ。今もこれからも代々お前らより金持ちだ。悔しいか、妬ましいか。貧乏人は一万年経っても貧乏人だよ」こう言って金を奴らの顔にたたきつけ、それで顔を拭いてやるのさ。その後で親父のためにとびきり上等の棺桶を作って、盛大な葬式をやって、墓を建てるんだ。俺はもう土地も下見してある。俺たちの村の裏山のふもとの一画だ。風水もいいし、誰も使ってない。今回俺が凱旋《がいせん》した暁《あかつき》をみていろ、だ」

父は王老西が語り終えると、じっと黙っていたが、最後に言った。「よし、ならば俺たちは今回の深圳行きではがっぽり儲けるんだ」

「そうさ、俺は今他には何も考えてないのさ」王老西が答えて言った。

そしてしばらく何度か寝返りを打っていたがそのうち寝入った。身体を丸く縮こまらせ、片腕を枕にし、身体の後ろの鉄板に半ばもたれかかるようにして、仰向けのまま口を大きく開けている。父は王老西がぐっすり寝入ったその姿にほとほと感心した。真っ暗な廊下で誰かがひそひそ話す声がかすかに聞こえてくるかと思うと、また静かになる。子供の泣き声が聞こえたようだったがしばらくするとそれもまた途絶えた。寝静まった世界の中で自分だけがただ一人目を覚ましているようだった。だいぶ経って誰かがトイレに入り、そして出てくるともう一方の窓のまえでタバコを吸っている。その人物の背中が暗闇の中にぼんやり浮かび、時々体が動いた。こちらを振り向くのかと思ったが、そうではない。そしてまたすっと車両に戻っていった。たまたま路で出くわしたように、誰もが父の視界に一度現れ、そして永遠に消え去っていく。

父はこれまで感じたすべてを思い起こしてみた。昼間見たこと、夜語ったこと、記憶の中で絶えず現れ出てきたもの。まだ自分の考えを明確に整理することができなかった。感じるもの全てが曖昧模糊として、描かれた絵のようで、衝撃的だがまるで秩序だっていなかった。何かしらの感情が沸き起こりそうだったが、それを言葉で表現することができなかった。砂をはらんだ風が、東へ、西へと吹く様子がイメージに浮かんだ。砂には賛成も反対もなく、ただ風に吹かれるばかりで、風がどこから吹いてくるのかすらわからないのだ。これではまるで責任逃れをしたがっているようだと感じられたが、それまで自分が何を考えていたのかを思い出すのは本当に難しかった。心の中に防御システムがあり、過去のことは自動的に意識の外に出して隠すかのようで、それを突き詰めることを許さなかった。けれども同時に、時としてある種耐えがたい感情が沸き起こり、そういった記憶の存在を思い起こさせた。そうなると気分がいっそう落ち込んだ。心の中で風が吹きすさび、渦を巻き、茫々たる空間が広がってゆくのである。

　列車は街灯のない果てなく広がる闇夜を北から南へ、過去から未来へと走り抜けてゆく。茫漠《ぼうばく》たる平原では灯火は一切消え、列車はしんと静まりかえるなかを村落も古びた家屋も後ろへ後ろへと振り落としてゆく。前方には別の都市がある。別の幻想の中にある都市。父は再び深圳について考え始め、考え考えしているうちに、横の窓に寄りかかったまま眠りに落ちていった。

　その年、深圳で父と王老西は多くの場所を回った。深圳は父が想像していたような近代化の進んだ都市ではなく、羅湖《ルオフー》駅ではまだ天秤を担いで線路を越えてくるものが大勢おり、駅前の広場は黄土がむき出しのままだった。通りの家屋は多くが民国期のままの低い二階屋で、白い壁は雨水が侵食して黒ずんでいた。行き来する人々は麦わら帽子をかぶり、裾をからげて自転車に乗っている。熱帯植物が青々と生い茂り、六メートルほどの高さの「祖国のために歌声を挙げよう」という宣伝画を彩っていた。棕櫚《しゅろ》の木々の下には人々が寄り集まり、近郊の田畑は一面に水が張っている。けれども深圳はまた、他とは全く違っていた。通りでは鮮やかな服装に着飾った香港人や台湾人がおり、時には金髪碧眼《へきがん》の姿も目にした。父はそれまでテレビでしか金髪を見たことがなかった。あちこちで高層ビルが建ち始め、多くの場所ではビルが建築中なのだが、その数は北方の都市よりもずっと多かった。人々は素早く行きかい、交わされる言葉は希望を放っていた。王老西と竹園賓館《バンブーホテル》のホールに行った時、父は派手なライトがちかちか瞬くのに仰天して言葉をなくし、ちょうど建築中の上海賓館《シャンハイホテル》の工事現場の前にしゃがみこんでは落成後の様子を想像し、東門の旧市街の百貨店では毛主席と周総理の大きな壁画の前で人々がうごめいているのを見ていた。そして最後に二人で新しくできた展示即売センターに行き、そしてそこで二人が必要としていた人物にうまく会うことができたのだった。

父と王老西はわずか一か月余りでかなりの金を手にした。二人が外国為替を展示即売センターの人間に売ると、向こうが闇市の兌換率《だかん》で転売して差額を稼ぐ。その額は百万元に上り、父と王老西の利潤はそこまで行かないのだが、それでもいくばくか利息を回収することができた。目的を達した後で、二人は大いに飲み食いした。その後王老西はさらに輸入品の転売ルートを確保して利益を増やそうとしばらく物色していたが、儲かりそうな品物は見つからなかった。その時不意に海南島《かいなん》の方で八月に自動車を輸入するチャンスがあると耳にし、躊躇《ちゅうちょ》することなく船の切符を買うと父を引きずるようにして海南島に向かった。

海南島は美しい場所だった。しかしその海南行ではまずいことが起きた。王老西は、目を血走らせて自動車を注文するみなに交じって、深圳で稼いだ金の大部分を資金として海南島に投入し、大量の輸入車を注文することにした。しかし注文する者が多すぎて需要が供給を上回り、車がなかなか搬入されなかった。父は家のことを想い一刻も早く戻りたくなったので、王老西をひとり海南島に残すことにした。九月初めに二人は別れた。その九月の末、北京から来た特派員が海南島の自動車輸入の件で調査に入り、あらゆる非合法の輸入行為が停止された。わずかのタイミングのずれで王老西たちが注文した車は搬入されず、さらに北京から来た調査員に資金源を調べられる羽目になったのだった。

父はこの時には家に戻っており、何が起こったのか知らずにいた。

私の統計局の日々は愉快なものではなかった。オフィスの窓口では数字の中に閉じ込められていた。半年ほど仕事を続けた結果、不快感は軽度の鬱《うつ》を引き起こしていた。

毎日出勤してコンピュータを立ち上げ、同じプログラムと同じ表にむかって理解できない数字を打ち込む。数字の裏にある実態を見たいと思いつつ、その時間もチャンスもなかった。事務所で働くある年上の女性は他人の家庭の様々な噂話をするのが好きで、おかげで私は職場全員の家庭状況、婚姻関係、子供たちの状況、収入について一気に知ることとなった。その同僚は誰それの家は金持ちで、誰それの家の子は結婚相手が見つからない云々と話題には事欠かなかった。もう一人の女性職員は牛乳瓶の底のような厚い眼鏡をかけ、そして彼女もまた家のことを話すのが好きだった。ただこの場合は自分の娘の話題が中心だった。いつも娘に関することを話して聞かせ、さらに私を家に招いて娘に会わせてくれた。娘は高校三年になったばかりで、痩せぎすでまるで水を抜いた湯たんぽだった。それからもう一人は独身の年上の若者。口数が少なく、女性のおしゃべりに出くわすと逃げ出すのが常だった。いつも汗臭いにおいを全身から発し、痒《かゆ》がって就業時間の半分は服の中に手を入れて体を掻いていた。統計局に新しく来た若手職員は私を含めて三人だったが、あとの二人はどちらも大学院生で、私よりも年が上だった。いずれも結婚を予定していた。私たちは毎日十一時半に階下の食堂におりて食事をした。長い順番待ちの列に並び、大鍋の料理からいくつかの料理を適宜選ぶのだが、週替わりのおかずはいつも代わり映えしなかった。食後、何人かは裏の中庭で網を張ってバドミントンをしたり、あるいは花壇の回りに座っておしゃべりに興じる者もいて、五階の窓辺から皆を眺めると、井戸の中の四角い舞台を見ているようだった。

仕事が引ければ各々帰宅する。職場と家の二点間を寄り道もせずただ往復する生活。まれに職場単位で集まって、付近のレストランで円卓を囲み、東坡肉《トンポーロウ》、魚香肉絲《ユイシャンドウス》、八珍豆腐《パチュントウフ》、蝦仁面《シャアレンミエン》筋《チン》、鉄板牛柳《ティエパンニウリウ》、葱爆羊肉《ツォンパオヤンロウ》、蘑菇炖鸡《モウクトウンチ》、酱香茄子《チャンシャンチュエッ》をつつきゴシップに花を咲かせ暇つぶしをする。テーブルには安物の白酒《パイチウ》にビールが並び、上司に乾杯、同僚に乾杯、と酌み交わす。さあ、王《ワン》の兄貴、あんたに乾杯しますよ、小沈《シャオシェン》、俺たち一緒に来た仲間だ、さあ一杯グイっとやってくれ云々云々。長らく会わず、翌日も会うことはないかのように、他の者も皆互いに相手に祝杯を挙げ、皆それぞれがこんな宴会の機会を待ち望んでいたと、何かと理由をつけ次は食事に呼ぶからと互いに誘い合う。

宴たけなわになると、あちこちで小さなグループに分かれ、こちらでは淘宝網《タオパオ》※7ショッピングや化粧品の話題、あちらでは夫や子供のこと、別のグループでは最近伝わってくる政治情勢や官僚のゴシップ、とおしゃべりに花が咲き、ゴシップは上層部や、上層の上層、上層の上層の上層の上層へと、どこからか漏れ出た情報は事の大小を問わず、あらゆることに及ぶ。何某が昇進したのは何某とコネがあったからで、何某が何某を怒らせてそれで例の件に調査が入り、何某があるプロジェクトで○○元を儲け、某高官が地位を失ってそれが即日公表された云々云々。これらが男たちが最も関心を持つ、というか、唯一関心を寄せる話題で、口コミ情報を多く持った者ほど特別な権威を持ち得るかのようだった。情報が特権となった。タバコには火が点《とも》され、酒はへべれけになるまで飲まれ、幹部は適当な時分に席を離れ、そして煙でいぶされ乾燥した空間は何でもありの温床となる。官僚システムは半透明のスクリーンのように、ただそこに身を置くだけの者にも神秘感をまとわせるのである。

※7　中国のインターネットショッピングサイト

出勤時の頭は、こんな興奮とはほど遠い状態になる。事務所のけだるい雰囲気は、幹部のもっともらしい指導と鮮明な対比をなしていた。幹部はしょっちゅう訓練プログラムを取り入れ、全体学習会を企画し、皆の業務レベルをひきあげようと教育に力を入れた。ところが実際は幹部のほうが一番業務を理解していなかった。この人物は前環境保全局副局長で、それ以前は単なる農村の村長だった。訓練プログラムで質問するものはなく、学習会が終われば何をやったのか記憶にすら残らない。レポートを書く際には決まり文句をそのまま並べ、毎月の分析は数字が異なるだけ。曰く、今月は固定資産における投資の増加速度は安定しており、住民の消費の増加もそれなりにやや速い、とか。

ほぼ同じことを繰り返す仕事を続ける中で焦燥感は募るばかりだった。周囲の人々には日常の喜びも憂いもあったが、いずれにしても日常に浸りきり、日々のこまごましたことで身も心も一杯だった。熱狂もイデオロギーもなく、世界や自分についての信念は俗世の身近なことを源としていた。値下げ中の電気製品、多く支払われたボーナス、友人に自慢できる排気量の大きい自動車、美白をうながす滋養スープ。貧しさから豊かさへと一気にジャンプすれば豊かなもの以外は目に入らなくなる。こういった日々に洗脳は必要ない。人々はたいして重要ではない些事の繰り返しの毎日の中で互いに洗脳し合っていた。人々は矛盾の中である種の統一を保っている。一面では体制内の仕事で支給される給料の低さ、負担の重さ、そして社会の批判を受け入れねばならぬことに不平不満をもらしながら、一方で体制内の仕事はどこよりもよく、誰もが無理をしてでもそこに割り込もうとしているのだと固く信じている。こういった矛盾がまったく無理なく成立しているのである。

私は出勤するのが嫌になった。朝目が覚めるとカーテンを眺める。目覚まし時計がずっと鳴り続けても布団から出る気がしない。以前から毎日出勤するような生活は自分が望むものではないだろうと予測していたが、これほど受け入れ難いことだとは思いもしなかった。出勤途中の二十分間のバス乗車が二十時間に感じられた。周囲の世界が私をじわじわと侵食し、私自身の領域が少しずつ消失していく。これに抵抗する十分な力が私にはなかった。

私は自分自身を観察した。まるで他人を観察するように。一群の人々が空から私を見下ろし、あれこれ指摘する様子がしょっちゅう頭に浮かんだ。球技をする同僚を天井から見下ろすような感じだ。このイメージは耐えがたく、もう限界だった。

秋が深まり、がたがた震える身体と一緒に、私の心も内に向けて絶えず小刻みに震えるようになった。私は大量に本を読むようになった。現実世界の補足としてではなく、現実世界からの逃避として。昼休み、一人本を手にして職場の横の小さな庭園に行き、活字を追いながらぼんやりする。読書は二割、八割がたはぼんやりと過ごした。何かを考えていたわけでもなく、時間はあっという間に過ぎていく。食欲を失い、何も食べたくなくなった。『野生の棕櫚』[※8]の主人公の男のことが絶えず頭に浮かんだ。男が語る閑《ひま》と人類に関する言葉や、危機に面したときの平静さや、逃避行動中の苦痛を思い浮かべた。木々の葉や泥土がまき散らす微かな神秘の光は、捉え難くてもそこから目をそらすことができない。ためらい、推し量り、追い求める中でその微かな光をじっと見つめても、答えは見つからない。私は、日々の暮らしの中にも何らかの輝きが隠されているべきだと感じていた。一瞬きらめいて消え去るそれはたとえようもなく貴重で、見つけたと思

※8　アメリカの作家ウィリアム・フォークナー（一八九七－一九六二）の作品。原題は The Wild Palms、一九三九年刊。郝景芳は、若い読者に読むように推奨している

って振り返り追いかけても、目を凝らすと何もない。人々の隙間に空虚さが広がるばかりだった。こんな時、私はパニックに近いむなしさに襲われ、胃が痛みだし、その痛みで体を震わすのだった。

ある日私は文章を書き始めた。はじめはただ片言隻語《へんげんせきご》を記していただけだったが、ほどなくして段落をいくつか試し書きするようになり、混乱していた思考回路を整え筋道をたてた。ところがどうも腑《ふ》に落ちない。私の言葉には色彩も強度も欠けていて、どんなに努力しても論理がすっきりせず、時によく書けたと思っても、一度寝て目を覚まして読み返すと読むに堪えないことに気づき、原稿を引き出しに投げ込むしかなくなる。こんな時が最も耐え難かった。

その年の冬が過ぎても、新年の感覚はほとんどなく、春が来ても、ただ寒いままだった。

その頃母が少し痩せた。私のために心配し過ぎたためだと、内心で後ろめたかった。母は、高血圧だからよ、糖尿病も少しあるし、医者から食事制限するように言われてそれで痩せたのよ、大したことないから、とまるで私に負担をかけるのを恐れるかのように言う。そして相変わらずメンバーズクラブで料理人の仕事を続けた。この一年は景気がよく、社長たちはよく会食を開いた。一週間に少なくとも一回は大きな宴席が設けられたので母は忙しくなり、そして稼ぎもかなり増えた。いいことなんだか悪いことなんだかわからないわ、と母は言った。扇子舞を習い始め、花飾りのついたピンクの巨大な扇子を二つ買い、朝の定刻に小さな公園に行く。週末はともに扇子舞を習っている近所の人たちと市場を冷やかしに行った。母の状況と私の状況の間には大きな溝があった。くっつきもし離れもする巨大な溝である。

私の状態を母は心配していたが、あれこれ尋ねられずにいた。私も母の心配に面と向き合いたくなかった。母の憂慮は鏡のように、私がどれだけ沈み込んでいるかを映し出しているからである。大部分の時間、私は人に会いたくなかったし、何もしたくなかった。

週末は集合住宅の中庭をぶらつくことがあった。幼い頃に遊んだグラウンド、通った幼稚園、ここに住む老人らが将棋を打つのを見ていたりした。ここは私が去った頃、もっと言えば幼い頃の状態をほぼ保っている。とても小さく、樹木もとても低く見えた。小さい頃はどうしてこんなところが探検に格好の楽園に見えたのだろう。建物は一様に六階建ての赤煉瓦造り、工場の宿舎としてずらりと列をなして立ち並んでいた。いずれも一九八〇年代の建築物であり、表面に新しくペンキが塗られてはいるものの、時が残した古傷は隠しようがなく、全体に古ぼけて見えた。これらの建物は造りがどれも寸分たがわず、建てられた当初の独特な工場様式美を示している。外部の者がやってきたら迷うはずだ。どの建物の入り口も、その隣の入り口とコピーのように同じだったから。ここでぶらついていると時々古くから知っているおじさんやおばさんに出遭うことがあった。白髪と弛《たる》んだ肌から痛ましい変化を見て取ることができる。向こうはびっくりして立ち止まり声をかけてくる。私はできる限り手短に応え、彼らから、結婚したの、相手がいるんでしょう、といった重大関心事の質問が飛んでこないよう身構える。こういった質問に出くわすたびに絶望感を抑えることができなくなってきていた。

家に戻ってからというもの、私は微月《ウェイユエ》と距離が再び近くなり、大学の四年間で遠のいていた関係が元に戻っていた。

二〇〇七年一月、微月の妊娠が判明した。それは私には激震だった。微月の家を訪ねる前、私は、自分の精神状態がひどくて微月に悪い影響を与えるのではないかと不安になるほどだった。

その感覚はどう説明したらいいのか。私も微月も二十三歳の誕生日をまだ迎えていない。

それなのに、彼女は母親になろうとしている。明らかに私にはその事実を受け入れる準備ができていない。毎日自分はどこに行き何をすべきかという問題で悩んでいたのだ。暇で何もすることがない年頃は皆こういったことを考えるものだが、その後やるべきことができれば次第に忘れていくという。私はまだその段階に達していないのだろうが、達したいとも思わなかった。

微月は妊娠しても体がふくよかになることはなく、逆に少し痩せ、疲れたように見えた。髪を緩やかに後ろで結んだ姿がか弱く見えた。つわりがひどく何も食べられなくて、もう五、六キロ体重が減ってしまったの、でも最近は少し良くなったわ、と彼女は言った。私はどう言葉を掛けたらいいのかわからず、毎日何を食べて何を飲んでいるのか、と尋ねては、もっと良いものを食べて栄養をつけなきゃ云々と母親が言うようにくどくど言って聞かせるのが関の山だった。妊婦がどんな栄養をつけるべきなのか何も知らないくせに。

結婚するってどんな感じなの？　と尋ねると、微月が答えた。そんなに大したことじゃないよ、二人の人間が一緒に住むだけ。また私が尋ねる。二人の稼ぎは一緒にするの？　してないわ、面倒くさいからね、それぞれが自分で払うの。なら何をして遊ぶの？　更に問うと、夫は仕事が忙しくて、一緒に出掛ける時間もないの、と答えが返ってくる。なら結婚したことで何ができるようになったの？　映画を見るとき互いに突っ込みができるかな、微月が笑って言った。それなら大学のクラスメートとだってできるでしょう、私は言った。そして、母親になるのって何が違うのと最後に尋ねると、この時ばかりは真剣になり、彼女にしては珍しく愁いをにじませて、この子を守ってやらねばという気持ちを持つようになるの、と答えたのだった。

微月は旧友のニュースをたくさん知らせてくれた。長い間誰とも連絡を取っていなかったので、おかげで情報を更新することができた。多くの女子が銀行に就職し、別の二人は公務員の試験を受けていた。男子の中には保険会社でセールスマンになった者もあり、携帯電話を売る者もあり、大手学習塾「新東方」で英語を教えているものもいる。一人か二人が結婚し、ほかにも近く結婚する者が三、四人いた。新年にパーティーが一度あり、微月が言うには、男子学生の変化が顕著で、すでに腹が突き出し、髪の生え際が後退している者もいて、以前はかっこよく見えた者が見る影もないということだった。

「微月」私は勇気を奮ってまっすぐに問いかけた。「一生涯こんな感じで過ごすの?」

「こんな感じって?」

「つまりその……結婚して子供を産んで、家のすぐ近くで働く……」

「それがどうしていけないの?」

「何もいけないわけじゃないけど」私は言った。「ただ、以前はもっと遠くに行くこと、はるか遠くの場所に行くことを考えていたんじゃないの?」

「あなただってそこに行ってないでしょ」微月が答えた。

「問題は、私の場合は混乱してる最中だってこと」私は言った。「やっぱり、もともと考えていたああいった……自由……が忘れられない……」

私はてっきり微月が、若い頃の夢は本気にすべきじゃなくて、大人になったら多少は成熟しないとねなどと言うものと思っていた。意外にも彼女は少し考えてからこう言ったのだった。「ねえ雲雲《ユンユン》、どこに行って自由を見つけたらいいのかって考えたことあるの?」

二〇〇七年の春節、呉峰《ウーフォン》がアメリカから戻ってくると、みんなで夕食会をしようと中学の同級生の何人かに呼びかけた。その会はとても気づまりなものとなった。徐行《シュイシン》は、すでに仕事を始めたクラスメートに会うなり意気投合し、ずっと仕事のことを話していた。呉峰が、アメリカでの単調な生活――授業に出て、助手の仕事をして、学生の宿題をチェックし、それ以外の時間はグラウンドでバスケットボールをするのだと語りだすと、徐行の顔に期せずして笑いが浮かんだ。徐行の眼には、そのような生活はつまらないもの、酒杯が交わされる大人の世界に比べれば実にちっぽけな小児科レベルだ。彼はこの違いを何度も話題にした。そして「持ち株譲渡」が何かを知っているかとまず私たちに、そして呉峰にたずね、それからさらに、将来給料で食っていくなんてのは先がない、財産を築くならば資本の運用が不可欠、マーケットは一日で自己資本が何倍にもなる、給料を稼ぐのとは比べ物にならない等々と語った。資本はどうやって運用するのかと私が尋ねると、くだくだしく説明をしてくれたが結局曖昧模糊として何を言っているのかわからなかった。次に呉峰がアメリカについて語り、中国の金融市場はアメリカとは比較にならないほど遅れている、少なくとも一世代《ワンジェネレーション》、下手すると二世代の差がある、つまり馬車と自動車を比べるようなもの、あるいはインテルのｉ３８６とペンティアムを比較するようなものだと言った。[※9]けれども、一世代の差とはどういうことなのか、あるいは中国の金融界はアメリカと比べて何が不足しているのかと尋ねると答えられない。すると徐行が最近の中国の市場はすごい勢いで伸びていて、先にチャンスをつかんだ者が成功するのだと語る。こうして徐行と呉峰が中身のない空論を互いに振りかざして議論し始め、ますます混乱する中で論拠もあやふやとなり、自らの立脚点すら曖昧となっていた。二人がどのルートからこういった論点を持ち出してきたのか、あるいは何か個人的な感情もそこにあるのか私にはわからなかった。国外に出た者はそれが正しかったのだと、国内に残った者は残ったことが正しかったのだと証明しようとしていた。二人とも自分の選択が相手の選択より優れたものであることを心から望んでいるようだった。国内残留側は中国は発展していくのだと言い、出国側はその反対を主張する。個人の選択が正しかったかどうかが国家の先行きの明暗で測られることになった。

夕食会はかまびすしい議論と熱気の中で幕を閉じた。むっとする空気と空調の送風が混ざりあい、冷えたかと思うとかっと熱くなり気分が悪くなった。少し頭痛がして例の落ち込んだ気分が再び襲ってきた。誰もが私の知らない言葉を話し、私の見知らぬ世界からきた情報を携えていた。私は立ち上がり、皆の後についてふらふらとレストランから出た。店の向かいでは地面を掘りおこして建設が進む高層ビルを湿った夜風が包み込んでいた。

あの一時期、私は四方八方から押し寄せてくる情報のただ中でふわふわ漂っていた。起業、新たな領域、資本の運用、投資、変化、チャンスを先に摑め……周囲でくるくる変化する物質的な現象は、おしゃべりで取り上げられることによって精神的な情報に変わり、それがあたり一面にあふれ出すと身体の回りをぐるぐるめぐる。取り込んだ情報はすぐに吐き出され拡散してゆく。私たちは興奮しながら次から次へと吸っては吐き出すラッパとなり、小耳にはさんだ情報を根拠もなく吹聴しながら、世界の情報の全容をこっそりと窺っていたのだった。

微月が言ったことは正しい。これら複雑に絡まり合った世界の図式のなかで、どこで自由を見つけたらいいのか私にはわからないのだ。

ある日の午後、小さな事件が起きた。

その日の朝、私は報告書を一つ提出した。統計局での仕事の大部分は報告書を書くことである。上部からある指針が示され、末端で方式を変えてこの指針が表現される。多少手を加え、多少改

※9　i386（正式名称 intel386）はインテル社が一九八五年に発売したパソコン用マイクロプロセッサ。ペンティアムは一九九三年以降に発売されたその後継シリーズ

良をするのは本来些細で単純なことなのだが、それらは必ず指導者の主旨に合わせなければならず、書き起こすのはかなり厄介だった。この点で私はいつも同僚には及ばなかった。彼女たちは柔軟に考える能力があり、仕事している時としていない時とで全く違った考え方をし、両者の間に何の齟齬も生じずにいることができた。人民に奉仕することは栄えあることであり、人民に背くことは恥である。そしてコンピュータを閉じ、文章に終止符を打てば、引き続き夫や子供への不満を漏らし、セールの割引率と給料明細書を小数点まで比較する。彼女たちはある出来事について、信じると同時に信じないこともできた。公務員は総体では高尚だが、個人は高尚ではない。中央の決定は永遠にいつもすべて正しいものだと信じながら、同時に、過去の多くの決定が間違っているのだと信じて疑わない。

　報告書を何とか提出し、これでようやく一息つけると思ったのだが、その日の午後、仕事を終える前に突然部門の主任から部屋に来るようにと声がかかった。

「座りなさい」主任がデスクの前を指した。

　主任室はとても広かったが、デスク一つに本棚が一つ置いてあるのみで、空いた空間に卓球台をおくこともできるほどだった。

「なあ、小沈」主任はお茶を淹《い》れながらおもむろに口を開いた。「君は何か私に意見があるのかね？」

　私は主任の言わんとすることを測りかねて「え？　その、特に、ありませんが」と答えた。

　主任はしばらく遠回しにあれこれ語ってから、まず私の報告の中での書式の過ちを二か所指摘し、それから各部門間の比較をし、ともかく人の足を引っ張らないほうがいいと言うと、今度は自分の個人的な経歴を語りだし、自分は昔から部下の教育を重視してきたが、苦心して心配りをしてもそれへの理解が得られないことが往々にしてあると語り、そしてさらに、何か不満があれば何でも隠さず言うように、と言った。

あるいは私のいぶかりと不安を見て取ったのか、主任は最後にようやく何が問題かを語った。

「ちょっと耳にしたのだがね、君は私が与えた仕事が自分にふさわしくないと思っているんじゃないのかね？　私が頑固だと言ったそうだが、君の才能を殺しにかかっていると思っているんじゃないかね？」

しばらくじっと思いをめぐらしているうちに、私は、数日前のある宴席で少し酒を飲んだ後、この半年間の仕事の感想を聞かれ、それに答えて、いくつかの仕事が理想通りではないと語ったことを思い出した。それはある時、部門の主任に、経済的な見積もりの中で労働に対する報酬と資本の形成はどのように計算されるのかを尋ねたことに起因していた。主任は、文書の中にすべての計算式があり、それは前年の数字から推算されたものであると答えたので、私がさらに、前年のその数字はどのように計算されたのかと聞き、主任が一昨年の計算結果だと答えたので、始まりの年までさかのぼってみた。そこで私が、調整の係数が古くなっているのではないかと尋ねると、主任は不機嫌になり、公式はとても複雑なのだ、ちゃんと理解していないのにでたらめを言うもんじゃない、これは中央が決定したものであり、当然理に適《かな》っているのだと言った。そしてその時以来、部門の主任との関係にかすかにひびが入り、何度か言葉の上で摩擦が起きていた。

宴席ではそれとなく心の内を語っただけで、それもかなりぼかして表現したと思っていたし、他の誰にも聞かれなかったと思っていたので、主任が言い出した時には思わず寒気がした。そして一人の先輩が以前、役所での仕事で最も重要なのは言葉を慎み慎重に行動すること、何を言ったかいずれ知れるのだから、と忠告してくれたことがふと頭に浮かんだのだった。

They are watching you.［カレラハ　オマエヲ　ミテイル。］

主任室から出てきたときは頬がほてっていた。カバンをひっつかみ階段を駆け下りる。廊下は真っ暗だった。人々が仕事を終え姿を消した後のがらんとした影の世界。心の中で溶岩がわき返り、外界の空気の中へと飛び込んでゆく。うすら寒い春の風が顔にあたってナイフで切られるようだった。頭の中も感情も混乱し、身体のほてりと一緒くたになる。

バシッ！　つんのめって地面に倒れた。

再び目を開いたとき、地面に張り付いたようになっていた。顔が痛みで爆発しそうだった。全速力で突っ走ったまま角を曲がって自転車に衝突し、地面にたたきつけられたのだ。この突然の激突の後、一切が動きを止めた。大脳がガンガン響き真っ白になった。激痛は、入り乱れる考えをナイフのように断ち切り、ゆっくりと私を冷却していった。脳内ではただ一つ同じ声が鳴り響いていた。

こうなのか？　こうやって一生が過ぎるのか？

第六章

九月の末、父は家で母の世話をしていた。出産予定日が近づいており、父はことのほか慎重になっていた。

海南島から戻って以来、父は常になにかと母をなだめていた。六月から九月の三か月は母のお腹が一番目立った時期だったが、父は全く家におらず、内も外も母が一人ですべてこなしたのだった。他の家では嫁が妊娠すれば夫が食事洗濯掃除諸々を一切請け負う。母はじっとこらえながら、家事一切を一人でこなし、頭痛やのぼせで病院に行くにも自分で番号札をもらって並ばねばならなかった。父が戻ってきたとき、母の忍耐力はほぼ限界に達していた。

「まだ戻ってくる気があったわけね」母は非難するように言った。

「ほら、みてごらんよ」父は深圳から買って帰ってきた雑貨で母の注意をそらそうとするのだった。

母は父が何をしに出かけたのか知らなかった。父が出かける前に母は尋ねたのだが、父は答えなかったし、戻ってきてから再び尋ねても、その都度短い答えがかえってくるだけで、事の詳細は知らされなかった。母は、父が戻ってきてから何人かの外国人から電話がかかってきたこと、英国人もフランス人もいて、続いて王《ワン》工場長が父を誉めたらしいということが分かっただけだった。確かな情報ではなかったが、どうやら生産ラインの導入に何とか目鼻が付いたようだった。この仔細は理解しなかったが、内心少々誇らしくも感じた。この誇らしさのおかげで父が自分を置いて出かけてしまったことへの不満は和らげられたのだった。

母はどことなく落ち着かない感覚を終始抱いていた。父はふっと行方をくらましてはまた戻りと足取りのつかみようがなく、それでしつこく聞いてみるしかないのだが、思うような答えが返ってこないときは察するしかなかった。母は父がなぜ腹を割って全てを話してくれないのか理解できず、父が時に持ち出す不満が何をさしているのかもわからなかった。現在すべては順調で不満など何もないはずなのに。まれに思いのままにいかないことがあったとしても、それでも現状は母の若い頃に期待していたものより遥かによくなっているのだ。あの当時、通りで朝めしの屋台を開いて生きていこうかと考えもしたし、生涯町に戻ってこられないかもしれないとも思っていた。また町に戻っても臨時の仕事しかなく正規の仕事に就けないかもしれないと覚悟もしていたのだ。それが今や身分が安定しただけでなく、もうすぐ部屋も配分される。未来は明るく輝き、状況はいずれも好転している。隊列から落ちこぼれさえしなければ、皆の後にちゃんと続いていられさえすれば、生活は日ごとによくなることは間違いなしで、夜寝るときに誰かにたたき起こされてつるし上げに引き立てられる心配もなくなったのだ。これ以上何が不満だというのか。

七月、父は家にいなかった。母は手持ち無沙汰で一人オリンピックを見ていた。のちに母はからかうように私に言ったのだが、当時、許海峰《シュハイフォン》※1の一発の銃声が私を驚かし、お腹の中から初めて母親を蹴っ飛ばしたのだという。これ以降の数日間、試合を見るたびに私がお腹を何回か蹴っ飛ばすことがあった。母は感激し、この子は運動神経が発達しているに違いないと勝手に思い込み、その後長らくこれが誤解だとは認めなかった。

七月末のその数日間、母は寂しくてたまらなかった。オリンピック観戦のほかは何も娯楽がなかった。オリンピックは初めてだった。見るもの聞くものすべてが珍しく面白かった。その年はとりわけ暑く、窓の外は自転車のベルが時おり鳴る以外、しわがれ声を単調に繰り返す蟬の声のみが響いた。鳴き声はやむことなく酷暑をさらに耐え難いものにしていた。母はテレビを見てしのぐしかなかった。テレビの熱気は現実の暑さをそらし、忘れさせてくれるように思えた。緊迫した場面になると母は手に汗をかき、身体の方の汗が逆に消えてしまうかのようだったのだ。それまで母は体操と飛び込みを見たことがなかったので、この時はただ夢中になった。一人の選手が軽々と飛び上がり、膝を抱えて三、四回転し、そして地面に降り立つ。母は不安になり、緊張のあまり瞬きすら止めてしまう。もしうまくいかず、床に倒れ込むなどする選手がいると、ひどい痛みを感じたのがまるで自分であるかのように、あっと悲鳴を上げた。母はとても興奮しやすくなっており、李寧《リーニン》※2が表彰台に立って観衆に手を振ったり、あるいはテレビの画面に向かって訓練がどれほどつらかったかを語るのを見ると、つられて一緒に涙を流した。

最も母を感動させたのは着地の場面だった。選手が鉄棒の上で倒立すると、カメラはキラキラ輝く体育館の天井を下から上へと照らし出し、人間の二本の脚が二本の剣のように見えたかと思った瞬間、緊迫した静止状態が破られ、身体にかかる重力を利用して選手が下に向かって急速に

※1　一九五八－　射撃選手。一九八四年ロサンゼルスオリンピックにて中国初の金メダリストとなる

※2　一九六三－　体操選手。このオリンピックで三つの金メダル、二つの銀メダル、一つの銅メダルを獲得した

速度を上げて回転を始める。グルン、グルンと回り続け、そして投石機で投げ出される石のようにフルスピードで空気を切り裂き、静止、着地、直立不動を保つ。まるでロケット弾が地面に着弾した瞬間に石碑に変わったかのようだった。そして、満面の笑みとともに両手を大きく広げて場内の観衆に応える。母はこの一瞬、選手と同じように感動でいっぱいになり、全会場の観衆に応えたときのまばゆい輝きを感じるのだった。

テレビでは選手の家族へのインタビューが続いた。カメラに向かってなめらかに語る者、号泣する者と様々だった。もし家族としてインタビューを受けたらどう答えるべきだろうかと、母は思わず想像した。私の栄えある活躍を母は期待しており、そういった想像は数年続いて、私の幼少期に絶えずついて回った。

こういった過去のすべてを、母は二〇〇八年のオリンピックの時に再び思い出した。この時も母は一人ぼっちで、セーターを編みながらテレビを見ており、初めは笑っていたのだが、そのあとで突然ぼろぼろと涙がこぼれだしていたのだった。

九月に父は家に戻り、家で二週間懸命に家事その他をこなしたので、母の恨みつらみもだんだんと薄れていき、再び父の良い点をいろいろと思い出すようになった。母は身体がますます重くなり行動が不便になっていった。男の子だったら出産が早まり女の子だったら遅れるらしいから、ここ数日は外出せずに準備万端にしておいたほうがいい、もし男の子だったらすぐに分娩が始まるかもしれないから、と母は父に言った。母は、父がどうしても出かけなければならないとしても、今この肝心かなめの数日はもう出かけないだろうと思っていたのだった。

父にも全く想定外だったのだが、ことはひどくまずい方向へと発展していた。

国慶節[※3]が過ぎて二日も経たないうちに、王老西《ワンラオシー》が戻ってきた。まるで腑抜けたようになって生気が失せている。頭からは汗をかき脚をもつれさせながら、言葉にならぬほど焦りつつ、それでもなんとか父を言いくるめて路地に引き込み、海南島での車の到着の遅れから外貨の供給ルートが調べられたことまで、事の真相を洗いざらいぶちまけたのだった。もう一触即発状態の危機だという。

父には青天の霹靂だった。茫然としてどう対応していいのかわからず、ただ繰り返し「ならどうすればいいんだ」と問い続けた。

「いろいろ考えたんだが」王老西は半ば躊躇しながら言った。「この件はやっぱり外貨管理局に行かないとだめだろう。海南島のことは俺たちがどうにかできるものじゃなくなっちまってて、せっつくこともできない。だが金は払ったし、借用証書もあるから、最終的に踏み倒しはありえない。だめなら金を返してもらうまでだ。ただ外国為替はちょっと面倒なんだ。やはり取り仕切ってる人間に話をつけなきゃならん」

「なら、お前……向こうに話をつけたのか?」父は尋ねた。

「そんなわけがないだろ」王老西が答える。「俺は列車を降りてそのままここに来たんだ、家にだってまだ戻ってないんだ」

「それなら早く管理局に行ってくれよ」

「この件だがな」王老西は言いにくそうにしていたが「俺が行ってもだめなんだ」

「どういう意味だ」父はぽかんとした。

※3　十月一日。建国記念日にあたる祝日。一九四九年一〇月一日に毛沢東が天安門広場にて中華人民共和国成立を宣言した

「この件はお前じゃないとだめだってことははっきりしてるんだ」

「なんだって？　俺が行く？」父は仰天した。「冗談言うなよ、俺は何にも知らないんだぞ、なんで俺が行かなきゃならないんだ。最後に海南島にいたのはお前だろ。何が調べられて何が調べられてないかだって、お前だけが知ってるじゃないか」

「ならお前と一緒にいくから、それならいいだろ？」王老西は父を今にも連れ出そうとした。

「や、やめろよ」父は慌てて身を離した。「行けるわけないだろ、仕事中で忙しいんだ」

「おいおい、もう小半時もぐずぐずしてるじゃないか」

父は不愉快になり、いっそう行く気がしなくなった。この件は王老西がぶち壊したのだ。ともかくできるだけ早く身を引きたかった。しかしその後ぐずぐずと引き留められ、言い訳がましく口説かれ、そしてとうとう翌日の朝に行くことになってしまった。王老西は、俺がまず外貨局に行くから、父は仕事の休みを取って後から来てくれ、と言った。昼は食事をご馳走しなければならない相手にご馳走し、詫びねばならん相手に詫びを入れるが、最終的には人に頼んでこの件を処理してもらわなければならないのだという。父は言い負かすことができず、しぶしぶ承知したのだった。

翌日早朝、父は母に告げることができず、いつものように出勤するように見せかけて仕事が始まるとすぐに主任に休みの許可を取った。家内が腹痛を起こしたので、家に戻ってみてやらないといけないと説明したのである。そして、誰にも気づかれないようにして自転車にまたがり、工場の中庭の鉄の扉の向こうへと消えたのだった。

午前九時をやや過ぎた時、私が突然母の胎内で動き出した。いきなりでしかも激しかったので、疑う余地はなかった。絞るような二度の激しい痛みに襲われた後、母は本能的に子供が生まれ出ようとしていると悟った。実は夜にも二度激痛に見舞われていたのだったが、その時はしばらくすると収まり、痛みの間隔も長かった。母は立ち上がったが足がふらついて再び座り直し、昼に父が戻るのを待とうと思った。十時になった時、下半身からサーっと水が出たように感じ座っていられなくなったので、近所の人に工場に言って父を呼んできてくれと頼んだ。頼まれた者は工場内を探し回ったが、作業場では、すでに休みを取って帰宅したと言われ、敷地内のどこにも見つからないので、手助けを申し出て病院に連れて行こうとした。母はどこから湧き出たのかわからない力と勇気を奮って服をひっかけ靴を履くと、必死で何とか立ち上がり、心を落ち着かせて現金を持つと大きなお腹を突き出すようにして外に歩き出した。近所の人が先に立って手を差し伸べたが、母は面倒はかけたくないと慌てて手を振り大丈夫だと断った。バス停まで来たときは、母は何事もないかのようにもう痛くなくなったからと言い、やってきたバスに一人で乗り込み、近所の人には父をさがしに行ってもらえないかとだけ頼んだのだった。

お腹を突き出してバスに乗った母は、奇妙なほどに落ち着いていた。下半身に羊水を感じたが、想像したほど大慌てすることはなかった。腰をできる限りしっかりと据え、両脚をぐっと固めて事態が悪化するのを防ぎ、心の中でもうすぐ着く、もうすぐ着くから、と言い聞かせた。あたかも男一人戦場に赴くように、蕭々《しょうしょう》と物寂しく風が吹く中、先のことは知らず、茫漠たる独り旅の途に就く、といった気分だった。母は起こりうるまずい状況を冷静に想定した。例えばバスの中で突然産気づくとか、病院に行っても番号札をもらえないとか、難産になって家族に連絡が取れない等々、それらが起きた時どうやって人に助けを求めたらいいか、どう伝えるのが一番適切か、持参した現金を助けてくれる人に渡すべきか否か等々あれこれ策を考え続けた。夏の太陽に照らされて頬が燃えるように熱く、汗が絶えず滲み出して額の髪の生え際に沿って流れ落ちると首のあたりにたまって肌が何ともこそばゆかったが、ほとんど汗を拭うこともしなかった。一挙手一投足のいずれもが連鎖反応を引き起こし、病院に着く前に制御不能になる可能性があったのだ。バスの乗客からすれば、母は菩薩《ぼさつ》さながら静かににこやかに座って見えた。ふくよかになった顔は汗でてらてら光り、唇はぐっとかみしめられ、座禅を組むように両手をお腹の前で交差させている。こんなに長く続く旅を母は経験したことがないように感じた。路線バスは、観光バスのように少し進んではまた止まり、まるで道行く人と競うようにのろのろと、街角の些細な一コマすらしっかりと見届けてから前進するかのようだった。進む速度は遅く揺れは激しく、アスファルトの道に開いた穴に落ち込むたびにがくんと揺れたが、母は奇跡のように、本能に従って泰《たい》山《ざん》の如くしっかり座っていた。抽象度の高い大問題を考えることはしないが生活の中の具体的な些事には根拠がなくとも揺るぎのない信念で対処する、母にはこういったある種の気質があった。

自分のことは心配しなかったが、ただ父が病院で自分を見つけられないのではないかとそればかりは気がかりだった。

病院に到着すると母は数分後には分娩室に入った。私はきちんと自分が生まれるタイミングを調整して、バスの中で生まれることもなければ、診察を待つ人々でいっぱいの廊下で母を長く待たせることもなかったのだ。ちょうど立ち止まった時、母は腹部がしぼられるように痛み出し、病院にたどり着くまで堪えていた呼吸をコントロールできなくなって「ああ」という叫び声が漏れ出した。まわりの人々は初めは気づかなかったのだが、通りがかった若い看護師がそれと見て取り、急いで診察室に入って医者を呼んだ。そして診察室に支えて入らせ素早く検査をした後、すぐに分娩台に押し上げた。そして三時間後に、もう待ちきれないというように私はこの世界に頭を突き出したのだった。

「お嬢さんですよ」医者が言った。

「見せてくれますか……」母がぐったりしたまま頼んだ。

ほんの一瞬母に顔を見せた後、すぐに私は新生児室へと抱きかかえられていった。私の泣き叫ぶ第一声は母を大いに安心させたのだが、真っ赤な赤子の様子はがっかりさせるものだった。まるで子ザルじゃない、こんな醜いチビと朝から晩まで一緒にいなければならないなんて、成長しても醜い娘のままだったらどうしたらいいんだろう、母はそう思ったのだった。

けれども疲れ切っていたので考える気力も失せてそのまま眠りに落ちて行った。

病室に戻されても、父はまだ来ていなかった。看護師が入り口で何度叫んでも答える者がいないので、母はもう一人の産婦と一緒のベッドに移された。病院のベッドは空きがなく、ベッドのまわりもすっかり人で埋まっており、広い病室にはベッドがぎっしりと隙間なく並べられている。すでにいくつかのベッドは二人共用になっていて、それぞれの脚と頭が互い違いになって寝るようになっていた。看護師が無表情にストレッチャーを押し、母が身体に残った最後の力を振り絞ってそこからベッドに乗り移ると、看護師は布団の端をそそくさと直し、そのままお尻を振り振りさっさと行ってしまった。金属製のベッドに薄い敷布団が一枚敷いてあるだけだったので、肘がベッドの脇に当たってひどく痛かった。

母は横になった途端、もう一人の産婦の足の蒸れた臭いに辟易《へきえき》し思わず身体を横にずらしたが、それほど距離を置くことができず、動くとベッドから落ちそうになった。母は寝返りを打ち、何とか眠りについたのだったが、午後いっぱい疲労困憊《こんぱい》した限界状態での眠りと、耐え難い渇きとツンと鼻に来る臭気との間で何度も寝返りをうち、眠るに眠れず、起きるに起きられない状態だった。空腹を覚えたが、目を開けて見回しても知った人影はなかった。飢えと渇きは体内をうごめく二匹の虫のように、そのむずがゆさは追い払おうにも追い払えなかった。病室は耐え難いほどの暑さで、唯一小さな扇風機が遠くの壁の隅でブンブンとうなっていた。

夕方五時半、母の渇きはのどを焦がすほどになった。咳をしても唾液が出ず、空腹のあまり身体がガタガタ震えた。ベッドの横で世話をしていた老婦人が、母のみじめな様子をとても憐れみ、自分の保温瓶からモロコシ粥を一椀もって差し出すと、母の身体をベッドの縁に寄りかからせて少しずつ飲ませてくれた。母は、初めて人間界の甘露を味わうような心地になった。

「家族はどうしたんだい?」老婦人が尋ねた。

「わからないんです」母は答えた。「探してもらってます」

「なんとまあ無慈悲なことを。子供が生まれたのに誰も見舞いに来ないのかい」

母は鼻がツンとなったが、それでも「朝工場に行ってもらったんですけど、もしかして見つからなかったのかもしれない」と答えた。

「生まれたのは男の子かい、それとも女の子かね」

「女の子です」

「なら、娘と聞いて要らなくなったんじゃないのかい」老婦人が小声で訊いた。

母はぐっと心が沈み込んだ。「そんなはずはないです。ありえない」しかし不安は隠せなかった。

「お姑さんの家は?」

「とても遠くなので、知らせるのが間に合わなかったんです」

母にとって地獄のような午後だった。恨みつらみに無念さが積み重なっていく。六時半になったとき、ついに父が姿を現した。慌てふためいて病室に飛び込み、若い看護師の後を大股で素早く動いたので危うく看護師を突き倒すところだった。ベッドの前に駆けつけ母を起こして座らせようとして苦痛をかみしめた母の表情に気づき、慌ててまた手を離したので、母の身体が同じベッドにいる相手の踵《かかと》にぶつかった。軽く当たったのだが、それが引き金となった。ずっと恨みがましく思っていたところに、丸一日の苦悩が一気に胸中に押し寄せた。耐え難かった苦しみの感触に心をわしづかみにされ涙で目を潤ませていたところに、父のこの所作である。とうとう我慢できなくなり「あああう！」の叫び声とともに、涙が鼻梁《びりょう》に流れ込み、それから頬を伝って枕の上に流れ落ちた。人前で涙を流すことを母は何よりも嫌っていたのだが、どうにも我慢できなくなっていた。耐え難くなるほどに、涙を流す自分が嫌になる。泣いてはダメ、泣いてはダメと自分に言い聞かせても、そう思うことがさらに内心の悔しさに拍車をかけ、ますますみじめになり、涙が堰《せき》を切ったようにあふれ出した。父はベッドの脇で途方に暮れ、母の涙を拭ってやろうとしたがハンカチを持っておらず、洗っていないざらついた手でこすったので、顔がひりつくしまつだった。しまいに母はこらえきれずにオンオンと声をあげて泣き出した。父は傍らで拭ってやろうにも手が出せない。見かねた同室の産婦がハンカチを差し出すと、母は嗚咽《おえつ》しながらいったん断ったものの、鼻水が口まで流れてきたためやむなく受け取って顔を覆った。父はずっと母の肩を軽くたたいていたが、申し訳なさで一言も言葉が出なかった。

このみじめな一幕を母は生涯覚えていた。その後ずいぶん時が経ち、当時の思い出を私に語ってみせるときも、他の家では早くからチキンスープを用意していたのに父さんときたら午後いっぱいお母さんをうっちゃっておいたのだと言い、話しているうちにまた目を潤ませるのだった。

その時の母の涙は誇らしさからではなかった。心底傷ついていたのだ。

母の当日の最大の打撃は晩にもたらされた。近所のおばさんが父を探し出したのだが、午後六時半から九時まで、祖父と祖母が来る前の時間、このおばさんは母に粥を食べさせ、身体をきれいにしてくれていた。そして父が下に食事に降りていったそのすきに、気遣いながらそっと母に内々の話をはじめたのだ。

「ねえ、小趙《シャオチャオ》」おばさんは言った。「言うべきかどうかわからないんだけどちょっと知らせたいことがあって」

「話してくださいな」母が言った。

「このことはね、今日ずっと胸の内にしまっておいたのだけど、話したらあんまりよくないと思ってね……」おばさんは、両手を握りしめ言いよどみながら語った。「でもね、もし言わなかったら、ずっとあんたに知らせなかったら、そっちのほうがもっと良くないと思うし……あたしはね、それでも迷ってね、どうしたらいいのかわからなくて、でもしまいにやっぱり言っとくべきだと思ってね」

「それなら早く仰ってくださいな」母はおばさんの言葉に不安でたまらなくなった。

「今日の午後のことだけどね、あたしらが工場でどうしても小沈《シャオシェン》を見つけることができなくて、何人か同僚の女性たちに頼んで探してもらってもだめで、そしたら五時過ぎ仕事が引けるとき、事務室の小王《シャオワン》が突然駆け戻ってきてさ、小沈を見たって、誰かと外貨管理局の敷地でしゃべってるって言うじゃないかい。あたしが、なら早く引っ張ってきなさいよ、って言ったら、小王がね、敷地に入ろうとしたら止められたんだと。そして小沈が誰か若い女と話をしてるのを目にしたって言うじゃないか。寄り添うようにしてね。女はとてもきれいだったって。ここまで聞いたらあたし、かっとなってさ、小王の後に続いて自転車で駆けつけて、それで見てみたら、まあなんてこと、ほんとうだよ、二人が中庭でしゃべっててさ、建物の中に入ったかと思うとまた出て来てさ、小沈の横には女がいてね、若くてきれいで。もうあたしはなりふり構わずに、止められようがなんだか構わずにさ、敷地の入り口で大声で怒鳴ったんだよ。小沈、出て来なさい！　あんたの嫁さんが出産の最中だってのに、あんた、ここで何やってんだよ、てね。すぐに横から誰かが止めに入ってさ。でもそうやって何度も叫んでたら小沈が気がついて、慌ててかけてきて何事かって聞くんで、それであの人をようやく連れ出すことができたんだよ。ねえ、小趙、これはね、やっぱりあんたに知らせとかなきゃだめだと思ってね」

「ええ、ああ、はい」母は唖然《あぜん》として、どう反応したらいいのかわからなかった。「あ、ありがとうございます」

「そうだ、最後に聞き出したんだけど小沈がね、相手を于欣栄《ユィシンロン》って呼んでたんだけど、あんた知ってるかい？」

于欣栄？　ガラスが地面に落ちたように、心がガシャンと音をたて、粉々に砕けた。「……知ってます」

「どんな関係なのかい？」おばさんが小声で耳に口を寄せて聞く。

「昔の……昔の同級生です」母は周囲の病人とその家族の方をちらりと見て答えた。「私たち、一緒の下放仲間です」

「ねえ、小趙」おばさんが諄々《じゅんじゅん》と諭すように言った。「あたしはね、いろいろ経験してきたからね、あんたに率直に言うけど、男ってものはね、みんな浮気な生き物なんだよ。だからよく見張っとかなきゃだめだよ。後で後悔するのはあんただからね」

母は無理やり微笑もうとした。父と于欣栄の関係は自分が誰よりもわかっている。「たぶん……たぶん何もないと思います」とぐっとこらえながら答えた。「二人とも昔からよく知った仲だし。おばさん、わかりました、ありがとうございます。どうぞご心配なく」
父が戻ってきた。その後ろに祖父母が続いて入ってくる。おばさんは挨拶をして出ていったが、母は心が千々に乱れていた。年配者たちの手前、問うことも怒りを爆発させることもできない。昼から夜にわたって感じた言うに言われぬ辛い思いが積もり積もって母は再び泣き出した。涙が止まらなかった。父は本当の原因を知らないので、苦笑しながら大丈夫、もう大丈夫だから、と言うしかなかった。これが事の始まりであることを理解する由もなかった。

この日の昼、父の方もひどく苦い時間を味わっていた。

王老西と一緒に早朝外貨管理局に行き、于欣栄に会ったものの、ほぼ昼近く、上層部の会議が終わるまで待たねばならなかった。于欣栄は二人が以前会った所長を部屋に呼び、王老西から聞いた話を伝えた。話しているうちに所長の顔色がみるみる暗く沈んでいくのが分かった。一言も言葉を発せず、その形相は恐ろしいほどだった。すべてを聞き終えると、主任がどこかで内輪の話をするために欣栄を外に呼び出した。父は嫌な予感がして窓際に立っていた。右目の痙攣《けいれん》がとまらない。

この件の結末は最終的に二人を仰天させることになった。こういったことは本来穏便に済ませるやり方があり、全国各地で外国為替を流用して輸入品売買をすることは実際数多く行われていた。監督側は片目をつぶり、資金が回収される限り大事に発展することはほとんどなかった。ところが于欣栄の上司はかなり慎重だったのか、あるいは王老西たちにひどく不満だったのかわからないが、態度をがらりと変えて、この件に関して自分たちは仔細をまったく知らされていないと言い張ったばかりか、さらに父と王老西を詐欺師だと告発したのである。こうなると、この件はひどく複雑な様相を呈し、父たちのコントロールできる範囲をはるかに超えて大事に発展し、ひいては投獄される可能性すら出てきた。そしてのちに調査は父の工場にまで及ぶこととなったのだった。

その午後、父たちはまだ事態の今後の行方を知らず、交渉の過程で行きかう言葉の端々から感じ取るのみだったが、状況は少しずつまずい方向へ向かっていた。二人は切り捨てられたのだ。公平な扱いを求めても、逆に厄介ごとのみがますます増えていった。

父はまたしても困惑している自分を目の当たりにすることになった。毎回強い衝動である方向に押し流されていった後で、突然自分が捨てられたことに気がつくのである。特権階級がひとたび顔をそむけると、自分は荒野に投げ出されることになるのだ。


時に、チャンスの出現は、それが降ってわいたというよりは、自分自身でチャンスを探し続けていたことに因《よ》る。ちょうどいいところにやってきたように見えて、実際はじっとその到来を待っていたからにすぎない。うまくそこから逃れるための口実を求めていた結果に過ぎないのだ。

部門の主任と話をした当日、私はネットで友人たちのブログを見ていた。更新されたばかりの林葉《リンイエ》のブログが私の注意を引いた。大学院生の宿舎から出て大学付近に1DKの部屋を借りたので、目下ルームメイトを募集中だと言う。写真で見ると、部屋は小さな独立したフラットで、大小二つの部屋に、小さなリビングから成り、室内装飾はない。私は写真をじっと見つめていた。穴のあくほど長く、写真にある粗末な家具を私の視線が貫くほど見続けた。

「ハーイ」私は林葉に電話を掛けた。「どうしてる?」

「軽雲《チンユン》、あなただったの」林葉は上機嫌だった。「最近どう? あたしずいぶん長く家に帰ってなくて、ずっと会いたいと思ってたんだけど、時間がなくて」

「こっちはまあまあ」私は答えた。「ブログ見たんだけど、ルームメイトをさがしてるって？」

「そう、誰か借りたがってる人知ってるの？」

「そうじゃないんだけど、」私はつばを飲んだ。「私はどうかなって……」

こうして、四月末、九か月半働いた後、母に相談することなく直接上司に辞表を提出した。冷静になってあれこれ考えだすとまた決断できなくなるから、まだ感情が高ぶっているときに行動を起こすことにしたのだ。

それから父に電話をし、当初父が私の海外留学の足しに充てようとしていた資金を、家のローン返済に充てるために送ってもらえないかと頼んだ。本当は精神的にも金銭的にも父に借りを作りたくなかったのだが、どうにも身動きがままならぬ状態までに追い詰められた時は、一切の返済をはるか未来まで引き延ばすしかなかった。父から為替を受け取ると、私は自分で銀行に行って家のローンを完済した。それから職場に行って辞める手続きをした。

すべてが滞りなく済み、家を出る前日になったとき、私は初めて母に全てを話した。

五月の初頭、私は北京行きの列車に乗った。窓際に座った。外は荒涼とした樹林が広がっている。列車は田畑を通り過ぎ、見捨てられた工場、枯れた小川を越してゆく。どこまでもがらんとして荒涼とした風景が広がっている。数か月を経て私は卒業した場所へと舞い戻ったわけである。

私は林葉と一緒に、市内西北郊外の住宅地区に引っ越した。一九九〇年代の旧式な建物群は、かなり老朽化していた。廊下には貸し部屋がずらりと並び、宿舎のようだった。毎日多くの人間が出入りし、さながら八十年代の「筒子楼《トンツロウ》※4」さながらの様相を呈している。賃貸の入居者が増え、騒々しく落ち着かないために元からいた住民の多くは引っ越していき、賃貸の住民が更に増えた。賃貸で入居している人々は廊下の様子など気にしないため、あちこちにほこりがたまり、エレベーターがきしんでも修理しようという者はいない。部屋代はかなり安く、住民はいずれも安月給とりの若者だった。私と林葉が借りたのは五十平米ほどの部屋で、私が小さいほうの部屋を使い、家賃のうち月六百五十元を、林葉が大きいほうの部屋で月八百五十元を負担した。これまで稼いでためた給料で半年余りは何とかなるが、そのあとは資金ゼロになる。

林葉はラーメンを食べに私を連れ出すと、今後の予定について尋ねてきた。私は、まだよく考えていない、まずは少し落ち着いて、それから何かやってみてまた考える、と答えた。

「院に進むことを考えてるの？　それともやっぱり仕事を探す？」林葉が尋ねた。

「わからない」私は答えた。「……本当のこと言うとね、あなたに聞きたいと思ってたの。当初あんなに外国に行きたがってたのに、今は行くのをやめちゃって、それでも勉強は楽しい？」

「まあまあね」彼女は答えた。「授業はそんなに面白くないけれど、アルバイトは結構真面目にやってるの」

「どんなバイト？」

「あんたね、まずは生活を落ち着かせなよ。それからゆっくりと話してあげるから。あんたにもこのバイト仲間に入ってもらおうと考えているとこなんだ」

「それなら……」私は箸を椀の上に置いた。「自由だと感じてる？」

林葉は愉快そうにちょっと笑った。もうずいぶん久しく彼女のこんなに浮き浮きした表情を見ていなかったように思う。「そうね、たぶんそうかな」彼女が答えた。「少なくとも今の自由度は

※4　一九五〇年代に建てられた三階から五階建ての賃貸アパート。通路を隔てて両側に二十平米ほどの小部屋が並び、トイレ、シャワー、簡易キッチンは共有。もとは学生や単身者用に建てられたもの。後年の住宅難により、家族が住むようになり、多くスラム化

とても大きいわ。あのね、雲雲《ユンユン》、今ようやくわかったんだけど、マーケットってほんとに面白いよ、市場で解決できないことなんてほぼないから」

林葉の楽しそうな様子を目にして、なんだか訳が分からなくなった。引っ越したその日の午後、私は半日を費やしていろいろ整理し、服を収めるべきところに収め、パソコンを設置し、ベッドわきの小型のサイドテーブルをきれいに拭いて、持っているだけのわずかな書籍と日記帳を引き出しの中に入れた。それから顔を洗い、ベッドに仰向けになり天井を眺めた。何やかやと忙しく動き、身体が疲れ、精神的にもとても疲れた。私はまず携帯を取り出すと母にショートメールで、目下院試の準備をしているところで、そのあと塾に申し込む手続きをするから心配しないで、と送った。携帯を閉じると、しーんと静寂が支配する。頭では、新しい仕事を探すか、あるいは母に言ったように予備校を決める等、具体的な一歩目を歩み始めるべきだとわかっていた。けれども心がそう動かなかった。私に必要なのはなすべき具体的なことではなく、一つの方向だったのである。希望の光を感じさせてくれる、ためらう必要のない方向、そこに駆け込みさえすれば間違いのない方向である。私は何かをしたかった。私の過去を慰め、私の現在を救い、将来もこれなんだと認められるような何かを。

私の陰鬱とした気分は果てしない大海原のように、深部でふつふつと醱酵し、私を水没させる津波をいつでも引き起こそうと待ち構えていた。

それからの三か月間、私はどこにも出かけず、部屋にとどまっていた。時おり食事やコンビニに行くので下に降りていったが、その他の時間は静寂の中にいた。

私は次第に林葉の生活を理解するようになった。朝早くに出て夜遅くに戻ってくる。大学院のクラスに出る以外に、多くの友人に会いに出かけていた。彼女は一人では人生を切り開いていくことができない。雲南に行ったのだがそれも一か月足らずで戻ってきてしまった。アルバイトの機会を見つけることができず、安宿に滞在して陰気なカメラマンとしばらく曖昧な関係を結び、しまいにカメラマンは去り、彼女も旅費を使い果たし、新学期も始まってしまったというわけである。授業に出ながら、あるウェブサイトで都市の生活紹介のコーナーを担当し、同時にそのサイトの副編集も兼ねた。この仕事は性に合い、彼女の文学趣味が水を得た魚の如く発揮された。細工が精緻な小物の紹介や、ふと漏らすセンチメンタルな気分の描写はなかなか素敵だった。彼女は街中の喫茶店やバー、レストランをよく知っていた。大学に入った当初も、自転車でありとあらゆる洒落た店を巡ろうという計画を立てた。すぐにでもこの巨大な都市に溶け込もうとしていたのだ。最終的には、彼女が立てるすべての計画と同じく、それは実現することはなかったが、それでもたくさんの思い出を残すことになった。仕事を掛け持ちしていたため、林葉は幾人かの文芸界の人々と知り合いになり、一緒に食事に出かけることもあったし、時には女の子たちが数名部屋にやってくることもあった。ただ来客は多くはなく、私はだいたいの時間いつもぽつんと一人部屋の中で自分の問題を考えていた。

私にとって全く見知らぬ人々が居住する環境で生活する経験は初めてだった。ガタガタ鳴るおんぼろエレベーターで隣の住民と出くわしたときなど、互いにちょっと会釈をすることもあった。こういった環境ではだれもが自分のことを多く語らず、名前すら互いに告げることなく、まれに常識の範囲で「どのくらい住んでるのですか」とか「お仕事はお近くですか」などと尋ねる程度だった。ある若い女性は不動産ブローカーをしており、毎朝七時に出かけ、夜はだいたい十時過ぎまで戻らなかったのだが、今年は中心からかなり離れた山のふもとの、文字通りの新開発地域担当に回されてしまい、夜帰宅時には真っ暗な場所で幽霊に出くわしそうな気分になると言った。

一人の若い男性はインターネット設備工事をする仕事をしており、毎日の業務は市内全域を回って顧客のネット環境を整えてやることだったが、電動自転車で移動ばかりしているため、膚《はだ》が荒れ顔が皺だらけになっていた。故郷の家には一歳半の息子がいて、長年来妻と息子を呼び寄せたいと願っているのだが、家賃が下がらず、計画はどんどん延期されている。ある若い女性については何をしているのかずっとわからず、時おり挨拶だけしていた。ある日エレベーターで彼女が男を連れているのを見かけたとき、私に気づいた彼女がさっと顔色を変えた。その後何回か見かけたが、その都度違った男を連れていた。ある晩、どこかの部屋から、人を殴る音と泣き声が聞こえたので服をひっかけて廊下に出ると、彼女が廊下にうずくまり声をたてて泣いているのが目に入った。服をかけてやりたかった。化粧も落としておらず、目や唇の周りがこすられて滲んでいた。

そこに住んでいた時期は、非常に単純でストレートな感覚があった。どの住民も自分にとって必要なことだけをやっていた。何が必要かは明白で、その他のことは全て必要がないことなのだ。彼らが苦労していることはわかっていたが、それでも少し彼らが羨ましかった。私も彼らのようにはっきりとあることのために奮闘できるのだったなら、どんなに胸の内がすっきりとしたことだろう。

自分が何を欲しているのか、私にははっきりしなかった。時おりさっと胸の内に緊張が走り、ふと何か方向を摑んだような思いになるのだが、それも一瞬のことで、その貴重な瞬間はまた隠れてしまう。そして私は依然として何かを待っているのだ。

何日か経った時、林葉が、自分が関わっているウェブサイトで仕事する気はないかときいた。

それは文学サイトで、ややフェミニズム寄りで都会的なセンスをうたい、学園恋愛ものや時代劇ファンタジー分野の小説、散文を載せていた。林葉は学生宿舎にいた時からこの種の文学サイトを何よりも気に入っていた。同じサイトではなかったが、私も似たようなサイトを見ていた。新しいことをやってみなよ、と林葉は励ました。私は特に反対する気もなかったが、ぜひやってみたいとも思わなかった。

彼女たちが主催するイベントに私は二度参加した。作家同士の交流会と、作家と読者の交流会である。林葉は主催側の一人で、私は彼女の助手となった。作家の交流会に参加した作家たちはいずれも若く、男性はほとんどが、ざっくりしたTシャツに短パンといったカジュアルな服装だったが、女性たちは様々に意匠を凝らし、漫画やゲームに出てくるキャラクターの制服姿もあった。作家の交流会では創作についてや通俗文学についての議論が交わされ、作家と読者の交流会では作品についての議論が行われた。二回のイベントの和気あいあいとした愉快な雰囲気は、私には思いがけないものだった。文学理念なるものを議論する真面目な討論会とは違って、新たな文化を標榜《ひょうぼう》し、自ら打って出るんだといった感じがあった。会議に参加した作家たちは互いによく知っており、冗談を言い合いながら内輪であれこれ論評していた。会での話題は通俗文学と純文学の区分から始まったが、たちまち前者から見た後者に対する批判となり、そして自信にあふれ生き生きと自由に活動する勢力による老いぼれた保守勢力への攻撃へと移っていった。読者との交流会は最初から安っぽく派手派手しいコスプレ大会となった。

交流会が終わると、私は彼らと一緒に焼き肉を食べに行った。テーブルでは文字数の生産と消費、つまり毎月何万字が書かれ、何冊売れたかが話題となった。誰それがベストセラーを出した、誰それが一気に有名になった、某作家はレベルが低いが、ファンクラブがうまくバックアップをしている、どうやってファンを増やしたらいいのか、装丁をどうすれば効果があるだろうか等々。一人でひっきりなしにしゃべる男は、自分が以前起こした会社についてずっと語っていたかと思うと、目下頭の中で描いている大きな計画について、つまり自分でホームページを立ち上げて文学で大儲けをするのだと大いに野心を語った。ネット文学の市場価値を数十倍にせしめ、将来は盛大な授賞式を開いて、オスカー賞のように作家にレッドカーペットを歩かせるのだという。私の横に座った痩せた男は、見たところもう若くはなく、頭髪が薄くなり始めていた。その男の作品を私は読んだことはなかったが、男は一冊また一冊と私に自作を差し出し読むことを薦め、それから食卓の回りにいる人々を紹介してまわりながら言った。ここにいる者たちには本当に感心するんだ、たかが文字一つのためにすべてをなげうって毎日パソコンに向かって血を吐くような思いで何万文字も書き綴り、理想のために何もかもうっちゃって奮闘している。

林葉は作家たちと意気投合し、互いにぽんぽんと肩をたたき合い、まるで同じ釜の飯を食う仲間のようだった。食卓で人々は熱く語り、焼き肉の煙と熱が充満し、ジョッキがぶつかりあって周囲にビールが飛び散っている。煙にいぶされて私は少々めまいがしてきた。これは閉じた自己充足している集団だった。グループ内で理想を語り馴れ合うことを楽しんでいた。出席者の出入りはあったが新しく入ってきた人もみな素早くこのグループ内部の言語を習得していった。

三回目のイベントには参加しなかった。グループに溶け込むことができなかったし、そうするために多くのエネルギーを費やす気もしなかった。けれども林葉が、なんでもよく知らないうちは良さもわからないのだからと説得するので、その後でもう二回参加した。彼女たちは頑張って巡回講演を行い、各地の大学に行って文芸活動を主宰し、書籍のサイン販売会も開いた。作家の何名かはファンクラブがかなりの規模で、階段教室から人があふれだすほどだった。私は入り口で整理係をつとめ、賞品付きクイズの時には座席の間をぬって賞品を渡した。「新時代の到来です」と一人の若い作家が言う。「新たな形式であらゆる文学をうち破りましょう」

この作家は筆の速さで知られ、ネット上で毎日一万字を載せることができた。そしてまたネット文学作家の中でも最高収入だとも言われていた。都市のロマンスを書くのが得意で、段落は短く簡潔で、作品はストーリーのみで成り立っている。痩せた軟弱な印象の面立ちで、頭髪を一センチほどに切りそろえ、正面から見ると平凡な顔立ちだったが、角度によってはきりっとして男前に見えた。ネット上では同じ角度からの写真がたくさん掲載されていた。私はよくイベント終了時に女性ファンがこの作家と一緒に写真撮影をしたいという希望を受け入れる手助けをした。林葉とほかのイベント主催者たちも大いに楽しんでおり、作家とファンの橋渡しをして互いに影響し合うことを望んでいた。イベント会場でにこやかに作家に挨拶し、内輪のジョークを言う。特にファンの前ではこの文化圏の一員であることを見せつけて羨ましがらせるのだった。

「新時代の文学では、基準はすなわち普通の人々である。文学のスタイルもすべて人々が互いに影響を与え合うものであり、長編小説の連載でさえも、数え切れぬほど多くの読者から毎日書き込まれる意見によって、ストーリーが調整され、物語の行方すら変わりうる。老舗の雑誌がああいった時代遅れの思想や仲間内の娯楽を発表しているのを見るにつけ、新時代の文学の陣地を何としても打ち立てねばならないと思う。何がいい文学であるかについては、権威が規定してそれに従う、というのでは済まされない」男性の作家が語った。

この人物は話しながら講演台の下の反応を窺い、何度も拍手が沸くのを待って息を継いだ。何がいい文学なのかという点に言及があったので、私は興味を感じ、この作家がさらに説明することを期待していた。けれども最後まで結論は話されなかった。この作家はもしかすると、基準を示す必要などなく、聴衆の基準こそが自分の基準だと思っていたのかもしれない。

その後私は林葉に、何がいい文学なの、よく売れるもの？　と聞いてみた。

「売れ筋の本を見下さないほうがいいよ」林葉は答えた。「いわゆる名作だって、当時は皆ベストセラー本だったわけでしょ。ベストセラーじゃなければ今日日の目を見てないよ。自分が純文学をやってればニッチを得られるなんていうのは、ほんとみみっちくて古臭い考え方だよ」そして私が戸惑っているのを見てさらに付け加えた。「本ってのは人に読んでもらうためにあるんでしょ？　皆が好きかそうじゃないか以外に何の基準があるの？」

私はのちに何度も彼女の言葉を思い出した。皆が、読む。

林葉は他人のまなざしの中に自分をさがしていた。彼女を見ていると、少しずつ変化しているのに気が付いた。ネット小説を彼女も書き始め、読者から軽蔑的な評価を書きこまれて二晩眠れずにいたこともあった。ある時は、集団創作の書き手にならないかと私も誘った。大ヒットを飛ばした作品の続編を書き継いでいくというもので、作者には原作者の名前を掲げるが、続編の書き手メンバーにもかなりの報酬が分け与えられる。またある時は、初めてゲストの作家として読者と会うことになり、イベントの前日、三里屯《さんりとん》から秀水街《シルクストリート》まで五時間かけて気に入ったドレスをさがすのに私をつき合わせた。

林葉はビジネスの機会をうかがうようになっていた。彼女が仕事で関わっているサイトでは人々の情感に訴えるイベントを企画しており、彼女がプロデューサーの一人だった。都市の隠れ場をさがすこと、あてどなく漂うことへの夢想、一人で過ごす日々の良さなど、ネット上に浮かび上がってくるそれらの感情を彼女と同僚は印刷物として実体化したい、できるならば流行の雑誌を作りたいと考えていた。これにはまず初めの投資が必要だった。もし売れる雑誌を作り出せれば、すぐに元手を回収することが可能だが、まとまった資金の投資がなければ企画は起こせない。そこで林葉は企画書を作成してあちこちの社長たちに資金提供してくれるよう話を持ち掛けた。林葉はそのセンチメンタリズムをラッピングして高値で売る機会をさがしたのである。それなりに名の売れた女性作家が雑誌への新作投稿を承諾し、それから四十数名の大学生がネット上での都市周遊イベントに参加した。

夜、林葉は窓際に立って、漆喰《しっくい》のはげ落ちた暖房機の上に両手で頬杖をつき窓の外を見ながら、自分の計画や将来の夢を話すことがあった。キラキラ輝く瞳が月の光の中で二つの銀色の丸い弧を描いている。

「将来雑誌を大きく発展させたら、儲けたお金で砂漠を一巡りしてくるの。誰も人がいないあの一帯をね」彼女は言葉を続けた。「たくさん写真を撮って、それをネット上にアップして……稼いだお金で宿を開くんだ。古い時代にあったようなやつ、ポツンと建ってて木でできた宿。それをね、人がほとんど通らない道に設けて、一日歩いたら次の駅という感じで、孤独な一人旅の者だけを泊めることにして……」

私は小学生だったころの彼女を思い出した。やせっぽちで肌が浅黒く、髪をきつく、頭の高いところでポニーテールに縛っていた。一重瞼だったが、目の形がアーモンドですっきりときれいだった。五年生の時に私に張信哲《チャンシンチャア》[※5]を聞かせてくれ、六年生の時にはAmei[※6]のテープをくれた。当時私の最大の楽しみはお爺さんが引く三輪車の荷台で売っている『ドラえもん』を買うことだったのだが、林葉は私の遥か先を行っており、はやりの歌をいち早く取り入れ、毎月のお昼代で『当代歌壇』[※7]を購入していた。みんなで学校の向かいの狭苦しい餃子屋に行くと、私たちは焼き餃子を食べ、林葉は精神的な糧を食べていた。彼女は雑誌に掲載された歌手の顔写真を指して私たちの間に広め、Beyond[※8]の歌ならなんでもその世界観を説明することができ、温兆倫[※9]を恋人とみなしていた。何笑《ホーシャオ》がAmei は好きではないと言うと、林葉はいずれは大スターになると返した。CDショップの前には張学友[※10]と劉徳華[※11]のポスターが張られ、店内から林憶蓮[※12]の声が流れ出ていた。林葉がテープを買いに行くときはいつも、十元紙幣を一枚汗ばむほどに握りしめ、ガラスのカウンターを仰ぎ見るようにして「おじさん、今週は新曲ある?」と聞くのだった。当時彼女は雑誌を作り、歌詞を書き、音楽テープのコピーライターになり、テレビで音楽番組の司会をしたいと考えていた。素朴な制服の中に彼女は真っ白なアクリルセーターをこっそりと着こみ、誰にも指一本触れさせなかった。

彼女はずっと他人の目によく映るよう涙ぐましい努力をしてきた。これが私との大きな違いだった。

本当に彼女のようになれるのだろうか。私はベッドに仰向けになって自問自答した。

※5　一九六七-　台湾の歌手、俳優
※6　一九七二-　張恵妹。台湾の歌手。同性婚を支持
※7　一九九四年創刊の音楽雑誌。グラビア雑誌のような装丁でゴシップもふんだんに盛って若者の間に非常に人気があった。二〇一五年発刊停止
※8　香港のロックバンド。一九八三年デビュー、現在は活動休止
※9　デリック・ワン(一九六四年-)。香港出身の歌手、俳優
※10　ジャッキー・チュン(一九六一-)。香港の歌手、俳優
※11　アンディ・ラウ(一九六一-)。香港の俳優、歌手
※12　サンディー・ラム(一九六六-)。香港のポップ歌手

第七章

母と父は一九九五年に離婚した。当時私は十一歳だった。

一九九四年、私と母は父に会うために初めて国外に出た。当時父はまだ英国のマンチェスターにいた。私にとっては初めての外国旅行で、言葉は通じないし、視野も狭く、飛行場に行くだけでひどく緊張していた。飛行機に乗れるのは楽しみで、国外に出ることよりも魅惑的ですらあった。飛行機が旋回しながら上昇する中で、めまいや吐き気をこらえながら、地平線近くの風景が少しずつ広がってゆくのを目の当たりにしたときの神秘的な感覚は言葉では表現しようがなかった。

父が車で飛行場まで迎えに来て、ロンドンからマンチェスターへと向かった。路の途中、樹木が青々と生い茂り、広々とした草地には羊の群れが点在し、赤い屋根の小さな家が村落を形成している。途中の景色を見逃さないよう精いっぱい目を開けていたのだが、疲れがこの抵抗をあざ笑うかのように私を飲み込んでいった。父は当時陶器の仲買人をしており、中国の広東省のある小さな村で生産された陶磁器を英国の各地の市場で代理販売していた。英国の茶器は綺麗だろう、でも大半は中国製なんだ、しかも八割がたがあの村で作られているんだ、と父は語った。父の倉庫で目にしたぼろい段ボール箱や大きな包みが散乱する中、包みから顔をのぞかせた陶器の盆やカップは驚くほど美しかった。クリスマスの縁飾りやトナカイの図案、流れるように引かれたライン、触るのが恐ろしいほどなめらかな表面。こんなに美しいものは見たことがなかった。中国人は優秀なんだよ、広東人は特にね、他の世界を知っている広東人は全世界で最も優秀だ、と父が言った。

　私たちは父が新たに借りたアパートに落ち着いた。それは市が貧困層向けに作ったタウンハウスの一角にあり、私たちはそのうちのひとつのフラットを借りたのだった。ベッドルームとリビングがセットになっている。家主は中国人で、二階も階下も皆中国人だった。父が言うには、二階の住民は学者で国内の大学では副教授だったが、客員研究員として英国に来てから帰国が嫌になり、レストランのバイトで居住資格を得て一家の生計を維持しているという。そして階下に住んでいるのは独身の香港人で、密入国して数年間非合法のバイトでしのぎようやく正規の仕事にありついたところで、普段から人との会話を避け、疑わしそうな目で人を見る。タウンハウスがある区域は殺風景な街はずれで、街路樹は一本もなく、行き交う人々は多くがヒジャブをかぶったムスリム女性か、十人ほどの子供を引き連れた黒人、そして黄色い皮膚の人間たちだった。けれども家の窓から望むと、通りの向こうにある公園の庭や、広々とした草地、瑞々しい緑の葉が茂る樹木が見えた。春の光の中のピンク色の桜はなんだか見知らぬ花のようで、でも美しかった。

　父はすでにマンチェスターに十年住んでいた。通りを歩くときのわき目もふらず、慣れた足取りで気楽に行く様子は、全く現地の人間そのものだった。立ち並んだ小さな店やバーをふと思いついたように一言二言紹介する。その慣れた様に私はちょっと驚いた。私は父を知らなかった。父は一人の見知らぬ人間として十年経って私の生活に飛び込んできたまるで別世界の存在だった。

全く違う環境で、父は水を得た魚のごとくに見えた。それがまた更に父と私は二つの世界に属していることを意識させた。父は多くの仕事をこなしてきた。まずは工場労働者、それからデリバリー、その後再び中国人のスーパーでのバイト、それから商品の仕入れ、輸入、そして最後が今の商売である。父もまたこの環境で疎外感、孤独、停滞感を感じはしたが、それもいまや数年前のことになっていた。

マンチェスターには大きなチャイナタウンがあった。のちに耳にしたのだが、おそらくヨーロッパで最大だということだった。このチャイナタウンには、父が初めてアルバイトをした際の社長から後に父が手助けをする学生まで多くの知り合いがいた。中国から来た学生は、政府から派遣された留学生にしろ、国内で落ちこぼれ何とかこっそり出てきたものにしろ、十中八九が英国に居残ることを希望するという。英国に残るのは容易ではない。英国は移民国家ではない。ホワイトカラーの仕事を見つけるのはほぼ不可能で、労働者の仕事に紛れ込み、皿洗いから清掃、お針子まで、合法的身分と非合法の身分の間を行ったり来たりするしかないという。「父さんも同じようにしてきたんだ」と父は言った。「でも彼らは父さんとは違う。大学生だし、教養がある、なのにどうしてこんなに我慢するのだろう」ずいぶん長い間、父は若者の将来について彼ら本人たちよりも心配していた。毎年春節の時期になると、父はチャイナタウンに行き、以前の社長が年越し用品を並べて売るのを手助けした。早朝の身を切るような寒さの中、紙製のミニチュアの龍や蛇を通りがかりの英国人に笑顔とともに売りながら、同時に傍らの中国人留学生と長くしゃべるのだった。どういう力が働いて彼らに、最もつらい仕事をしてでも絶対この地に残りたいという気にさせるのか、父には解せなかった。当時、父は国内の状況を理解するのに、彼らとのおしゃべりに頼っていたのだった。

私たちは英国に八か月住んだ。その間私は現地の小学校に半年ほど通い、母は中華料理店でウエイトレスをした。私も母も全く英語を解せず、小学校で私は身振り手振りで勉強し、母は耳で聞いてなんとか料理名や日常会話を覚えた。二人だけで街に出るときは、感覚に頼って進む方向を選ぶしかなかった。

公立の小学校は学費がかからない上、毎週政府から数ポンドの補助もあり、その額は学校で昼食をとるのに十分だった。この福祉サービスが国籍に関係なく施行されることが、私にも母にも不思議でならなかった。時には十数人の子供を連れた中東やアフリカ人の母親が、各種の福祉サービスのみで一家を養っているのを見ることもあった。小学校にはアジアやアフリカから来た生徒が多く、白人の子供は逆にそれほど多くはなかったが、当時は私もこれが普通ではないことに気がつかなかった。彼らに溶け込むのは難しかった。言葉の壁が自然に障壁となっていた。授業が終わるとそれぞれ小さなグループに分かれてのゲームが始まる。私はほとんどどのグループにも入れなかった。ある時一人の少女が悪戯《いたずら》で菱《ひし》の実をひとつかみ私に投げつけ、その後で私が腹を立てるのを恐れて謝ってきた。私は特に怒りもせず、彼女にひたすら笑いかけた。悪戯もゲームのひとつだったし、ともかくこれが仲間に入れてもらった初めての経験だったのだ。

授業中、私は静かに自分のすべきことをして、理解不足を他人に悟られないようにしていた。先生の言うことが聞き取れなかったので、小さな辞書をもって教室の隅で授業の教材の文字を一つずつ調べていった。英国の小学校では数学の進度は遅く、私のレベルは彼らより二学年進んでいた。けれどもその他では彼らのほうが知識の範囲がずっと広かった。八か月の間に私は古代ギリシャ、古代ローマ、人体の構造、恐竜と鳥類について学んだ。最終的には私は学校が好きになり始めていた。もう少し滞在していたならばもう少し溶け込めていたかもしれなかった。

私は八か月滞在した後で帰国した。その時、母は一緒に帰国するよう父を説得しようとしたのだった。

この時父が初めて国を出てからすでに十年近くが経っていた。母と父はすでに十年もきちんと向き合って話すことをせずに来ており、互いの距離はすでに二人の心の記憶をはるかに超え出ていた。父は出国した当初、三、四年は不安定で身分も保証されておらず、私たちが親族のもとを訪ねられるよう手続きをとることができなかった。一九九〇年前後は、政治情勢のために、外国へ出ることが異常なほどに難しかった。[※1] ようやく一九九四年になって初めて私たちはビザ申請の機会を得ることができたのである。それまでの十年間、父は一度ほんの短期間帰国をして一週間ほどいたが、慌ただしさの中で、母と父は互いを見つめ合うだけでじっくり座って将来を考える時間はなかった。

今回の八か月は二人が互いの認識を改めるのに費やされたようなものだった。母は、父の異なる文化を持つ人々の間を悠々と歩き回る才能に驚いた。製造業者や顧客との交渉は手慣れたもので、外国人と会話すらできるのである。父も、母が自分自身の考えを持ち、場合によっては熟慮し、時には一つの考えにこだわることもあるのだと驚きとともに気がついた。母の記憶の中で父は依然として言葉数の少ない、皆と歩調を合わせるのが苦手で、一人で黙々と歩く農村の少年だった。父にとっても記憶の中の母は優しく、臆病で、他人の感情を気にして言葉を選んで慎重に話す太っちょの少女だった。二人の心は十年前の別れのあの瞬間にとどまっていたのだが、二人の気質はすでに十年を経てざらついた現実に行きついていた。

※1　一九八九年六月四日の天安門事件以降、統制が強化された

母は父が帰国するのを望んでいた。商売も国内でできるではないか。母が帰国を望む理由は精神的な安心と安定のためだった。父の収入は変動するうえ、多いとは言えず、十年たってもそれほど貯金があるわけでもない。もし急に商売の道が閉ざされたらたちまち収入がなくなる。これは恐ろしいことだった。母が英国にきたとしても、レストランでのアルバイトぐらいしかできない。その当時中国国内は、父が出国した頃とはもう情勢がかなり違っており、大変な活況を呈していた。あの時の調査はもう誰も気にかけておらず、どこも商売ブームで、しょっちゅう誰それが大儲けしたといった話が伝わってくるので、人々は浮き足立っていた。中国国内で貿易商になれる可能性も大いにあったし、ともかく異郷の地で根無し草の生活を送るよりはいい、どうしていつも故郷から離れて落ち着かない生活を送る意味があるのか。一方、父は英国にとどまることを望んでいた。といっても母と同じような理性的な打算からではない。自分ではその理由をちゃんとわかっていたが、ただ母にそれを説明するのが難しかった。父は中国国内の環境に戻りたくなかった。そして自分自身の問題も解決したかったのだが、しかしこういった感覚を説明するのもまた難しかった。

父が欲していたのは一つ、ある問いへの答えだった。転げ這いずり回る日々の中ではじっくり考える時間がなかったのだが、しかし最終的なところまで行きついたときには、やはりそれと向き合わねばならないことはわかっていた。

私たちは別れの旅行としてロンドンに行った。クリスマスだったので誰もが自宅で祝っており、午後になると街ゆく人はまばらになり、夕食後の通りは暗くがらんとしていた。店という店が閉まり、皆が扉の向こう側に消えていた。私たちが通りを歩いてると、冷たく寂しい暗闇が私たちの歩みにいっそうの悲壮感を加えるようだった。

離婚に至るまでは幾分メロドラマの様相を帯びていた。母は、帰国したらもう一度よく考えてみる、外国に行くことになるとしてもしっかりと準備しなくちゃ、と語った。けれども中国に戻って周囲の人々と相談するうちに、ますます距離感が生じていった。周囲の人々は十数年来うちから遠く離れたことがなく、日常生活のしきたりや慣習しか解さない女性たちだった。母への忠告や意見も、ほぼ自分自身の経験からくる判断に依っていた。女たちは工場に出勤し、午後五時にはやることがなくなるので帰宅し食事を作り、家の男たちや子供の世話をし、その後互いの家の玄関口で夫のこと子供のことをあれこれ話をした。母はこだわりのない性格で、家の仕事も大した量ではなかったので、ほかで人手が必要な時はいつでも手助けした。それで時とともに集合住宅内の女性たちとの関係は良好なものになっていった。母は男たちに関する話題を提供することはできなかったが、口数の少ない良い聞き手だった。女たちはぺちゃくちゃと、食後に瓜子をかじりながら互いに愚痴を言いあい、それぞれの家の流しの隙間に詰まったもめごとや言い争いを互いにほじくり出しては払い落とし、すっきりさせるのだったが、父に関しては、女たちはとっくに情報を得ており、今回母が帰国することさらに好奇心を発揮して、探りを入れてはあれこれつなぎ合わせて情報を得ようとしていた。

女たちはいつも慎重な選択肢を選ぶよう忠告するものだが、時にその慎重さには全く根拠がなかった。国外に出る前、女たちは母に行くべきではない、いったん外に出れば大変な出費になる、父が費用を持つと言ったって、出かけなければそのお金を貯金に回すことができる。父にはお金を送らせればいいと言った。外国に行くのにどんな意味があるのか、テレビで見るだけで十分じゃないか、というわけだった。母は女たちの意見を耳に入れなかったが、それは主に私を連れていき、英語を学ばせようと考えたからだった。今また、国内に戻り、移住するかどうかを思案する段になると、一部の女たちは強く支持し、アルバイトの苦労をしてでも行くべきだ、一代目で足場を築けば、二代目はその国の人間になれる、と言った。他の女たちは反対し、今は昔と違って中国国内の生活はよくなっている、疲れることもない、国外に出て苦労し疲れ果ててなんの意味があるのか、それにもう三十代になっているではないか、十代の頃みたいな我慢はできやしないよ、と言った。母は躊躇し決められずにいたが、最後にはっとさせられたのが一人の女の推測だった。父には向こうで別の出会いがあり、それで戻ってきたがらないのではないかと言ったのだ。根も葉もない推測だったが、何度もそう尋ねられたり答えたりしているうちに、母はあれこれと迷いはじめ、様々な些事がこれまでとは違った意味あいを持つように感じられ始めた。例えば父がここ数年稼いだお金はいったいどこに消えたのか、とか、母と私がマンチェスターにいた時、父が商売で一週間ほど家に戻ってこなかったこととか、あるいは帰国の話を持ち出したときの父の曖昧な拒絶等々、あれこれ考えあわせているうちに母は不安になった。しまいには女たちの一人が、父に電話をして、戻ってきてほしいと言って探りを入れたらいいと言い出し、焦りとそして嫉妬も感じていた母はそれをとうとう聞き入れ、電話で二度ほど話をすることになった。そして話すほどに角が立ち始め、衝突が激しくなって口論となり、忍耐強く話し続けることができなくなった。この時には二人の物理的な距離が効力を持つようになり、何回かやり取りするうちに、言葉の隙間が実際の別れへと変質していった。

二人はこうして、あっさりと慌ただしく、別れることになったのだ。そして、のちに互いに冷静になった時、いずれもが後悔することになった。

当時の数年間の社会的背景も離婚の一つの大きな要因となった。母の工場は一九八〇年代から外国の工場の生産ラインを導入し、数年間相対的に景気が良かった。九十年代になると景気に陰りが出始め、商売はそれほどうまくいかなくなったが、工場ではちょうど外国資本と合弁する話が持ち上がり、工場労働者も希望を寄せていた。合弁が成立すれば生活が少しは良くなると皆が考えたのだ。労働者の待遇はそれほど良くはならなかったが、再び部屋の割り当てがあり、狭い部屋から広い部屋へと移れるらしいという知らせが流れた。謝一凡《シェイーファン》の父親は工場長になっており、引き抜きで謝一凡も部門の経理に昇格した。父となじみがあったことから謝一凡はずっと我が家の面倒を見ており、母は炊事班から事務室へと異動になり、毎日雑誌や新聞受け入れ担当として、上司のために列車の切符を手配するなどした。毎日の仕事は閑な時間があり疲れもしなかった。給料が高いわけではなかったが辛い生活ではなかった。静かな生活が続いた後、母はもう異郷で漂泊しながら苦労する生活へ適応することが難しくなっていたのである。

当時母は未来への期待を緩やかに強めていき、工場に対して多大な信頼を寄せていた。工場が生活のすべてを取り仕切ってくれると思い込み、数年後に始まったレイオフの波を予測することができなかった。母の工場が一九九七年ついに合弁会社となった時、母も解雇の対象となってしまった。驚愕した母は、そうなってもまだ九四年の自分の選択に疑いを持たなかった。ただ、巨大な波のうねりは感じたのだ。それからは誰も逃れることができず、母だけでなく、周囲の同僚や友人も数年の間に次々と一時解雇の憂き目を見た。彼女たちは必死で自分の仕事を確保しようとした。しかしあらがった挙句にそれが不可能だと知った時、皆で工場に押しかけ十分な補償を得ようと要求したのだが、幾度交渉してもやはり負けとなり、ほんの申し訳程度の所有権買取り料を受け取ってそれぞれ散っていき、最後はつらい目に遭った鴨のように抱き合って泣きながら慰め合う難民集団となってしまったのである。

謝一凡はこの変化の中で副工場長になっていた。彼はこの地位を望んでいなかったし、工場内のことに関わることを嫌がってすらいたのだが、謝の父親はそれを許さず、息子が高い位置に就くまで見守っていなければ安心して退職ができないと言った。この当時すでに企業変革の可能性とチャンスを予見し、自分の家族にとってのチャンスを見て取っていたのかもしれない。

一九九九年、目標管理へと改革[※2]がなされる中で、謝家では工場の株を最大比率で購入し、六年後には、合弁当初に半分以上を占めていた外資の株を再び買い取り、最終的に謝家の個人経営の会社にした。謝一凡は父親によって社長の地位に据えられ、そのまま身動きできずにとどまることになったのだった。

謝一凡もかつては溌剌《はつらつ》としていた時期があった。微月《ウェイユエ》が四、五歳のころ家を出たことがあったが、工場に戻って職に就いたのは北京での夢が破れてからのことだった。謝一凡は工場経営を好まず、企業の一番手に押されてからも依然としてやる気はなく、消極的で、煩わしく思うこともあった。自分の思い通りにすることができたわけではなく、謝の親父さんは退職した後も十年間にわたって影響力を及ぼしていた。レイオフの波が起きた時、母は、挽回の余地がないか謝一凡に助けを求めに行ったことがあった。謝一凡は、今回親父は鉄みたいに冷酷で、自分も手の出しようがないのだと苦笑いするしかなかった。自分は敗者だ、何も成し遂げられなかったと言い、そして母にそうだろう？　と尋ねてから、私の父が羨ましいと語った。母は心の中では不満だった。副社長の地位の者が敗者だと言うのなら、その下のレイオフされた人間は何になるのだ、助けたくないのならそれまでで、なぜさらに嫌味を言うのだと思ったのだ。

「申し訳ない、でも助けになれないんだ」謝一凡はこういうと暫《しば》し口を閉ざしたが、ふとため息とともに言った。「もし人生に裏切られたとしたら……」

謝一凡はその後ずっと埋め合わせをし、多くの手助けをしようとした。母がレイオフされた後メンバーズクラブで料理人の仕事を得たのも謝一凡の紹介によってだった。ただしこれはのちの話である。

あの時代、社会の浮き沈みは激しかった。王老西《ワンラオシー》は一度は大金を手にし、時には数百万に上る稼ぎを挙げたが、後にそれらはすべて補償で消えてしまった。王老西がどうやってその大金を稼いだのか誰も知らなかった。数年間私たちのいる町を避け、雲隠れして五、六年は顔を見せなかった。再び現れた時には流行りのサングラスにフォルクスワーゲンのサンタナを運転し、我が家にかなりのお金を届けた後、私と母を高級な西洋料理店に招待した。王老西は私が出会った最初の大金持ちだった。母は王老西をひどく嫌った。父が飛び出したのはすべて王老西に惑わされてのことだと思っており、食事の招きを拒否した。けれどもお金に関してはひどく躊躇し迷ったあげく最終的には受け入れた。それは一種の埋め合わせに思えたのだ。それからまた二、三年消息が途絶え、その後商売で厄介ごとに巻き込まれたらしいといううわさが入り、その後の話では監獄に入ったということだった。

于欣栄《ユィシンロン》は一九八六年に離婚歴のある税務局幹部と結婚した。もともと彼女は鼻っ柱が強く高慢なところがあり周囲の男を見下していたが、そうこうするうちにオールドミスになりかかっていることに気づき、三十歳を過ぎると慌て始め、誰かに紹介された相手を将来有望とみるや、相手が再婚であることは気にかけずにそそくさと結婚したのだ。結婚後は順調とは言えず、頻繁に口喧嘩が生じていたが、運悪く税務局の人事が泥沼合戦となり、はじき出された夫が局長に昇格できず、逆に閑職の林業局に飛ばされることになり、政治家夫人になる夢が破れた于欣栄は歯ぎし

※2　国有企業改革によって株式制の導入、経営陣の買収が行われるようになった

りとともに離婚を決意したのだった。二年後、まだ容貌が衰えないうちに台湾のビジネスマンと懇意になる。結婚はせずとも、このビジネスマンが彼女に家を買ってやったので、出入りの際には華やかな金持ちとして振る舞っている。

父と母がともに下放した知識人青年群の中には、大学に受かり、卒業後高等機関で教師をつとめ、後に著名な教授となった者もいた。商売をやって金を儲け、後に不動産会社を立ち上げた者、商売で損をし、中年で心臓病を患いそのまま老いてしまった者もいた。労働者になり、母と同じように解雇の憂き目に遭った者もいて、電話でやり取りをすることはあったが、互いに慰め合い傷口をなめ合うだけだった。最も哀れだったのが、都市に帰ることができなかった二人で、そのまま村でも一番粗末な家屋に住み、一人は転轍手《てんてつしゅ》となり、一人は村人に散髪をしてやっていた。食費その他の出費をどんなに節約しても数千元しか貯められず、子供を元いた都市の学校にやりたくてもどうにもできなかった。

祖父は一九九二年に退職した。退職時には工商銀行地区頭取だった。祖父は金融システム全体の転換、改革を経験し、銀行が「分配」システムから「ビジネス」システムへと変化するのを目の当たりにした。区全体の金融市場の基礎を築いた第一人者であり、祖父が執筆した全区の金融史は区の檔案館にある高い書架に収められていた。退職する時は銀行全体で祖父のために盛大な送別会が開かれ、その規模は往年の批判闘争会に匹敵した。参加者も同じであり、祖父が立った場所も同じ壇上である。ただ人々の態度が変わり、怒声は拍手にとってかわられていた。祖父はただかたくなに沈黙を守った。退職する時も相変わらず清貧に甘んじ、古ぼけた毛織物のチョッキを身に着け、九十年に建てられた家族用アパートの一角、七十平米余りの2LDKに住み、数十年使い古した昔の家具を使った。一人家の中に座り、手を腰に当てて空を見上げている。まるでそのままの姿勢で一生を過ごしてきたかのように。過去数十年のことがまるで何も起きなかったかのように。

祖母も一九九二年に退職するはずだった。けれども祖母が働いていた旋盤工場はもともと居民委員会が立ち上げた集団工場で、八十年代にはすでに状況が思わしくなくなり、責任者もいなかったので一九九〇年に正式に倒産し、古参の労働者も一斉に失業した。工場資産は消散し、持ち主も誰だかわからなくなっていた。祖母や他の労働者たちは工場で、そして市政府の前で無言の座り込みをして正義を訴えた。太陽に照り付けられ疲れで倒れ込むまでになっても政府関係者は顔すら見せなかった。祖母はこうして過ぎ去った過去の世代へと取り残され、そして忘れられていった。

あの年月は飛ぶように過ぎ去っていった。激しく荒れ狂った情熱も、しまいには遠のいていき、跡形もなく消えてゆく。

林葉《リンイエ》が携わったビジネスは次第に進展を見せ始めていた。私と林葉は、一度ある小さな映画会社の社長のところに話をしに行った。雑誌創刊のための投資についてや、その後の業務提携の可能性についての話をし、社長の要望——たとえば高所得層むけの酒の雑誌の創刊とか、ウェブ上で発表された作品を実写化する際の版権の交渉であるとか——を聞くことになっていた。話し合いはホテルのロビーにある喫茶店で行われた。ホテルは高級感のある内装で、喫茶店はいかにも商談向きで、カーブを描いた手すり付きのソファーがあり、緑もあしらわれ、グランドピアノが設置してある。私と林葉は早めについたので、メニューを見ると、コーヒー一杯が七十八元だった。迷った挙句水を二つ頼む。

「社長が来たら、少なくとも百万元から要求しなくちゃ」林葉は言った。「それからコーヒーを注文しよう」

「百万元、そんな大金が必要なの？」

「わからない」林葉は答えた。「まずためしてみるの、それでだめなら五十五万で頼めばいい」

「一体全体どのくらいなら足りるの？」

林葉は肩をすぼめた。「それはね、どう使うかによるね。お金がどれだけあるかで計画の内容が決まるの。実際は二十万もあれば十分。いくつかのプロジェクトは続かないと思う。やってみてからね。まずは社長がなんて言うかみてみよう。実際には私たちだって結構力があるのよ。なんといったって作者だから。作者がいればファンがひきつけられるから」彼女は何人かの名前を出した。「彼らの映画やテレビドラマの製作についてはね、あたし、ちょっとわかってるんだけどね、昨今のドラマは大部分がダメ、いい作家が足りないのよ」

その日の会合はまるで話にならなかった。社長は姿を見せると別の個室で私たちを待った。ようやく顔をあわせても、相手は苛立ちを隠さず、冷淡な口調で、林葉が話す内容にも金額にもたいして興味を示さず、雑誌の原稿がどこから来るのかだけに関心を寄せた。林葉はできるだけ威厳を保つように努め、雑誌の見本を取り出して見せるときは「自分たちに投資したがっているものが大勢いる」といった雰囲気を出そうとしていたが、金銭の話になった途端に動揺し始めた。のちに私は次第に商談のコツがわかったのだが、林葉のこういった策略は最もまずいものだった。自分で設定した最低ラインは堅持すべきだったのだ。林葉のいう事業計画は単なる感傷的なイメージでしかなかった。第一回の商談ではこれがまるでわかっておらず、私たちはただ高く伸びた盆栽を背にして、印刷したＡ４の紙をガラスのテーブル上に一枚ずつ重ねては、足元に落ちた資料を幾度となく拾い上げていた。

後に起きたことは三文オペラの様相だった。その社長は何かのルートで林葉たちのグループの中でも一番人気のある学園ものを描く女性作家に連絡を取りつけ、彼女の二つの作品の版権を買い取り、さらに彼女と単独で仕事の契約を結んだのだ。社長の興味は確かに作者にあったが、雑誌の方は暗礁に乗り上げてしまった。

こういった空手形の手口はこの業界ではよくあることだったが、林葉はその後相当長い間憤然として怒りを鎮めることができなかった。狭いリビングの中を行ったり来たりし、三歩進めば壁に突き当たる狭い部屋を何度も往復した。部屋の灯りもつけず、月光に照らされたベニヤのささくれたテーブルの傷や染みが、まるで涙の痕のように見えた。テーブルの下は古ぼけた段ボール箱が乱雑に積まれ、林葉の足が絶えずぶつかる。彼女は時々ふと立ち止まり、突っ立ったまま爪を噛んだ。これは小さい頃からのくせで、焦った時によくやる仕草だった。もう長い間私は彼女が爪を噛むのを見ていなかった。

「あの女、いかにも清く気高くって感じで猫かぶってんのよ」林葉は突然静寂を破り、私に恨みをぶつけた。林葉が誰のことを言っているのかはわかった。「普段は、まるで仙女みたいな顔して、庶民の暮らしなんて目にも入らないわ、みたいな素振りのくせに、お金のことになるとすっ飛んでいく……ほんと腹が立つ。すごく調子いいこと言っててさ、こっちをサポートするなんてことまで言って……今回のこと、何で事前に一言言ってくれなかったのさ。こっちはその数日前にむこうに連絡とってたのに……ほんと腹が立つ！　本気でネットで思いっきり罵《ののし》ってやりたい」

「それなら、じゃあ……」私は慰めるように言った。「ネットでむこうを思いっきり罵ったら？

少しは気分がよくなるんじゃない？」

「そんなことできないよ、みんな内輪だから、そういうメンツをつぶすようなことはできないんだ。向こうにはたくさんファンがいるからさ、あたしの方に非難囂々《ごうごう》の嵐が来ることになる」林葉は息を継ぎ、続けた。「それにあたしだってたくさんのファンがいるでしょ。ブログは毎日たくさん閲覧されてるから、自分で自分のイメージを壊すようなことはできないの」

林葉はのちのちブログにこう書いた。「私たちを傷つけるああいった類の人々がいるからこそ、私たちはゆるぎない信念の存する彼岸へとたどり着くことができる。傷は皮膚に刻印され、心のタトゥーとなる。うずきがやんだ時慈愛の力を知ることになる」

あの素寒貧だった夜、林葉はまだこんなふうに美しく飾った言葉を持ちえなかった。月の光、彼女が持ちえたのはこれだけだった。私は彼女を見つめ、彼女は窓の外を見つめていた。さびついた暖房のダクトにその頭をもたせ掛けている。流れる水音が静寂の中の唯一の音だった。必死の思いと絶望とがその瞳に映っていた。夢の中の砂漠を再び見ていたのかどうか、私にはわからなかった。彼女の目じりがきらりと光った。涙のようにも見えた。近づいて彼女の背後に立つ。枯れた葉がしがみつく枝が街灯に映し出され、まるで老いさらばえた妖怪のようだった。そっと彼女の肩を叩くと、その肩の薄さが感じ取れた。彼女は雨が染み入った窓ガラスに指を押し付け、暗闇をじっと見つめていた。

「有名になってやる」振り返り目をギラギラさせて彼女は私に言った。「信じてくれる？　とかくいつの日か全世界にあたしの名を知らしめてやるから」

彼女の視線に沿って先を見ると、暗黒の中に顔でいっぱいの海が見えた。とてつもない数の顔が、いずれも上を向いて、声を立てずに大笑いをしている。太陽の光輝く麦畑のように、胴体も四肢もなく、ただ顔だけ。視線が松明《たいまつ》のように私たちのいる隅に集まり、林葉の指先とつながった。林葉のシルエットが白くなった。彼らが一斉に私たちを見つめ、声をたてずに口元に笑いを浮かべている。

その瞬間、私は自分の不安がどこから来るのかを悟った。

私は心の中に何とも言い難い悲しみと哀惜の情が沸き起こり、彼女の肩をそっと抱いて言った。

「私、信じてるから」

けれども、あの時、彼女とは一緒にやっていけないことをわかっていた。彼女が欲しているものは、私が避けているものだったのだ。

その晩のあと、私は再び焦りと孤独の中へと舞い戻った。林葉のグループを抜けたのだが、自分が探し求めている突破口をまだ見つけられずにいた。

林葉と最終的に別れたのは、私が別れを決めたのではなく、彼女の方から去っていったからだった。

二人で一緒に住んでいた時、私たちはよくある喫茶店に出かけた。それは円明園[※3]の西にある私たちの住まいからほど遠くないところにあった。二人で喫茶店での読書会に参加したのだが、最初は一か月に一度、その後は頻繁に訪れるようになった。喫茶店の店主は三十を少し出たばかりのビジネスマンで、不動産投資をしていた。学生時代に作家を志した過去があり、ビジネスマンになって、不動産改革が行われる数年前に不動産投資で儲けると昔の夢の続きを追いたくなった

※3　北京の北西郊にある清朝の離宮跡。公園になっている

のだ。喫茶店は儲けにならないので、毎月少なからぬ補塡も必要だった。ただ同然で各種の読書会に場所を提供し、場所代の話になると、手を振ってご破算にした。もしかするとこの点が林葉をこの店主に惹きつけたのかもしれない。

彼女はますます頻繁に私をそこに引っ張っていった。はじめは自分のイベント企画のためだったが、後には他のイベントに参加しに出かけた。いずれも店主と言葉を交わしたいがために他ならなかった。私はそこで横に座りどんな読書会にでも耳を傾けてみた。それは私には新鮮な経験だった。しばらくしてわかったのだが、このような民間の読書会は頻繁に行われていた。出版社やある団体の商業的なイベントだったり、あるいは大学の教員による一般向けの討論会だったり、または読書愛好家が自発的に組織した純粋なアマチュアグループの活動だったりした。数年後には、社交や人脈を広げることを主な目的とした流行に敏感な男女を集めた、読書とは名ばかりの会にも出会《でくわ》したことがある。読書会に参加する人々の目的は実に様々で、そのうちのほんの一部が本当に読書を目的としていた。

ある日とある政治学の講座に参加したのだが、テーマがとても興味深かったので、主催者がどういう人たちかが気になった。その読書会はアマチュアグループの範疇に属するもので、発起人は北京で定職のない三、四人のもと学生たちだった。テーマは社会と政治の相互作用に集中していた。私は何度か参加するうちに企画側の数人とちょっと親しくなった。その中の一人は院試準備中、他の二人は大学院への進学も就職も希望せず、もっと意味のあることをしたいと考えており、それからもう一人は兼業しているということを知った。彼らは喫茶店の店主とかなり親しくなり、それで毎回の活動場所にここを定めたのだった。店主は彼らの活動の場所代を取らず、皆が頻繁にやってくることも許していた。そのお礼として、各自それぞれがかなりの書籍を持ちよっていた。そのうちの何人かの男子はことさら厳粛さを装い、ちょっと昔の文人のような、世のため国のために身を捧げんとしながら志を遂げられず悶々としているといった雰囲気を漂わせていた。

初めて彼らの活動に参加した時、私はこういった事情をまるで知らなかった。一人集団の輪の外で本棚の前に立ち手あたり次第に本を一冊抜き取ると、話を聞きながらページをめくっていた。その日の主賓は大学の学者で、あとの二人の肩書はそれぞれ新鋭の前衛思想家と、フリーライターだった。彼らの名前は聞いたことがなかったが、新鋭の思想とは何なのかぜひ知りたいと思った。

私は部屋の隅に立っていたが、少々場違いな感じがした。壇上でも聴衆席側でもことさらに醸し出されたペダンチックで人を見下すような雰囲気には違和感があった。彼らは互いに顔見知りで、外部者にはわからない内輪の言葉を使って話をしているように感じられた。何事にも冷淡で斜に構えて世間を眺める、こうした態度をとる者だけが思想を持つに値するといわんばかりだった。私はこの雰囲気に溶け込めず、退屈さも感じて何度か出ていこうとしたが、林葉がずっとカウンターでおしゃべりを続けていたため、最後までいようと自らを励まし続けていた。

側面からは講演台のすぐ前に陣取った読書会の主催者メンバーの何人かを観察することができた。一人の男子学生が顔を上げて辺りを見回したとき、一瞬私と目が合った。背がかなり高く、ひどく痩せて頬が少々こけて落ち込み、ニキビが多少あった。前髪が目にかぶさっている。顔を上げたのは何かを探しているようだったが、しばらくするとまた下を向いた。私はその様子を観察していた。唇をずっと軽くとがらせ、何かを言っていたが、誰かに話しているのか独り言なのかわからなかった。右手に今回の活動について書かれたプリントを筒状に丸めて持っており、裏面に黒のインクでびっしりと文字が書きつけられていたが、細かくかつ斜めに歪んでいるので、何が書かれているのか読めない。好奇心からそっと近くに寄ってその文字を読もうとしたがそれでも、相手は私に気がつかない。一度か二度、ぶつぶつ言う声が大きくなり、壇上の講演者の間違いと取りこぼしに批判を言っているのが聞き取れた。一度は見解の出どころについてで、講演者がベンヤミンの言葉だと言ったところを、それを最初に言ったのはニーチェだとつぶやいた時。もう一度は、講演者の解釈に同意せず、「西洋」云々という言い草には本当に反感を覚えるね、「西洋」は含む地域が広大なんだ、そもそも十把一絡《じっぱひとから》げに言うことなんてできないじゃないかとつぶやいた時である。

その右手に持った紙の裏にびっしりと書かれた文字を読むことができた。多くが何かの書籍の頁を記したものだったので、読書ノートの類に違いなかった。文字はうまいとは言えず、いずれも片方にかしいでいたが、筆致は力強く、勢いがあった。講演が終わり、スタッフが請求書にサインを求めに来たとき、名前が見えた。筆画の少ない二つの文字、平生《ピンション》だった。

平生、この名前は覚えやすい。

後に私はこの喫茶店でさらに二回、平生と出会った。一度は林葉たちがイベントを企画し、私が会場設置を手伝っていた時で、平生がちょうど近くのテーブルで誰かと議論をしており、私を見かけて頷いた。もう一度は平生たちが企画した別のイベントだった。こうしてだんだんと顔見知りとなり、時どき言葉を交わすようにもなった。

四回目に見かけた時、平生が私を呼び留めて話しかけた。これは意外だった。

「あの……」向こうは相当ぎこちなく、あくまでも礼儀正しい口調を崩さなかった。「来週ちょっと助けていただきたいことがあるのですが」

「何かしら?」

「実は、来週また企画があるんですが、今二人が急に抜けてしまって。以前あなたが企画の手伝いをされているのを目にしたので、もしできれば手伝っていただけないかと……」

平生のグループの二人がチベットのタンラ山脈にトレッキングに行くことになったため、読書会の企画が急遽人手不足となり、それで平生が二日間手伝いが可能かどうかを私に尋ねたというわけだった。私は大丈夫だと答えた。

二〇〇七年の晩秋、私が北京にきてちょうど半年が経った時のことだった。私がぽっかりと空いた時間を埋めることができないでいた時期だった。誰かに何かを頼まれれば、空虚さをやり過ごすことができる。二日間のイベントの準備は、基本的に平生と私が一緒に行った。やることは実はたいして多くはなかった。ただ著名な講演者と連絡を取り、印刷資料を準備し、宣伝ビラを配布し、会場を設置して秩序正しく運営をすればよかった。平生は早くからすでに毎回の読書会の書籍リストを準備していたので、私はただそのリストを毎回のイベントの前に並べた椅子の上に置き、会場でマイクを回していればよかった。二回目のイベントが終わり、会場や設備を片付けた時にはとても遅い時間になっていた。平生がお礼にと喫茶店のパスタをおごってくれた。彼自身は少ししか食べず、フォークを何回か動かすと話に熱中し、話をしているうちに今度はフォークを置いてタバコを吸うので、パスタは冷めてしまった。それで私も少ししか食べず、お茶を飲んでいた。二晩とも、私たちは夜遅くまで話し込んだ。

平生は話好きだったというかよくしゃべった。話し始めると人がいなくても構わなかった。相手がいればさらに都合がよかった。聴衆効果が出るので、さらに勢いづいて話すのである。私たちの話は当日のイベントのことに始まって、講演者や、当日のテーマにとび、そこから関連する話題へと広がった。平生は講演に招かれた著名人を崇拝することはなく、そのうちの一部には軽蔑すら示し、奴らは学問が浅い、単に話題が広がるので深遠に見えるだけで、多くは表層的なものにとどまっているのだと言った。ただ数名の講演者には賛意を示した。平生はかなりの読者家で、どの作家についても何か意見を述べることができた。批評をするときは少々得意げで、古今東西の知識人を知り尽くし、評価し、いかようにも順位付けができるようだった。あたかも山頂に立ってあたりのすべてを見渡して、人々の群れをきれいに区分けするかのようだった。ドイツ哲学の系譜を好み、しばしば『存在と時間』※4について語り、国内ではこの分野のいい学者が出ないと嘆いた。大学院を出てからドイツで博士課程に進学できるようにと独学でドイツ語を学んでいた。学部を卒業して一年余り経ており、目下院試の準備中だった。前回の院試で失敗していたが、主な原因は読んだ本が偏っていたからだというのが彼の言う主張だった。以前の専門はジャーナリズムだったが、今は西洋哲学を希望しているのだという。院試に合格することは疑わず、最難関の大学に受かることができると思っていた。私は彼の誇り高さに敬意と、そして疑問も感じたのだった。

林葉は冬の間なにもかもが順調に運ばなかった。雑誌の投資が行き詰まってからというもの、すべての計画が氷河期に入ってしまったかのようだった。チャンスがいきなりすべて消え去り、まるで一羽の鳥が驚いて木から飛び去ったために他の鳥すべてがそれに続いて飛んで行ってしまったかのようだった。右に追っかけても左に追っかけても、結局何もつかめず、書いたものも適切さを欠き、読者から批判を浴び、それでさらに焦りを深めていった。家ではソファーのクッションを抱いたまま一言も発せず、そうかと思えば何かに復讐するかのようにきれいなアクセサリーを大量に買い込んだりした。どれもとても美しかったが、積みあがった山の前で整理する気も失せた体だった。しまいには逃れるように恋愛にのめり込んでいった。

喫茶店の店主にますます夢中になっていったのだ。本当はただのぼせているにすぎなかったのだが。喫茶店の店主にはまだ離婚ができないでいる妻がおり、すでに別居はしていたが、財産分与と子供のことがあってこの先も離婚する可能性は低かった。店主の林葉への態度は半ばなれ合いで、彼女が積極的なのを拒みはしなかったが、かといって自分から行動に出ることもなかった。一緒に泊まることもあり、泊まらないこともあった。しまいには金を出して彼女に部屋を借りてやったが、彼女が自分の家に来ることは決して許さなかった。こういった曖昧な関係のまま、林葉の心も浮いたり沈んだりが続いたのだった。

※4　ドイツの哲学者マルティン・ハイデッガー（一八八九‐一九七六）の主著

第八章

平生《ピンション》とどうして親しくなったのかその理由は私にもうまく言えない。はじめはただあることを議論する関係だったのが次第に、そして突然プライベートなものに変わっていったのだ。十一月、夜何回か私を家まで送ってくれ、十二月になると、時々一緒に本を買いに行くようになったり、喫茶店で一緒に読書や勉強をしたりするようになった。

二人の会う回数が増すごとに、私の孤独に次第に大きな裂け目が生じるようになった。彼は時に含みのある曖昧な言葉を口にするようになった。まるで私を自分のプライベートな空間に収めようとするみたいだった。ある時は、将来はこんな感じの喫茶店を開いて、日がな本を読んでいたいな、一番いいのは山に図書館を開いて、一日中本にどっぷり浸っていたい人に使ってもらう、あるいはなにか文化的な活動をしてもいいねと言うのだった。また別の時には、二人で些細な問題を議論していると突然「将来はこんな風に分担してやっていけるかな……」と言った。驚いて相手の顔を見つめると、平生は私の表情に気がつき、普段とは違う雰囲気を察したようだった。

「あなたの未来の計画の中に、私もはいってるの？」私が尋ねた。

「そうだよ」平生が答えた。淡々とした口ぶりだったが、断言しかねていた。「……それでいいかい？」

こうして私と彼の関係が変わりはじめた。二人で一緒に毎日を過ごすようになった。彼は一度も「僕の彼女になってくれ」云々の言葉を口にはしなかったが、ただ毎日一緒に本を読み、一緒に食事をし、一緒に講演を聴き、一緒に討論をするのだった。自分の友人に私を引き合わせもした。時には私の手を取ることもあったが、それはたいてい通りを横切るときだった。そんな時、私は何かもっと多くのサインを読み取れないかと相手の顔を見つめるのだった。

私は暇をみて彼がクラブの仕事を処理するのを手伝ったり、本を読んで勉強するのにつき合ったり、古代から現代まであらゆる人物を論評し、目下の情勢を批評するのを聞いたりした。絶え間なく続く彼の語りの中に、私は多少なりとも共鳴をするものを見つけることができた。彼の興味、彼の遥かかなたの理想、日常生活からの乖離《かいり》と軽蔑、これらがすべて私の感覚に響いた。世界を外からみるまなざしである。時には自分たちを二人の隠者のようにイメージすることもあった。彼は私の共感を感じ取った。こういった共感をあるいは彼も必要としていたのかもしれない。

彼の私に対する気持ちが確かめられず、そして確かめたいと思う欲求を抑えることができなかった。私は初めて、他人の中の自分の印象が気になった。

「私たち、将来山にこもって隠者のように暮らすことができると思う？」ある時私は尋ねた。

「ばかだね」彼は言った。「今やどこに住もうと、ネットがなければ何もできないし、情報も伝わらない。いったんネットにつながったなら、どこに住もうと隠者になるのは無理な話だ」

「どうしても何かをしなければだめなの？　毎日本を読んでるだけじゃダメなの？」

彼は吹き出した。女の浅はかな考えだね、とでも言っているようだった。「西欧の啓蒙《けいもう》哲学を読んでみてから言えよ。数百数千年にわたって国民がこんなに愚かで、まともな啓蒙すらされてない。中国の仙人や道士といった夢物語が国を誤らせてるんだよ」

彼は理解していなかった。私が尋ねたかったのは仙人やら道士やら民の啓蒙云々の話ではなく、彼が私と一緒に山に行きたいのか否かということ、そこに行きたいかどうかが重要なのではなく、私と一緒にいたいか否かが重要なのだ。ただ彼は理解しない、あるいはわざと理解しようとしないのだった。いつも私は彼の気持ちを確かめることができず、私自身の彼への感情も確かめられずにいた。いつも一緒にいる、でも愛ではない。この感覚は、寒い晩のコップ一杯の熱いお湯のような感じで、淡々として、なくてもいいがそれでもゆらゆら上る湯気にはほっとさせられる、そんな感じだった。

私たちは一冬を一緒に過ごし、ほのかな柔らかい感情で互いに温めあった。まれに外に出かけることもあった。北海公園に一度、北京大学の紅楼[※1]にも一度行った。吐く息が凍りつくほどの寒さで、冬の街並みを遊覧する人影はなく、私たち二人は凍えた指先でそっと触れ合った。彼は北京大学紅楼の前に立ち、民国時代の啓蒙思想家たちそれぞれのたどった誤りを批判し、そして冬のぼんやりした日差しの向こうから私を見た。未来は二人のものだとでも言うように。冬の外出は二人が最も身を寄せ合う時期だった。一月の雪の降った朝、円明園を抜け、私たちは氷の張った湖水の上に立っていた時、彼が私に口づけをした。一瞬のことだったが心臓がどきどきした。恥ずかしさで固まり、一体何が起こったのか理解することができなかった。思い起こしてみると、あれは儀礼みたいなものだった。多くのことが今ではもう説明し難くなっているのだが、あれはどうとでも解釈できた。何しろあっという間の出来事だったのだ。

平生、平生。心の中でつぶやいた。私たちは本当に互いに心が通じあえたの？

その年の冬、平生は再び大学院受験を申請し、哲学科を選んだ。私は申請しなかったが、彼の復習につきあった。

　復習をしていて、私は自分が政治学にそれなりに情熱を持てることに気づいた。平生は来年院試を受けて修士課程から博士に進めばいいと私を励ました。自分が学問をする可能性を考えた時、私はためらいを覚えた。平生の自負心は非常に強く、自分自身だけでなく、私の可能性にも自信たっぷりで、それぞれ二人が修士課程で学んだあと一緒にどんなテーマを研究したらいいかを論ずるのである。まるで未来が我々を選び出し、私たちの身に降臨するかのようだった。次第に私も将来をイメージするようになっていた。思想家や、本を書いて自説を述べる学者になるイメージを。こういった将来像はずいぶんと魅力的で、私が手探り状態で探している自由にも近かった。私は胸が高鳴った。

　エネルギーが少しずつわいてくる。パソコンを開け、これまでずいぶんほったらかしにしていた原稿を再び取り出した。この作品は、ずいぶん長く書いていた。統計局に出勤していた日々に書き始めたものだったが、終始はっきりとした形を描けずにいた。始めたばかりの時はしばらくじっと考え込み、それから思いつくままにいくつかの文を白紙に書きつけた。そして一枚、ここで一枚というように書いたものをまとめてバインダーに挟んでおいた。そのあと要綱を書くように整理し直し、通りの出店で売っている堅紙の表紙のついたノートに書きつけるのだが、繰り返し修正しているうちにごちゃごちゃになってしまい、それで時間が経っても数千字にしかならな

※1　一九一八年に北京東城区に建てられた北京大学旧校舎。赤煉瓦造り。中国共産党発祥の地の一つとして、全国重点文物保護単位に指定されている。毛沢東もこの建物内部の図書館で働いていたことがある

かった。いまもう一度ドキュメントの原稿を開いてみると、どんな形に仕上がるのかわからなかったが、まだはっきりとした形をとっていなくても微かに感じ取れる光が見えるような気がした。思い返してみると、当時は迷いと自信喪失のどん底近くにいたようである。焦りをそらすための何かが必要だったのだが、本を書くことがちょうどその何かに充てられたのだ。いつかそれを書き上げる日まで、この戸惑いの解決を持ち越そうとしたのである。

つぼみがほころぶ季節だった。私は本を詰め込んで縫い目のほつれたカバンを抱えて、西北郊外のでこぼこ道を突っ切っていた。平生はいつも忙しく姿が見あたらず、私一人で国家図書館に本を読みに行ったのだが、十キロの道のりを自転車で一時間ほど行くと、空っ風に鼻水や涙が出てきた。長い襟巻で頭を覆っていたので、遠くから見たらまるでしっかりと包んでいない粽《ちまき》だ。パンとシリアルを持参し、閲覧室で本を読み自習する。窓から外を眺めると、時間が逆流して大学の学部生時代に戻ったようで、まるで別の世界にいるような感じがした。

私は書物に集中して丁寧に読む忍耐力がなく、いつも書棚から大量に本を持ち出しては目次をめくり、関連する章や段落の箇所まで一気に飛び、自分の執筆に関係する内容を貪欲に探し読み込むのだが、その他の部分はさっと目を通すだけだった。私は本の一冊一冊を自分がイメージする本とみなして読んだ。まるで動き出した列車に必死に追いつこうとするかのように、追い詰められ焦りに駆り立てられ、あたかも迷宮の最後の曲がり道に差しかかったかのような、あるいは朝焼けが始まる一瞬前の暗黒の中にいるような感覚だった。本を書きあげた後の平生の驚きや、見直したように私を眺める様子を想像しつつも、彼には何も言わなかった。こういった想像が私を鼓舞していたのである。

当時私の食生活は不規則極まりなかった。一日に何度食べたのか定かでないこともあった。二十四時間、サラダやあえもの、温めていないパンでも問題なかった。本を読むのに疲れると随時冷蔵庫から何かを取り出した。朝は早く起きた。最初の陽光が建物に射し込むと同時に家を出る。郊外の通りはがらんとして人影がなく、あたりは静謐《せいひつ》に満ち、朝食を準備する通りの屋台から最初の炊煙が上がる。私は道路の水たまりを踏み、人っ子一人いない住宅地をぐるぐると歩いた。空はほのかに青く、呼吸も青い。ひんやりとした空気が身体に入り込み、身体も次第に青に変わってゆく。地面の水たまりは静まり返り、天空のくすんだ藍色と建物の屋根の暗褐色を映し出し、煉瓦の飛び出た角さえも安らかで柔和なものへと変えていた。木々の葉は深い碧で、壁はとび色、自転車はしみのついた黒。静まり返ったすべてが何かの啓示であるかのようなほのかな光を放っていた。

本を書いていた時は平生とは別行動をとり、自分の孤独の中に浸り、孤独の中で久々の解放感を感じた。多くの時間、私は作品の未来のイメージに強く励まされ、自分に期待する方向に振り子が大きく揺れ、自分は深く掘り下げて物事を考えており、皆とは違っていると思ったりした。けれども時には全く逆方向の自己不信に陥り、自分を否定する苦しい状態まで揺れ戻り、自分には才能がなく、尊大な妄想を抱いているのではないかと思うのだった。こうなると、苦痛と焦りで自分の人格を全否定するところまで引きずり込まれ、長く考え込んでいられなくなる。書くことへと自分を追い立ててゆくしかなかった。思いっきり打ち込める、強烈で深い意味を持つ何かをする必要があった。自分自身への疑いを振り切るために。

今思い返してみると、あの頃の寂しくも静かな孤独は私にとってもっとも純粋なものだった。平生はよくしゃべったが、私は次第に、平生が自分自身について話すのを避けていることに気づいた。自分を全く語らないというのではない。自分が見たもの、読んだ本については語るが、自分の内心についてはほとんど語らないのである。平生と心を通じさせようと試みると、かすかな苛立ちを見せる。そして私を批判し、君はすぐ簡単に自分の見方を口に出すけど、これは浅はかさの表れだよ、本をじっくりと読み通さずに話し出しているんだ、と言った。初めて言われた時は深く恥じ入り、必死に本を読んだものだが、実はことはそんなに単純ではないのだと徐々に分かってきた。平生は取るに足らぬとみなしたものに対して口を閉ざして語らぬばかりか、あらゆる問題に対して他人を批評しても自分については語らなかった。西欧の文化的著名人を引き合いに出し、ある者には崇拝を、ある者には軽蔑を示したが、その問題に対する彼自身の見方を尋ねるたびに、他人からの引用をうまく使って問いをそらした。しつこく問い詰めると苛立ちと怒りを示した。しばしば「この問題はひどく複雑なんだ」と言って、複雑な事物には自ずから言葉では説明できないものが具わるものなのだと言わんばかりだった。確かにいくつかの問題はある程度複雑ではあるが、他はそうではない。私が旧友のことを話そうとしたとき、平生はショーペンハウエルを読むことを薦め、ショーペンハウエルの無知愚昧《むちぐまい》への論述を読んだらいいと言った。言わんとすることはわかったが、私が話したかったのは人類全体のことではなく私自身のことであり、私と私の学友について話したかっただけである。

　話題が平生の趣味とか子供時代についてのことに及ぶと、うんざりした様子で、その手のくだらないことは語るに値しないという態度を見せた。小さい頃何を怖がったかとか学校での不快な体験を尋ねると、怒りだしそうになった。なぜこういったことを避けようとするのか、私にはわからなかった。一度珍しく、自分は幼い時一人でこもりがちで、友人を作ることがほぼできず、古典や名著を読むことで苦境を脱することができ、自信を持つようになったのだと語った。私は平生の話の微妙な細部を聞き取り、そこから彼の以前の様子を思い描き、またどのような経験をしてきたのかをイメージした。そしてより注意深く彼の自信なるものを観察した。自分に相当自信があることは疑いの余地なく、全世界を向こうに回して、否、と言うこともできるだろう。けれどもその自信は相当張り詰めたもので、やや強迫観念にも満ちていた。甲冑《かっちゅう》を身にまとい、折にふれて「ふん、俺には鎧《よろい》がある。こちらはお前たちよりも優れている。何しろ鎧があるんだからな」と言うかのようだった。私は平生と同じように内向的だったが、違っていたのは、私は自分が内向的であることをはっきり自覚し、内心の動きに注意を払っていたことである。平生の内向性は徹底していた。彼の視線は完全に外向きで、いかなる者にも自分の心を触れさせなかった。自分自身にすらも。

ある時、彼ら読書会メンバーは一人の詩人を招いた。詩人は詩作のテーマを敏感な政治問題に定め、発禁処分を受けた詩集を多く出版し、刊行物も手掛けていたが、それらをガリ版印刷所で身銭を切って印刷し、地下活動の文学圏で配布し、知り合いを通じて読者を広げていた。その日の討論会はすぐに詩の領域から飛び出し、政治討論会へと変化した。私は詩人が持ち込んだガリ版刷りの小冊子をぱらぱらめくりながら、この詩人の詩が好きかどうかを平生に尋ねた。詩は口語体で、文は切り取られたように短く、まるでしゃっくりの合間に吐き出される言葉のようだった。平生は答えようとせず、事はそんなに単純ではないよ、と言った。社会構造の面からこれらの詩を理解しようとし、ハイエクと自由に言及して、重要なのはこれらの詩が何を書いているかではない、重要なのはそれらが発禁になったことだ、と言った。

「発禁処分がどういうことかわかっているけれど、私はあなたと禁書の問題を議論したいんじゃないわ」私は言った。「ただこれが好きかどうかって聞いただけ、簡単なこと。映画を観終えたり本を読み終わった時、誰かと話したいと思わないの？」

平生は私から顔をそむけて言った。「君もスノッブと同じになっちまったのかよ。こんな栄養のない議論に酔ってるのかい？」

こういった時、心を通わせようとするのは、砦や壁、あるいは透明なガラスのカバーを突き抜けようとするようなもので、こちら側で無駄に通路を掘ろうとし、指を泥だらけにしたところで、壁を守る守衛に頭からほこりだらけにされるようなものだった。私には平生がこれまで読んだものを盾にして自分の考えを隠しているように思えたし、時には、前に読んだものを自分で考えついたものと見なしているようにも思えた。

私が尋ねたかったのは実は何も複雑なことではなかった。ただ好きか嫌いかを聞きたかっただけなのである。

今思い起こしてみると、二人の距離が一番近づいたのは二月初旬のある夕方だった。平生は少し疲れていた。何か問題が生じたか、順調にいかなかったかで、彼は暗く沈んでいた。黄昏時に喫茶店に射し込む光の中で書籍を脇に寄せ、椅子にもたれかかるようにすると、片腕を私の椅子の背にかけて言った。「将来はどっか海辺の小さな漁村に住もう。鄙《ひな》びたところを探せば、家賃もたいして高くないだろうし。朝起きたら霧におおわれた浜辺を見に行くんだ」疲れたようなどこか、碁《ご》の試合を放棄した時の、悲しそうなあきらめの境地にあるような静かな表情だった。私がそっと身体を寄せて平生の手を取ると、そのまま身体を滑らせ私の太ももの上に頭を乗せ、そのうち寝入ってしまった。私はただ平生の顔をじっと見つめていた。夕日がビルの背後から最後の一抹の橙光を投げかけていた。

こんなことは本当にまれだったと思う。

私たちは一緒にある送別会に参加した。平生と一緒になってから私は何人か彼の友達と知り合いになった。平生は人との交わりを好まず、通常読書会での仲間以外は、部屋を一緒に借りているルームメイトとのごくあっさりした関係があるのみだった。平生らが借りた部屋は三部屋で、居間は二つに仕切られ、小さいほうの部屋に平生は住んでいた。私も何度か訪れたことがあり、ルームメイトともそれなりに顔見知りとなっていた。

春のある週末、平生のこのルームメイトが引っ越すことになり、数人を呼んで食事をごちそうしてくれることになった。集まったのは香山への道沿いの店で、頤和園《いわえん》※2の近くだった。さびれて荒れた道に街灯はなく、小さなレストランの看板が唯一の灯りだった。私たちは遅れて到着し、店に入ったときには火鍋はすでに沸いて肉が投入されようとしていた。私たちが到着する前に、場はすでに盛り上がり始めていて、ビールもすでに二本空になっていた。

別れを告げる友人は名を趙志高《チャオチイカオ》といい、院試をもう二年間受け続けていた。次を受けたら三年目になるというところでガールフレンドの我慢が限界に達した。合格したところで就職して金を稼ぐようになるまで何年かかるかわからない、結婚したくてもそんなに待っていられない、と宣言される。趙志高が専攻しようとしているのは映画と文化研究の分野で、目指すは映画評論家だったから、短期間で稼げるようになる見込みはなかった。ガールフレンドから大学院と自分とどちらかを選ぶように言われ、趙志高は散々迷ったのちついに決心して院試を放棄し、彼女の伝手で見つけた職、ある広告会社の販売員になったのだった。もう一人、老金《ラオジン》は十年前に北京に流

※2　北京市内西北海淀区にある庭園。清末は西太后の離宮だった

れてきて、しばらくはバーで歌いながら臨時のバイトで生活していたが、後に歌をやめ、職に就いた。私たちが彼と知り合った頃にはすでに長髪を切って角刈りにし、首の後ろに肉がたっぷりついていた。現在は保険の販売員をやっている。故郷の母親の糖尿病が悪化し、出費がかさむため送金してやらねばならず、家を買うために親から金を出してもらうのは望み薄だ、と老金は語った。若い劉妍《リウイエン》はもつれ合ったジレンマで身動き取れずにいた。彼女の望みはただ一つ、北京になんとか残って家庭を築き、自分の家をリフォームし、子供を連れて旅行に行けるようにすることだった。お気に入りは、欧米風のインテリアショップだったが、お金がもったいなくて何も買えずにいた。

暗い夜とはるかかなたの希望、そしてアルコールの刺激、皆が悲壮感漂う興奮状態に陥るのも無理はなかった。老金は不動産が高すぎると愚痴を言い、俺の居住証明書を発行した公務員は無能なやつらだ、人を見下すくせに仕事が遅いと罵り、攻撃対象をさらに広げていった。どの公共部門も人間が供給過多だ。膨れ上がって腐敗し、国は形を成してない。恨みつらみが渦巻いているのに、インテリどもは現状をよしとして何もしない。酔っぱらわずにいられるか、と。老金の言うことはいずれもその通りだったが、どこか感傷的な憂《う》さ晴らしの感もあった。

その晩は誰もが酒を、それもかなりの量を飲んだ。一番安い燕京《えんきょう》ビールが少なくとも一ダースは空になった。送別というほどのことでもなかったのに、なぜか誰もが別れを哀しく思った。あるいは暮らしていくうえでのちょっとした問題すら改善しないことへの失望と、あるいはまた心の底にまだ手放せないでいる希望を抱えていたのかもしれない。ちっぽけなレストランを出ると、タクシーが捕まらないので灯りのない真っ暗な通りをしばらく皆で歩いた。背後から繰り返し現れる配送トラックのヘッドライトに照らされて、私たちの影は長く長く伸びそしてまた暗闇に飲み込まれていった。

真っ暗な公道で平生が時代の弊害を強く批判し始めた。物質主義が人間を搾取《さくしゅ》し粉々にしたと言い、さらに不公平がひどすぎて個人でどうにかなるレベルではなくなってきている、団体で行動を起こすことが是非とも必要だ、ともいう。それを引き金に混乱した議論がはじまった。私は漠然としているとずっと言い続けた。それは個人で絶えず探し続ける努力をしなければ乗り越えられない曖昧さだと。平生はずっと抑圧について語り、不公平の根源としての抑圧を批判していた。そしてあれこれ言ううちに不機嫌になりだし、中国のことは解決のしようがない、今の統治制度を倒して再建するしかないんだ、と言い放った。

「インテリはいつも政権を覆して再建する、と言うけど」私は言った。「過去百年来、何度も倒しては再建してきたんじゃないの？」

「それが再建かよ」彼はふんと鼻を鳴らした。「モダニティが何かすらわからないで何が再建だよ？」

「なんでどうしても再建しなくちゃならないの？　あんなに多くのものを打ち壊して……再建したものは必ずいいものなの？」

「そりゃ、だれが成し遂げたかによるよ」彼が答えた。「自覚のある者が主導するのじゃなくちゃだめだ」

私は口をつぐんだ。私たちは共に理想的ではない世界を目にする。私が見ているのは一つ一つの具体的な事柄、でも彼が目にするのは一つの完全に不正確な世界。さらに少し言葉を交わすと、この差異の源がますますはっきりとしてきた。彼の胸の内には完璧なプロセスのモデルがある。

啓蒙、革命、再建、天下大同、この考えは十七、八世紀の多くの人物、多くの書物に拠っている。このプロセスは何度も失敗しているが、このプロセス以外の道を行こうとするのは何がどうあっても許されないのである。私は自分の理想とするモデルが何なのかを説明できなかったが、彼の言うプロセスは問題の核心からずれていると感じていた。ことは一切合切を打倒してからどう再建するかにあるのではなく、人間の心の内にある何かを見つけることにある。

彼も口をつぐんだ。私が革命に対してやんわり批判した途端、彼は気分を害してことさらに押し黙った。人も車もほとんど通らぬ夜道では、いったん沈黙が支配するや、暗く重い抑圧感が覆いかぶさってくる。私は何とか会話を続けようと試み、話題を変えてみようとしたが、彼はずっと押し黙ったままだった。それから一言二言おざなりの会話をした後不愉快なまま別れたのである。私のアパートの前で、彼が踵を返して去っていく後姿を見ていた。突然ぼんやりとした痛みが襲ってきた。彼がこれを最後に戻ってこなくなる、その姿を見ているように感じたのだ。

その晩の後は、何日も彼から連絡がなかった。

私は二人の間に蜘蛛の巣のような隙間の存在を感じ始めた。二人の関係は初めから堅固ではなかったが、隙間ができてからはさらに脆弱《ぜいじゃく》になった。平生と一緒にいても私の不安は軽くなるどころか、逆に強くなった。たいてい自分の心の内を言い出したくないときは、自分がそれを考えるのを回避しているのであり、時が解決する以外に状況を変えることはできない。私は本当なら彼に問いただすべきではなかったのだ。それを当時の私はわかっていなかった。平生が自分の殻を固く閉ざしていたのは、自分自身をはっきりと見定められず、見定められないこと自体を直視できないでいたからなのである。

私と平生は近づいたり遠のいたりしながら相手への情を持ち続けていた。二人がともに一隻の

第八章

小舟に乗って氷に覆われた水面をわたっているように、厳しい寒さの中を一緒にわたることはできても、気温が暖かくなり氷が解けて水が流れ出すと、渦巻く急流の中に巻き込まれ飲み込まれそうになるのである。

私はこの先二人が大学院に進めば、状況が安定に向かうだろうとずっと思っていた。けれどもその年平生は再び院試に失敗したのだった。

第000章

私が多少なりとも政治学が好きになったのは、もしかすると政治学が自分自身の立ち位置を見つけてくれるからかもしれない。

「政治学の議論をするためにあなたを訪ねたのを覚えてる？」私は尋ねた。

彼は頷いた。かすかなため息が聞こえた。

当時私は、何度も彼のもとを訪ねた。平生《ピンション》と一緒にいたころは、平生が彼の代わりになっていて、彼を思い出さないこともあったし、会うのに十分な時間もなかった。私の生活が次第に平生によって満たされていったとき、話したいことの大半は平生に聞かせていた。それでも彼を訪ねていき、考えたことを彼と議論することがあった。奇妙なことに、一番気になっていることは平生には話したいとは思わず、彼と討論するために残しておいた。心の奥底では、寛容な年長者を愛よりも必要としていたのかもしれない。

たしか当時私が最も関心を寄せていたのは、自由で豊かな世界では統治者は必要なのかということだった。私は彼に向かって次のように言った。一つ最も大切なのは、最も自由で最も豊かな世界であっても、そもそも階層などなく、皆がほぼ平等であっても、それでも自然に上流の者、中流の者、下流の者の区別が生じてくるはずだ。原因は人間同士の先天的な差が大きすぎること、例えば私と何笑《ホーシャオ》の差のように、初めは試験でついた二十点分の得点差が、あっという間に人生では二百万、二千万の貯金の差になってしまう。その一方で私よりもさらに不幸な人々がいる。最低限の教育さえ受けつけないほどのレベルにある。ただ上流に生まれた子供は、遺伝にしろ生育環境にしろ下流の人々に比べればずっと条件がよく、競争が公平なものだったとしても、下流の人々よりも成功する可能性が高い。そして、どんな圧力もタブーもなく、愚弄《ぐろう》されることのない世界では、上流の者と下流の者の差がますます大きくなる。統治者はこういった環境の中でその統治の合法性を獲得する。統治者が上流の一部に属するわけではなく、下流の一部に属するとも限らない。ただ絶えず自分を売り込み、一方では上流の人々が下流の人間の嫉妬に妨害されないようその保護を訴えつつ、また一方で下流の人々が体面を損なわない程度には生活の面倒を見ると訴える。そこで上流の人間も下流の人間も統治者に強く依存せざるを得なくなり、統治者を特別階級にしてしまう。実際のところ統治者は上流の人間を守ることもできないし、下流の人間の面倒を見ることもできない。彼らは上流の人間から富を奪い取ることで下流の人間の歓心を買うが、格差を縮小することはない。時にはそういった格差を故意に拡大しようとさえする。人々があまりに平等になると物欲が弱まるので、統治者は自らの権力で一部の人間に力を与えて上流の者となし、その後残りの者たちの不満を統治に利用する。「さあ、さあ、焦らないで、私たちが差を縮める手助けをするから」となだめ、そして上流階層の者の手から再び富を取ってくるのである。まるで幼い頃に聞かされた話、キツネが二頭の子熊にパンを分け与えてやるあの物語のように。まずは大きさの違う二つの塊に分け、小さい塊をもらった子熊が抗議すると、キツネは大きいほうの塊をひとかじりする。すると大きい塊が小さくなり、それをもらった子熊が抗議すると、キツネは今度はもう一方の塊をひとかじりする。こうしてしまいには二頭の子熊のパンはほんの小さな塊になってしまうのだが、それでもキツネに平等にしてくれたと感謝するのである。統治者は不平等を利用することができさえすればずっと統治できてしまうのだ、と。

その時こうも言ったと思う。統治者は必ずしも暴力で思想統制する必要はない。なぜなら彼らは思想の統制がうまくいかなければ、結局疑いや反逆を抑えられないことに気づいたし、さらに暴力を用いない思想統制でも統治を維持できることがわかったからだ。被支配者に対して統治者が自身の有用性を説くことができ、大多数の人々が生活は改善されると期待し得るのであれば、統治は続けることができる。一般人にとっては現実の生活こそが最も関心あることだからだ、と。

こうした議論を私たちは断続的に、一年かそれ以上にわたってつづけた。私が精神的危機に見舞われる前は、これがずっと私たちの討論のテーマだった。彼は忍耐強く、大半はじっと黙ったまま私が話すのに耳を傾けていて、自分で語ることは少なかった。だいたい私は少々神経症的に興奮していて、彼を訪ねる時はいつも彼の執筆中の原稿の問題を指摘し、滔々《とうとう》とまくしたてるのだがどうもまとまりに欠けた。頭の中に浮かぶことがあまりに支離滅裂で、ぐっと言葉に詰まることもあったが、そういう時は目を見張って向こうをじっと見ていた。なぜかわからないが、そうなっても相手が理解してくれるように感じていたのだ。

当時は時が私にとって最大の精神安定剤だった。彼を訪ねなければ自分の孤独を意識することはなかったが、意識しないことは存在しないことを意味しない。私の孤独、私の苦しみはずっと存在し、それを深く押し殺そうとすればするほど、精神的にますますそれらを引きずることになった。平生と一緒でもこういった孤独を減らすことはできなかった。実際、平生の意見を気にするあまり、一緒にいるほどに私は自分の孤独を深く押し殺すことになった。

彼と議論したり、議論したことを書きつけたりする時だけ、日々のよりどころができ、日々の生活の中での孤独がそれほど苦痛ではなくなっていった。ようやく生活に一定の方向性を与えるような何かをやることができるようになったのだ。

「今日来たのは、以前二人で話した内容について議論したいからではなくて」軽い口調で彼に告げる。「ただ言いたかったの、あの時ここにきて一緒に本を書こうとしたのは、私が個人的に苦しんでいたから……外からは見えにくい苦痛。生きる上で途方に暮れてそれで自分に耐えられなくなる。それなのに私の理性はこういった自己評価の低さを受けいれられないで、ただ自分のやってきたことの証拠を思い起こそうとしたがる。このどうにもならない感覚は愛情では穴埋めできないものなの。どうしても無限の彼方まで続くものが必要なの、自分が偉大だと思えるような秘密の本を書くことが」

愛しいような離れがたい気持ちとともに、彼の部屋をぐるりと見渡す。部屋の中の陽光はぼんやりとし、細かい亀裂の入った欅《けやき》細工の本棚が一方の壁に沿って並んでおり、もう一方の壁の際《きわ》には鍵のかかった衣装ケースと、腰掛二つ、床に長らく置かれたもう使われていない十八インチのテレビがあった。部屋は古い絨毯のかび臭いにおいがし、あるか無きかの、かすかな燃え尽きた後のタバコの香りが漂っている。窓の方を見ると、外は白くぼんやりと明るく、時間の感覚がない。まるで部屋全体が空に漂っている感じである。

「これこそが実は私がここにあなたを訪ねてきた理由なのだ」

第九章

遠のいたり近づいたりする不安定な関係の中で、私の心も不安だった。私は平生《ピンション》の変化に気がついた。常に忙しくするようになり、食事をする暇もなく、どんどん痩せていく。げっそり肉が落ちて頬骨が突出し、閉じた唇は以前にもまして厳めしくなった。何がそんなに忙しいのかと尋ねたかったが、また泥沼状態に陥るのも嫌だった。平生がますます頻繁にネットでの討論を行っているのはわかっていた。読書会の影響を広げ、大掛かりなオフ会や社会活動を組織しようとしていた。すでに計画を進めて人々を募り、開催日時、場所、企画内容を示した招待状をウェブに掲載していた。当時平生がこの企画のことで毎日イライラと慌ただしくしているのは見ていたが、想像した以上に彼は過激になり、暴力に向かう力すら受け入れていることは知らなかった。一般人に対する平生の態度は曖昧でどっちつかずだった。凡庸な大衆を軽蔑しながら、個別の具体的なことは彼らに依存しようとした。ネットの力を使ってネット世界の限界を突破しようとしていたのである。

その当時平生はいつも全身全霊で打ち込みながら、深く悩んでもいるようだった。話をするときはしかめっ面だったが、心ここにあらずという感じで、私がしゃべっているときは一言も発せず、しばらくして突然夢から覚めたように「なんだって？」と尋ねた。困難な選択の前で心が乱れているようにも、また心の奥底が渦巻く情熱で溢れかえっているようでもあり、落ち着かなかった。脆《もろ》く壊れそうな日々、二人の心が通じることは滅多になかった。私は徒労を覚えながらも会話をかわそうとしたが、めったに応じてくれず、温かみはほとんど感じられなかった。

春、万物は内なる命の衝動にそわそわと落ち着かなくなる。外に一歩出れば柳絮《りゅうじょ》が体にくっつき、部屋に足を踏み入れれば乾燥した空気の中でいてもたってもいられなくなる。強風に吹き付けられて人々の顔は真っ赤になり、頭髪に静電気が走る。

転換点は二〇〇八年四月、突発的に起こった事件によって平生の計画が頓挫《とんざ》した時だった。オリンピックの聖火ランナーの中国人女性がフランスで襲われた。その後引き続いて抗議の嵐が巻き起こる。私はこの目で、スーパーの入り口に集まった群衆と扇動的な怒りのプラカード、激高《げきこう》した一人の若者が頭の禿げた中年の男につかみかかり、ミネラルウォーターのボトルで相手の頭を叩く様を見た。バスに乗っていたため彼らが何を叫んでいるのかは聞き取れなかったが、野次馬がワイワイガヤガヤとスーパーの入り口を取り囲んだ。数人が殴り掛かった者を煽りはやし立てると、場が混乱しはじめ、誰が秩序を守ろうとしているか、すぐには見分けがつかない状態になった。一連の暴動はすぐにトップニュースになり、似たような事件があちこちで起こった。数日経つ頃には騒ぎも次第に収まり、人々のちょっとした話のネタになる程度だったが、平生はまともに影響を受けた。この事件ののち、いかなる集会も厳しく制限されたのである。普段の規制よりも格段に厳しく、平生たちの計画もこれによって水泡に帰してしまった。平生が前々から準備していた大衆の集会が、まさにその大衆の行為によって息の根を止められてしまったのだった。

平生は大きな挫折感を味わったが、その怒りや不満を吐き出す場がなかった。そこで選んだのは姿を消すことだった。まる二十日間家に戻らず、ぱたりと連絡が止まり、音信不通となった。伝言も残さず、電話もかけてこなかった。私のことをすでに一番親しい存在とはみなさなくなっていたのかもしれない。私は、心配でいてもたってもいられず一週間かけて探し回った。不吉な予感で心はいっぱいだった。

五月中頃に、平生が再び姿を現した。四月末に数人の友人と遠出し、四姑娘《スウクウニアン》山※1を徒歩で登ってきたのだという。そうだったのか、私は少々ほっとした。旅をしていたなら連絡が取れなかったのも納得できる。仲直りがしたくて手を差し出すと、平生は一瞬手を引っ込めようとしたが、それでも私の手を握った。私はしっかり抱きとめてもらいたかった。いつもこうした状況でするように、右手を私の肩に回してくれれば二人が抱き合える。けれども今回それはなかった。平生は軽く私の肩を叩くと、腕を離した。背筋もピンと伸ばしたまま座っている。何かがおかしいと私は顔を上げ、平生を見つめた。平生の瞳の中に見慣れない何かがあった。

私に一瞬目を走らせると平生は避けるように顔をそらせた。私は向こう側に回ってしっかりと見つめた。彼の瞳には非常に複雑な情緒が浮かび上がっていた。なつかしさ、後ろめたさ、遠くへと離れていく気配。二人でぎこちなく向き合って座っているのにたまらなくなったのか、平生がついに私の両手を引き、ゆっくり引き寄せるようにして私を胸に抱いた。暴風雨のような狂おしい抱擁ではなく、その腕が私の背をしっかり抱えることもなかった。中身のない慰めるような、形だけの、いつでも身を離せるような抱擁だった。

「今回旅の途中で女子学生に会ったんだ」平生が言った。

私はもがくように腕から抜けだし、両手も放して呆然と見つめる。

「彼女は一人旅だった」また声がした。

「何言ってるの……」

「彼女、ちょっとおかしくて、しばらく面倒を見たんだ」

平生は短くとぎれとぎれに出来事のあらましを語った。グループは登山の途中で彼女に出会ったのだが、彼女は精神的にふさいでいて気晴らしに旅行に出てきたのだという。平生の説明によれば、精神的に苦しんでいて、人生が靄に包まれているように途方に暮れていた。皆で連れ立っていく中、平生が精神的な指導役になってその子に西欧哲学を語り、自分たちが前に準備していた改革運動について語っているうちに、向こうは何かを悟ったようで、その時はもう自分を人生の導き手とみなすようになっていたということだった。彼女はまるで巨匠の言葉を引くように平生の言葉を引用するようになり、今回の出会いとその後北京に戻ってから二回会ったことで、彼女は自分から離れられなくなった。こんな感情を持つことは許すべきではないが、どうしようもないんだ、と平生は言った。彼女は精神的にもろくて、捨てては置けないんだ。この間平生は、下を向いて床を見つめながら、早口で途切れなく話していたのだが、よく注意して聞くと、一貫性に欠けていた。自分でもしゃべっていることが矛盾だらけなのをわかっていて、それでともかく最速で事を終わらせようとしたのかもしれない。私は一言も言葉を発することができなかった。ただただ驚いた。言うべきことは何もなかった。

「もう決めたの？」

「こっちだって仕方がないんだ……」もごもごとつぶやいている。

「でも……出ていく前にはともかく一声かけてよね……」私は言った。

※1　四川省アバ・チベット族チャン族自治州にある標高五千メートル以上の連山

「どうでもいいのかと思ってた……」

涙があふれだした。ぐっとこらえたが、どうしてもこらえきれない。自分でもうろたえた。私は踏みとどまりたかった。少なくとも表面上の尊厳だけは保ちたかった。でもできない。何とも言えない悔しさみじめさに巻き込まれていた。どうやってこの失望感を言い表したらいいのか。結果に失望したのではない。平生への失望、向こうが私を理解できないといってこれを口実にしたことへの失望、最後まで二人の間にかすかでも誠実な関係を築けなかったことへの失望。

平生は曖昧ではあったが、自分にはあの娘の崇拝が必要であること、向こうがこちらを必要とするよりもさらに、とまで言ったのだった。

平生は羨望されることを終始求めていた。群衆の中に見出されなかったそれを、ほかの場でついに見つけたのである。

平生は慌ただしく二枚の服を手に下げ、後で家賃を払いに戻ってくるからと言って出ていった。私は再び一人で小部屋にとり残された。見せかけだけの部屋、そこかしこに残された記憶が私を取り巻く。散らばった本、ノート、水飲み用のコップ、擦り切れた靴、劇の宣伝ビラ、コピーした山のような資料、それらはまるで尖った錐のようにいたるところに突っ立ち、倒れ込もうにもその隙間すらない。

しばらく呆然としてからパニックが襲ってきた。心がこんな痛み方をするなんて。まる一晩を費やしてこの現実を受け入れようとし、さらに数日かけて過去の記憶をたどっていく。記憶は決して潮のようなものではない。瞬時にどっと脳に流れこむが、水蒸気のように形がなく、事物の一つ一つの表面に張り付き、ふとした瞬間に心に侵入してくる。私は自分の部屋ですべきことをし、表面上の平静を保とうとした。それが、なに気なく振り返った時に鉛筆が目に入ると、その鉛筆を持った痩せた手、そして手の指から順番に、口元、鼻、皺の寄った眉根が次々と目の前に浮かび、静けさはたちまち破られ、涙がこらえきれずにどっと湧きあがり、目の前の人影が、涙で曇ってゆらゆら揺れながら、消えては現れ、現れては消えた。そして全身が震え出す。

平生に電話をかけた。電話が通じた途端、言おうとしていたことを忘れ、携帯を前に茫然とするばかりだった。平生はもうかけてこないでくれ、と言った。携帯を置くと、言いたかったことが再び心に押し寄せ、後悔が怒濤のように押し寄せる。

ふいに母が北京に私を訪ねてきた。電話口で何かを感じて心配になったのかもしれない。母親とは不思議な存在である。空気と電波で子供の身の上の正常ではない点を感じ取ることができ、それで常に安全ではない場所に姿を現す。私が押しとどめる前に、もうやって来ている。狭くて散らかり放題の部屋の中で、心配しきった母がベッドの横で私を見ていた。私は布団を頭からかぶった。母は部屋のごみを出し、洗っていない食器をきれいに洗い、醬油や酢の瓶もきれいに拭いて、テーブルの角にこびりついた汚れもふき取り、机の上いっぱいに散らかった書籍をきちんと積み重ね、枯れかけていた窓際のポトスに水をやった。

「ねえ、雲雲《ユンユン》……」母はため息をついた。「なんでこんな状態になっちゃったの?」

この言葉は私の心を大いにかき乱した。母に言い訳をしたかった。ちがう、普段はこんなんじゃない、ただこの二週間のことなのだ、と。けれどもこんなひどい状態に陥った理由は説明のしようがなかった。母には最初から最後まで平生のことは伝えていなかった。はじめはまだ時期尚早だと思ったし、その後関係がぎこちなくなってからは話す気がしなくなったのだ。今はなおさら話す気がしなかった。同情にしろ批判にしろ、今は何も受け入れられない。母から同情されたならば、張り切った糸が崩れて泣きくずれ、弱々しく無気力な状態になるだろう。批判されたならば、かろうじて残っている私の自己肯定感すら揺れ動き、鬱々とした深淵に落ち込んでいくだろう。でも食いしばって何も言わなかったならば、母が期待する笑顔をつくることはできない。

娘の張り詰めた精神をどう緩めたらよいのかわからない母は、私のために料理を作った。毎度手を変え品を変え、小さい頃好きだと言ったものを片端から作った。食事の時は、できるだけ和やかな口調で、いいもの食べてるの、勉強の方はどう、友達関係はうまくいってるの等々、普段の生活を尋ねた。私は全身の力を振り絞って何とか単語を吐き出した。まるで破裂寸前のボールのような有様だった。

頭を砂に隠すダチョウの本能が再び戻ってきた。平生に関係することが思い浮かぶごとに、ベッドに駆け戻って倒れ込むようにして眠った。人間は睡眠をとりすぎるとある種混沌とした状態に陥り、終始夢うつつ状態になる。こんな状態に陥るごとに、母はベッドの傍らに座って、小さい頃してくれたように私の背中をそっと叩いた。ぽーんぽーんと規則正しいリズムがこれ以上にない催眠効果をもたらした。そして夢から覚めると、母がテレビのスポーツ競技を瞬きもせずにじっと見つめているのを目にすることがあった。選手が笑ったり泣いたりするとき、母も一緒に笑ったり泣いたりしている。

私が目覚めたことに母が気づいて、つぶやくようにそっと言うこともあった。「雲雲、母さんはまだ覚えてるんだけど、お腹の中にお前がいるときテレビを見てたこと、あれは最初のオリンピックだったね……二十四年も前だなんて、想像できる？　二十四年も前」

私は、小さかった頃、将来金メダリストとして表彰台に立つことを母から期待されていたことを思い出した。今の無様な状態と母がかつて期待した栄えある姿とのなんという落差、これを思った時、心に刺すような痛みが走り、それが再び私を夢の世界へとつき戻す。

ある朝、もう大丈夫だという思いがし、母に家に戻るようにと促した。母は私の苦痛を緩めることはできても出口を見つけ出すことはできないのだ。けれども母は去ろうとしなかった。どうあっても私を一人残しては置けないと主張するばかりか、家に一緒に戻るよう説得にかかった。その後母は、朝早く出かけて夜遅く戻るようになった。私の経歴等を印刷したA４の紙を持って都心の公園に出かけ、独身の子を持つ親たちで組織された市場さながらのお見合い会に参加するのである。この手のイベントでは、独身の我が子を紙に刷り出した親たちが互いにそれを交換し合って、ラバや馬のようにあれこれ比べあい、最後に先物契約よろしく交易を成立させる。母は四人の男子の資料を集めてくると、私の精神状態がいい時を見計らい、私に選ばせようとした。

その当時、私は虚無と熱狂の間を揺れ動いていた。昼間母が家にいないときに再び執筆をはじめ、すさんだ精神的混乱を物を書くがむしゃらな熱狂状態で押し殺そうとした。数日階下に降りず、目も腫れてきたので、トイレの鏡をのぞくのも嫌になった。ドアを叩く速達の郵便配達人に嗄《しゃが》れ声で応じた時などは、自分でも驚いてしまった。

作品が完成したあかつきの平生の反応を想像してみた。そういった想像をすると、復讐を果したような甘さと苦さの入り混じった感触があった。この世界には精神的なよりどころがいろいろあるが、その多くはオブラートに包まれた無期延期の復讐心である。必ずや来《きた》るべき将来のある日、全世界に称賛と羨望の嵐が沸き起こるはず。そんな想像の中で、私はあれこれと熱に浮かされたように妄想をたくましくした。

私は矛盾する両極端にあった。まず自分の輝かしい未来像を描いてみる、とたちまち自分への強い疑いが起こり、そういった未来は幻想にすぎず、何も成し遂げられず毎日酒で憂さを晴らし天を呪う失敗者となって、仲間うちでのマージャンと噂話の中で恨みつらみを吐き出す暮らしにどっぷり浸かる。そして、しまいに視線をすべて過ぎ去りし日にむけ若い頃の理想を思い出しては涙にくれ、鏡に映った己の姿を目にして酒をもう一杯ひっかけ壁を背に地面に滑り落ち、涙で顔をぐしゃぐしゃにしたまま、酔いつぶれてしまう、こう運命づけられているに違いないと思うのだった。興奮して躁《そう》状態に振りきった時は、自分はやはり大衆とは違う、この苦痛も大衆のそれとは違うのだ、お前はあの数々の偉大な名前と一緒に並べられるべきだという強い信念を持とうとした。こういった全く根拠のない信念は中毒性を帯びた鎮静剤となり、摂取するほどに苦しく、苦しくなるほどにますますそれを渇望した。そして最終的には血肉でできた生身の精力が次第に消耗されていく。

自己への懐疑と期待の両極端で、妄想がこれ以上にないほどひどくなっていった。

九月は空が嘘のように高い。顔を上げるとまるで宇宙の果てが見えるようだった。澄み切ったさまは魅惑的で、たゆたう遥か彼方のイメージが浮かんでくる。見上げるようにして窓から外を望むと、その彼方の景色にいつも心が乱された。私は外界の信号に異様に敏感になっていた。自分とは何かが判断できなくなるに従って自分の本当の姿がみえてくる。あらゆる些細で関連性のない信号を自分に必要な答えとして解読する。ネットで誰かを嘲笑する友人の書き込みを目にすると、胸の内で暴風雨が吹き荒れ、自分のことを言っているのではないかと心配になる。ほかの誰かがある作家を浅くて幼稚だと論じるのを耳にしたときは、その傾向は自分にもあると感じ、狩人に捕まえられたように、全身が恐怖で身動きができなくなった。そしてしょっちゅう、なんということもない光景を目にしただけで刺激を受け思わず泣き出してしまった。

自分が原因で、母との間にも絶えず問題が生じた。母のちょっとした諫《いさ》めにも私は大敵に遭遇したかのように反応し、すべてを仮想の敵とみなした。あるいはすでに自分が失敗するだろうと予見して、それで無意識にその責任を周囲の者に転嫁しようとしたのかもしれない。混乱の中で、苦痛が苦痛を生み出した。母がこの世界で唯一思い切ってわがままをぶつけられる相手だったから、絶え間なく口論が生じた。

母は私を家に連れ戻したがった。ともかくまず結婚させ、それによって失恋の苦しみを和らげようとしたのだ。「人生はね」母は言った。「まだ長いのよ。何かしたかったら、子供が大きくなってからもう一度やったって間に合うじゃない」こういった見通しは私を仰天させた。そんなのありえない。今できないことが四十歳になったらできるようになるとでもいうのか。これは私を麻痺させるための馬鹿げた夢なのだろうか。母を見ていると、ますます何もできない無能者の自分が、家に戻って時を無駄に過ごす日々を繰り返す姿が見えてきた。ある朝、母が再び結婚のことを言い出した時、かっとなった私はもう少しで窓から飛び降りるところだった。

ある時はテレビの「婚活」番組で、一人の女性ゲストが「女の子はいつでも素敵に見えるようにしてないとだめ、野菜を買いに家を出る時も、颯爽《さっそう》と見えるように装わなくちゃ」云々と語るのに大いに共感し、「颯爽とするのが大切」と私にまた言い聞かせるのだった。「見てごらんこの娘《こ》」母は私を呼んだ。「この娘、雰囲気がとってもいいでしょ。人はね、自分で颯爽と着飾って、自分を強く持っていれば、憐れっぽく見えないもんだからね」

私の状態が良くないと暗に言っているのはわかっている。母が、颯爽とする、と言うとき私は、英雄の銅像と、小さい頃舞台で赤い紅を顔につけて踊った群舞が思い浮かんだ。父と母が離婚したあの年、母は、背後でささやかれる陰口にこの精神で応じたのだ。長いこと私にまとわりついているびくつきに刺すような痛みが伴った。「颯爽としていれば笑いものにならないの？　そんなわけがないじゃない。なおさら笑いものにされるだけ。裸の王様なのに」

母は私の反論にしょげて、きまり悪そうにその場を離れた。私は自分の言葉を悔い心臓がまたドクドクと痛んだ。冷静になると申し訳なさが体中をめぐり、二倍三倍も神経が敏感になった。そして再び自己嫌悪の中で眠りについた。

その日は本当に落ち込み、興奮もしたため、たくさんの夢を見、そしてすぐに目が覚めた。夢の中でも夢から覚めても神経がむき出しになったようで、独り言を繰り返した。全くひどい精神状態だった。どんなに自分を励まそうとしてもその刺激に耐えられず、ともかく眠りに逃げ込みたい、こんなにもしんどい思いをせずにすむ場所に逃げ帰れることだけを願った。このような精神状態は身体にも影響を与え、緊張のあまり吐き、下痢も起こした。

ある晩、再び夢に平生が出てきた。これまで夢で平生の姿を見るときは、いつも最後の別れの場面の、視線を避けた姿と冷淡な後姿だった。ところが今回は違っていた。言葉を切らすことなく饒舌に私に話しかけている。

「君はどれだけレファレンスを積み上げたんだ？　本を何冊読んで自分でも書く気になったんだい？　へえ、政治関係を書く？　ルソーをどれだけ読んだ？　ミルとロックもちゃんと読んでないのに書く気なのかよ。モンテスキュー、カント、ベンサムは？　ウェーバー、ハイエク、ハーバマス、フーコー、ジョン・ロールズ、マンサー・オルソン、バラス・スキナー、シーモア・M・リプセットはどうだ？　お前が取り上げる前にどんな先行研究があったのか、どういう流派に分かれたのかわかってるのか？　概説を書くことができるのかねえ。本もしっかり読まずに自分の見解を述べようとするのを、ごまかしというんだ、わかってるのかよ？　まず十年間ウェーバーをやってから書けよ。今書こうなんてジョークだろ、あざ笑われるのがおちだ」
夢の中の平生は現実よりもさらに辛辣《しんらつ》だった。現実では彼が私に毒舌を吐くことはなかったが、夢の中ではひどい口調で追い詰めてきて、まるで演説をしているかのようなその迫力に私は怯えきった。平生の背後には野次馬が大勢いて私をあざ笑っている。心の中で最も恐れていたことが夢の中で彼にすっぱ抜かれ、私は恐れおののいた。目を覚ました時、ぐっしょりと汗をかいていた。

明け方の世界は一面に真っ暗だった。私は身を起こしたが、みじめさの極致で、何かを続けようとする力は全く失せていた。将来おそらく出会うだろう嘲笑を思って全身が恐怖で凍りついている。パソコンの前にすっ飛んでいき、これまで書いてきた文章ファイルを呼び出し、すべての内容を消去する。八万字を、一字も残さずに。

そしてベッドに戻ると疲労困憊のまま眠りに落ちた。午後目を覚ました時空腹に襲われ、まずインスタントラーメンをゆで、半分程食べたところで、突然明け方のことを思い出した。ぎょっとして固まる。本当に起きたことなのかそれとも夢の中のことだったのか。箸を投げ捨て、ぶるぶる震えながらパソコンを開き、ファイルを呼び出す。かすかな希望を抱く。カーソルが置かれた場所は、しかし、空っぽだった。バシンと大脳がショートし、一面真っ白になった。

何もかもが消えた。

どうやら意識を失ったようだった。その後のことは何も覚えていない。その晩の私はどうやら、夢うつつの状態で据わった目で独り言を言い、熱も出始めて夢遊病者のようなでたらめを口にしていたようである。帰宅した母は、私の眠りを妨げないようそっとベッドに入ったが、何かおかしいと感じて、私の様子を観察したところ、目が据わり額はやけどしそうなほど熱く、意味不明の独り言を口走っているのに気づいて仰天したのだった。そして冷水で頭を拭き、布団をかけて眠らせようと試みた後、電話で救急車を呼んだ。

その数日間と、引き続いて起こったことは私の記憶では混乱の極みだった。母はまず私を発熱対応の急診につれていったが、医者は一通り検査した後、精神科に連れていくようにと言った。驚愕した母はその言葉を聞き入れずに私を家に連れて戻り解熱剤を飲ませ、冷水で頭を冷やしたが、一日経っても好転しないので、ついに嫌々ながら私を精神科の専門医に連れて行った。

診察が済んだその当日、入院が決まった。躁鬱症状に軽度の統合失調傾向、その初期段階だった。

第十章

病院での日々はとても不快だった。

後に母が語ったところでは、入院は一か月だけだったということだが、私には丸一年はいたような感じがした。はじめの数日は全く覚えていない。のちに意識は戻ったが、いつも寝ていた。何度も繰り返し単純な問題を尋ねられ、定時に薬を飲んだことだけを覚えている。病室の設備は老朽化しており、がらんとしていた。ベッドが三つ、各ベッドの脇にごく小さな木製の戸棚があり、壁際に四脚の椅子が並んでおいてあるが、それ以外は全く何もなかった。壁は単調な水色。一人で横たわり、血液に流し込まれた液体がその効果を発揮するよう一日中ぼんやり白い天井を眺めていた。

薬のせいで体調はよくなかった。目も頭も動きが鈍く、意識は朦朧とし、心臓が早打ちする。意識もはっきりしているとは言えなかった。いろいろなことをもとのあるべき姿に戻したいと思ったが、脳内では常に何かがそれを妨げていた。過去の日々はベッドの下に積まれたカレンダーのように黄ばみ、人影もほこりをかぶっている。私が見ようと試みると姿を隠してしまう。薬は私の記憶に鍵をかけ、そして思考力にも鍵をかけたのだ。

どういった治療を私が受けたのかうまく説明できない。医者は十分な時間を与えてくれなかった。私の問題は堰き止められた湖のように心の中にたまり、流路を作ることができず、今にもあふれ出しそうになりながら、繰り返し堰に負担を与え続けるばかりだった。コントロールを失った情緒は、麻酔銃で昏睡《こんすい》状態に陥った怪獣さながら、腹ばいになった奇怪な姿を囲いの中にさらし、静かに執拗に時機を狙っている。この怪獣と薬との力比べの中で私は疲労困憊していた。

ごくまれに、薬と薬の合間に空白ができ、息抜きと離脱の隙間として、興奮しきった不安定な感情が勢いよく吹きだすことがあった。まるで両親の監視から逃げ出した反逆児が、こんな得難い機会に爆発せずにはおれないとでもいうように。薬の効力が薄れるたびに、私は普段よりさらにひどい動揺と不安に見舞われた。話をしたいという衝動、人に向かって滔々と話し続けたいという衝動に襲われるのである。だいたいそういう時は、看護師がすぐに新しい薬を使って興奮を籠の中に戻す。ただ時には、それが私をどこかの場所へと突進させることもあった。

ある日の午後、私は入院病棟から外来の建物へ飛び込み、自分の担当医師のところに行った。全く落ち着いて理性的であるように装いつつ、入院して以来の考えを主治医に話したのである。

「先生、ここ数日は、自分でもはっきりしているように思います。脳も理性的に働いているし、それでたくさんの事を考えました……その、ずっと自分の中ではっきりさせたいと思って、今の私の考えがどこから来たのか、この情緒や傾向はもともと何に由来するのか、何の影響を受けたのかについて、はっきりさせたいんです。それで、自己分析を手伝ってほしいのですが」

医者は私の視線がどこかうつろなのを見て取り疑うように言った。「それで？」

「それで、薬を服用したくないんです。どうか診断をしていただけませんか」

「どうして薬を飲みたくなくなったんだね？」

「もし病気でないのなら、なぜ薬を飲む必要があるんですか？」

「薬を飲むのは治療するためだけではないんだよ」医者は静かに語った。「薬を飲むのは情緒をコントロールするのを手助けするためでもある。病気でない人だって感情のコントロールが必要な時はよくあるだろ？」

「薬を飲まなければ感情はコントロールできないのですか？　私がしてほしいのは、先生に思考の道筋を整理するのを手伝ってもらうことです。私の過去のことも含めて。心理分析というのがそれに当たるのではないのですか？　きちんと分析ができれば、微かな痕跡を辿ってこうなった原因もわかって心も晴れ晴れするんだと、読んだ本にそう書いてありました。心理カウンセリングって感情をコントロールするのを助けることじゃないんですか？」

　医者は相変わらず冷たい視線を投げかけながら、少しゆっくり引き延ばすような話し方をした。昔うちに来ていた家庭教師が私に問題を解かせようと手引をするさまに似ている。その感覚に私は怯えた。まるで試験されているようで、間違えれば軽蔑されるに違いないのである。

「では今の情緒の揺れは大きくはないのかね？」医者は尋ねた。

「大きい時もあるし大きくない時もあります」私はちょっと考えて答えた。

「何日ごとに感情の波が来るのかね？」

「うまく言えません……たぶん、一日か二日に一遍ぐらい」

「人間の情緒というものは」医者は続けた。「自然の波の部分とそれを超える部分とに分かれている。うれしいことがあるとうれしくなる。嫌なことに出遭うと嫌になる。これは正常だ。だがね、揺れ幅が飛び出す部分があって、それが生理的なものだ。ほかの人の波が三だとすると、君のは十、この飛び出した七が生理的な性質のものだ。我々が分析するのは正常の範囲内の部分。

生理的な部分については、生理学的な方法を用いなければならないんだよ」

私は黙ったままでいた。医者はおそらく私が意見を聞き入れるべきかどうか迷っていると思ったのだろう。だが私はどうやって拒否したらいいかだけを考えていた。「先生」私は尋ねた。「私は自分の情緒の波が生理的なものだとは思いません」

医者は黙っている。

「つまり、ちょっとこんがらかっているだけで、いくつかのことをはっきりさせたいだけなんです。私は、何も理由がなくて情緒の波が大揺れするわけじゃないんです。何でつらいのか、自分ではわかっています。少なくともたいていは、つらく感じさせるものが何かはわかってます」

「なんなのかね？」

「自分を見つけられないのです。理解していただけるかわかりませんが。思うに……自分を疑うのはこの世界を恨むよりもっとつらいことです。世界を恨むことができたらとさえ思います。そうやってる人を見たことがあります。毎日すごく怒ってて、何を見ても気に入らなくて、あれもこれも罵倒《ばとう》する。なぜなのかわかりませんが、そうした人は私よりもまだ気分が楽なんじゃないかって思います……恨みを発散できればそんなに辛くはないはず。でもそれが私にはできない」

「ふむ」医者は頷いた。けれども本当に分かってくれたのかはわからない。

「自分を信じ切ることができればとも思います。でもできない。自分のやり方が疑わしくて、自分がやるその理由も疑わしい。自分を、うぬぼれて、愚かで、衝動的なこの自分を信じられない……一体何のために生きているのか、と疑ってしまう。いろいろやってみてもしまいにはいつもあきらめてしまって、今はもう何もする価値がない、と懐疑的になってます。こういった感覚がごちゃ混ぜになって、自分でもどうしていいかわからなくなってるんです」

「ふむ」

「先生、ちょっと前までよりずっと良くなったと思います。最近は自分の問題が何なのか少しわかってきています」

私は言葉を切ってしばらく待ったが、医者は何の反応も示さない。そこで私は続けた。「自分自身の観点がない、というのがパニックの元なんです。私の通ってた学校には宣教師がいたんですけど、いつかそのアメリカ人と話したことがあって、その人が言うには、毎日頭の中でいろいろな考えが浮かぶ、それはすべて何もないところからひねり出されたもんじゃないかと思うかもしれないけど、それは違う。脳内にひっきりなしに考えが閃くのは、すべて神様がお送りになったからなんだ。神は我々の霊魂の創造主だ、だから我々は神に感謝しなければならないのだ云々とね。当時私は全然納得できなくて、誰かに考えを流し込まれるのは嫌だったし、言われるままに信奉するのはごめんだった。だからこの宣教師の言うことは頭から聞き入れなかったんです。でも今思い出してみると、彼に反論することができないんです。頭の中の考えは本当に自分のものなのか。誰かが注ぎ込んだものではないのか。おそらく神ではないだろうけれど、数千数万もの人々の声が注ぎ込まれているんじゃないのかって。歴史、金銭、書物、ロック歌手、愚痴や陰口、それからあと何か、うまく言えないんですけれど。こういったものがもしかすると魂の創造主じゃないかと。これ以外に一言でもいいから自分の言葉というものがあるのだろうかって」

「今の君は情緒が不安定な段階だから、そういったことは考えないほうがいい」

「私はただ知りたいだけなんです。一体全体自分は何なのかと」私は続けた。「この問いに自信がないんです」

「この問題は重要なのかね」医者は言った。「後でゆっくりと考えればいいじゃないか。今急がなくたっていいだろう?」

「お分かりになっていませんね」私は言った。「この問題がすべてのことに影響してるんです。肝心なことは、もし一切が外界のことならば、もしいかなる考えも自分自身のものではないというのなら、私に自由なんていうものがあるのか、ということです。自由を見つけたいなどというのは、ぜいたくな望みなのか、ということなんです。この恐怖は薬では解決できないものです」

こう言い切って私は黙った。口がからからに乾いている。喉が少し痛かったが水を飲みたいとは思わなかった。私は医者をじっと見つめた。視線を逸らすことなく、かすかな動きすらこの緊迫した視線のぶつかりを崩しはしないか、あるいは相手の反応を見逃しはしないかと恐れながら。部屋の中は静まりかえり、まるで誰も存在していないかのようだった。蛍光灯が金属の覆いを抜けパチパチか細く瞬く。医者は自分のコンピュータの前に静かに座りながら私の様子を窺っている。自分の呼吸の音がはっきりと耳に響いていた。空気が骨を滑り、共振する機械のように音を立てている。

とうとう医者は咳ばらいをひとつすると、尋ねた。「本当にもう薬を飲みたくないのかい?」

「先生」私は絶望感に襲われた。「お分かりにならないのですか? こんなにいろいろと説明したのに、まだわかっていただけないんですか? 薬は必要じゃないんです。理性的に考えてはっきりさせたいだけなんです。それを助けていただければいいんです」

「病歴には、幻想を見るとあるけれど、今でも見るのかい?」

イライラが募ってくる。警戒しながら反問する。「……それって重要なんですか? 重要じゃないですよね?」

「生理学的に問題を抱えるようになると、人は、いろいろと考え込んでしまって、そのせいで行き詰まってしまいがちになる」医者はいささかも動じることなく続けた。「よくなったら違ってくるかもしれないが。一般的にうつ病の患者へは自我の問題を突き詰めないようにとアドバイスをしている」

私はテーブルの縁をぎゅっとつかみ、上半身を覆いかぶせるようにして相手に迫った。「先生、私が今考えている問題には意味がないと思われるんですか……そうだから薬を飲まないといけないってことなんですか？」

医者は淡々と答えた。「落ち着きなさい、興奮するんじゃない。ただ提案しただけだ。それを受け入れてもいいし、拒否してもいい。一応薬を処方しておくけれど、服用してみるのもいいじゃないか。よくなったらまた話せばいい」

「興奮なんかしていません。誰が興奮するもんですか！」私は立ち上がった。声がしゃがれて変だった。「薬を飲む必要はありません。私は病気じゃありません。ただちょっと苦しいだけです。でもそれは病気じゃありません。先生、どうして私の言うことを聞いてくださらないんですか？」

上半身をのしかかるようにしていたのが不快だったのかもしれない。医者は手で私を押しとどめると、部屋から連れ出すように助手に合図をした。助手は処方箋を手に立ち上がり、がっしりした手で私の二の腕をつかみ、抱きかかえるようにして部屋から出ようとした。それこそ他人に触られるのが何よりも嫌だった私は、驚愕してもがいた。

「先生、私は病気じゃありません！」私は叫んだ。「先生、聞いてください。本当に薬は必要ないんです……」

最後の数語はドアの外に締め出されてしまった。助手は私を引きずるようにしてドブネズミ色の廊下を歩いていく。私は彼女の両手にしっかりとつかまれていた。バシン、と閉じたドアが重く乾いた音を立て、一切が断絶し隔絶された。私は前へ前へと引きずられた。まっすぐ長く続く廊下では腰かけた他の病人たちがそれぞれ顔をあげて私を見ている。薄暗い電灯の下でその表情はぼんやり不明瞭だった。廊下に面した診察室のクリーム色のドアはいずれも固く閉じ鍵がかかっている。私は大声で泣きだした。

第十一章

病院に一か月いた後、私は退院して家に戻った。

引き続き服用していた薬のせいで、朝から晩まで頭がぼんやりとしていた。北京の部屋は母に手伝ってもらって引き払った。列車に乗っている時、私は残された理性で一年半前に家を出た情景を思い出していた。一年半の漂泊、一人で出かけて一人で戻ってくる。敗者の身ひとつで。

家に戻ってからは数か月間、ぼんやり時を過ごしていたが、十二月に突然父から電話がかかってきた。よくできた偶然なのかそれとも母が知らせたのか、父は電話口で最近調子はどうだいと尋ねてきた。二〇〇八年の暮れのことだった。最後に父に会ってからすでに二年が経っていた。この間時々手紙は受け取っていたが、電話はごくまれだったし、自分の状態についてはほとんど伝えてこなかった。私は瞬間言葉に詰まってしまった。様々な思いが頭をめぐり何をどう話したらいいのか皆目見当がつかなくなっていた。

「アメリカで何とか落ち着いたから、どうだ、見に来ないか?」父が問いかけた。

「どうしてアメリカにいるの?」

「アメリカに移ったって、手紙で書かなかったかい?」

そういえば父が手紙で、欧州の店をたたんでアメリカで仕事を探してみようと思う、と書いていた気がするが、こんなに早く実現させるとは思わなかった。父の行動力には今度もまた驚かされる。

「行けるかどうかわからない……」躊躇しながら答えた。「最近……あんまり調子がよくなくて……」

「なら空気を換えるのにちょうどいいじゃないか」父が言った。「空気を換えれば気分もよくなる、気分がよくなれば身体の調子もよくなる」

ふと心が動いた。空気を換える、これが私をその気にさせた。

「いつ?」

「いつでもいいよ。春節の時はどうだ?」

「わかった、じゃあ二月に」

実は母は私が行くことを不安に思っていた。ただ私の珍しく浮き浮きした様子を見たからか、止めるのに忍びず、何度も迷った末とうとう行くことに同意した。

父のアメリカでの住まいは平原の広がる小さな町にあった。

アメリカに着いたらすぐにぎやかな大都会のシネコンやおしゃれな格好で街をゆく人々を見られると期待していたのだが、飛行機を降りても何も見えなかった。父の運転する今にもバラバラになりそうな中古のフォードに一時間ほどガタゴト揺られながら、雪に覆われた一面の平野を抜け、最後にがらんとして建物もまばらな小都市についた。町の中央にはいくつか高いビルが建っていたが、そのほかはすべて二階建ての小さな建物だった。デパートやホテルはいずれも通りに沿った平屋建てで、入り口に七十年代の映画で見るような大文字の看板がかかっていたが、壊れているところもあり、どの店もうらぶれて一部しか開いておらず、通りを行く人も少なかった。店舗が集まっている場所を過ぎると、住宅がぽつんぽつんと建っている。家と家の距離はかなり離れており、独立した小ぶりな家の前には芝生が植えられているが、壁はなく、庭と言うにはみすぼらしく、ヨーロッパの小型の庭園が隅々まで丁寧にデザインされているのとは違って、草の上でまばらに植物が植わっているにすぎなかった。雪がかぶっていてよく見えなかったが、起伏した様子から察するに形もまちまちで、考えて配置されているようにも手入れがされているようにも見えなかった。芝生は装飾というよりも互いの家々を隔てる役割をしていた。小ぶりな家の大部分は平屋で、単純な構造をしていた。切妻《きりづま》屋根にまっすぐの壁、まれに二階建ての建物もあり、十九世紀の荘園の風格があるものの、もっと簡単な造りでひさしの下を手すりのついた廊下が取り巻いている。通行人はやはり少なかった。

「ここはいつもこんなに人が少ないの？」私は父に尋ねた。

「まだ朝が早いからね」父は答えた。時計を見るとすでに十時を回っている。

父が住んでいるのは平屋の一戸建ての右半分で、家主が左半分に住んでいた。かなり大きな家で、左右に二つに分けても、それぞれに少なくとも部屋が三つにリビングが一つついていた。両側にそれぞれ独立して玄関があり、左右をつなぐドアには鍵がかかっていたので、完全に独立した二つの住まいになっていた。家賃はそれほど高くないし部屋も独立している、これが借りた最大の理由なんだ、と父は言った。父の後について部屋に入り、用心深くあたりを眺めた。部屋は村の猟師の家のような雰囲気があり、木の板はすでに緩くなってぐらつき、歩くとギシギシ音を立てた。壁には麦わら帽が二つかかり、そのわきに二枚の田園風景のデッサンがかかっていた。

水彩らしく思えたが、ほこりをかぶっており、リビングの木製の戸棚の上にカラーの絵画の本が置いてあったので、手にとってぱらぱらめくってみた。子供向けの聖書物語だった。本の中の挿絵は素朴だが精緻で、三、四十年前の作品のようだった。

父は私のスーツケースを部屋の一つに置いた。シャワーを浴び服を着替えると父が外に食事に連れて行ってくれた。道行く人々は先ほどより多くなっている。昔話に出てくるような赤ら顔で恰幅《かっぷく》のいい白人が数人、連れ立ってゆったりとファストフードの店に入っていく。角を曲がるといきなり若い学生の一群に出くわした。見たところ私とほぼ同じ年齢かもっと若く、数人がかたまりになって歩道の真ん中で散らばってバスを待ったり、本を両手に抱えながら通りをわたっていく。

「この町には二つの大学があって、これがそのうちの一つ」父が説明した。「州立大学だ」私がひどく驚いているのに気がついて父は笑って言った。「州立大学が何でこんなさえない田舎にあるのか、だろう？　父さんだって来たばかりの時はそう思った。ここに長くいるとそれもいいじゃないかと思うよ。静かで落ち着いて、勉強するのにふさわしい。この町の住人の半分は学生と教員なんだよ」

父の中華料理店は大学の南側の小さな通りに面しており、キャンパスから目と鼻の先にあった。目立つ看板なので一目でそれと分かった。大学には塀と呼べるものが全くなく、道すがらキャンパス内の芝生や湖、小道で学生が行き来するのが見えた。父が車を止めると遠くからでもいくつかの方向から学生たちが父のレストランめがけてやってくるのがわかった。

「すごく繁盛してる」私は言った。

「まあまあだろう」父は謙遜し、それから笑って言った。「ここにはちゃんとした中華料理店が一軒もないんだよ」

父の店はセルフサービスの中華料理屋で、温かい料理が五、六品、和え物が五、六品、ご飯、麺類がいくつか、一人につき五ドル。中国国内にある中程度のホテルで会議が開かれる際によく見られる例の形式で、満腹にはなるが特に美味い料理があるわけではない。毎日いくつか種類を変えて、それを紙に書いてコックに伝えるのだと父は説明した。高価ではなくても確かに顧客に飽きさせない。きまって数人の中国人留学生がほぼ毎日やってきて、食堂のようにしているという。インテリアは簡素でこれといった装飾もなく、英国や欧州の中華料理店でよく見かけるように薄暗くして赤く彩ることもない。窓は大きくて明るく、荒削りの木製の長方形のテーブルに木製の腰掛、入り口とメニューの中国語がなければ、ここが中華料理店だとはわからないほどである。レストラン内を一巡りし、カウンター、料理の受け取り口を見て回った。何もかもが珍しかった。ともかくようやくアメリカにやって来たのだ。中華料理には食指は動かない、それでもやはりトレーを取って学生の後ろに並び、少しずつすべての料理をとった。私の前にはアメリカ人の女子学生がいた。髪の毛が明るい色をして背が高く、料理を箸で口に運びながらおしゃべりに興じている。座ってから父が言った。ここに来るのは三割がたがアメリカ人、大半は中国人、それから日本人と韓国人もいる。

「いったいどうしてアメリカに来る気になったの？」私は尋ねた。

父は後ろの厨房を指さし、「あの二人のシェフと英国で知り合ってね。仲がよかったんだ、一緒に部屋も借りていたし。あの二人がアメリカに行きたがって知り合いに電話して、誰かレストランに投資してくれる人間はいないかと打診したんだ。そしたら行く当てができて、来てから職探しをしなくても済むことになった。それでちょっと考えて来ることにしたんだ」

「ここの方がもともとやっていた家具店より儲かるの?」少々疑問だった。

「まあ、こんなもんだ」父はどちらともとれる言い方をした。「来た本当の理由は、ちょっと場所を変えてみたかったんだ……これまでアメリカに来たこともなかったしね」

私は心の中で頷いた。父はやはり元のまま、どこにいてもそこに長くとどまることができない。一番長くいたのが英国で、十年。それからイタリアが六年。ドイツ、四年。チェコ、二年。明らかに逓減の法則だ。仮にこの理論で行けば、アメリカではゼロ年、一瞬後に立ち去ることになる。私には父が今回どれほど長く滞在し続けられるのか、今後もっと多くの場所に行く可能性があるのかわからなかった。父はまた少し説明を続けた。アメリカにいる中国人は欧州よりも多くて、大学キャンパス付近の住まいは競争が激しいが、それなりに稼ぎやすい。でも私にはわかっていた。やはり先の言葉に本音が漏れている。私は父のこういった落ち着きのなさをよく理解しているわけではない。もちろん私だって千篇一律の平凡な毎日を過ごすのは好きではない。けれども私は違ったことをしてみたいと思うのがせいぜいで、本当の旅がらすにはなれない。私には父が何かから逃げているように思えた。父がこんな風に漂泊しなければ——母はとりわけそれを嫌がっていた——母の父に抱く情からして、二人が別れるということはありえなかったはずだ。

数日滞在しているうちに私はこの町が好きになってきた。こぢんまりとして静かだし、清潔でもある。どこか古びた雰囲気で、荒涼としたとも、あるいは世俗を離れた鄙びた落ち着きがあるともいえる。父はいくつかのいわゆる観光スポットに連れて行ってくれた。といっても古い建物があるばかりで、以前の銀行だったところや、現在アンティークショップになっているところ、昔懐かしい手作り人形博物館などの見学だった。通りをぶらつくこともあった。小さな店のショウウインドウで革靴や馬の鞍も見かけた。その鞍は、大工業時代における、西部の青々とした草原に対する最後の郷愁の名残をおびながら、斜めにだらりとぶら下がっていた。学生たちはといえば、ひたむきで純粋で喜びにあふれている。金曜日の晩には、キャンパス外の居酒屋でパーティーが開かれ、バスケットボールの大学対抗戦がある時は、町全体が一種歓喜の興奮に包まれた。私はこの地の学生とはほとんど言葉を交わさず、ただ喜んではしゃぐその姿を見ていた。その様は、こぢんまりとした清潔な世界のちょっとしたアクセサリーだった。

「そういえば」ある日の午後、父がふと思いついたように尋ねた。「電話口で最近精神的にあまり調子がよくない、って言ってたけど、どんな状況なんだい？」

「自分でもうまく言えないんだけど」私は頭を横に振った。「なんだか……思うんだけど、私、もしかして一生、自分が望んでいるような自由を見つけられないんじゃないかって」

「どんな自由？」

「うまく説明できないの。ある種の精神的な自由……これをはっきりと言うことができたなら、落ち込みから抜けられると思う」

「うまく言えなくたって落ち込む必要はないだろ」父はポンポンと私の頭を叩いた。「焦っちゃいけないことだってあるよ」

この時父とは形而上のことはほとんど話さなかった。二人で小さなレストランで地元のハンバーガー、巨大なビフテキを食べ、甘すぎてどうしようもない特大アイスクリームを舐め、ルートビアを飲み、地元バンドのギター演奏を聴いて、人々についてやこの土地の風俗習慣などについてしゃべっていた。父の家主は面白い老人だった。赤ら顔をして顔面いっぱいにそばかすが広がり、額の生え際もかなり後方に退いており、出かけるときはいつもグレーのカウボーイハットを被っていた。父は、あの人は大学を退官した教授で市長も務めたことがあるんだ、と教えてくれた。ここでは市長になるのは簡単で、誰でも立候補できる。市長になるといっても兼任で、普段の自分の仕事は続けるのだという。ご老体は時々私と父を食事に招いてくれた。よくしゃべり、興が乗ると顔がさらに赤くなった。自分が市長だった時のことは話したがらず、大したことはしていない、近所のもめごとの調停役だったと言うだけだった。大喜びで話すのは、長年参加してきた各地で開かれるマラソン大会のことだった。その話をするときは身体を前後にゆすり、両腕をゆらゆら振った。ご老体の愉快な気分はすぐに伝染し、話を聞きながら私は思わずフライドポテトに幾度も手を伸ばしていた。

私たちはこの地域のちょっとしたスポットすべてを見に行った。カウボーイ博物館、今はすたれた荘園、ジャズ時代の華やかなドレスやレストラン。それから北に向かい、もっと小さい町に行き、ごく小さい博物館を見学した。町のリーフレットにはいかにもそれらしく紹介されていたのが歴史博物館で、開館時間は毎週日曜日、午後二時から四時までのたった二時間だけだった。この小さな建物には四つの部屋があり、赤ん坊のベッドから棺桶まで、粗末な家具等が陳列されていた。おじいさんがたった一人で番をしており、私たちを見かけると、口を開けっぱなしにして大喜びだった。私たちが中国から来たらしいと分かると、地面を掘り進めて反対側に出た時のあの国か、と尋ねてきた。おじいさんのそばには昔のポスター、馬車、ヴェールのついた帽子、人形、鞍、床屋の椅子などが展示されている。こういったものすべてが、驚くほど心を和やかにさせるものだった。こんなに単純な世界でも、こんなに楽しく生きていけるものなのか。

北方の小さな町から帰宅する途中、私はずっとつきまとって離れない困惑を父に話した。

「お父さん」私は始めた。「私、ああいった単純な生活を見て、ちょっと驚いた。まるで……どの人も無欲で、それでも迷うことがない。生きていくことが、なんだかとても簡単みたい。本当にこんなに簡単なの？」

「簡単に見えるけど、実際に無私無欲の人間なんているもんじゃないよ」

「お父さん、神を信じてる？」

「信じてないさ、何でそれを聞く？」

「べつに。ただあいう風に敬虔なのが信じられなくて。全身全霊で一つのことを信じようとする感覚、全く疑いなく。どうしてかわからないけど、私、どんな宗教でも信じる気になれないの」

「信じなくても、それはそれでいいじゃないか」父は答えた。「信じて全く疑わないでいるとおかしくなってくるさ」

「でも全く疑わずにいることができるなら」私は畳みかけた。「苦しみがずっと少なくなるんじゃない？」

「苦悩は、減るかもしれないし、多くなるかもしれないよ。父さんは不利なほうだ」

父はこう言って黙り込んだ。

その後の数日間、私たちは特に話し合うことはしなかった。そしてある日の昼、父の店で食事をした後、いい場所に連れて行ってやろうと父が言った。どこに行くのかと私は尋ねた。父は先にドアから外に出たのだが、玄関に吹き込んだ風が一瞬二人の言葉を飲み込んだ。父が何か言ったようにも何も答えなかったようにも思えた。父が車のドアを開けてジャケットを後部座席に放り込み、ライターに火を点し、ラジオをつけ、タバコに火をつけると、窓を開け、そして車をターンさせると道路に出てカーブを曲がり、さらに知り合いに体を乗り出しちょっと挨拶をする。

街を出て、田舎道を進む中で二人ともも何も話さなかった。父の咳だけが唯一の音だった。

田舎道は本当に文字通りの田舎道で、細く長くまっすぐ続き、きれいに整って広々とした田畑を二度ほど突っ切り、鋭いナイフで中から切り裂くように、勾配に従って上下に起伏し、見えない場所まで伸びていく。私は『八月の光』[※1]のリーナが馬車に乗っている場面を思い出した。同じような原野だった。空が青い。冬特有の凍るような冷たい青、雲の切れ端が一片か二片か。

どこに行くのか私も父に尋ねなかった。どこに行くにしろ私にとっては同じだった。車は細い道を疾走する。フルスピード。ラジオからは郷愁を誘うカントリーソングが流れてくる。

と、車が止まった。目の前に湖が広がっていた。

抜けるような青い湖。その青さは、さながらイメージ通りの深く鬱屈した青色。陽光の中でも少しも軽みを感じさせず、中学の時鍵をかけた引き出しの中にしまった日記と同じく深く澄み切って、ほんのわずか、かすかに波紋が寄っている。湖の横には荒涼とした草地が広がり人影はない。そこにあるのは木とベンチと細かい砂利だった。

突堤が一つ湖の中央まで伸び、その先端に一本の木が立っていた。ポツンと一本、仲間もなく、周りを取り囲むのは湖水のみ。冬の荒涼とした雪景色、すっかり葉が落ち、むきだしの枝のみが四方八方に延びている。その姿はたくましく、くっきりと分かれた枝が太陽の光に照らされてキラキラ輝き空に広がるさまは、まるで逆さまになった稲妻のようだった。

「普段からここにきて釣りをするのを楽しみにしてるんだ」父は言った。「いろいろな場所を見てきたけど、ここが一番気に入っている。考え事がうまくまとまらないときは、よくここに来て考えるんだ」

「ありがと、お父さん」私は言った。

湖の岸辺に沿ってゆっくりと歩き、崩れかけたベンチまで来るとそこに座り、水を隔てて湖の中央に立つ木を眺めた。時間が静止しているようだった。木の静かな佇まいと調和しあっている。私はその木のたどった歴史を想像した。枝葉の生い茂る夏から秋の落葉へ。生のエネルギーがみなぎり、枝葉が成長して繁茂し、そして衰え縮み、冬の静かにたたずむ影像へ。木が人間と異なる点は、人は死んだらそれっきりだが、木は翌年に再生すること。もの侘しさは、それゆえ、生命を内に宿したための安寧。焦らず慌てず、沈黙の中でじっと待つ。この静けさに生命の秘密すべてが含まれるようだった。生い茂るのも一時なら、淋しく枯れるのも一時。自らの存在理由を求めることもなく、そもそも理由すら必要としない。

父は湖の岸辺を行ったり来たりゆっくりと歩き、最後に突堤の向こう側に陣取って座り、バケツから釣竿を取り出して水に投げ入れた。そしてタバコに火を点し、それから湖を見ながら座って石像のように動かなくなった。

こんなにも冬の樹木を好きになるとは。私は自分のこの発見にちょっと驚いた。そしてそれが伝えようとする情報を必死になって解明しようとした。かすかな悟りのようなものを感じたが、解を得たわけではなかった。木の枝は前に数学の授業で習ったフラクタル図形に似て、大から小へ、荒削りのものから精緻な微小へ、微小から無限へと四方へ拡散し、無限に循環しながら拡がる模様のように見える。枯れた静寂の中に深いエネルギーが潜み、とても美しい。何よりも重要なのが、それがそれ自身であること。飾りたてずしっかりと立っていて、混乱した幻なんかではないということだった。

このイメージは次第に私への呼びかけの形をとるようになり、さらにそこから声による呼びか

※1　アメリカの作家ウィリアム・フォークナー（一八九七‐一九六二）の作品。一九三二年作

けへと変わっていった。はじめ私はただぼんやりと座っていた。何もせず、ただ座り続けていた。しかし続いて声が聞こえてきた。かすかにか細い声が耳に響き、次第にはっきりとしてくる。彼の声だ。耳を疑ったが確かに彼の声である。

——「君の考えは正しい」彼は言った。「間違っていない」

——「どこにいるの?」私は尋ねた。

——「君の考えは正しい、人は生きるとき、役柄を演じるべきではない」

——「どこにいるの? どうしてあなたが見えないの?」

——「私が見えないことは大したことではない。大切なのは自分自身を見極められるか否かだ」

彼の声はますます近づき、私のすぐ後ろにきて、頭の上から覆いかぶさるような感じだった。しかし、私には彼の姿が見えない。

——「君は自分自身をしっかり見たかい? 自分がどこにいるのか見届けたのかい?」彼は尋ねた。

訳が分からず、答えようと思ったそのとき、次第に周囲の様子が驚愕するような変化をおこし始めた。世界が暗くなっていく。徐々に光が消え、あたりの湖水がじわじわとぼやけていくと、光の輪はますます小さく内側に向かって縮んでゆく。しまいに暗闇と青白い光の輪が残った。そして自分がその光の中央にいて縮こまり震えているのが見えた。あたりの闇の中にぼんやりと光が瞬いているが、それが人間の眼であることがわかった。山も湖も樹木も、すべてが目、なのである。また例の悪夢だ。

——「どういうこと? これは一体どういうことなの? あなたはどこにいるの?」私はパ

ニックになって悲鳴を上げた。

――「あの目が怖くなったのかい？」

――「そうよ、早く出てきて。こんなの嫌だ、こわい」

――「それなら、それを振りきって逃げればいい」

――「そんなことできない、はやく出てきて！」

――「君にはできるよ。忘れてしまえばいい、自分の目で見たものをきれいに忘れてしまえばいい」

――「私にはできないよおお！」私は大声で叫んだ。

――「できるよ」彼の声は影のように張り付いてくる。「一つ錯覚してるんだ、それに気づいてないんだよ、わかるかい？　君は自分自身を見ることができる。そうだろう？　一人の君がもう一人の君を見ることができる。そこに問題があるとは思わないかい？」

私はますます恐ろしくなってきた。目を閉じ、誰もいないところに逃げ出したかった。けれども彼の声は私の背中のすぐ近くから聞こえてくる。鉄のように強固で、まるで声をつかって私をがっちりと挟み、前を無理やり見させようとしているかのようだった。

――「二人の君のうち、一人は偽者だ」彼は言葉を続けた。「その君は偽者だから、忘れてしまいなさい」

――「そんなことできやしない、私にはできない」恐ろしくなって叫んだ。

――「決心が足りないんだね。君がそうしたいと思えばできないことはないさ。それは偽者だ、このことだけを知っていればそれで十分だ。それは存在しない。それを忘れてしまいなさい。永遠に二度とそれを見ようとは思わないこと。それは偽物だ、この点をわかっていればそれで十分だ。それは存在しないんだよ。それを忘れなさい。今後永久にそれを思い出すのをやめなさい。それは偽者だ、それは存在しないんだ。もう一度丁寧に考えてみなさい」

私は彼の声に追い立てられるようにして、じっとその光の暈《かさ》を見つめた。自分の身体がその光の輪の中にいるのが見える。どこかに逃げようともがいても道が見つからず、ふらつきながらやみくもにある方向に向かって突進する。まるで天から下りてきた手に背後から追い立てられるようだった。恐ろしくなった。身体で恐怖を感じ、目でも恐怖を感じた。どこにも逃げ場がない。

バシャン！

突然の水音にびっくりして意識が戻った。

鼻と口にどっと水が入りこみ、何度も咳き込む。鼻孔の水が脳内に一気に流れ込み、激痛と恐怖を引き起こした。大きくむせ、本能的に悲鳴を上げる。しかし水の中で私の悲鳴は声にならない。無意識に手足をばたつかせ、もがきながら何度も水面に浮かんだり沈んだりした。私は簡単な犬かきはできたのだが、危機に瀕して全身が全く言うことをきかない。必死に力を振り絞って水面をたたき、大きくもがいて大声で一声叫んだ。このもがきの反作用で、私はたちまち沈んでいった。全身が水の中へと沈み込み、深く暗い青が私を取り囲む。

周囲が見えない。ただ頭上に白い光の輝きがある。自分の髪があたりに漂っている。頭上の光が拡大し、縮小し、また拡大し、徐々に全世界が真っ白になっていく。

突然強い力が私を水面に押し上げた。水面に出るその一瞬、頬と水が摩擦する。続いて空気、冷たく新鮮な空気だった。私は何度も大きく息を吸い込みハアハアあえいだ。

そして父が見えた。父の肩、父の背中、水を蹴る二本の足。私は父の肩に覆いかぶさるようにしている。父は、重い袋を担ぐように一本の腕で私の腿をかかえている。身体が冷たくなっている。全身が震え始めた。父は重荷を背負って泳ぐのに苦労していたが、次第に岸辺に近づいていく。

幸い岸はそう遠くはなかった。父は、私をひきあげ地面に寝かせると、心配そうに私の瞳を覗き込んだ。

「何が起きたんだ」父は尋ねた。「ちゃんと座っていたのにどうしてまた水に落ちるなんて」

「自分でもわからない」私は答えた。唇がまだふるえており、言葉が出てこない。

「最近まだ薬を飲んでるのかい?」

「飲んでる」私は頷いた。言わんとすることはわかっている。「自殺しようとしたんじゃないの……心配しないで、自殺じゃないから。ただ……不注意だったの、すごく不注意だったの」

父はそれ以上尋ねるのをやめて地面に座りこんだ。両手をお尻の後ろの地面につき、荒い息を吐いている。ずいぶん長い間二人はこうやって静かに座っていた。互いの顔を見ながら、命拾いしたあとの虚脱状態に陥っていた。どちらか一方、あるいは二人ともが岸に上がれなかったらどうなっていたか、想像することすら恐ろしかった。この出来事は、私と父のある種の関係を強めたようだった。私の申し訳なさと父の憐憫の情が合わさって、苦楽を共にした仲間のような関係。いったい私に何が起きたのか、父は問わないだろうことを私はわかっていた。

「さあ行こうか」父が尋ねた。「車に毛布がある、ここは寒すぎる」

「うん」私は頷いた。

車に戻り、父が黙ってエンジンをかけた。この午後の湖での一件で、私は日々の生活や過去のことを尋ねる気がなくなってしまった。二人はほとんど口をきかず、天気の話を少ししただけで家路をたどった。ラジオからは前世紀のリズムを刻む音楽が流れていた。

湖を離れた時はちょうど黄昏時で、空いっぱいの雲が次第に散っていき、夕日が雲のかけらを薄紅色や紫色へと染め上げ、湖面をキラキラと輝かせていた。空は薄紅色からバラ色、そして深いブルーへと変わり、地上の湖は反射光で鏡のようにつるりときれいだった。湖岸の上流には高さがまちまちのアシが生い茂り、下流は細い小川となって四方八方へと流れていく。湖岸にはスゲが生え、背後は壮麗な夕焼けだった。一陣の強風が吹いた後に、名も知らぬ鳥たちが湖岸から一斉に飛び立ち、群れとなって私たちの頭上をかすめていく。荒れ狂う風のようにあたりを席巻し、空一面が暗い影で覆われる。なんともいえず神秘的だった。この光景は、今後長く私を支えてくれる心象風景となるのだろうか。

胸打たれた私たちは、車を止め、じっと座ったまま空を眺めていた。そのとき、私たちは心の中にある変化を感じ取っていた。それは普段見ることのない光景を目にしたときに生じる変化だった。大地が宙に浮き、湖は遠く静かにたたずみ、鳥の大群があたかも頭上のパズルのようだった。

「お父さん、変だと思う?」私は尋ねた。「私、神様っていうのは信じない、でも時々ね……つまり、こういう時に思うんだけど、理解できないことが私にはあるんだって」

「変じゃないさ」父は答えた。「多くのことが理解できないもんだ」

車は再び公道に上がった。前方の空はすでに群青色に変わり、一つ二つ星が瞬いている。湖水は後ろに遠ざかり、遥かかなたの夢となってゆく。振り返ると鳥が飛んでいるのが見えたような気がしたが、よく見ると幻想だったかもしれない。父はじっと前方を見つめ、進む先を暮れゆく空の向こうに見定めている。私が思うに父は、こうやって絶えず方向転換しながら前進することを必要とし、そうすることではじめてその道々の幻惑や背後の影に捕まえられずにすんでいるのだろう。私たちは帰路、思い思いの考えにふけり、もう言葉を交わすことはなかった。

あっという間に帰国の時が近づき、再び会話をする時間はなかった。なんだか悲しかった。なぜかわからないが、もう一度会えるまで長い時間を要するだろうという予感があったのだ。


帰国して一週間が経ってから、私は初めて母に父のことを話した。

帰ってきたばかりの時は、母が話を聞きたがるかどうか確信を持てなかったので、母が聞くまでしばらく待とうと思っていた。母もどうやら同じように考えて私が口をきくのをずっと待っていたようだった。一週間後なんということなくアメリカで観た野球の試合について話し始めた時、母はその流れで父のことを聞いてきたのだった。「あの人は野球が好きなの？　自分でもやるの？　太った？」

母は心の中でずっと父を想っていたに違いない。先の別れのことを、母は父よりもさらに後悔していたと思う。今でもまだ結婚した時に撮った白黒の写真を写真立てに入れてベッドわきの棚に置いていた。たまに英国にいた時分の出来事を思い出して話すときなど、笑みを浮かべ、表情もパッと明るくなった。母は自分の瞳が輝いていることに気づいていなかった。母は離婚について自分から語ることは決してなかったが、それでもまれに、私と今国外にいて父とみなで一緒に生活していたとしたらどんな様子だろうかと思い描いてみることはあった。

アメリカでの出来事を話すとき、母はじっと耳を傾けながら微かに頷いた。まるで部下の報告を聞くような生真面目さで、私が話すその言葉の一つ一つを吟味するようだった。母はレストランの経営について、誰が出資し、どうやって管理し、どれくらい稼いでいるかなどを尋ねたが、私も詳しく知っているわけではなかった。こうした経営上のあれこれを母が本気で知りたがっているわけではなく、ただ父が商売上のどんな目的でアメリカに行ったのかを知りたいだけなのだ。それは私もわかっていた。父の貯金がたいしてないこと、アメリカでそれほど稼げるわけではないことを知った時、母はそっと眉を顰《ひそ》め心配そうな表情を浮かべた。

「あの人、一体何を考えているんだろ」母はもごもごとつぶやいた。

帰国してからしばらくは、私は全くの空っぽ状態だった。家で療養し、ほとんど外出しなかった。再び冬が去り春が来た。すでにもう二つの春を無駄にしていることになったが、空白があまりに長くなったので却って焦らなくなっていた。

当時私が取り組んでいたのは主に自分との戦いだった。私は何度も外国で見聞きし経験したことを思い浮かべた。虚空に一瞬現れてはすぐ消える記憶を凝視し、その中から自分に必要なものを見つけ出そうとしていた。

ベッドに横たわり、暗がりで過去と未来のことを考えた。歴史と未来が私のために設定されている、そんな感覚があった。幾千年にわたる過去の出来事がすさまじい勢いで私に繋がる円錐形の通路を形成し、私はその尖端に立っている。そして私の前にも、すさまじい嵐のように私から去っていく円錐がある。私は目に見えない「今この瞬間」という一点に立っている。時間が私の輪郭を描き出している。あるいはこの凝縮しそして拡散していく時間の中でのみ、私の輪郭は描き出されるのかもしれない。私は、囲いからにげだせずに小躍《こおど》りするあの子供ではない。私はもっとずっと開かれているのだ。

私は自分を見つけ出さなくてはならない。確固たる自分を。想像の中の自分ではなく。湖岸で見たあの木のように、静かに自分の意志をもって立ち、何の衒《てら》いもなく、自分以外に何者でもないような。私は自分の想像の中に長らく溺れていたため、想像の中の自分を取り去った自分がどんなだったのかがわからなくなっているのだ。

自分を忘れない限り自分を取り戻せない。私の焦りはそれを忘れられないことから来ているのだ。私の未来は忘却から始まるのでなければならなかった。そうはっきり見極めたとき、世界が静まった。透き通って清らかな万物が目に入ってきた。隅々までくっきりと、百倍のズームレンズで見るように。私は初めて真実なるものの姿に近づいている。

悟りはゆっくりと遅れてやって来る。私はずっと待っている。夜明けの曙光《しょこう》を待つように。私の心の緊張は、弓がゆっくりと引き絞られ、これ以上ないほど伸ばされた金属製の弦《つる》のように、極限まで引き延ばされていく。いつぷっつり切れるか、それは誰にもわからない。

第0000章

「アメリカでのあの午後、あれはあなただったの?」私は彼に尋ねた。

彼は答えない。

「あなたなんでしょ? わかってる。私に何が言いたいの?」

「何も言いたいとは思わない」彼が言った。「君が自分で自分に言いたいだけだ」

「私、考えたの」私は言った。「あなたが言いたいのは、もし世界を見る自分と、役割を演じる自分とが同時に存在するなら、どちらか一人は真実の存在ではないことになる、そうでしょ?」

「どう考えても構わない。すべて君の考えだ」

「どうして演じている自分が真実ではないの?」私はさらに尋ねた。

彼はしばらく沈黙していた。話そうかどうかを迷っているように見えたが、その後ゆっくりと話し出した。「三つの物語を話して聞かせよう。三つの小さな出来事だ。適当に聴いててくれればいい。あまり真面目に受け止めずに。いずれも死と関係する話だ」

「最初の話は」彼は言った。「一羽の鳥の話だ。とても優雅で美しい鳥で、高く飛翔することができた。人々は鳥を非常に愛しまた羨みもし黄金の装飾をからだ全体に張り付けたので、鳥がもう一度飛び立とうとした時に、落下し地面にたたきつけられて死んでしまった」

「わかった」私は言った。「あなたの言いたい意味はだいたい分かった」

「二番目は、一人の英雄の話だ。旅の途中多くの危険を乗り越え、ついに大魔王にまみえた。これほどの勇者である男に対してさすがの大魔王も勝ち目がない。そこで大魔王は勇者に一つの物語を話して聞かせる。それはこの勇者が勝ち取ってきた戦いの話だった。大魔王は一つのジオラマを築き、英雄をそこに並べた。こうして英雄は人形になったのだった」

「これもなんとなくわかる」私は言った。

「三番目は、一匹の蛍の話だ。蛍がある家の中を飛び回っていた。蛍は絶えず窓から外を見ていなければ生きられなかった。ところがある日誰かが家の外側から窓に一枚の絵を張った。絵には光と暗闇、そして世界が描かれていた。蛍は毎日その絵の前まで飛んでいき、ついにある日絵の中に入り込んで絵の中の一つの絵になった。それから死んでしまった」

私はしばらく黙っていた。「これは、もうちょっと考えないと」

彼は反対しなかった。「好きなように考えればいい。時間をかけて考えたいだけ考えればいい」

彼の話を考えているうちに、多くのことが思い出された。それらが電光石火の如く目の前に押し寄せ、とても分析が間に合わない。細切れの映像は互いに関連していて、あちこちで結びついては騒々しく流れ去り消えていく。私はこれまでのことを、幼い時のことを、かつて彼と討論したことを思い出した。

彼はかつてこう言っていた。統治者にとって最も容易な統治方法は人々に絵を描いてやることである。絵の中にはこの世の生きとし生けるもの、天空と大地を描きいれる。そしてこれが世界の果てだと説明する。人々はこの絵以外の世界を見たことがないので、この絵こそが世界だと信じる。本当の統治者は誰もがこういった絵を持っている。この点を理解しない統治者はみな滅びる、たとえそれまで広大な版図を支配していたとしても、瞬時に跡形もなく消え失せるのだ。真の統治者は、真理と偽りとを区別する必要などない。というのも、この絵こそが真理であり、偽りでもあるのだ。これはずいぶん前に議論したテーマだったが、今になってやっと私は私自身と関連づけられるようになった。少しずつだがようやく彼が何を私に伝えたかったのかがわかり始めたのだ。

「こういう話をするのは、私に何を知らせたいからなの？」私は尋ねた。「伝えたいのは、他人が決めた役柄を受け入れないように、ということ？」

「ただ物語を話しただけだ。どのように受け止めても構わない」彼はゆずらなかった。

「どうして？　他人は故意にだまそうとするから？」

「故意にでなくても同じだ」

「ということは、自由のためには、自分という役割を放棄しなければならないということ？　どうして？」

「なぜなら自由とはすなわち自分というものの拡大だからだ」

「だから……」私は言った。「最も重要なのは自分がどのように見られたかではなく、自分が何を見届けたか、ということね」

彼がじっと見つめている。私の考えを大方理解している。そして私も彼が私の考えを理解していることが分かった。その時、私は別れの時が来たのを悟ったのだ。

「では、君は何を見届けたのかね？」彼がゆっくりと尋ねた。

「あなたを」

彼は口を閉ざした。

私たちは黙ったまま相手の顔を見ていた。空気が固まり張力が働いている。彼の眼鏡の奥の瞳に私は見て取ったのだが、彼は、私が口にしたことに驚きもせずまたそれを疑うこともせず、ただ私と同じ静かな悲哀を抱いていた。この種の悲哀はとてもよくわかる。確定した終局を前にしたときに抱く最も自然な感情である。彼はいつも私よりはっきりと事の行く末をわかっていた。

「以前あなたの前で回想したことを覚えてる？」私は言った。「もうわかったの、当初は苦痛を感じてそれであなたに出会ったのだと」

彼は眼鏡をはずし、心ここにあらずといった感じでレンズを拭きながらゆっくりと言った。

「それで？」

私は深く息を吸い込むと、できるだけ彼の眼を避けた。悲しみがますます強くなっていく。悲しいのは別れそのものではなく、別れの鍵を私が握っていることだった。

「言いたかったのは」私は続けた。「こういった苦痛の中にある時、人間の感覚はほとんど当てにならないということ。人は多くの幻想を生み出すものなの。それが本当にリアルで、あまりにリアルだから自分でも信じてしまう。本当はただ自分を慰めるだけの、ある種の麻薬みたいなものにすぎない……」

彼は身体をややのけぞらせ、上から見下ろすような視線になった。

「だから……あなたは実際の存在ではないの」私は続けた。「あなたはね。私が頭の中で作り上げた幻想」

私は彼を観察した。唇は固く閉じられ、口元の細かい小じわがすぼんで固まり、ファスナーのギザギザのようだった。彼も静かに私を見つめている。その視線には迷い、驚き、疑い、あるいは冷淡さや無関心といったものは見いだせず、どう言ったらいいのか、ともかく私から距離があり、まるで一枚布を隔てているような感じだった。短い見つめ合いはある種の力相撲みたいなもので、真実を巡る永遠の力比べのようだった。ただ単純な力比べとは違い、これは彼にとって想定内の力比べであり、だからこれ自体は一種の伝達なのだということをぼんやり感じ取ることができた。

「これまでのことを私がどうみなしているかわかる?」沈黙を破って私は言った。「一番寂しい時あなたに関することを読んだの。当時も精神状態は良くなかったわ。だから無意識にあなたの姿を想像して、あなたという人をイメージ化したの。あなたが草稿を書き終えられないのは、常に私の意見を聞く必要があるから。だってあなた自身は私の想像の産物、私の聴衆、存在しない友人で、私自身の考えを明かす相手という役割だったから。人は鬱状態がひどい時、妄想をいだくものでしょ」私の心の中の別れの悲しみがますます強まり、話すことすら難しくなっていた。「……でも永遠にこんなことをし続けることはできない。私は自分の世界をはっきり見定めなきゃいけない。存在しないものは存在しない。無理やり存在するとみなすことはできないし、ずっと鬱状態でいるわけにもいかない。自分で自分を治療しなくちゃ。だから……」

「だから別れを告げるわけか」彼は見たところ依然として冷静そのものだった。

「そう、永遠に」私は答えた。「本当に、こんな調子を続けてはいられない。もう二度とあなたとは会わない」

彼はもう口をきかなかった。最後の沈黙。

三秒間。1……、2……、3……、私は心の中で数を数えた。

「さようなら、ウィンストン」私は言った。

彼のイメージはすぐには消えなかった。彼は相変わらず静かに座っていて、私はその姿を見ることができた。

そこで私は目を閉じ、目を開かないよう自分に命じた。彼を見ちゃダメ、二度と考えないように、私は自分に語りかけた。

なんだか寝入ってしまったようである。どれだけ経ったかわからないが、目が覚めてみると、彼のイメージはすでに見えなくなっていた。その他のすべても一切消えていた。小さな部屋、机、例のずっと書き綴っていた表紙がキラキラ光った本、これらすべてが消えていた。彼は、私のすべての幻想と一緒に、透明な形のない空気の中に消えていたのだった。

第十二章

私はどこにいるのか、私は誰なのか。暗闇の中で私は目を開けた。呼吸をし、息を吐く音を聞き、自分の身体のありかに意識を集中させる。自分はまだこの世界に存在しているのか、あるいはどこか別の世界に存在しているのか、わからない。

私の意識は身体の外側から内側へと滑り込み、そして頭から胴体へ、手足へと滑っていく。手の指を立て、自分の意思で指をまだ動かせるか確認しようとする。左手で右手に触れ、さらに右手で頬をなぞる。触感はしっかりしている。どの角度からみても、自分のこの身体は確かに存在している。この存在感が私に安心感を与える。

時間をかけて記憶の中を歩き回る。この行為は頼るものがなく孤独だ。私はついに全くひとりきりになり、もう二度と希望を失った時に一緒に寄り添ってくれる者を見いだすことはない。ただこれまで目にしてきたものすべての中に自己をさがすのみだ。すべての苦しみと無力感は、期待するものに余りに多くの注意を払い、今の自分が何者であるかを忘れてしまったことに原因がある。

他人がどう見るかよりもっと大切なのは自分が何を見てきたかだ。記憶を探り当てなければならない。自分の存在が誰の根拠たりうるのかを見つけ出さなければならない。

小学生だったころは科学者になるのが夢だった。本の中に登場する科学者は質素なシャツをはおり、黒縁の眼鏡をかけ、古くがたつく机に姿勢を崩さずきちんと座り、壮大な事業のために一生を捧げる。最後のシーンでは、科学者が花束を手にし、顔に喜びと安堵の笑みを浮かべている。その背後には科学を象徴する原子核模型、そしてアニメの宇宙船が宙に浮かんでいる。

私はイメージにすぐ引き付けられ、そのものまねに夢中になった。小学校二、三年の時、一人一冊配られた『全国十佳少先隊員（全国で最も優れた十名の少年先鋒隊員）[※1]』で語られる偉業には、怪我をしても志を曲げなかったり、他人のために自らを犠牲にする少年がいた。私も自らを犠牲にし、人助けもし、自分のことを偉大と感じられ、全国の小学生に自分の行為を見せられるチャンスの到来を心待ちにした。頭の中には全国規模の表彰式の舞台で、赤い花をつけ、引き続き努力しますと慎ましやかに答える自分の姿。私は英雄的な気分に陶酔してしまって、もっと深く考える余裕などなかった。

小学生の私は模範的な少年先鋒隊員からはほど遠かった。三度目の選出でようやく先鋒隊員になったときは、すでに二年の二学期に入っていた。運動場での一年生の入隊式では、クラスの中で最も聞き分けの良い六人の生徒が横にきちんと整列して壇のところまで歩いていき、高学年の先鋒隊員六名から赤いネッカチーフをつけてもらうときっと顔をあげて敬礼を返し、リーダー格

※1　中国少年先鋒隊。中華人民共和国の全国的な青少年組織。一九四九年に設立。中国共産党青年団の指導の下、主に課外活動を通じて共産主義を学ぶ。成績優秀で品行方正、政治意識が高いことが求められ、隊員になると赤いネッカチーフを首に巻く

の少女が感想をそらで述べる。この上ない栄誉だった。

運動場は千篇一律にやや上を向いた顔、青い制服の海、白いストライプ。旗揚げ式、始業式、放送委員による壇上での誇らしげな朗誦《ろうしょう》。隊列は縦横まっすぐ、前後の間隔を一定に保ち、右向けー右！　号令とともに碁盤の目さながら、翻る旗のごとく動きが広がる。敬礼！　一斉に同じ角度で手が高く掲げられる。休め！　手がおろされる。誰一人声を立てない。

先生はいつも誰が声を立てたかを見つけ出す。なんとも不思議な能力で、制服の海を見通して遠くから一人一人に目を配り、運動場に立って数百人の生徒に向かって大声で叫ぶ。「誰それ、しゃべるな！」

日直の生徒は運動場を走り回り、前から後ろに向かって一人ずつ点検し、赤いネッカチーフをしていない生徒を数える。赤のネッカチーフを忘れるのは大罪、制服着用を忘れるのはさらなる大罪。日直当番、クラス委員、担任、と一つ一つ関所を越えていく。制服を着た私はとても醜い。ゆるくだらりとしたジャージを着るとまるで膨れあがった小さなボールだ。時々腰掛にどしんと腰かけたまま学校に行くのを拒否したくなったが、しまいにはしぶしぶ制服を身に着ける。

日直当番は校内での警察官のようなものだった。小学校三年になると各クラスが順番で日直となり校門で秩序の維持にあたる。ネッカチーフを検査し、遅刻を取り締まり、クラスごとの隊列の組み方をチェックする。体操の時間は各クラスの衛生検査をする。廊下では規律検査を行い、汚い言葉遣いをする者、ものをそこらに捨てる者、喧嘩をする者、体操をさぼる者を取り締まる。一週間の終わりに、全校のクラスを評価し順位をつける。この仕事は疲れるし面倒なのだが、日直に当たったクラスは大喜びで疲れ知らずだ。この任務に当たったクラスでは、普段から態度も見栄えもいい生徒だけが校門のところに立ち、それぞれのクラスの隊列を前に、一人ずつその行列の赤いネッカチーフを数えることができる。ずいぶんな威厳である。「名前は？　クラスはどこなの？」と生徒を捕まえ厳しい顔で不正を徹底的に糾弾する。初めて権威の代弁人となる快感を味わっているのかもしれない。

折よく学校視察で地区の指導者が視察に来る場合は、一人一人の服装はもとより、学校全体の外観まで、早くから準備を始める。これまで一度も掃除されなかった隅まですっかりきれいに掃き、学校の標語の赤い文字を再度塗り直し、トイレは通常よりもきれいにする。地区指導者が授業参観に来る場合は、生徒は前もっておさらいし、教師は前もって質問を提示し、内容をよく説明し、質問に答える生徒を選んでおく。そして答えを準備し手を挙げる者を決めておく。終了したあかつきには皆が安堵のため息をつき、評定が光栄ある結果となれば、教師は昇級を夢見て喜び合う。

最大の過失は全体の足を引っ張ることだった。みんなの栄誉になることは黒板ニュースに書き出され、赤い花が添えられる。私は一年のクラスの黒板ニュース係を担当した。このニュースはいつも栄誉に満ちていなければならない。地区の指導者が視察にきた、学校が栄誉を勝ち取った、クラスメートが合唱コンクールで賞を得た、作文コンテストでも優勝した云々。栄誉なニュースがない場合は、人への親切や善行を記す。目の不自由な人が通りを横切るのを助けた、おばあさんを家まで送っていった、誰それが腹痛を起こしたとき、クラスの誰それが雨の中を背負って帰った等々。

これは現実を創造するのに必要なプロセスである。困難をテーマにした作文、つまり「最も意義ある一つのこと」「喜んで人助けをしたこと」「ある忘れがたき事」などについて書くにはどうしても想像力がいる。事件にはそうめったに出くわすものでもない、ましてや毎回そう都合よくいくわけがない。クラスで十五人が目の不自由な人に道路を渡してやり、十人がおばあさんを家まで送っていった。同級生の大半は夜半に発熱した母親を背負って一人で病院に行った。また、父親が食事や着るものを節約して自分が勉強できるようにしてくれた等々、作文の授業ではしょっちゅうこういった奇妙な現実が現れた。そのうちのいくつかは紙の上だけの真実だった。小さい頃から捏造《ねつぞう》を学び始めれば、それをマスターするのはいとも容易《たやす》いことだ。

真実が第一に来るのではなく、規律こそが優先される。自習時間の後は毎度のごとく教師が戻ってきて「おしゃべりしたのは誰?」と尋ねる。私たちはいつも空気を読んで答える。隣の席の子と喧嘩をすれば、二人とも相手を睨みつけながら、互いに口に鍵をかける動作をする。「口に鍵をかけた、密告するな」という意味である。規則順守はそれほどまでに重要で、友情を培《つちか》うなどは二の次。クラス委員は教師のように皆に注意をする。口答えする男子生徒がいれば次のようなお説教が滔々と続く。「言っておきますけど、何しに学校に来るの? 授業中におしゃべりをすればどれだけ時間が無駄になるか、あなた、わかっているの?」

五年生の夏私は漫画に夢中になった。期末テストはできが悪かった。休み前の総括の時に先生はこのようにも言った。「中学に上がる前のテストは最も重要なテストです。一生を決めるテスト、大学入試よりもさらに肝心かなめのテストです。いい中学に受かって初めていい高校に行けます。いい高校に行くことができて初めていい大学に合格できるのです。いい中学に入れなければ後で大学に行ける可能性はとても低くなります。いい大学に入れなければいい仕事に就くことはできません。ですから、中学のテストは人生を決めるのです。皆さん、必ずきちんと宿題をやるのですよ。決して油断してはいけませんよ」

教室中がガサガサごそごそ動く。かっと照りつける太陽の光が、窓の隅から目に射し込んできて、避けようにも避けられない。私は視線をじっと窓枠に据えた。運命が前方からのしかかってくる。目を閉じると自分の人生が窓枠にくぎ付けにされているのが見える。ホレッ、これがお前の場所、お前の未来だ。これが教室の中に座っていること、周囲で起こっていることどもの意味だ。

学校を出ると、まずは貸本屋に行く。そして美しい漫画を二冊借りて読む。台湾繁体字《はんたいじ》版の日本の漫画、どの闇ルートで入って来たものだろうか。心づもりとして、何か適当なものを見つくろい、今日明日くらいはリラックスして、落ち込んだ状態をなだめてから勉強に取り掛かろうと思う。その結果が夏いっぱい宿題に手をつけずに、家の中で扇風機に当たりながら小豆アイスを舐め、床に腹ばいになって漫画を読みふけることになってしまう。さいとうちほ※2のものは素敵だった。バレエ、劇、バイオリンにルネサンス。『ベルサイユのばら』※3も大好きで、マリー・アントワネットと彼女が身に着ける美しいドレスが魅力的だった。千年前のエジプトやバビロン、神秘的な力の再現、青龍《せいりゅう》や白虎《びゃっこ》、玄武《げんぶ》、朱雀《すざく》のとりこになった。

ある時は一冊の漫画を読む。母親を早くに亡くした小さな女の子の話だった。遠い親戚に預けられて成長し、趣味が乗馬。彼女の母親は美しい人で、死ぬ前に娘に、大きくなったら淑女《レディ》にな

※2　日本の漫画家。一九八二年「剣とマドモアゼル」でデビュー。モンゴル育ちの日本人少女を主人公にした『花音』（一九九七年）で第四十二回小学館漫画賞受賞。中国最大の検索エンジン〈百度〉では斉藤千穂として詳細な紹介がなされている

※3　池田理代子作の漫画。『週刊マーガレット』に一九七二年から七三年まで連載、その後単行本として出版。テレビアニメ、宝塚歌劇の演目として人気を博す。中国語のタイトルは「凡尔赛玫瑰」

るように、美しく、優しく、強くあれ、と言い含める。女の子はそれをずっと覚えていて、成長し多くの困難に出会った時もいつも陽光のように微笑むことを忘れない。

私はこの漫画に深く心を動かされた。そして鏡の前まですっ飛んでいき、そこに映った丸々とした髪の薄い、不愛想で、笑えば怒ったようになる顔を見てみた。失望と微かな期待。この顔が、淑女のようなそんな感じに換えられたならどんなに素敵なことか。

「お母さん、ねえ」午後母が帰宅した時、私は迎えがてら尋ねた。「将来私、淑女に変われると思う？」

「えっ、何？」

「将来淑女に変われる？」

「大丈夫よ」母は答えた。どうも私の質問を理解していないようだった。けれども私を失望させたくないので、肯定の返事をしたのである。「今日はちゃんと宿題をやった？　大学に受からなければ淑女にはなれないでしょ？」

何事にも敏感かつ劣等感でいっぱいの私は幻想に浸ることになった。本だけが私の敏感さにこたえ想像の翼を広げさせてくれた。漫画のほかにも、童話、小説、雑誌があった。武侠《ぶきょう》小説はお気に入りだったし、『二都物語』[※4]もよかった。『レベッカ』[※5]にはそれこそ夢中になった。きれいではない子供はだいたいが口数が少なく、口数が少ない子供はだいたい想像世界が好きである。私は書籍に耽溺《たんでき》し、想像世界に溺れていった。

舞台に上がって深紅の花をつけることは重要ではなくなった。かりそめの事象にではなく、遥か彼方へ思いをはせることこそ重要なのだ。私は宿題が嫌になり、中学受験が嫌になり、授業中に挿絵を描いたり、冒険譚の漫画を描いたりしていた。栄えある秩序は崩れ去り、心では別に摩《ま》天楼《てんろう》を築き始めた。中学に入ると、一夜にして両親と対抗する術を身に着けるようになる。規律に関するものであればすべてが悪で、権威に逆らうものはすべてがよくなった。金庸《きんよう》の小説シリーズはクラスでボロボロになるまでまわし読みされ、学校が引けるとどの登場人物が一番すごいかの大論争が始まった。狂った欧陽鋒《おうようほう》はもう無敵なんじゃないか、楊過《ようか》は修練で世界一かも、東《とう》方不敗《ほうふはい》の武功は賊世界に知れ渡ったのでは？　クラス委員は次第に求心力を失い、クラス内のボスは別の種類の生徒、つまり反抗的でクラス委員などにはならない、バスケットボールがうまい生徒にとって代わられる。誰が挙手して問題に答えるかといった問題は露と消え、授業中はそれぞれが好き勝手にしたいことをする。ひそかにおしゃべりをする者もいれば、手紙を書いてメモを回す者、眠る者。突如として栄光の概念が失われるか、あるいはその概念が変わってしまったのである。

私は古龍《こりゅう》※6が好きだった。古龍には騙し合い化かし合いの中にある純金の友情と俗世の一途な情愛があった。彼の小説は吹雪の中の一壺の強い酒、一枚のマント、一枝の梅花、つまりは自由の息吹を感じさせた。

自由は手の届かぬ遥か彼方を渇望する。狭苦しい教室とぎっしり並んだ机と椅子は、もはや心の求めに十分にこたえられなくなっていた。朝の八時から夕方の六時まで、勉強も休憩も硬直したまま椅子に縛りつけられ、心の中でうごめく欲動は文字の中にだけ溢れかえった。

※4　イギリスの作家チャールズ・ディケンズ（一八一二‐七〇）の作品。一八五九年作
※5　イギリスの作家ダフネ・デュ・モーリア（一九〇七‐八九）の作品。一九三八年作
※6　一九三八‐八五。台湾の作家。武侠小説の大家

中学二年時の国語の時間、私はいつも机の上に覆いかぶさるようにして詩や詞の文句を写していた。詩の文句は私に空想の時空を与えてくれる。その他の文体ではイメージ化が強すぎ、皮肉風刺もあからさますぎて、言葉の含みを感じ取るまで行かないのである。

多少蓬萊旧事、空回首、煙靄紛紛。斜陽外、寒鴉万点、流水繞孤村。※7

（蓬萊閣で過ごした日々　たのしさかずかず　ふりむいてもかいなきこと　垂れこめる靄ばかり　夕日のかなた　寒鴉が二羽三羽　流れに囲まれた　村ひとつ。〔中原健二訳〕）

柳永《りゆうえい》、李煜《りいく》※8、蘇軾《そしょく》。何よりも気に入ったのがあかぬけてこだわりのない心持ち、「心遠」、志はあくまでも高く持ち、遠くから全景をのぞみ、近づいて細部に心を配る、そして悲しみが自ずとわいてくる境地。蘇軾はすべてをこともなげにこなす。味わいつくした悲喜こもごもすべてが紙の上では灰燼《かいじん》に帰し、指をすり抜け風に乗って散りゆき、人は河を越え遠くへと去ってゆく。

長恨好此身非我有、何時忘却営営。夜闌風静縠紋平。小舟従此逝、江海寄余生。※9

（ままならぬこの身が恨めしく、何時になったら功名や禄をはむためにあくせくせずに済むのか。夜が更け風も波も鎮まった。小舟をこぎ出してここを離れ、河に遊び自然の中で余生を送ろう）

詩詞は互いに惹かれ合う曖昧な気持ちをひきだす。ただし互いのそうした思いは教室の中を巡るだけである。当時は、恥じらいと愛しく思う情がぶつかり合い、うまく言い出せずに詩の語句でジョークにするしかなかった。授業中は例にもれずクスクス笑いが起きても、経験を積んだ教師は心得ていて取り合わない。いつもの幼稚な恋愛ごっこにすぎない。詩句には巧妙に二人の名と、曖昧にぼかされた思いの丈が盛り込まれた。

惹かれ合う想いと渇望、私もこれに陥った。一人の男の子を好きになったのだが、むしろ恋に恋していた。そして多くの時間を費やして、自分の心の中の愛情を観察し、描き出した。相手は笑顔を見せてくれた。私がイメージするような暖かい笑顔だった。

歌を聴くことも一つの逃避だった。音楽は人の心にぴったり寄り添う。心に深く悲しみ喜び哀愁を感じているとき、音楽は自然にこの感情に寄り添ってくれる。私はそれほどハードではないバンドが好きだった。一緒に音楽を聴く男子生徒の中には、ヴァン・ヘイレンや Metallica を好きなものもいたが私にはいずれも激し過ぎた。男子生徒の一人は日本のビジュアル系ロックバンド、**X JAPAN** や **LUNA SEA** が好きだったが、これも私は苦手だった。唯一共感を持てたのはイギリス系のロックバンドである。Joy Division のヴォーカル Ian の低く厚みのある声はぐっとくるものがあり、催眠術にかけられたようになった。Smashing Pumpkins の声はどこかつかみどころがなく、曖昧な声を聴いていると様々なイメージがめぐった。これに似たバンドが Suede、いずれも聞いているうちに夢を見ているような感覚に陥り、身体の隅々にまでメロディーが押し

※7　宋代の詩人・秦観「満庭芳・山抹微雲」の一節。中原健二訳『宋代詩詞』〈鑑賞 中国の古典22〉（角川書店、一九八八年）所収
※8　柳永：九八七－一〇五三頃。北宋の詩人。李煜：九三七－九七八。五代十国時代の南唐最後の君主。詩や絵画をよくした文人皇帝
※9　蘇軾「臨江・仙夜帰臨皋」の一節

寄せてくる。気分がいい時は皆で一緒にBlurとOasisを聴き、頭をがんがん振って思いっきりノッた。London Loves——I'm feeling supersonic, give me gin and tonic——なんといっても最高なのが高三の時に聴いたColdplay。歌詞が錐のように心に突き刺さる。ゆっくりと低く柔らかく、リズムはあくまでも力強く、でもどこかメランコリック。ヴォーカルの声は愁いに沈み、戸惑い繰り返しあてどなくさまようその歌は実に泣きたい気分にさせる。それから何年も経ったある日、彼らのFix Youを耳にしたときは、落雷で一瞬で黒焦げになった樹木の気分となった。その日私はイヤホンをつけてこの曲だけを繰り返し聞きながら、大雪の中を長い間一人で歩き回った。

When you try your best but you don't succeed
When you get what you want but not what you need

高校の昼休みは、よくCDを買いに行った。非合法の海賊版だが、クオリティはそれなりで、買ってきれいに拭けば問題はなかった。CDを販売している小さな店は狭い市場の売り場の奥にあった。裏庭の平屋の扉をそっと押して入り、在庫品の海の中を探し回る。カセットとCDはどちらも靴を入れる古びた化粧箱に収められ、一列ずつきれいに並べられて客の物色を整然と待っていた。店主はタバコを吸いながらジャケットの前をはだけ、自分でいいと思ったものを私たちに推薦してくれる。まれに誰かがぎっしり詰まったCDの間から滅多にない逸物を掘り出したときなどは、おおっと声を上げてこちらをびっくりさせ、それからタバコの先を地面でひねり潰すと、「お前さん、よくわかってんじゃないか。底値で売ってやるよ」と言うのである。私たちは黒いビニールに戦利品を入れ、ほこりの舞い上がる道端に腰掛け、自動車の吐き出すもうもうたる排気ガスの中で煎餅《チェンビン》をかじった。小遣いを節約するため、昼食は煎餅だけになったが、イヤホンから聞こえてくる音はイマジネーションを誘い、自習に取り組むための唯一のモチベーションとなった。

高校での熱狂的なふるまいの多くは、実は単調さと寂しさに由来した。自習室から窓の外を眺めると、そこには葉が半分ほど落ちた梧桐《あおぎり》や枝にとまったスズメが見える。残された葉は風に吹かれて危なっかしく、息も絶え絶えに必死に枝の先にしがみついている。風に吹かれるたびにもう落ちるかと思われたが、最終的にはか細い糸が絡みつくようにぶら下がっている。窓からは大学のキャンパスを望むことができる。遠くまで果てなく広がり、芝生ではギターを取り巻いて、白いロングスカートが風にたなびいている。しばらく経ってからふとそれが実体のない想像だったことに気づくのである。


高校の卒業を間近に控えて憂鬱《ゆううつ》になっていた頃、母はしょっちゅう将来押し寄せてくるプレッシャーについて語り、私がもっと緊迫感を持ち、勉学に励むよう仕向けようとした。「社会が今どれほど競争が激しいか、考えてもごらんなさい」母は言った。「少しでも気を抜けば弾かれてしまうの。母さんの工場でも雇い止めになった人がたくさんいたでしょ。学歴がない人はみんなそう。しっかり勉強していい学校に行かなくて、何ができるって言うの。その時になって後悔しても間に合わないのよ」

母は喋りながらセーターを編み続け、数針編んでは小指で毛糸を手繰り寄せている。その声はゆっくりとして小さい。この口調なら私にプレッシャーを与えないだろうとでも思っているようだった。けれども母の言葉は四方八方から圧力をかけてくる。母の世界はまるで押し合いへし合いする行列のようだった。爪先立って首を伸ばし、なにがあっても列に割り込まねばならず、そうでもしないと深い穴の中に振り落とされてしまうといった感じだった。

母はわかっていなかった。その種の苦労は私にとってはたいしたことではなかった。当時私は、人にとって一番大事なのは経験を多く積むことだと思っていた。生きることとはすなわちたくさんの場所に出かけ、様々なことを経験することであり、それが多ければ多いほどいい。人の一生は短く、死んだらすべてが無になる。重要なのはこの過程を引き延ばすこと。小腸が柔突起を持ち表面が無数に折り重なっているように、いろいろな曲折を経れば、人の二倍長く人生を送ることができる。ドン・ファンの紆余曲折の人生のように。もっと多く、限りなく多く必要なのだ。

大学では私は多くのサークルを経験した。それらのサークル活動は、観光で見た景色みたいなもので、たとえ名残惜しくてもさっと身を翻して辞めてしまったものだ。曲芸クラブでは漫才を習った。けれども私がやると自分から笑ってしまいお話にならなかった。アニメ同好会にも入ったが結局ひとり宿舎にこもってアニメを見るほうを選ぶことになった。ロック協会にも入り、大勢でMIDIミュージックフェスティバルを見に行ったが、フェスでも特にいいと思ったバンドはなく、串焼きの売り手と派手な衣装で暇そうにしていたバンドメンバーを目にしただけ。目の周りを黒く塗ってレザーの上下をまとった若い子らが犬の鎖に白菜を縛りつけ、地面の上でそれを引っ張りながら行ったり来たりしていた。環境保護団体にも参加したが、残念なことにこのサークル自体の活動はほとんどなかった。登山協会、これは雪山に一度登ってみたいと思い、かなり期待して入ったサークルだった。ただクライミングが私の泣き所で、一番簡単なルートですら上まで行きついたことがなかった。クライミングで審査を通った隊員が最終的に登山隊のメンバーとなった。休日明けに見せてもらった写真では、真っ青な空にひんやりと一筋雲がかかり、雪山は太陽の光を反射してキラキラと光っている。風に吹かれた雪が山頂付近で舞い、神秘的な雰囲気に包まれていた。雪焼けで顔が赤黒くなった隊員たちは、肩を組み、輝くような笑顔を見せている。私は羨ましくて言葉もなかった。大学二年の冬がとても寒かったのともうメンバーになる希望も無くなったので、訓練もその他の活動もやめてしまった。

その二年間は、目の前にいきなり広大な世界が現れたようだった。私ははじめ自分の好きなものが何かわからなかったが、結局最後までわからないままだった。新鮮で、未体験のことを一通りやってみて、その中から一番好きなものを見つけ出そうとしたのだがただ新しいものが多すぎた。私は自分の持てる好奇心を全部、体験することそのものに使ってしまい、もう何が好きなのかわからなくなっていた。

「さあ歌、歌いに行こう！」羅鈺《ルオユイ》は夜になるといつも、宿舎にカバンを放り投げてご機嫌な様子で誘ってきた。

「今から？　こんなに遅く？」

「今がちょうどいいんだよ。十時を過ぎると安くなるからさ」羅鈺が答えた。

私たちは夜十時にカラオケに行き、明け方四時まで歌い続ける。深夜のカラオケにはがなり立てる歌声、耳をつんざくような叫び声がガンガン響きわたり、カラオケから一歩外に出ると通りはしんと寝静まっている。カラオケ店の廊下に立っていると、個室のドアの隙間から怒鳴り声やら叫び声やらが耳に飛び込んでくる。テンションに任せてこれでもかと張り上げられた声は、寂しさという寂しさを喉から絞り出そうとするかのようだった。時々廊下に出てはしばらく佇む。グラスを載せたトレーを捧げ持つ従業員は全くの無表情。廊下は黄金色に塗られ、ピカピカ光る鏡は小さな菱形に区切られている。灯りがかろうじて届く暗がりではなぜか泣きたくなった。思い出してしまうのだ、あの人の口からきっぱりと発せられたさようならの言葉を。男子学生はマージャンに興じ、じゃらじゃらプラスチックがぶつかり合う音が、喝采の拍手、ざわざわした声と混ざり合う。重低音の響きが心臓にどんどん響いてくる。男子と女子の曖昧な距離感、高らかに笑うコンパニオンガール。

パブも新しく現れたものだった。学校からさほど遠くない住宅地の入り口にそれはあった。そのエリアには外国人が多く住み、周囲の学校の留学生もよく来ていた。入り口は小さかったが、遠くからでも入り口付近でタバコを吸ってたむろする人々が目についた。入ってすぐは目がくらむ。人と人との距離が近すぎて相手の身体から発するアルコールの臭い、汗や香水の匂いがつんと鼻にくる。空気を震わす音楽は、まるで石の塊のように強力で、暴風雨のように避けようもなく、心臓の強烈な共鳴を引き起こす。ほんの少し踊った後、パブの外に逃げ出し道ばたに座って上を見上げる。頭上の星は不夜城のネオンの輝きに遮られて一つも見えない。たくさんの男女が路上で風に当たっている。

こんなことをしているうちに私はだんだん心の安定を失い、疑り深くなっていった。倦み疲れて何もかも嫌になり、そこから懐疑心がもたげてきた。紆余曲折を恐れず何でも経験してやろうというドン・ファン的態度が我ながらうさん臭くなり、いったん経験してみればなんだこんなことかと実感する。心に不満を感じ始め、いつも何かしらが欠けている気がした。大切な何かが欠けているのだが、それをいつも探しあぐねていた。

大学生活で強い影響を受けたのは大学のネット掲示板である。私は主にそこからいろんな情報を得ていた。当時の私は外の世界を知りたくてたまらず、その疑問に応えてくれたのがネット掲示板だった。大学三年の時の校内集会は、私が数年ぶりに真剣に加わった集会となった。ちょうどネット掲示板に没頭するようになって間もない頃で、その突然の閉鎖に戸惑っていたところだった。掲示板が一時的に閉鎖された二日目、大学の公道前の広場で集会が開かれた。それが自発的なものなのか、誰かに組織されたものなのかは不明だが、そこにはたくさんの人間がいて、少々混乱した様子だった。あちこちで学生がかたまっていたが、どこが中心なのかわからない。

黄昏時、雲が揺れ動き、空は青く暗く、地面に近い際は紫紅色の光の暈《かさ》となっている。芝生の周りにたくさんの学生が立っていて、芝生の脇に腰かけている者もいたが、遠くから見れば演芸会かピクニックのように見えただろう。彼らの横を通ると、それぞれが自分の推測で議論しているのが耳に入った。なぜ突然閉鎖されたのか、どこの仕業で、だれがどんな決定を下したのか、ほかの学校はどんなことになっているのか等々。人々の間をすり抜けると、いろんな説が書き留められたメモの間を通るようなものだった。私たちは学生の群れの一番外側まで出てようやく足を止めた。そこで何人かの学生がいそいそと測量を始め何かを準備していたが、私と一人の男子学生は訳が分からないままそのそばにいた。

「あの人たちは何をしているの?」私は尋ねた。

男子学生は、自分もわからないと肩をすくめた。「君は普段どの掲示板を使ってるの?」男子学生が私に尋ねた。

「歴史系のスレッドがちょっと多いかな」私は答えた。「ニュース板にはほとんど行かない、時事関係はあまり読まないの」

「そこには行かない方がいいよ」男子学生は言った。「ニュース板はすぐ炎上するから意味ないよ。今回の封鎖だってニュース板がしでかしたことだし」

「何を騒いだの?」

学生は両手をポケットに突っ込んで「それも大したことないのさ、ちょっとしたメモにすぎなかったのにさ」

私はため息をついた。「まったくいつの時代なんだろって感じ。一言二言何か言ったからってそれのどこが危ないの？　いろんなことがほんと耐えられない」

「俺は気にしない、どうでもいいさ」学生は大したことないというようにあっさり言った。「流れは変わらないよ。今日青のグループを閉鎖しても明日には緑、赤、黒のグループというように出てくるさ。止めようがない。未来を閉鎖することなんて金輪際できっこないからね」

私は相手の顔を見た。見知らぬ顔、冷静で淡々としている。その何事も意に介さない態度を見ていたら、私も現実をひょいっと超越したかのように、急に気が楽になった。ずいぶん後になって、この学生が言ったことは確かに正しかったと気がついた。彼もほかの者と同じようにこの閉鎖の件をよしとはしなかったが、この趨勢は止められないことをわかっており、それで、たいして気にする必要はないと見極めたのだ。私たちはこんな冷めた気持ちで学生たちの輪の外に立っていた。両手をポケットに突っ込んで、春の夜の物見遊山に来たような体である。彼のブルーのシャツが夜の暗さの中で周囲の景物と溶け合って一体化していく。

あたりはますます暗くなり、街灯が灯った。周りでは皆がロウソクを灯し始めた。ビニール袋から一つずつ丸くて小さな白いロウソクを取り出し、あたりの地面いっぱいに並べる。近くから見ると全体の様子はわからず、ただ白い点々が中心から四方に延びていき、芝生の縁まで行って、青緑色と混ざり合い交差するように見えた。学生はますます多くなり、それぞれが腰をかがめてロウソクに火をともすと、小さな炎が点々と瞬き始め、弱々しく揺れて、連綿とひろがる白色に囲まれた光の海となっていく。ロウソクの炎は春の夜風にゆらゆら揺らめき、盛大な誕生日、あるいは祭典の様相を呈していた。

講堂の守衛の黄爺《ファン》さんがやってきて私たちの後ろに立ち、あたりを窺っていた。黄爺さんは親切で、前に講堂でイベントを行う準備をしていた時など、ずいぶん助けてもらった。この大学でもう四十数年は働いている。

「これはなんの意味なんだか」黄爺さんはぶつぶつつぶやいた。

「……ちょっとしたイベント」私は振り返って答えた。

「なんのイベントだね？」黄爺さんが尋ねた。「今日は何かの日なのかい？」

「なんの日でもないの。ネット掲示板を記念してるだけ」

「ネッ……なんだって？」

「何でもないわ」私は笑って答えた。

「今どきの若者ときたら」黄爺さんはため息をつきながら頭を下げて地面を掃き始めた。「まったく幼すぎるねえ。わしがお前さんたちと同じ年の頃は、やっぱりこんな風にエネルギーがあったさ」黄爺さんは再び以前のことを語り始めた。黄爺さんがいろいろ断片的な過去の思い出を話すのを私たちの多くが耳にしている。「わしゃ、六一年にここで働き始めたんだが、当時はあんたらよりもっと幼かったね。あんたらは飢えた経験がないだろうが、六一年にゃあ学生にはまだ食べ物があってもわしらが仕事を終えて家に帰ったところで食べもんがない。あれがほんとの飢えってもんだ。それでわしたちはここ、この場所で……」じいさんはしゃべりながら向こうのほうへ掃いていったので、その後の言葉は聞き取れなかった。黄爺さんの方も聴衆がいようがいまいが気にしないようだった。

　しばらくすると黄爺さんがまた掃きながら戻ってきた。「六七年には……」こう言いながら立ち止まり、手の甲で老眼鏡を押し上げると、そのついでに腕を上げて講堂の右側にある目立たない三階建ての赤煉瓦の建物を指さした。「そうそこだ。あの建物だ」黄爺さんは言った。「学生たちのグループがあの建物の上で大砲を組み立ててな、別のグループの学生たちに向けて撃ったんじゃ。本当さ、うそじゃない」こう言いながら、また頭を下げて両手で箒《ほうき》を持った。「なんで撃ち合いになったんだかわからんが。なんでも二つの派閥《セクト》だったとか。その二つの派閥の名前が何だったか知らんがね。あん時はわしたちもおいそれと外には出なかったもんじゃ。外に出たら弾丸を食らっちまう。本物の大砲さ、彼らが自分たちで作ったんだ。火薬も自家製だ。それからどうなったかって？　それからの話は長くなる。外にいた学生の一群が建物の学生たちを取り囲んで、誰かが出て来ようものなら、突き殺すんだ。鋼鉄管を斜めに切断してさ、断面がそりゃあ鋭くてさ、一刺しで殺せる。こうやって三か月間包囲して、それで中の学生は全員が餓死しちまったんだよ」爺さんはここで話を切ると、手でなんとなく小さな白いロウソクが光っている緑の広場の方を指した。「まだ覚えとるがねえ。ここだったんだ」そう言いながらまた向こう側へと歩いていった。声が暗がりの中へ消えていく。「若者ってのはねえ……」

　その晩宿舎に戻る間際にブルーのシャツの男子学生が私のネット掲示板でのＩＤを教えて欲しいというので、紙がなかった私は相手の手の上に書いた。それから二か月後に掲示板が再開されると、私たちはネット上で何回かやり取りをした。と言っても付き合ったというほどのこともなく、たまに掲示板のポストに祝日のお祝いメールが届いたりするだけで、切れ切れの言葉の中にあの当時の状況を思い起こすことができたが、その後二人がもう一度会うことはなかった。

　実際、掲示板上では本当に害がある言論が書き込まれたことはなく、せいぜいニュースへの批判や不満か歴史的な補足説明程度だった。中学の時は歴史の授業が好きではなかった。何のかんの言って結局は似たり寄ったりの決まり文句の暗記である。誰それがいつどこの某戦役で勝ちをおさめた云々、ある王朝は何年から何年まで、ある王朝が滅んだ原因は皇帝の愚行による腐敗の蔓延《まんえん》云々、ある事件が無産階級の必然的な勝利を体現している云々。これらは離れ孤島のような存在の断片で、その他の大部分の時空は透明な空白だった。過去の事柄に興味を覚えたのは大学を卒業してからだった。書籍は膨大で手の付けようがないので、ネット掲示板をあさった。そうしたところで結局精巧な全体像が結ばれることはなく、ただ断片的な話題が海の上の気泡のように水中から湧き上がって波を形成し、少しずつ島の間の枯れた空白を埋めただけだった。時には島すら大波に飲み込まれて砕け散り、それが実は島でもなんでもなかったことに気づかされたりした。

時には誰の言うことが正しいのかがわからず、口論を続けているうちにこんがらかった糸の塊となり、そのせいで攻撃口調になったりした。事実は不明確で、数字すらめいめいてんでばらばらに主張するので、まるでそれぞれ別々の世界に住んでいるかのようだった。抗日戦争期の国共双方でそれぞれどれだけ死者が出たのか、民国期の経済はいったいどうだったのか。国共内戦の時にソ連からどれだけ援助を受けたのか、百花斉放百家争鳴《ひゃっかせいほうひゃっかそうめい》から反右派闘争[※10]の間に何が起きたのか、林彪《りんぴょう》は飛行機に搭乗する前に何を言ったのか[※11]。こういったことは教科書には出てこないか、

※10 「百花斉放百家争鳴」は、中国共産党が一九五六年に唱えた自由化政策のスローガン。文学芸術活動と科学研究活動において独立志向の自由を提唱したが、知識人が共産党への批判をはじめると、毛沢東が知識人を「ブルジョア右派」として弾圧、一九五七年から展開される反右派闘争につながる。「反右派闘争」では、「右派」と見なされた人々の多くが公職を失い農村での強制労働に従事させられた。「右派分子」とされた人々やその家族は、文化大革命時期も監視と抑圧の対象となった

※11 一九〇七‐七一。共産党副主席などを歴任したが、文化大革命後の政争に敗れ、一九七一年、ソ連に亡命しようとして乗った飛行機が墜落して死亡した

あるいは非常に曖昧模糊とした形で表現されるかだったのが、掲示板上では詳細なところまで書かれていた。ある者はこれを大騒ぎして取り上げ、ある者は決して信用しなかった。私はいったい何が真実なのかわからなかった。

大学二年生の時、一人の学生がネットで読んだ一九五〇年代の歴史の一幕について教師に質問し、当時の政策決定は一体だれが責任を持ったのかと尋ねた。教師は答えたくないように見えた。この問題については諸説あると述べるに留め、どれが真相に一番近いかについて自分の考えは言わなかった。こういった濁し方に私たちは不満を覚え、二足す二は四※12といった明確な回答を求めたが、教師は答えたがらなかった。

記憶をたどってみると、小さい頃から大学まで、出会った歴史の教師はいずれも明確な答えを提示したがらなかったように思える。

わからず戸惑うことが多くなり、私は再び読書に没頭するようになった。多くの書物がこの時期の私の世界に入ってきた。私は重苦しい気分にさせる本を好んで読んだ。作者によっては、鬱屈とか痛ましいとか苦痛だとか言った言葉を用いず、ただ書き連ねることで雰囲気をあふれ出させていた。ニーチェの著作は、言葉は力強く硬質だが、実際の感触は実に鬱々としている。小さい頃に教師に叱られたり、あるいは同級生に罵られたりした後で、悄々し気に「今に見ていろ……」と吐き出す口調に似た感じの語り口である。サリンジャーもかなり鬱屈していて、しかもなぜそうなるかをすっきりと分析しがたい感じだった。とても明確な、ストーリーのないストーリーでありながら、この作家に書かせると耐えられないほどに辛さを感じさせた。リチャード・イェーツもそうだが、何よりもふさいだ気分にさせるのはフォークナーである。よどみなく繰り出される物語の語句の一つ一つが内心を苛む鬱屈感に満ち、その上寝言を言うような世界に対する冷え冷えとした傍観者の態度。なぜこういった感触の本が好きだったのかはわからないが、おそらく自分が鬱々としていたので、高揚感に触れたくなくて、ほかの辛さを感じさせる書物の中に共感を見出そうとしていたのではないかと思う。私は笑い飛ばしたり罵倒が書き連ねられた本、特に切れのいい冷笑的な態度や、同情心のかけらも感じられないような本は好まなかった。作者は頭がよく、群衆の中で頭を誇らしげに上げて立ち、その他大勢を冷たくあしらっているように感じさせるのだ。まるで沈黙と不器用さは嘲笑の対象になって当然とでもいうように。私もそういった冷遇される側の人間だった。

ずいぶん長い間、私は、自分と人々の関係の中で揺れ動いていた。私はこの世界にすんなりと入りたかったが、人々の中にいるとそこからどうしても遊離してしまうのである。

私はずっと哲学者になりたいと思っていた。当時は本当にこの思いに深く突き動かされ、その他の学問はどれも表層だけの軽薄なものに感じられたのだ。私は本が書きたかった。人の意識と思想に関する定説を覆すような、人類の未来の思考領域に新たな局面を切り開くような、斬新かつ深みのある、現代におけるヘーゲルのような、そんな本を。私は、ホッブズの『リヴァイアサン』のような、人類すべてを貫くような統一したモデルを一冊の本として書き上げたいとも思っていた。

けれども私は哲学者の器ではなかった。物事を考えるにもそれほど深く掘り下げられず、論理の連鎖も長く持たない。それでも、哲学者の人生がはた目にも高尚で超俗的で世間一般の人々と

※12 「自由とは二足す二が四であると言える自由である。その自由が認められるならば、他の自由はすべて後からついてくる」ジョージ・オーウェル『一九八四年』(高橋和久訳)

は異なって見えたので、私は哲学者の生活スタイルを想像することに浸っていた。静謐な書斎、毎日の散歩と思索、世俗から遠く離れ、未来への影響力を持つ。こうした妄想で自分の心を満たし、人と自分を比べないようにして、万物を虚無と捉える時期を過ごしたのだ。

当時はこうしたことをまだはっきり意識していたわけではない。自分の欲望がはっきりとは見えておらず、欲望の源もわからなかった。私には、知識を超越しようとする要求が、自分が人より抜きんでようがないことから来るのかわからなかった。何笑《ホーシャオ》のように、ガラス張りの高層ビルを自在に出入りし、きれいなスカートを翻して颯爽と歩き、世界中の人間に電話をすることができないから、それで自分とは正反対の、一見して麗しいイメージに引かれるのか。他の人に及ばず自己卑下が強いから、地中で眠る蝉のように、ある日突然一人の偉大な人物に変化することに望みを託しているのか。私にはわからなかった。人間にとって如何《いかん》ともしがたいのは、自分がもし自分でないならどうなっていただろうかと想像することである。潜在意識は自分でも確認のしようがない。

私は確信できるものを求めると同時に、自分が確信したものが間違っていることを恐れた。自分が自分であるという感覚、これをどのように確立すればいいかわからなかった。これが私を殺す匕首《あいくち》だった。

私はベッドに横たわり、初めからすべてを辿り直した。あらゆる考え、思い、動機を遡って考えているうちに終わりのない連鎖に入り込んでしまい、両親から祖父母、祖父母のその先の先祖へと遡っていくことになった。この遡上には疲労困憊した。けれどもこれを避けて通ることはできない。世界のどこかに解決の糸口を見つけ出すことが不可能である以上、心の奥を探すしかないのだ。それが唯一の出口なのだ。

突然私はなにかを理解した。夢から飛び起きて、暗闇の中でじっと座る。

もしこの世界に自由が存在するならば、それは過去の時空の中ではなく、今この時、この瞬間のはずだ。

第十三章

都市人口二千万の都市三千万人の都市騒音都市音楽と叫び声高層ビル煉瓦建ての高層ビルガラスと鋼鉄肉眼では見えない高度ブルーインディゴまっすぐ伸びる道広い道車のライトの連なる河の流れが束になって流れる道ラジオの英雄ちかちか瞬くライト広告の巨大なスクリーン煽情的なメロディー魅力的な顔美しい仮面二次元の笑顔が都市の上空を跳び越え強風にあおられ切れ切れの紙しわくちゃな紙になりセダントラックバスエンジンの轟音とクラクション車線変更時のカーブ排気ガスの色赤信号に突っ込むスピードスピードスピードスピード風のようなスピード歩行者の顔に真正面から吹き付け舞い上がる砂ぼこり天空の埃天空の灰色の雲変幻自在の光が透過する霧霞寒く冷たい枯れ枝年を経たまっすぐ伸びた枯れ枝ごっつい枯れ枝車内いっぱいに立ち込める群衆追いかける群衆早歩きの群衆老人の群れあちこち固まって見上げる視線組んだ腕ネオンサイン街頭タバコの看板キオスク早歩き露店輪タク工芸品イヤリング帽子手袋マスカラトレーニングパンツソーセージパンドリアンケーキ腸詰入り煎餅モチトウモロコシ焼冷麺クミン豆腐唐辛子一杯の唇香り漂う唇くちゃくちゃ噛む唇息吐く唇チュッとキスする唇おしゃべりな唇爆笑する唇タバコをくわえる唇ひび割れた唇秘密を漏らす唇秘密が耳に入り心に入り事務所の秘密家の秘密心の秘密疲労困憊興奮心配焦りイラつき待機し計算する道を急ぐ足どり帰宅の足取り飛翔黒い革靴赤い革靴ハイヒールフラットシューズ運動靴ブーツ擦り切れたゴムガタゴト石畳道煉瓦道アスファルト道破損した石欠けた石凸凹の石都市全体の負担を負う石入り混じる人影肩の触れあい行き違

第十三章

い人波に混ざり押し合う人込み長い列無表情に下を向く列階段を降り世界の下方を歩き暗闇の中を歩き隊列とともに行くのを待って下を向き飲み込む機械検査する機械透明な機械X線がカバンの骨格カバンの皮カバンの内臓カバンの中に潜ませた携帯電話財布口紅アイシャドウ雨傘カップファイルノート恋人へのプライベートなプレゼント見積書領収書キャッシュカード忘れられたメモ人に見せられない手紙呪い誓い苦悩希望絶望して描いた実現すると思っていた夢油汚れの混ざった泥水ビスケット屑が巻き込まれ回転がカバンを巻き込み持ち主を離れたカバンを待ち受け奪い取り寄り集まった幽霊の爪の先のような両手が出口でブルーのカードがひらひら舞う下を向いた数え切れないほどの頭がずらりとそろった様は銃口を向けられて顔を挙げられぬ頭携帯を見つめる頭ゲーム映画電子書籍エンターテイメントの占いキラキラ光る画面笑わない顔黒い肌黄色い肌ニキビ肌垂れ下がった頬二重顎汗の噴き出た額幅広の顔小さな目大きな口鼻の下のほくろ脂ぎった髪周囲に飛び散る唾空気中を漂うニュースと体臭凶悪殺人自殺突然死過労死で残された妻子の悲惨な話切れ切れの話色恋沙汰の話まとまりのないストーリー第三者第四者第五者の想定外の妊娠できちゃった婚父親のわからない私生児スターの堕落歴史の秘話の暴露オフィスの駆け引き暗闘栄転のコツ人格を高める学問金儲けの道未来のマーケット決定的チャンス内部ルート涎また涎漂う声漂う臭い押し合う身体汗の噴き出た皮膚圧迫感響き渡る轟音車両トンネル通過真っ黒なトンネル赤やピンクが煌めくトンネル内の広告が魑魅魍魎の影の如く響き渡る轟音疾走停止停止疾走ホーム終点ではない終点はない車両停止ドアが開き群衆が海の如く洪水の如くどっと押し寄せ押し出される百人千人一万人数百数千の人々ホームは深い淵海洋ホームの大理石の支柱のテレビ画面に駅名が一瞬光りまた光り目がきらり光りまた光り電話の呼び出し音が響くわかったすぐに着くから今地下鉄の中先に料理を注文しておいてエスカレーターの手すりの隅の広告の割引商品季節セール新たな時代のプロモーション青年プラザの演劇バレエミュージカル漫才腕時計水晶ダイヤモンドをちりばめたファッション時計冷たい身を切るような寒風街灯のオレンジ色のレストランイタリアンレストランドイツ料理店韓国料理店日本料理店個人経営の食堂ファッショナブルな料理店レトロな料理店箸レンゲフォークスプーン賑々しい夜媚を売る視線ぼんやりした電灯

ハーイこんにちは遅くなりました豚肉牛肉鶏肉胃に落ちて行く動物の哀歌死んだ魂胃袋に飲み込まれる金口元から流れ出すスープ肉汁げっぷを出してＧＤＰを創造し消費を作り出し内需を作り出しＧＤＰ国内総生産に国民総生産一人当たりのＧＤＰの世界での順位ＧＤＰ倍増ＧＤＰ減少ＧＤＰ最低ラインを保証ＧＤＰの毎年増加率七％から八％の減少で就職難不景気それから繁栄安定日に日に発展過剰生産構造改革リストラ涙を流す労働者たち空気汚染新たな業種ができて将来への希望過剰投資光電池船舶機械に製造海外市場と国内市場市場の開拓合弁の国際企業設立グローバライゼーション海外上場Ｈ株アメリカ証券市場ナスダック株価上昇と下落に時価総額が二倍縮小高すぎ低すぎ資本運用に資本投機概念株ジャンク株ハイテク株中国概念株債務レバレッジ比率引き下げ不良債権率に不良債権処理に資産スリム化ＩＰＯヤドカリ式上場ロードショー株式定価に未公開株と流通株式と固定株と優先株と株主収益資産の証券化金融資産に不動産取引と先物取引の商品先物取引に金先物取引に砂糖先物取引の為替レート先物為替レート相場の波動為替レート引き上げ通貨切り下げ戦争刺激経済に量的緩和インフレ資産バブル崩壊と暴落で金融危機失われた十年外貨管理外貨貯蓄ブームホットマネー流入ホットマネー流出海外投資に国際協力国境を越えての合併再編買収Ｍ＆Ａと株式投資株式保有それから理事会産業組合垂直統合ＰＥプライベートエクイティＶＣベンチャーキャピタル鉱業メディア産業エネルギー産業エレクトロニクス産業軍事工業製薬業金融業の株価収益率に年間収益率に資産収益に株価収益率に不動産収益で不動産価格高騰倍増十倍住宅賃料比率に学区住宅と間取り緑化率と小区の容積率最高の場所は地下鉄の計画に将来商業センター産業ニュータウンに発展するか高収入の人々が集まる地区の住宅八十年代の住宅九十年代の住宅二〇〇〇年の住宅二〇一〇年の住宅おお当時は一平米が二千元あの時は二万元で誰誰がどこそこのどれだけの部屋を買って今や高騰してどこそこの部屋が去年四万元いや六万元で買ったよあんたはマンションを買ったのかいあんたがたのマンションはどこで買ったのか１ＤＫか２ＤＫか３ＤＫか老いた親たちから孫まで三世代同居なら老人が子供の面倒を見て今度は子供が四人の老人の面倒を見て四人の老人に二人の大人に一人の子供いや二人の子供一人っ子から二人目で二十四時間付きっ切りで哺乳瓶哺乳瓶用キャップ粉ミルクブレストポンプ

授乳ブラジャー腹帯涎掛けカバーオール前開きベビー服ゆりかご乳母車赤ん坊ベッド抱っこ人形にミニの人形クマさんウサギさんぴかぴか人形歌う人形胎教はモーツァルト子守唄古詩三字経に千字文『十万のなぜ』『中国通史』上下で五千年分バレエのお教室ピアノにスケート水泳とオリンピック数学教室に卓球教室公立の幼稚園か私立幼稚園かバイリンガル幼稚園か重点小学校中学校９８５プロジェクト大学に２１１プロジェクト大学院生博士課程の学生ＭＢＡで給料はボーナスは保険住宅積立基金と株に国債に外貨と財務管理は投資用不動産で車に子供一人と子供二人と子供と大人と大人と子供が千年万年一千万年でもおおいお前さんの子供はどうだい背丈は伸びたか体重はどうだどこの学校だ大学はどこを受けた就職したのかどんな仕事だ結婚はしたか子供は生まれたのか今度一緒に飯でも食おうか一緒に旅行に行こう滅多にない集まりじゃないか随分久しぶりだ最近調子はどうだい私はまあまあよただまた家を変えたのそうあの高級住宅地区に今度遊びに来てねえあの話聞いた誰それが誰それと結婚して誰それと誰それが離婚して誰が子供を生んで誰それの子供が一歳なのに離婚だってさずっと愛人がいたんだって結婚前からずっと隠してて隠しきれなくなってベッドにいるところつかまったんだってほんとアンラッキー私に言わせればあの男は最初からあてにならないやつだったよそうでしょ誰それ誰それ誰それそんなどうするつもりだ子供連れで仕事もなくてさ女性の一生ってなんてまあお勉強ができるより良いとこに嫁いだ方がいいのよあの芸能人だって離婚したでしょ当初はなんかいい感じだったじゃないの理由なんてわかるもんですか映画界のことなんてほんと乱れ切って何が何だかサッパリ誰が誰と確かうわさではまた縒りを戻したってつまりパリで撮影してた時だってさ本当だよ映画界に一人友人がいてそいつが言ってたんだあいつらは映画スターのことを実によく知っててさ誰誰が同性愛でそれも公開されてる誰それも同性愛だとそれから誰誰誰もだと嘘じゃないさ本当だ一目でわかるさ絶対そうだねえ誰それがどこそこでレストランを開業したって聞いてるかい運が良ければ誰と誰と誰が誰と誰というか見られる時間があったら一緒に行こうなあ俺たちで一緒になんかやらないか会社勤めはほんとくそ面白くないから何でもいいからおおいいさただし人様のためのバイトはごめんだじゃあ俺たちもレストランを開くかレストランを始めるのは難しくない高尚な仕事

じゃないが容易だなら淘宝でネットショップでもいいじゃないかいっそ輸入品ネット販売やろうじゃないか仕入れをやるからネットでの業務をやってくれればいいでもネット通販は闇が深くて大変よ淘宝は本物から偽物まで何でもござれダイヤ三つとかクラウン五つの評価ランクがなければ最初は打って出ていけないあるいは会社でも始めたらどうそれでもいいわなんの会社にすればいいの今どきのこのご時世じゃ何をやるにもやりにくい友人が一人モバイルインターネットを立ち上げてる俺たちもやってみたらどうだインターネットファイナンスこの業界はまさにブーム未来空間は大いなる発展の兆し今や皆がビジネスチャンスを獲得せんとし淘宝テンセント百度でユーザー獲得競争の只中誰が最後に笑うのかわからんがテンセントは実力があるんじゃないか彼らのユーザーは多いし最近も続けざまに買収している当時のQQはもう見向きもされないプチブルはみなMSNを使ってたが今はMSNは完全に死んでる彼らのやり方のでたらめかげんはひどいもんだ例のあの会社を知ってるかい彼らの長男が某某の末っ子だ後ろ盾にいろいろあるんだ今の大会社はみんな裏にいろいろあるのよ見てみなさいよああいったPEのほとんどは某某の二代目でしょそんなの当り前だ後ろ盾がなけりゃ何もできないさ中国じゃあ知っての通りこういったことは全て指導部の鶴のひとこえさ誰もが上部とコネを作って資源を引き付けようとするさプロジェクトが立ち上がるってのは誰かがOKを出すということさこの間誰かが暴露してたでしょ中国の数家族の子孫たちの関係図見たことあるかいみんな国内外で金融取引を行う各大投資銀行はこぞって彼らのもとを訪ねるそういえば某某某が引っ立てられたとかえっそうなの隔離審査だってそれとも誰それの逮捕なの今回は結構大掛かりみたいだ上層部からすでに指令が出ているらしいおそらく某某と某は失脚しそうだとか噂では某某は某某と当時どこそこで敵同士になったとか誰それはずっと誰それが後ろ盾でそれを笠に着て怖いもの知らずさそれでも某某も最近勢力が落ちて口利きが利かなくなっててそれで某某にやられちまったんだと俺たちの職場の誰某が言ってたんだそいつには幼馴染がいて誰それの息子なんだが情報に通じててさ俺たちの会社では今年誰某を怒らしちまってそいつにばっさりやられて悲惨なもんだお前の会社は今年の業績はどうだボーナスはいくらもらったんだい年度末でも俺たちはボーナスなしだぜボーナスかあそこの会社では

どれだけ出したんだ向こうは勝者こちらは敗者比べても腹が立つだけだ何時になったら金持ちになれるのやら一年に百万二百万一千万稼いでもどうして給料が上がらないんだどうしてボーナスが出ないんだどうしてボーナスが他より低いんだこんな少しじゃあＣＰＩに追いつきっこない何でも値上がりしてるし白菜が値上がりして肉も値上がりして煎餅までも上がってタクシーも賃貸の料金すら上がってるから家の値段はなおさらよこんなんじゃ生きてけないわ食事だって高いったらありゃしない一皿注文したら三十元セット料金で百元なんて一か月にいくらも残らない何時になったら外国に旅行に出られるのか海南島で休暇を過ごせるのモルディブに休暇に行けるのハワイに休暇に行けるのなんできれいで優しくて若くて善良で知識もあって礼儀正しくて父母を敬い家事をよくこなせて全身全霊で俺を愛してくれる妻が現れないのかなんで背が高く凜々しくて洗練されたふるまいをする上品な理想を持った趣味があって稼ぎが多くて仕事ができて家庭をよく見てくれて家事もこなせるし浮気をせずに愛情をこちらに注いでくれる夫が見つからないの何で大きな邸宅に住めないのか高級車をボートをどうして持てないのかどうして株が儲からないのかなんで喫茶店を始められないのかなんで私のところに映画撮影の話が来ないのか投稿してもどうしていつも不採用で原稿が戻されるのかなぜ履歴書を送っても面接まで行かないのかなぜいくら考証してもどうしても証明できないのかどうして英語をいくらやっても進歩がないのか卒業証書の獲得がどうしてこんなに難しいのかどうして学校がこんなに面白くないのかなんであたしはこんなブスなのなんで背がこんなに低いのどうして誰からも理解されないの何で歌えないの踊れないのこんなんじゃ誰かとカラオケに行きようがないじゃないどうして誰も私の気高さ志の高さを認めてくれないんだろうどうして誰も評価してくれないのどうして私は先生から嫌われるのに他の軽薄な学生は好かれるんだろうどうして私は皆から理解されない何でこんなに孤独なのかなぜ宿舎の学生たちは私をターゲットにするのかどうしてあんなに触れ回るのなぜ我儘な女子学生のほうは却って良い友人ができるの何でこんなに意気地がない人間が卑屈になって他人に媚びるんだろうなんでこんなに強圧的で横暴な奴がいるのか一日中人を虐めている何でこんな恥知らずの者がいるのか金を借りて常に返すのを忘れる自分の原則を貫こうとしているのに誰もそれを気

にかけないなんて私は相変わらずまた失敗どうして一気に一目置かれるような成果を上げることが私にはできないの今回の栄誉になぜ私があやかれないの栄誉にあやかると何で白眼視されるのさ料理がいつもどうしてこんなに不味いのか晩にいつも空腹なのはなぜ靴下は一日でどうしてこんなに臭くなるの何で最近また太っちゃったのどうして顔にニキビができたのなぜ顔がはれぼったくなってるのどうして間食をやめられないの長距離走でどうして合格できないの何でまたお金がなくなっちゃったのなぜ人が好きになるのなぜほかの人が好きになるの私を好きな人は何でいつも失敗するのどうして過去のことが忘れられないのどうして面白い未来が思い描けないのどうして女性はいつも移り気で何かに影響されてすぐ考えを変えるのか女性はどうしてこう功利的でニュアンスを汲み取らず男を見たらどれだけ稼ぐかだけを見るのかどうしてこう男は皆当てにならないのか誓いの言葉がいつも最後にうそに変わる男はみな下半身の動物で思想がわからずただ胸の大きい女性にとびかかるだけなのかどうしてこの世界は胸糞悪いことだらけなのかこの世界は何でこんなに厚顔無恥の輩が多くて堂々とワルをするそれを支える者がいるのか学識もなく技術も何も学ばぬものがどうしてこんなに多いのかただ飯ぐらいが高い地位を占め優秀な若者の昇進を邪魔するのかどうしてこんなに多くの脳のいかれた輩がネット上に出没するのか常識も理屈も教養もないおかれた環境に単純に反応する者たちの一群でたらめの多さときたら道路で車を運転する規則違反の馬鹿者たち車線を越えライトも点けず対向車線では逆に目いっぱいヘッドライトを輝かせる社会のモラルが何でまたこんなに低くなったのか老人幼児病人障碍者妊婦を前に席を譲らぬばかりかまことしやかに言い訳を言い立てるなんで自分は結婚運がないのか良心のない人間に心から尽くすのにどうして友のためには命も惜しまず災難に巻き込まれていたら必死になって助けた挙句後ろから刺されるどうして艱難を共にした夫婦がともに人生を楽しめず最後に別れるのかどうして自分の夫はほかの夫のように心遣いがないのか他人ほどに稼げないのかどうして自分の両親はほかの家のように金を稼げないのかどうして父も母も自分をわかってくれないのか何で皆は私を理解してくれないのかどうして私の両親はいつも彼らの古い考えで私がやりたくないことを押し付けてくるのかなぜうちの両親は前途のない職場で我慢させようとしその上こび

へつらって付け届けをさせコネを作らせようとしうそを言わせようとするのかどうして自分の両親は急に年を取ったのか何でうちの両親は私の内心の憂慮と欲求に心を向けてくれなかったのかなぜ小さい頃才ある人物が私を啓蒙してくれなかったのかなぜ小さい頃誰も私の成長を見守ってくれなかったのかなんで私は終始こんなにも孤独なのか何で私のちっぽけな願いすら実現のしようがないのか何で私の回りの友達はいつも私より楽しそうなのだろうこんなに努力して自分を励ましているのに内心はやはり憂鬱なのだろうまだ成長することができないのかどうして私の身体には嫌らしい傷が残っているのかどうしてお母さんはいつも家にいないのだろうどうしてお母さんはいつも家にいるのだろうどうしてあたしはまだバービー人形をもらえないのだろうどうしてまだ変幻自在の金剛をもらえないの懸命に勇気をかき集めたのに彼の前では話ができないのだろういつか彼に私の心を打ち明けたいのにこんな孤独ではなくなりますように大きなアイスクリームが食べられますように目が覚めたら顔のニキビがきれいに治っていますように大きくなったらお金をたくさん稼いでお父さんとお母さんに上げたい自分の車を持ちたい舞台でギターが弾けたらいつかギターが弾ける男子生徒に会えたらいつか世界中の国を旅することができたらいつか舞台でノーベル賞をもらえることができたらいつかすっくと立って自分を虐める男子生徒に向かってあんたなんか怖くないと言えたら彼女が私の親友になってくれたらいいのに自分がかわいらしい女の子だったらいいのに誰かが私を胸の内に刻み込んでくれたらいいのに彼女がいつか私を思い出してくれて私がまだ慕っていることを思い出してくれたらいいのに歌が歌えたら雲に飛び乗り世界の果てに消えてしまえたら私が死ぬときに誰かが私のために涙を一滴流してくれたら雲の端に消失して雲がはれ霧が消え天啓降臨せり陽光が大地を照り輝かせ歳月は消失し隙間が消失し心の霧霞も消失し飛行機が飛ぶ空から雲が消え去り飛行機雲が青い空に白い軌跡を残す空は青く高く澄み永遠不変に千年前も晴れ渡る空を照らし出し千年後も同じく晴れ渡らせるが黙して語らず天は黙して語らず大地は黙して語らず湖水は黙して語らず樹木は黙して語らずしかるにそれらは我々に秘密を語るこの世界の秘密をこの世界のあらゆる人間は死すべき運命にありこの世界のあらゆる者は生まれ且つ生き四十年五十年六十年百年と生きる喜怒哀楽の中で集まり離別し広大

な涙を残すのはすなわち生きている感覚を体験するためこれは唯一の感覚唯一の真実唯一の目的であり真実を体験する真実は自我であり真実は唯一重要なこと真実は心の中のあの湖水この苦しい受難の途上で人は内心に向かう聖徒であり湖水は静かに落ち着き底なしの清らかな青さをたたえた湖水の中に鏡の世界があり鏡の中は華やかで喧騒に満ちて灯りが煌々と輝き賑々しく華やかで賑々しく高くそびえるタワーの金の文字の看板は栄えある身分の象徴フォーチュングローバル５００世界のトップ富豪世界長者番付雲の中でくるくる旋回するレストランに喫茶店フランスの赤ワインやスイスチーズとコロンビアの珈琲サーロインステーキやラムチョップのハーブソテーにサーモンソテーとシーザーサラダにポタージュとエスカルゴとアップルパイのアイスクリーム添えとレモンムースにティラミスからキューバの葉巻ダージリンティー西湖の龍井茶お茶を捧げ持つ指先お茶を味わう唇と熱で潤んだ眼が望む窓の外では血液のように車が流れる大小の通りの金色赤色のヘッドライトテールライトの黒や白の車の車体と脇の街灯は警備隊さながら厳めしく双方向四車線の道路は先頭が見えない渋滞する車車車に蟻のようにせわしく歩く通行人と高圧線の下を駆け回る押し売り違法広告ビラ偽の携帯電話闇市の化粧品占い師と金銭を騙る物乞い携帯保護フィルムを貼る錆のついた天橋の欄干では身を切るような寒風が吹きつけ欄干の隙間から車の流れを望み夢想し生存を望み追手の足音ＳＦ映画『ガタカ』巻かれた布団は慌てふためいて逃げる地面に取り残された商品三輪車手押し車と電動自動車ガラスの陳列台の中の熱気とゴミとシシカバブー麻辣鍋と下水油に汚水桶と捨てられた残飯冷えて固まった脂肪下水道ブラックマーケットの手ブラックマーケットの現金奥の厨房の美食紫檀のテーブル八仙卓の椅子高く掲げた酒杯さあさあさあ乾杯だ山海の珍味がずらり勢ぞろいの満漢全席に佛跳墻のスープ花開富貴のジャスミン茶エビの龍井炒めフカヒレあわびナマコ粥に燕の巣と雪蛤の煮込み木瓜ミルクと赤棗ハス実スープバラの美容液アロエパックレモン化粧水美白保湿クリームしわ取り老化防止のコラーゲンたんぱく質キングビューティのアイクリームとデイクリームにナイトクリームとボディ乳液ハンドクリームしわシミくすみ黄ばみ疲れ切った刻み込まれた老い歳月の痕跡塗りたくった跡突っ立った髪の毛乱れた髪の毛乱れた心道を行く見知らぬ人々の顔見知らぬ人々の眼差し見知らぬ人々

何かの善と悪見知らぬ人々の見慣れなさ老けた倦怠感を漂わせた若い楽しそうな顔涙で曇った目を探す眼差しじっと見つめる眼差し将棋盤を見つめる眼差し駒が将棋盤にぶつかるパチンカチン赤と黒がぶつかって捨て駒の犠牲と寄せる棋士周囲から押し寄せるいいぞの掛け声取り巻く人々老いゆく日々の暇つぶし太陽に照らされた身体ロッキングチェアに静かに座る白髪と路地裏の井戸端会議と階段を上がってドアを開ける人々のどっと押し寄せるおしゃべり声蒲の葉を編んで作った団扇前開きのベストに花柄のパンツ手に持ったのは饅頭焼餅ニラもやし自転車の上の魚エビ黒いベールと赤い灯籠と遺体安置所での死亡通知逝った故人時が来れば人は去り物質は四散する青煉瓦がはげ落ちてくだけた瓦礫黒瓦の残骸に鼓楼の大鼓鐘楼の鐘が黄昏時に遥か彼方へと日夜の交代を告げる驚き飛び立つ鳥天空に響く鳩笛物寂しい枯れたまた一つ年を取り枝葉が生い茂りまだらの樹皮死んだ樹木の魂ガラスケースに収まった黄金無色透明の祭壇と破損した回廊訪れる人々に撫でまわされ傷んだ赤柱と庭園内の深い枯井戸打ち捨てられた手桶帝王が首を吊ったエンジュの老木人々を見下ろす低くなだらかな山並みの中軸を占める廟の絶えて久しい香年年漂う木蓮の花ランプのほの暗い灯りと古びた仏像に誰も唱えぬ経文と忘れ去られた供養方眼形の禁区の堂々とした寂寞に赤煉瓦黒瓦の孤独と城壁周囲の堀は静かな水を湛え角楼にかかった三日月の憂い顔を映し出す反射する城壁崩れた城壁打ち壊された城壁城壁の上にうつぶせになって泣き叫ぶ者の涙泣き叫ぶ歳月の中で唯一残された廃墟瓦礫と遥か彼方までの悲痛な思い一切を刻み込んだ天空……

第十四章

夢から覚めた、全身の脱力感。

狂気に近い独り言が永遠に続くかのような長い眠りを経て目を開けると、虚脱状態の倦怠感、心地よいともいえる解放感があった。狭く複雑に入り組んだトンネルを潜り抜け、光と闇を通り抜けてきたような感じだった。だらだら続くトンネルがあまりに長かったので、抜け出た瞬間、直前の感覚は向こうの世界へと隔てられ、全く別なものに変わって一人ぽつんと存在している。なんだか声をあげて泣きたくなる安らかさがあった。一切合切すべてを振り捨ててみれば全てがなんでもない。イメージはもう重要ではなく、成功や失敗も大したことではなくなっている。いくばくかのもっと単純な何かが見つかった、のだ。

とても奇妙な軽さを感じていた。重くかさばる芋虫の中から出てきたような、身体に重みがなく、ちょっと動くとふわふわ空気の中に飛んでいきそうな感覚である。瞳が澄みわたり、水面を透かして自分の心を見ることができるような気がする。ずいぶん長くあがきのたうち回った後、悟りのようなものがついに眠りから半分覚めた状態の黎明《れいめい》に訪れたのである。

「お母さん！」ベッドの上に身を起こし、居間の方に向かって叫んだ。「お腹がすいちゃった。

麺が食べたい」

二〇〇九年の六月末、家での半年間の療養を経てようやく私は薬を飲まなくてもなんとか感情をコントロールできるようになり、落ち着いてバランスを保てるようになった。七月に北京に検診に戻った時、医者は私の回復に満足げだった。

医者とはもう何も議論はせず、私から釈明しようともしなかった。本当に何かが信じられるならば他人と議論をする必要などない、ということが初めてわかった。つまりはこういうことなのだとわかったならば、他人がどう言おうと影響されることはない。

外出が許可されてから、まず微月《ウェイユエ》の家を訪ねた。彼女に言いたいことがあった。微月は赤ん坊を産んでから大方の時間静養していた。静かにじっと、仔馬やら小鹿やらのぬいぐるみを手で縫っていた。

「ここでずっと一人でこうしてるの？」私は尋ねた。「赤ちゃんの世話は、誰が手伝ってくれているの？」

張継《チャンジイ》は仕事が忙しく、朝早くに出て帰宅は遅い。夜半過ぎまで戻らないこともあった。

「お手伝いさん。お父さんが雇ってくれて、隣の部屋で子供と一緒に寝てる。それからパートの子も」

ちょっと考えてみたものの、一人の若い母親が見知らぬ二人の女たちと毎日一緒に暮らす生活がどんなものだか見当がつかなかった。大学のルームメイトと一緒に住んだ時も互いに干渉しないことが前提だったのに、お手伝いさんたちと一緒に、何を考えているのかわからない小さな存在に仕えるなんて、私にはどうしても想像しがたいことだった。

「ほんと大変だね」私は微月を見た。「こんなに早くに子供を持つなんて」

「そんなすごいことじゃない、かな」微月は縫物の手を休めずに微笑んだ。「しっかり守ってやりたいって思うから」

微月は軽くいなしたが、その柔らかさの中に長い時をかけて築いてきた壁のような強固な何かがあった。私は彼女の手をとった。

「ねえ雲雲《ユンユン》」微月が顔を上げそっと尋ねた。「微月はきっといい母親、なんだね」

微月はこれまで私の病気や薬を服用していたことを一度も尋ねたことはなかった。あるいは似たような絶望と精神不安を経験して、触れられたくないことには触れる必要がないことを知っていたのかもしれない。表面的な気遣いや軽率な励ましは、そうされた者に、自分は愚かで劣っていると感じさせ更に落ち込ませるだけなのである。絶望を味わったことのある者に社交辞令は必要ない。

「実は今日来たのはね」私は言った。「そのことを話したかったの。少し前まで、いろんなことをね、過去に起きたたくさんのことを一人で考えてたの。あることを知りたくて……と言っても本当に単純なことなんだけど。たぶん微月の方が私よりよくわかってると思うけど。私、いつもほかの人より鈍くて……覚えてる? 一度私がここに来た時、微月、私に聞いたよね、どこに行ったら自由を見つけられるか考えたことあるって?」

「うん、そうだね」微月は尋ねた。「答えがわかったの?」

「微月はあの時に答えがわかってたんじゃない?」

「私が……」微月はちょっと戸惑ったようだった。「とは言えないと思うけど」

「でも少なくとも考えたでしょ？　覚えてるんだけど、私たちが高校生の時、微月はさ、世界を旅行したいって言ってたよね。どうしてその後でやめちゃったの？」

高校一年の時、二人で一緒に遠くに行く計画をしたときのことを私はまだ覚えている。二人で世界地図と世界史の参考書を用意して、地図上に色鉛筆で予定の経路を書き込んでいったのだ。微月が一番行きたかったのがブエノスアイレス、アルゼンチンタンゴのリズムに深く魅了されていたから。全世界のダンサーの交流をサポートする財団を設立できればと願っていて、ケニアの草原で太鼓を打って日没を見ることも夢見ていた。

「主な理由はね、お父さんが体調崩したから」微月は言った。

「謝おじさん？　どうしたの？」

微月はちょっとためらってから、私がこれまで知らなかったことをぽつりぽつりと語り始めた。微月が大学二年のあの夏休みに謝おじさんに腫瘍が見つかり、しばらく治療を受けた後、肝臓癌だということが判明したのだ。おじさんは迷うことなくすぐ手術して切除することを選択し、そして肝臓の半分を失った。ただ発見が早かったのと最高の治療を選んだので命をながらえることはできた。親しい友人たち皆から、疲れからきたんだ、そろそろ退職してはどうかと忠告された時、おじさんは迷いながらも結局決断できずにいた。その時微月は病院と学校、家の三か所を往復する毎日で、大学を卒業すると慌ただしく結婚したのだった。一度も国外に出ることもなく、ハネムーンすらなかった。張継は仕事のプロジェクトがあって忙しかったため、二人はただ南戴河[※1]で一週間を過ごし、それを結婚祝いとした。その後の二年間は、家の近くの行政機関に働き口を見つけ、謝おじさんを看病し、張継の仕事上でのトラブルに付き添い、そして妊娠、とテトリスのブロックが落下してくるように、毎日息つく間もなかったのだ。

「そんな大変だったの、どうしてもっと早く教えてくれなかったの」思わずため息をつきながら私は言った。

「上場企業だったから」微月は言った。「もし本当に命に危険があったりしてその情報が漏れると影響が出るって、お父さんから他言無用と言われてたの」

「謝おじさんも、もう、まったく」私は言葉を引き取った。「よく休むように微月からも言ってよね。どっか観光旅行でもしてゆっくり休むといいのに」

「私もお父さんに早く退職して外国でも行って休めばって言ったんだけど。でもどうしても思い切れないみたい。逝ったおじい様に合わせる顔がないって。自分のために生きなさいよと他人から言われても、できないの。他の人のために生きてるような人だから。私、小さい頃はそれが理解できなかったの。でも高三で入院した時わかったんだけど……ああいうとき、つまりね世界中からあざ笑われているように感じるとき、そんなときにひとりだけ必死で守ってくれようとする人がいる。ほかには誰もいなくて、ただその人一人だけがね。それを経験した後、私にもわかったの。何で他の者のために生きる人間がいるのかってことがね」微月の縫い針の先は軽くネルの生地に触れていたが、しばらくそのまま動かなかった。

微月のその件については、もう長い間誰も話題にしなくなっていた。私と微月はふたりともはるか遠くの世界に憧れる空想家だった。高二の夏休み、その彼女が恋愛で打撃を受けるとは誰も想像もしなかった。小さい頃からいつもクラスのマドンナ的存在で、常に大量のラブレターに囲まれていた微月。どんな男子生徒が一番お似合いかと議論の的にもなっていたのが、高三になった時一人の転入生が現れた。はじめは姿が見えるように教室の入り口や、ダンスの教室の入り口、学校の校門でただ待つのみ。ラブレターは渡さずに、言葉での誓いよりも明確な方法で情熱的に意思を伝えてくる。洗練した動作、こだわりのない態度、バスケがうまく、成績がよく、旅行経験が豊富で、好きなことは全力でやり抜く。興に乗れば数百キロ先の海岸までボート遊びにも行く。自分の魅力を嫌味にならない程度に微月に示して見せた。微月も心を動かされた。相手にだけではなく、その背景に漂うより重みのある世界、はるか遠くの想像が及ぶ世界に心を動かされたのである。微月のかたくなさがほぐれ始めた時に、いきなりキスされ、そして理性の命じる決然とした拒絶ができないまま恥ずかしそうに逃げ帰ることになった。これがはじまりだった。

状況が悪化したのは大学受験を控えた一か月前、相手が些細なことから姿を見せなくなった時からだった。当時微月はもう彼なしではいられなくなっていたので、突然その姿が消えてしまった時は慌て、戸惑い、途方にくれた。向こうは入試を理由に微月を避け続けた。そしてその年北京に受験に行ってしまうと、彼女は成績がガタ落ちになる。夏休み中避けられ、すげなくされ続けたが、微月はすべてが終わったことを認めようとしなかった。そしてある日携帯が通じなくなり、彼の姿が完全に消えてしまった時、ようやく自分がすでに相手の港ではなく、通り過ぎる駅に過ぎなかったと悟ったのだ。

そして微月は立ち直れなくなった。夏中葛藤の中でもがいた。人は一生のうち一度か二度は災難に遭遇し、そうして初めてこの世界で独り立ちできるようになる。災難は外界からくるわけではなく、自分の心が描き出す理想像からくる。もしこの理想像が強固なものであれば、現実に戻るすべがない。微月は想像の世界をあまりに多彩に色づけし、そこにたどり着くための髪の毛一

※1　河北省秦皇島市、著名な避暑地である北戴河の南に位置し、北京から車で三、四時間の距離。砂浜の広がる美しい海岸線を持ち、二〇〇〇年以降リゾート地として開発が進む

本さえ死んでも手放すまいとしていた。微月の情緒は完全に制御不能になり日一日と落ち込んでいくとどんどん痩せ食事も拒否し、一人部屋の中にこもって泣き続けた。しまいに謝おじさんが心療内科センターに連れていき一連の治療を強制的に受けさせるしかなくなったのだった。

私はどうやって私の胸の内に感じている辛さを伝えたらいいのかわからなかった。私たちは、十数年閉じ込められているこの土地から誰かが連れ出してくれ、先の見えている平凡な暮らしから離れられることを強く強く願っていた。微月はその時にはわかっていなかった。自分が近い将来この地域から一番近い大学に入り、通り沿いに新しく造成されたエリアの一角で結婚し子供を生み、そして小さい頃に遊んだ場所で自分の赤ん坊が次第に育っていくのを見ることになろうとは、当時の微月は知る由もなかった。

沈黙が続いた。私は何を言ったらいいのかわからなかった。かなり経ってからふと気づき、微月の手を取った。「ほんとに大変だったんだ」

微月は微笑んだ。「なんで私のこと言い出すの。じゃあ雲雲はどうなの。さっき何を言おうとしたの？」

「私？　ああ大したことじゃない」私は言った。「ただ最近ずっと自由ということの意味を考えてたの。前はずいぶん考えてもどうしてもわからなかったんだけど、この二日間突然あることがわかって、以前の自分がすごく愚かに見えて」

これはこのように実に単純な事実だった。それが単純なあまり、ずっと今までその重要性を見落としていた。いつはっきりしたのか定かではない。もしかすると夢の中のある場面でだったかもしれないし、あるいは記憶の中でか、それとも別な何かの時か。ただ急にいきなり自分が遠くに立って、全景をはっきりと見渡せるように感じたのだ。

「もともとの考え方に問題があったの」私は続けた。「いつもどこかに行けばそこで自由が見つかると思ってたんだけど、でもね、微月が当時尋ねたのが正しかったの。どこに行けば自由が見つかるのって聞いたでしょ、人はもし自分が自由でなければ、どこに行っても自由なんて見つけられないもの。自由というのはどこかで待っているもんじゃない……だからといって自由に行動することが重要ではないっていうんじゃなくて、そうではなくて、自由に行動してもそれが本当の自由の保証にはならないってこと。自由っていうのはとどのつまり心の中のことだから」

　私はこれまでずっとある仕事につけば自由であり、別の仕事ではそうではないのだと思ってきた。でも実際には自由の尺度は社会的な位置ではなく、一種の心理状態にあったのだ。人の考えや思いが他人によって決定されるのならば、その人間の自由は失われる。この意味からいえば、自由の反対は束縛ではなく、操《あやつ》り人形になることだ。囚人の実態は悲惨であるが、獄吏はおそらく囚人よりももっと不自由でありうる。

「前はちょっと間違ってたの」私はこう言って窓際に近づくと、微月が窓際の台に置いたアヒルの置物を手に取った。ビニールの黄色いアヒルの子、小さい頃の私たちのおもちゃだったものだ。窓の外で揺れる柳の枝が目に入り、子供の時に柳の木の下で遊んだゲームが心に浮かんだ。「ほかの人に影響されるのが怖くて、いつもそれから逃げようとして、誰からも影響を受けない場所に逃げようとしてたの。でもそんな場所なんて存在しない。世界のいかなる片隅でも、ほかの人間の影響から逃れるところなんてないの。数日前にふっとね、なぜ自分が間違えてたのかわかったの。実際には、自由はいろいろな影響を受けないのではなくて、どうやってそれを扱うかを自分自身で決めるものなの。自由は逃げて得るものじゃない。どこかに逃げていく必要もない。自分で引き受けて、自分で処理をすればいいだけ」

病気が最もひどかった数日間、私はずっと自問し続けていた。この世界にはいったい自分自身の考えというものなどあるのだろうかと。私は自分が誰かに洗脳され、誰かにコントロールされるのが怖くて、世界中のあらゆる他人の考えをすべて排除しようとしていた。でもそれはできない相談だった。そもそもすべての人間の考えから隔絶することなど無理だったし、それから逃げようとするほどに却って押しつぶされるように感じていた。そして最後にふっとようやく分かってきた。隔離は必要ではない。相手をすべて受け入れて、その上でそれを越えればいいのだと。つまり集光装置のように、あらゆる角度からくるいかなる光線も集めることはできるが、それによって装置そのものが燃えることはなく、集めた光を転化し再び外に送り出せる。受け入れおさめそして超越する。こういった処理能力がつまり自由なのである、と。

自由は完全に内在的なもの。勇敢に受け入れること、勇敢に自分自身と対峙することが必要なんだ。

「おめでと」微月が優しく言った。

微月としばらくおしゃべりをしていると謝おじさんがやって来た。

謝おじさんは普段は微月のところには泊まらず、三、四日おきに見に来るだけだった。いつもは夜やってくるので昼間に会うことはほとんどなかった。特に仕事のある午前中に姿を見せることはほぼなかった。おじさんは少し疲れているように見え、目が充血し、後ろ髪がつったっていた。寝癖がついたのを直す暇がなかったといったふうで、日光に照らされると白髪が目立って見える。シャツを着ていたがネクタイはせず、袖口のボタンもすべて外し、外側にグレーのジャケットを羽織り、シャツとジャケットの袖を一緒に巻き上げていた。朝食がまだだと聞いて卵焼きを作りに微月が台所に立った。

「謝おじさん」私は挨拶をした。「今日は出勤しないの？」

「おお、軽雲《チンユン》か」謝おじさんは、少し間延びした反応で、私に笑いかけた。顔に皺が寄る。「仕事はもうちょっとしたら行くとこだ。ここんとこ夜の仕事が多くて来られなかったから、今朝必要なものがないか見に来たんだ」

「お父さんたら」微月が軽く非難するように言った。「前から言ってるでしょ、私は大丈夫だって。忙しいんだったら来なくて大丈夫だから。その分睡眠をとってよ。お父さんの目、そんなに腫れちゃって」

「大丈夫だよ」謝おじさんは下をみながら袖を下ろすと言った。「すぐよくなる。眠ればなおる」

「昨晩も眠ってないんじゃない？」

「寝たよ、寝たから」

「何時に寝たの」微月は追及の手を緩めない。

「時間は見てなかったな」おじさんはきまり悪そうに答えた。「そんなに遅くじゃないよ」

謝おじさんはスクランブルエッグとパンを一切れ食べ、牛乳を飲んだ。その後微月の状態を尋ね、彼女の足の浮腫《むくみ》を調べ、それから冷蔵庫に果物や野菜があるかどうかをチェックし、問題がないのがわかると立ち上がって出かけようとした。その際微月が引き留め何かを尋ね、おじさんが二言三言答えた。何を言っているのかは聞き取れなかった。

私はその間口を挟まず黙って傍らにすわっていたが、耳に入ってくる言葉の端々から事情を推しはかった。謝おじさんが行ってしまってから微月が事のあらましを話してくれたが、私は複雑な気持ちだった。

謝おじさんが退職したがらないのは、自分の父親が七十を越えても現役で働き、亡くなる前日までも会社のことをおじさんに託していたからだということは前々から知っていた。命を懸けて引きわたされたものを、その父が逝ったあとでいい加減に済ますことは、おじさんにはできなかった。ただ今回私が初めて分かったのが、微月の考えも結構単純で、適当な人を探して早々と結婚しようとしたのも、早く跡継ぎをつくれば、謝おじさんが早めに退職できると思ったからだった。張継は微月の学部時代のクラスメートの従兄で、委細はよく知れていた。インテリの家庭出身、沈着冷静で教養がある。おじさんも何回か会って信頼できるとみて、娘の結婚の件を取り決めたのだった。張継は会社では新人であり、信頼関係を得るには日が浅く、古くからいる労働者たちから疑惑の目で迎えられ排斥されたので、謝おじさんがやはり何としても後押しして支えてやらなければならなかった。

謝家の会社は一九九八年に国有企業改革で国営の工場から引き継いだものだった。当時謝おじさんの父親は厳格で、辣腕を振るい、古くからいる労働者の半分以上を情け容赦なく完全解雇した。一度きりの手切れ金を渡し、退職金も年金も与えなかった。労働者たちは憤激し、やめようとせずに工場内で騒ぎを起こした。連続して何度か騒ぎが起こっても謝おじさんの父親は冷たく労働者たちを無視するか、あるいは会ったところで厳しい対応を全く変えなかった。彼らはそこで謝おじさんに訴えることになった。おじさんは多くの人と良好な関係を築いており、性格も優しく手厳しいことができなかったので、厳しいことも言えず情にもとることもできず、ずっと回答を引き延ばしていた。そうやって数年間引き延ばしていると、労働者たちはレイオフされて家にいてもやることがないので、毎年祝日が来る毎に会社の入り口に座りこんだ。そうやって数日間待ったところで結局何の結果も得られない。その後、謝おじさんの父親は体調を壊して亡くなり、おじさんが会社を一手に引き受けることとなった。おじさんは言ったことを守り、多くの労働者に退職金を渡したので、企業の負担額が一気に膨大な額に上った。数年前までは経済状況がまだよかったのでかなり収入があり、何とか赤字の埋め合わせをすることができた。ところが二〇〇八年になって突如欧米からの注文が大幅に減少した。謝家の会社は主に輸出をしており、国内市場にはほとんど進出していなかった。外国の注文が減れば企業収益が半減する。上半期の退職金も未払いが出ていたところだったので、どうやりくりしても年末には残りの支払いができなくなっていた。理由を知らない者たちが、会社がまた巧妙な手口を使いだまそうとしていると抗議にやってきたため、謝おじさんは四面楚歌の苦境に陥った。工場としても、国内市場での商売を手掛けたくないわけではなかった。ただここ十数年国内市場に手を出さずにきており、情勢の変化も早く、今や市場は様々に分割されてほぼ占有されてしまっていたため、新たに割り込むならば強固な後ろ盾とコネが必要だった。この点に関しては多くの者が早くから謝おじさんに忠告していたのだが、おじさんはそのようなやり方を好まず、聞き流していた。今や突然存亡の危機を心配しなければならなくなり、ともかくも各所にコネの算段をしなければならなくなった。ただ、謝おじさんは気が進まない上に経験もなかったので、やり方がまずくあちこちで摩擦を起こした。ある時などは年甲斐もなく飲みに出かけ、若い幹部に酔いつぶされ、その場で吐いて意識を失い、無様な体をさらしてしまった。運悪くこの時に限って工場の宿直が管理を怠って事故を起こし、死人が出た。悲しむ家族が賠償請求をしたため騒ぎはすぐには収まらなかった。こういった諸々が重なり、微月によると、謝おじさんはこの一か月眠れていないということだった。

かけるべき言葉がなかった。何を言うことができるのか。謝家ではここ数年、おじさん一人がすべてを背負っていた。おじさんの父親は最晩年まで頭脳明晰で、会社の運営を引き続き遠隔コントロールしていたのだが、身体の方は上から下まで病気のオンパレードだった。謝おじさんが一手に引き受けていた病院内外、会社の内外での気遣い、取り繕い、経営管理といったものは、おじさんがいつまでも興味を持てず、しかし逃げようにも逃げられないものだった。微月が高校のあの件で心のバランスを崩してから、おじさんは細心の注意をはらって娘の面倒を見るようになった。大学は家のすぐ近くのところに通わせ、娘がまるで再び幼稚園児に戻ったかのようにどんな些細なことも全て手配りした。微月の母親は彼女を生んだ時に体調を崩し、数か月後に亡くなっていたので、幼稚園で微月の手を引いたときから大学を卒業するまでのこの年月、謝おじさんは一人で娘を育ててきたのだ。今でも覚えているが、高校三年次に微月に問題が起きた時、家で娘が感情のコントロールを失うのを見ていた謝おじさんは、突然体をぶるぶると震わせ倒れそうになった。微月の不安定な情緒がおじさんに伝染したかのようにも、あるいは長年にわたって張り詰めた弦が今にも切れそうになったかのようにも見えた。その光景には私も仰天した。

結局、何もかもが過ぎ去っていった。過ぎゆくべきものは全て過ぎ去っていった。起きたこともすでに過去のものとなり、大した重みをもたなくなった。あの危機的瞬間、今にも崩れ落ちそうな、神秘的で不可解な瞬間、溟濛《めいもう》たる一時も、やがて現実から退いていき、記憶の中に散らばったいくつかのぼんやりした像となっていった。最終的には痛みが、喜びではない、痛みが人を形づくるのである。

私が帰るとき、微月は戸口で見送りながら、少し考えるようにしてから気遣うような瞳を私に向けた。「ねえ、雲雲、ときどきね、あなた、お母さんに対して……そんなにまともにぶつからなくてもいいんじゃない。お母さんの言葉に苛立ったときなんかはね、たぶんそういうことを言うつもりじゃないんだ、て思ってみたら。お母さんは、たぶん私はここにいるからって言いたいだけじゃないかな。これが一番大切なことだから」
私は頷いた。人間は不在によってこそその存在の意味が示されるのかもしれない。微月は、求め続けた母親の姿を探していつもそこが空っぽであることを思い知らされてきたのかもしれない。そして私の母は、私を教え導こうとしていた時、心配で心が一杯になりながらも、縮こまり殻にこもった私を目にして、ここにいるから、お母さんはここにいるから、と伝えていただけなのだ。これは唯一の、そしてとても大切なことだ。

微月の家を出てから私は彼女の言ったことを考え続けた。自分自身の内心の変化もあった。すると突然生きていくことがそれほど恐ろしくなくなった。別の視線で母の挙動を観察するようにもなった。母の動作、表情、目つき等々その様子に注意してみる。母のおどおどした慎重な様と私を見るときにもれ出る戸惑い、困惑は心を打つものだった。母はこうやってなんとか理解しようと探りながら私を見守ってきたのだ。これがわかった時、甘酸っぱいほのかな温かみが胸の内に広がっていった。私の変化は母をとても喜ばせた。けれども母には私が心の平衡を失った理由がわからないように、優しくなった理由もわからなかった。でもそんなことはもう大したことではない。もっと大切なことがこういったデコボコを平らにならしているわけだ。

ある晩、母と二人でニュース番組を見ながら食事をし、食事を終え食器を洗い終えた時、私は初めて、すぐ自分の部屋に引き上げずに母が豆のさやを剝くのを手伝った。母は枝豆を剝いて翌日の昼に肉と一緒に炒めたおかずを作ろうとしていた。私はさやを剝きながら豆がさやを破って出る様子を観察していた。まるまるとした楕円形の豆がさやから押し出されて出てくるとき、天井まではじけ飛び、部屋のどの隅に落ちたのかわからなくなることもあった。豆がさやから押し出されて出てくるその一瞬は、毎回どこか違っていて何とも言えない面白さがあった。母も私もしばらく黙って手を動かしていた。のんびりと時間の感覚がなくなった雰囲気の中、私たち二人はこの静かな一時を大切に愛しんでいた。

ニュースが終わるとテレビでは特定の人物を語るドキュメント番組が始まった。『感動中国』※2に似た編集で、そこでは親孝行者が紹介される。選ばれる人物それぞれが貧困や病気、失業といった悲惨な状況にあって、それらを耐え忍び、従順に受け入れ、無私無欲の精神を見せるのである。そこで語られるエピソードには確かに美しく感動的な部分もあったが、いかんせんうまくつくられた語り物の域を出なかった。大舞台ときらきら輝くライト、司会者のお世辞と観衆の機械的な拍手にどうしても昔の『列女伝』や『孝子伝』を想起してしまうのだった。

「こういう良い話をもっとたくさん放送すべきだねえ」母は眼尻に涙を光らせながら感動したように言った。「お母さんの考え方は古すぎるって思ってるんでしょ、でもね、社会はいつも暗い面ばかりじゃないからねえ。インターネットには暗い話が多すぎるし、陰湿で暗い面だけ載せるから、悪いことばかりを教えることになるのよ。明るいことを宣伝したっていいじゃない。明るいことを宣伝してはじめて社会でのプラス面が促進されるはずでしょ」

「お母さん、メディアは宣伝じゃなくて真実を報道するもの」私は言った。「明るい面と暗い面、両方が確かにあるでしょ」

「それだって明るい面を主に取り上げるのが正しいんじゃない？」母が言った。「暗いことばっかり報道していたら、社会がますます暗くなってくじゃない」

私は下を向いて豆のさやを剝き続けた。母は電子掲示板やある種の言論を禁ずることに賛成する方なのだ。社会が明るいことに満ちていて、向上心と正義でいっぱいのひまわりのエネルギーで満ちていてほしい、たとえそれが新聞やテレビの中だけであったとしても、とこんな風に生真面目に願っているのだ。真実は明るさには及ばない、のである。けれどもこの時私はこんな話で言い争いたくなかった。決着のつかない議論になるから。どちらも自分の態度を変えることはありえない。この議論は私たち二人の違いを示すものだったが、それももう決定的な要素ではなくなっていた。私は話題を変え、母の健康について、血糖値や脚の浮腫、食事や薬について話し始めた。豆がだんだんに少なくなり、金属の盆のつるつるした底が見え始めた。少し残念だった。豆のさやをずっとこのまま剝き続けていられたら、二人はずっとこういった些事を話し続けることができただろうし、それはそれで幸せなことなのかもしれなかったから。

私は母のこの態度について細かく考えてみた。母は「模範的態度」、つまりことさらに前向きな振る舞いを示すことに賛同する。あるいは世界の明と暗の間では「明るい」面のみを示すことに賛成する。これは母が幼い頃から受けてきた教育によるものであり、今はだいぶ緩んできてはいるものの、完全に変わるのは容易なことではない。ニュースを受け止めるのも自分の人生に対するのも同じくらいの情熱を抱いている。これまで人生の途中であれほど大変な年月を経てきたにもかかわらず、やはりずっとこの姿勢を貫こうとし、にっちもさっちもいかないことでも他人の目に映る自己の体面を全力を尽くして保とうとするのである。それが母の、いうなれば生きる上での原動力となっているから、母にはなぜ私が「よい態度」を嫌うのかがわからない。

小さい頃、地域の指導部の視察を前にしたときのことが何度も頭に浮かんで来た。学校では全

※2　中国中央テレビ（CCTV）で毎年「元宵節」（陰暦一月十五日）前後に放送され、各界の著名人を紹介するドキュメント番組。二〇〇三年に始まる

学の生徒たちを動員して掃除をさせ、見違えるほどきれいな構内にした。こういった「よい態度」は一種、真と偽の間の状態であり、臨時に演出された真である。「よい態度」の度が過ぎると、細部の真実は日常的に切り落とされるようになる。なぜならその真実は繊細微妙で、個別的で、最終的な表現効果に影響を及ぼすから、それで消えるべきものとされるのである。もし残してしまうと、それら細部は積み重なったことばの中で結局は正しからぬことに変わってしまう。中学で成績の悪い生徒を除籍にして学校全体の進学率に影響を及ぼさないようにするのと似ている。誰に対して、どのようによい態度をとるのかを、すべて外の世界にお願いして決めてもらうのである。

とはいえ母にとって、よき態度の表明は別の意味を持っていた。楽しい人生を求めても得られなかった母は、少なくとも楽しい人生を送っているふりをして見せたいのである。それは貧しく辛い日々を送る家庭が、年越しの際に普段より豪勢に祝ってそれを隠すのに似ていた。私と母とではそもそも出発点からして違っているのだが。私にはレールに乗った人生を送る者の多くが心に不満を抱いているのが見て取れたが、母にとっては、そういったレールを敷かれた人生こそ生涯手が届かぬ麗しい状態なのだった。母は長い間一途に平穏で安定した家庭を望んでいただけなのである。十六歳から六十歳まで一度もそれを手にすることができずに来たのだ。母の父親は社会的身分が高く、反右派闘争の時に迫害を受け、文化大革命が始まった当初に受けた傷がもとで亡くなってしまった。十四歳の時に、同じく出身が良くなく進学できない学生と一緒に村に下放し、十数年間町に戻ることができなかった。そしてそのあとは父が出て行ってしまった。それから一人で苦労し、その後が失業である。母が常に平穏無事の喜びの良さを強調するのは、性格から来たものではなく、私へのいさめからでもなく、ただ母自身がそれを持ちえなかったからなのである。

なんだか哀しかった。母は一生を、つまりこのように過ごしてきたのだ。願ったか否かにかかわらず、このように過ごしてきたのである。この哀しみは母への同情を引き起こし何かをしてやりたいという思いが非常に強くなった。

「お母さん」私は立ち上がって枝豆のさやを拾いながら何気なく言った。「先週私に紹介したがってた例の男子学生、会ってみようかな。週末服を買いに行くね」

「えっ」母は一瞬ぽかんとした。「まあ、まあそれはいいこと、じゃあ後で李《り》おばさんにちょっと相談しとくから」

私は枝豆のさやを集めて捨てると、布巾で丁寧にテーブルを拭いた。まるで永遠に拭き終わらないかのように、隅々までくまなく拭き続けた。

思い返せば、これまで母からもう少し長く泊まるようにと引き留められるたびに、私は苛立ちと怖れを抱きながら何かと口実を見つけて断ろうとした。勉強でやることがあるとか、授業に出なければならないとか、家庭教師の仕事があるとか、本当はそれらは全部口実だった。家にいたくなかっただけである。当時はまだ潜在意識に気づいておらず、ただ感情に任せて反発し、母に無理難題を吹っかけていたのだ。この潜在意識は私に行き詰まりを予感させ、まだ起きてもいない、そして今後も起こりえないはずの衝突をイメージさせた。私は、母の人生哲学は時代遅れで、そんなものを守っていたら最後には俗っぽく凡庸で取り柄のない人間になってしまう、と母にそれとなく示そうとした。今振り返ってみると、実は自分を恐れていたのである。自分への不信が最も強い時期で、何かをしようと思っても没頭できず、それでレールが敷かれた普通の生活や慣れた環境に戻ったらもう何もできなくなってしまうのではないか、と極度に不安がっていたのだ。

こういった疑いが周囲への怒りに転化し、止めに入ってくるあらゆる力に対してひどく敏感になっていた。家賃に敏感になり、プレッシャーに敏感になり、正常な順序だてや、そして母の言葉に対して敏感になっていた。真相は、母は邪魔立てする者ではなく、私があらゆるものに異様な反応を示していたのだった。

私が怒りに満ちていたのは、自分と対峙するのを避けるためだった。自分の考えや行いに確信を抱くものはこのような反応はしない。勇気のある人間はこういう態度はとらない。自分が身を置こうとする環境を気にせず、自分が置かれた感情に対してこのように怒りをぶつけることはしない。

療養していた期間、私は滅多にない穏やかな気分で自分が生まれた工場の中庭や、小学校、中学校、そしてよく遊んでいたマーケットや街中の小さな公園など小さい頃からよく見知った場所を歩いてみた。

小学校の正門付近は、以前は広々とした場所だと思っていた。校舎からその裏にあるトイレまでかなり走らなければならず、運動場ははるか向こうまで走っても終わりのない黄土が広がり、旗のポールが堂々と高所に掲げられていた。ところが今見てみると、驚いたことに中庭全体がこんなにも小さい。数歩で渡り廊下は越えてしまえるし、運動場の対角線に沿って歩いても五十メートルほどしかない。小さい頃は運動場前方にある表彰台に立つことが大変な栄誉に思えたのだが、その台は一跨《ひとまた》ぎで上に乗ることができ、二、三歩で降りてしまえる。小学生たちは本当に小さく、私の腰にも届かないほどだ。皆小さいつばのついた黄色い帽子をかぶり、手にはアイスキャンディーの棒を握り、追っかけっこをしている間に制服のズボンがお尻からずり落ちそうになっている。人間は幼い時はこんなにもちっぽけな存在なのか。

校門をでたところで、昔毎日のようにおやつを買い食いした屋台の三輪車がとまっていないかとあたりを見回す。当時三輪車の荷台には着色した色鮮やかな甘いジュース、カルメ焼き、水あめ、それから蛋巻《タンチュアン》（薄く巻いた焼き菓子）があった。小さい頃は放課後になると毎日のように一、二銭を手にして三輪車の脇であれこれ迷いながら選んだものだ。アニメのシールでもあろうものなら、皆がわっと押し寄せた。それが今、校門付近はがらんとして何もなかった。住宅や舗装されていない道は昔通りそのままだったが、ごちゃごちゃ並んで魅力的だった出店はなくなっていた。私は何度も行ったり来たりしながら昼時までいたが、すべてが秩序だってひっそり閑としている。私の幼年期は本当に去ってしまったのだ。

校門前の大きな丸石に腰かけて、小学生だった頃のことを思い出してみた。当時私はぽっちゃりしていて、ぺちゃんこの鼻に小さい目、お世辞にも可愛いとは言えなかった。おかっぱ頭で笑うと愚鈍に見えた。その他のことについてはほとんど思い出せない。当時は校門のところで、石けりや中あてゲーム、タカと雛鳥、アヒルの川渡り、けいどろ、ゴム跳び、かくれんぼ、だるまさんが転んだ、そのほかもあれこれ皆でいろいろと遊んだ。キャーキャーという甲高い声やどっと笑ったり言い争ったりする声が靄のかかる静まり返った午後の空気の中を突っ切って私の耳まで響く。ぽかんとして鈍そうな自分が、友達の群れの中で笑いながら顔を赤らめ、驚きの声をあげて逃げ回る姿が見えた。男の子が、手にきらきら光る硬貨を握ってゲームセンターに走っていく姿、あるいはファミコンの最新の黄色いカセットを高々と掲げて、高らかに叫び声を張り上げどこか孤島の要塞や魂斗羅[※3]の光輝く地下道へと飛び込んでいく姿も見える。

こうやって物思いにふけっていると、ふといくつかの事物は、このようにあっという間に消え去ってしまうのだということに気づいた。かつて一人一人の生活を覆い、私たち全員の楽しみと希望のありかだったそれらが、まるで一度も存在しなかったかのように、数年と経たずして跡形もなくきれいに消えてしまう。あるいは別の世代の幼年期は、私たちの幼年期ほどには素早く通り過ぎていないのかもしれない。常に欠乏状態にあると、何かの出現によってその状態が打ち破られた時に、欠乏の存在を意識させられるのかもしれない。そして事物が消え去り影も形もなくなったある日、昔懐かしい小さな店でその遺物を見かけて「ああ、あれ、小さい頃に持ってたんだ」と感慨がもれ出るものなのだろうか。ほんの短い数年間とはいえ、それを経験した者と見たことすらない世代との間には越えようのない溝が横たわっている。私たちは他の世代が理解し得ない愛おしさで、それがもたらしてくれた、この世界に対する最初の認識をありがたいと感じている。本当にあれは驚くべき美しさだった。あの時世界はバラ色になっていた。

私は深く掘り下げて考えるうちに、新しい目で現実生活を見ることができるようになった。そうすると、あらゆることがそれほど耐え難いわけではないことに気づいた。これまで耐えられぬ重荷と感じていたのは、ほとんどがきちんと見えていなかったことによるものだった。きちんと見えなかったから焦っていたのだ。いったんことが明確になると、焦りも消える。私は他の人間から思想の枠組みをはめられることを恐れると同時に、その枠組みが非常に強力だと思い込んでいた。しかし、実際は、注ぎ込まれるものは全て断片的なものにすぎず、たとえ私がそういった断片の寄せ集めで作られたものだったとしても、私はその寄せ集めよりもずっと大きい存在のはずだった。私がその断片をきちんと認めるべきで、私が断片に認めてもらうべきではないのだ。限りなく深く広い知識の世界に入っていっていいのである。自由とは、どこまでも拡大し得る自分自身のことなのだ。

現実生活が目の前に湖水のような姿で現れるようになった。静謐な、大波に揺るがされない落ち着いた湖水である。私は毎日規則正しく休憩をとった。朝、朝食をとると外に出かけ、付近の公園を一巡りして家に戻り本を読む。昼食後も引き続き読書を続け、夕方ごろに少し遠くまで出かけ、グラウンドをジョギングしたり、書店に足を止めたりした後家に戻ると母と一緒にスーパーに出かけて夕食の素材を買う。夜は引き続き本を読む。

考え事をすることは少なくなった。時々、外出するのは夏の夕方の空を見るためだけというときもある。空が晴れていると雲が色づく。歩道橋の上に立って遥か彼方の河を見ていると、何も考えたくなくなる。突き詰めて考えないので単純になった生活に対して、それをよくないとも思わなくなった。最も焦り苛立っていた日々は過ぎた。大脳の中をひどくかき回し、ほんの数か月で人類数千年の知恵を超えようという野心は去った。インプットされた断片的な情報の中から世界を見抜こうというのは虚妄である。私はまず自分なるものに達し、自分なるものの状態を見いだす必要があった。

私は慎重に自分の感覚を——考え方だけでなく、ありとあらゆる感覚、風に対する感覚、食べ物に対する感覚、苦痛に対する感覚を含めて、観察するようになった。例えばひとりで散歩するのは好きで、風の吹く夜も好きだったが、柳の木は好きではない。四角い格子模様のある道で格子模様の真ん中を踏んで歩くのは好きだが、人生指南の本は好きではなく、解けないジレンマを抱えた物語を読むのは好きだ。誰よりも賢そうに見える人間は好きではないが、自分をからかっ

※3　一九八七年に日本のコナミから発売されたアーケード用アクションシューティングゲーム

て人々を楽しませる人は好きである。マトンは好きではないが、麻辣湯《マーラータン》は好き。孤独が好きだが、崇拝は好まない。私は現実の一瞬一瞬を意識し始めた。

そして意識して生活に入り込んでいき、一秒ごとの現実に注意を払うようになった。これはある程度心が澄んだ状態で、スクリーンの外から他の全ての人々を見るような感じである。そしてだんだんと自己を連続させる感覚をつかめるようになった。細切れの日常生活を越えた、連続した時間の中の自分に入り込み、時間の流れを傍観することができるようになれば、日常生活のいかなる場面においてもその表面的な意味は失われる。金銭的なこと、名声に関すること、厳粛なことやスケールの大きな事、革命、恋愛、そういった一つ一つの局面は、全て時間の流れの中のある断面や断片となり、二度と重要なものではなくなる、あるいは少なくとも、一般的に理解される意味での重要さはなくなる。重要なのは連続していて、雲の中からこれら一切を見ているこの私である。

冬の到来とともに、河水が凍り始めた。私は、あらゆる物事にたいしてますます寛容になり、優しい気持ちで受け入れられるようになっていった。天の幕の下《もと》であくせく働きながら繁栄する人々が、冷たい息を吐きながら、掌にそっと置いた今にも溶けてしまいそうな夢を見守っているのを目にした。私自身そのために必死になったあらゆることも、ついには肉体が滅んだあとの希薄な空気の中に消散する。けれども私はもう二度とこの消失を恐れない。今この時この一瞬が無限に広がってゆくのを意識することができる。この一瞬の自分がすべてなのだ。

私は水辺に静かに座って氷が水に溶け、青草の細くとがった先が泥土の隙間から先をのぞかせているのを見ている。私が探し求めていたものは、こうして静かに座っているうちに、どこまでも大きく広がっていく。かつて想像した広がりよりもさらにずっと大きな広がりを見せて。もう二度とすべての歴史、すべての権威、すべての混乱によって私がすっぽりと覆われることはない。それらはいずれも私の世界の中にあるのである。これにいったん気づいたならばもう自由だ。私は高く連なる山々の頂、広々とした大海原に住む。私は私の中に住まう。自由はそこにあるのである。

私は初めて心の底から安らぎを感じた。

私は歴史に注目し始めた。歴史とは例の光の円錐であり、私は円錐の頂点でそのすべてを受け入れ、そしてそれをまた放射するのである。私はよく通りをぶらついた。以前はよく自分が広大な国土の巨大な流れの中に置かれた、時間にすりつぶされて粉となる取るに足らぬ微小な粒のように感じていた。しかし今やすべてをひっくり返し、あらゆる過去と未来を自分自身の領域に置くことでこの町が見わたせるようになった。

春節の数日間、町には浮き浮きとした雰囲気が満ち溢れ、大小の店舗が提灯や鮮やかなテープで飾りつけられ、祝いの横断幕や大安売りの大きなポスターがあちこちに掲げられた。デパートの外壁の広告はビルの上から地面まで垂れ下がり、その巨大な垂れ幕では綺麗な女性が冬の最中に心温まるプレゼントを捧げ持っている。私は歩道橋の上から橋の下のバス停やにぎやかに行き来する大勢の人々を見ていた。少女がボーイフレンドに甘えて風船を買ってもらっている。中年の女性が物売りと延々と値引き交渉をしている。歩行者専用道路は人だかりで身動きもままならず、まるで町中の人々が総出で買い物に繰り出し、散財することで年越しのお祭り騒ぎを楽しんでいるかのようだった。どの屋台の前も人が二重三重に連なり、フライドチキンやシシカバブー、ミルクティーにエッグタルトを買い求めている。ホカホカして香ばしくて油ぎった中で、人々は顔をてかてかに赤く光らせていた。

それは気取らず庶民的で、そして温かく活気に満ちた私にはお馴染みの感覚だった。これまで常に従属的な地位にあった小都市は、それなりに注目されながらも、中央政府からは無視されるか軽んじられるかだった。かといって市民には選択の余地もなくて現状を受け入れるしかなく、このごみごみした狭い場所で精いっぱい自分の生活を送るのである。「庶民」という言葉ほどこの人々を形容するにふさわしい言葉はないだろう。路地や横丁、密集した居住区で、小さな腰掛や石の上に腰かけて巷の噂話に花を咲かせる。楽しみは苦しい日々の隙間から拾い上げる。何事もそれほど大仰にとってはならず、権力を笠に着るものは大いに嫌われ、相手が帝王でも絶世の美女でも、お世辞はなし、せいぜいひとくさりの噂話の笑い草として、笑っておしまいにするだけである。

ここではおよそ市民であれば、大半が労働者だった。発電所紡績工場化学工場冷蔵庫製造工場鋼鉄工場自動車工場、名前をいくつ並べてもこと足りず、区別するために「綿一」「綿二」「綿三」「綿四」と番号を振る必要すらあった。作業場も似たり寄ったり、労働者も似たり寄ったり、日々もみな似たり寄ったり。住まいも同じような赤煉瓦の建物、自転車をこぎ、綿の青い作業服を着て自由市場に野菜を買いに行き、子供に同じような水筒と筆箱を買い与える。遠い親戚も皆近くに住み、用事がなくてもちょっと寄っては世間話に興じ、家の内部事情も互いに筒抜け、大家族も核家族も皆一緒に日々を過ごす。市内の失業者は通りで物々交換し、油条《ヨウティアオ》を買ってくれたら落花生でお礼をし、と原始時代の生活様式に戻り、本能に頼って歯を食いしばり厳しい日々を乗り切る。子供には乱暴な言葉で自分たちの焦りを表現する。「おい、この不良、しっかり勉強しろよ、まじめにやらんならぶんなぐってやる」粗野な言葉遣いは自分の一生に対する強い失望から。飢餓への恐怖、未来への危機感が少年時代のBGM。最終的にはいずれも大業はなしえず、平民として日々を楽しむか、嘆いて日を送るかの違いのみ。

この町は私が生まれたその年に、経済技術開放区とされた十四の都市のひとつとなる。父はその年の秋に家を出た。冬になると人と物資が港からどんどん入り込んだ。工場では父の手助けでコネをつけた英国のメーカーがすぐに提携の契約を交わし、工場は生産ラインの導入から始まって対外貿易に転じて欧州に廉価な電気製品を供給し始め、ついで多国籍企業へと発展し、謝家の誉《ほまれ》として輝くことになった。自分の父親が裏でいろいろ手回しする中で会社の最高峰に上り詰めた謝おじさんは、名声と、そして束縛と尽きることのない悩みを抱えることになった。企業が発展し続けたため、謝おじさんは自分の道を進むことができず、このとらわれ状態が内面に向かい憂鬱と病気をもたらし、謝おじさんの鬱屈は微月の鬱屈へと転化していった。この世はもつれ合い、絡み合っている。

その年の経済開放によって、私にも外の世界から多くの資源がもたらされた。十歳ごろ、通りを押しながらやってくる三輪車には分厚い海賊版の世界文学が並び、同級生の机の引き出しにはロックミュージックが潜むようになった。これは貧相な新華書店[※4]の外の、それまで存在しなかった華やかな世界の一片だった。開放は封鎖と衝突し、泡沫の幻想をはじき出した。世界は変わり私も変わったのだった。

※4　中国の国営書店

第十五章

二〇一〇年の春から夏にかけて、私はいくつかの場所を訪れた。小規模の世界周遊旅行といったところだ。友人に会いに行くのが主な目的だったが、未来に踏み入る前についでに心を鎮めようとしたのだった。

まず山東省へ、大学時代のルームメイトだった于舒《ユイシュー》に会いに行った。彼女は卒業後そのまま国有企業に就職し、その後六歳年上の当地の男性を紹介されて付き合い、ほどなくそのまま結婚して子供を出産していた。私が訪ねた時、その子はすでに幼稚園に入る年齢になっていた。生活には何も困らないようだが、悩みごとが尽きず、正月や祝日のたびに残業が増え、夫の実家に行くたびにしきたり通り叩頭《こうとう》で挨拶をしなければならないのだと私に不満を漏らした。

この後私は江西省に行って劉妍《リウイエン》を訪ねた。平生と一緒に暮らしていた時、彼女は隣に部屋を借りていたのだが、最終的には故郷に戻り、小さな会社で会計の仕事についていた。あれほど北京にとどまることを夢見ていたのに、やはり帰郷することを選んだのだ。もし結婚して妊娠しなければ北京で十分やっていけたのだが、子供のことがあった。両親や姑に来てもらって子供の世話を頼むためには広い部屋を買うか借りるかしなければならない。一家五人が暮らせる大きな家を借りるには彼女も夫も収入を二倍にしなくてはならなかった。それで結局帰郷する選択をしたのだった。不満があっても困窮するほどではないし、少なくとも子供を見てくれる老人たちがいる。異郷の地、北京でやっていこうともくろんだ当初の願望も、それほど大事なことではないと感じるようになったのだ、という。

劉妍は数人の旧友のその後について教えてくれた。老金《ラオジン》は歌をやめちゃって北京で不動産仲介の仕事を見つけてできるだけたくさん金を稼ごうとしたんだけど、順調にはいかなくて賃貸の担当へと回されたのよ。部屋の賃貸は一件につき二、三百元ほどしか儲けにならないのに、家なら一棟で売り上げから少なくとも五千元は支払われるでしょ。あの人ももう三十をこえてたから、こういったドン底の不公平に我慢できなくて、その会社を辞めてね、二週間かけて別の不動産会社を見つけて就職したの。だけど、弱小企業でね、市場をほぼ独占しているよその二社と比べたらお客の入りが少なくて、結局朝から晩までパソコンの前に座って、へとへとになりながら電話をかけ続けることになっちゃったわけ。北京を嫌ってるんだけど、電話口ではね、まるで北京を楽園みたいに言うのよ。手ぶらで故郷に戻りたくはないんだけど、別の都市に行ってもう一度やり直す情熱ももうないのよね。

劉妍はそれから趙志高《チャオチイカオ》についても、彼の家の中にあった知育玩具のこと、子供のために頼んだ英語の家庭教師のことなどを話してくれた。仕事はね、あの人が想像していたよりも順調で、閑な時間に映画を見て、ネットで映画評を書くこともあったりで、ファンもけっこういるの。でもね映画の好みがひどく変わっちゃって、今じゃ大げさなアクションとか軽いコメディがお好み、むかしかじりついていた難解な芸術作品なんてそれこそ自己満足の極致なんだってさ。それから、自宅に高価なホームシアターの設備をもってんのよ。プロジェクター、スクリーン、それからスピーカー六つを備えた音響システム。でもね今はほとんど二歳の息子のために幼児用の英語アニメや幼児教育の英語教材を見るときだけ使ってるんだって。子供には映画は見せないとか。たくさん見ると脳によくないとか言ってってね。

彼女はまた平生についても語った。その後実際に平生に会ったわけじゃないけど、友達が時々噂をするのをきいたのよ。それだとねあの人、電撃結婚をしたかと思ったらすぐ離婚したんだって。結婚生活は四か月も持たなかったんだけど、いったい何が原因だったか具体的なことは何もわからないの。その後はね、一人で北京にしばらくいたらしいけど、結局院試には受からなくて、二〇〇九年の夏に一人で南に行って広東の新聞社に就職したらしいけど、何をしているんだかわかんない。

これが私が二年間で耳にした平生に関する唯一の情報だった。

劉妍と歩きながらおしゃべりし、彼女のふるさとの山並みや木々を見ていると、いくつかのことが私たちから遥か遠くにいってしまったような気がした。賃貸アパートで過ごした日々、公衆トイレの外で並んだ日々、インスタント麺とビールで徹夜をした日々、それらはもう遥か彼方に遠ざかってしまった。私たちは皆とぎれとぎれに連絡することさえほとんどなく、年越しの時にもたくさんのショートメールの中に見慣れた名前を一瞬目にする程度になっていた。本当は皆ともっと交流したかったのだが、距離が離れすぎていて、顔を合わすことすら難しかった。時々皆のことを思い出し、その物語を書きたくなった。でもこれといったストーリーが思い浮かばなかった。皆のことをごく表面的にしか知らなかったので、物語になりそうな手掛かりすらつかめなかった。私の日々の生活は平凡そのもので、たくさんの人がわっと集まり、そして慌ただしく離散していくのに、物語は何もなく、時間だけが水のように流れていくのだ。

劉妍の家を出ると、私はその足で近くの廬山《ろざん》に登って数日間を過ごした。

山に入る前に、九江に一時逗留した。潯陽楼《じんようろう》に座って濁った長江の河水を眺めていると、[※1]河の水はゆったり流れ、波もたたず、速さも感じられない。河辺に果て無く続く防波堤が築かれ、防波堤の内側は荒れ地になっていた。渡し場の鉄柵はねじ曲がり、一面に錆で覆われている。空に突き出た小屋はセメントを流し込んで作られた四本の太い柱に支えられ、柱のところで誰かがマージャンをしている。一艘の巨大な浚渫《しゅんせつ》船が河を走るトラックか、あるいは角型の巨大な金属ショベルに見える。女が一人船倉から出てくると、プラスチックのバケツを河に投げ込んだ。肩も腕もがっちりしてたくましく、ズボンの裾をまくり上げ、きびきびと動く。それほど長くない髪を引っ詰めにしている。私は「琵琶行」を思い浮かべた。白居易《はくきょい》はまさにここに座って、琵琶を弾き語る女性の声を聴いていたのだ。江州司馬青衫湿[※2]。

頭をややのけぞらせ椀の酒を一気に飲む。どこにでもある白酒だが、名だけは好漢酒と仰々しい。かすかに甘みがあり、突き刺すような強さはなく、度数も高くない。一椀五元で観光客の興

※1　廬山：江西省九江市南郊外にそびえる南北三キロメートルにわたる連山。廬山国家公園としてユネスコ世界遺産に指定。陶淵明、李白、白居易から毛沢東に至る多くの文人墨客に詠われている。国民党政府の夏の避暑地であり、中華人民共和国成立後は中国共産党中央会議が開かれている。九江：江西省北部の都市。北に長江を望み、南に廬山を有し、中国最大の淡水湖である鄱陽湖（はようこ）が西南部に広がっている。潯陽楼：江西省九江市潯陽区、長江に面した通りに建つ楼閣。唐代の文献にすでにその名がみえるが、現在の楼は一九八七年に「水滸伝」の挿絵と宋代「清明上河図」を参考にして再建されたもの
※2　中唐の詩人・白居易（七七二 - 八四六）の詩。江州に左遷された白居易が長江のほとりで琵琶を弾く婦人と出会い、己が境遇を嘆く歌。最後は「座中泣下誰最多、江州司馬青衫湿（ここに座す者のうち誰が最も悲しんでいるのか、それは江州司馬である私である）」で終わる

を盛り上げるのである。権力に抗った好漢たちは跡形も無く消え、好漢が飲んだ酒は観光客がちょっとひっかける一杯となる。宋江[※3]が記念に記した抵抗の詩は表装され画として売られる。潯陽楼は依然当時のままの潯陽楼だが、江州はもう当時の江州ではなくなっている。反骨精神は最終的には帰順を選び、ただ一江春水[※4]、憂いのみが残されている。勇敢さが足りなかったのではなく、朝廷以外に他の選択肢は受け入れ難かったのである。

　山に登ってからは、ユースホステルに泊まった。私はどこに行くにもユースホステルを選んだ。他の人々と接触できるからである。ここのホステルは設備が貧弱で管理もゆるかったので、長期逗留には適していた。ホステルには数人の広東ビジネスマンがいたが、毎年のように来ているのだという。毎度一か月ほど泊まり、お茶を飲み碁を打ちおしゃべりに興じ、まるで自分の邸宅のようにふるまっている。いずれも暇をかこつ人々で、商売はほどほど、養生にはとりわけ気を使い、茶を語らせれば一家言持ち、ホステルの主人とは政治の腐敗や俗世の愚かさを語り合う。私は四人部屋を借りたが、南昌の大学に通う二人の女子学生が同室だった。二人はスケジュールの合間に連れ立って旅行に出てきたという。二人とも限られた時間でできるだけ多く景色を楽しもうという年頃で、ネットでダウンロードした旅行ガイドを手に旅費を計算し、たくさんの観光スポットに行こうとしていた。一緒に行かないかと誘ってきたので、やんわり断る。私は毎日ホステルで朝食を取り、付近を散策し、そのあとほとんどの宿泊客が観光地に出払った頃合いにバーに一人居残った。バーにはプラスチックの椅子が二脚あり、山並みを楽しむのにちょうどよかった。いつも早朝に洗濯を済ませ、太陽が昇る頃に部屋の裏手の紐に掛けて風に当たるようにした。ブラウスの裾がはたはたとなびくと、背後から照らす陽光がちらちら見え隠れする。

　宿を出る二日前に私はようやく山の名所に行って見る気になった。石門澗《せきもんかん》[※5]は険しく山道は歩きにくく、上り下りで二、三時間はかかるという。宿泊客である広東のビジネスマンが笑いながら、一度行けばもうこりごりだ、と言ったので、逆に好奇心を刺激されたのだ。

広々とした湖を抜け、サルに餌やりなどして石門澗に来たとき太陽はすでに西に傾いていた。石門澗は下ってから上り坂になる渓谷で、登り切ったところで人々は息も切れ切れになり、手でパタパタ扇ぎながら耳まで赤くなった顔で笑った。かき氷売りの小母さんは商売大繁盛で満面の笑みを浮かべている。一人でゆっくりと降りていた下り坂では、日暮れ時の太陽が頬を照りつけた。渓流沿いの道では巨大な岩が両側にずらりと並び、絶えず流れ、変化してやまない不可抗力な自然の力を力強く物語っていた。このような環境にいると、外の世界では最も重要とされる時間の流れを人は感じずにいられる。一歩一歩階段を下りていくと、すぐ横で渓流のゴーゴー流れる音がする。山道の巨石は大小不揃いで、あたかも天も覆う大洪水によってこの谷間に押し流されてきたかのように、一つ一つがさながら小山だった。あたり一面に草や葉が生い茂り、初夏の濃い緑は砂ぼこりをかぶってうっすら灰色がかっているものの、依然瑞々しい。石の階段は勾配がかなり急で、いくつかの場所はほぼ垂直だった。

最後にたどり着いた場所は空き地になっており、その前方にさらに樹木が広がっていた。小さ

※3　北宋末期に山東省で反乱を起こし、最終的には朝廷軍に敗れ帰順したと言われている人物。後世、「水滸伝」の主人公となり、梁山泊に同志（好漢）を集め、政道を正しつつ朝廷に忠義を誓う山賊たちの頭領として描かれるようになる

※4　李煜「虞美人」の一節。「東に流れゆく春の河水のように憂いは尽きることがない」と亡国の哀しみと命のはかなさが流れゆく春の河水に託して表現されている

※5　広西省九江市廬山西麓にある豊かな生態系を有する風光明媚な地。有数の観光地

な廟があり、入り口の石碑に、ここでかつて浄土宗の説法が行われたことが記されている。中国浄土宗は廬山東林寺が開創し、慧遠《えおん》大師がこの地に説法台を建て、瞑想の教えをひろめた。旅行者はまばらで、遠くの滝の水音ががらんとした谷に響き渡っている。真正面に巨大な岩があり、そこに「空」の文字が刻まれていた。堂々として気迫に満ち、赤漆に塗られた美しい文字は、四方の崖と巡る流水の中で目を見張るほどくっきり際立っている。

私は細い山道に立ち、この空という文字を見た。赤い文字が岩の中からふわりと浮きだして風にそよぐ。なんだか玉ねぎをむいて最後に何もない空にたどりつくのを見ている様な気がしてきた。裂け目ができ一枚ずつ剝がれ落ちてゆくのだが、いずれも表皮で、中身はますます小さくなり、最後には何もなくなる。私は焦り、むきになって一番奥の核心部分を見つけようと一枚一枚見えるかぎりの表皮をはがしていったのに、最後にあったのは空という文字一つ。これを受け入れた時に世界はすっと静かになった。

廬山を降り、私は引き続き南下して深圳の徐行《シュイシン》に会いに行った。徐行は北京で二年ほど必死にもがいた後、二〇〇九年にプロジェクトを任されて深圳に派遣された。何度か行き来するうちに深圳の方を気に入るようになり、北京よりもキャパシティがずっと大きいと深圳にとどまることを選んだのだった。

三年会わずにいたこの期間、徐行の人生は多少暗い時期があったようである。遠距離恋愛の彼女とはついに別れ、その彼女が地元の幹部に嫁ぎ、ネット上に結婚写真と延々と赤ん坊の写真を上げるのを見ていたのだ。その二年後にようやく新しいガールフレンドができたが、今回は誰にも言わず、旧友に会うときにも決して彼女を連れてこなかった。私には徐行が何を心配しているのか理解できなかった。深圳で会った時も、ガールフレンドのことは一切語らず、相変わらず仕事の話ばかりをした。彼の言葉で描写される仕事は前途洋々として限りない可能性が秘められているかのようだったが、具体的な職務内容を尋ねると、はっきりと詳細を語らず言葉を濁した。なんでも手掛け、プロジェクト全体の企画にかかわり、デザインから、立案、入札、施行、監督といった全行程に常に携わっているようだった。それを聞いて私はますます彼らの会社がどういった性質のものなのかがわからなくなった。

徐行は相変わらず自分の見識の広さを語ってみせるのを好んだ。対象は北京の有名な社長たちから地方政府高官に変わっていたが。各地の飲酒の風習、地方政府の行政、接待の特徴に弁舌をふるい、各プロジェクトの背景の利害関係や入札過程で利用できる人間関係、権力介入のタイミングなどを語った。ぼかし三割、得意さ五割で語りながら、時々もったいぶるようにことさら声を低めた。仕事ぶりが素晴らしく、他より優れているからというわけではなく、自分がいまや普通の人には知ることのできないことに触れたり経験できたりしていることが得意でならないようだった。頭を不透明な鋼鉄のヘルメットですっぽり覆い、足元には見渡す限りの海洋が広がっている。ヘルメットに降ってきたりそこから漏れ出てくる情報はどれもそのルートが非凡であり、権力者のお眼鏡《めがね》にかなったことを示す。徐行たちは常に状況の変化に伴って自らを変容させ、世の中のモラルやルールが崩壊したと言いながら、その流れに自分から進んで従いそして流されていくのである。

自分の生活に関しては、切れ切れに断片を語るだけだった。当初からずっと北京で広い家を買いたがっていて、しかし買えずにいた。二〇〇六年、大学を卒業してからも、不動産を買うつもりだ、貸し出して、また貸しするのだと言っていた。けれどもいつまでも頭金を用意できなかった。貯蓄する速度が不動産の値上がりに全く追いつかなかったのである。徐行の両親は労働者で、いまだ取り壊されていない古い建物に住んでいた。彼の寝場所は幼いころからソファーベッドだった。今さら家に戻っても居場所はなく、不動産の購入に両親の支援をあおぐのは土台無理だった。引くに引けずためらう毎日だったが、両親の元には帰るつもりは毛頭なかった。上京して大学に入学したその日に必ずや出世してやると決心したのだ。だが北京にとどまることもできなかった。家庭環境がもっと良い同級生がマイホームを購入し家庭を持つのを目の当たりにしながら、自分だけがそれが叶わぬことを思い知らされ、そこで南に下り、最南端でチャンスをつかもうとしたわけだった。最初に経済開放区となったこの地は、北京より出身が幅を利かせることは少ないと見たのである。人より抜きんでた生活を送ることをやはり熱望していたが、それは私から見るとほとんど空想に近い願望だった。彼の自負の強さは当初は滑稽に見えたが、数限りない挫折にもめげないさまは、悲痛さの中にも敬意を感じさせるものだった。

食事を終え、二人で通りをぶらついていると、徐行がふと林葉《リンイエ》のことを言い出した。林葉は恋人と破局を迎えたらしいんだ、こう言った後で心配げに今どうしているのかと尋ねた。

「何か聞いているの?」

「特に聞いたわけじゃない」徐行は答えた。「ただ、噂だけど、あいつ、愛人になってさ、それから捨てられたとか……俺って口が悪くてひどい言い方だから、あいつに絶対言わないでくれよ。うわさを聞いただけなんだ、違ってたら気分を悪くしないでくれよな……まあこういったことは日常茶飯事だし、今どきちっとも珍しくないし、愛人になっちゃいけないなんてことないし……うまくいかないんだったら俺の同僚に適当なのがいないか探してみて、あいつに紹介してやるよ」

私は聴いていて気分が悪くなった。「林葉、彼女……たぶん紹介なんてしてもらいたがらないと思う。すごく相手への要求は高いし」

徐行は答えた。「ほんとはさ、お前、もし時間があったらあいつに言ってやれよ、まあまあだと思ったところで手を打つんだって、えり好みはほどほどにした方がいいってさ。あの性格、男にはあんまり好かれるタイプじゃない……安っぽい恋愛小説ばかり読まない方がいいって言っとけよ、読みすぎるから……ああなっちまう」

「どうなっちまうの」

「いやなんというか、つまり、話し方が小説の主人公気取りだってこと」

深圳の夏の夜は蒸し暑く、まるで密閉された繭《まゆ》に包まれたような息苦しさだった。私は下を向いて通りの大理石の石畳を見ながら、なんだか哀しかった。徐行の言葉は石が心に突き当たるような心地悪さをもたらした。ある言語を受け入れるということは世界を見る一つの思考の型を受け入れるということ。人は内心の言語で一つの世界を構築することができ、それが現実の世界と全く違っていることもある。これは幻覚だけに関することではない。けれどもこういった言語で他者と申し合わせができないのだとしたら、ではより広範な人々が使う言語を受け入れるべきなのだろうか？　私はこの問題について深くは考えたくなかった。深く考えすぎると、私自身、普段の生活での身の置き場がなくなってしまう。

徐行のあとについて深圳を歩きながら、心がかすかにざわついた。ここは父が最初に世界に接した都市である。父はここで初めてこんなに違った別の世界があることを知ったのだ。私はこの都市がとても好きだ。こんなに緑が一杯で、こんなに清潔できびきびとしている。私たちは南山の開発中の別荘地域に行き、徐行の仕事のプロジェクトの工事現場を見た。彼は山のふもと一帯に広がる灯りの海を見ながら、繁華街の中心が見えただろ、あそこに中国で一番高いビルが建つんだと説明した。

山の中腹に立つと足元に灯りがいっぱいに広がった。ふっと突然私はなぜ父がここを去ったのかが分かった気がした。

深圳から列車に乗るとたちまち香港につく。足早に歩く学生やビジネスマンたちがかすめるように通り過ぎる。しょっちゅう行き来しているのだろう、脇目もふらずに歩いていく。何笑《ホーシャオ》が改札口に迎えに来ていた。遠くから手を振り、口を大きくあけて笑う様子は小学生の時からまったく変わっていない。

同級生の中では何笑が一人、私と同じく独身のままだった。前のように香港で仕事をしていたが、しばしば北京にも戻っていた。業務の多くが中国内陸地で展開されていたので、両方の場所を行き来する必要があったのだ。仕事を始めて数年経ち、その間MBAを取るので一年間研修していたが、そのほかは至極順調にキャリアを積み重ね、今ではすでにそれなりの中堅幹部になっていた。大したことないよ、最初ちょっと踏ん張っただけ、と笑って言う。こういった謙虚さは小さい頃毎度の試験でいつも学年トップを取っていた時と変わらない。食事中、電話で仕事上の指示を出すのを耳にしたが、その厳格かつ素早い対応に何笑の仕事ぶりが垣間見えた。彼女は香港でフラットを購入していた。小さなマンションだったが、場所が良く、海を見渡せる絶好の立地にあった。北京では会社が借り上げている月二万元の高級マンションに住み、同じ敷地内には肌の色の異なる外国人もいて、赤ん坊をベビーカーに乗せて中庭で遊ばせる姿を目にすることができる。

私は何笑のアパートに泊まり、一緒にパスタを料理し、それからテレビドラマを見た。何笑は家でアメリカのドラマを見るのが好きだった。よく耳にするような、金融界のやり手キャリアウーマンの、昼間金を稼ぎ、夜は歌い踊る生活、クラブに行っては踊り酒を飲み、恋愛ごっこをするといった生活とは違い、何笑は付き合いはせず夜はほとんど外出しなかった。多くの点で彼女は小さい頃とほとんど変わらず、聡明で、率直、理性的で、気に入らない人間とは一秒でも一緒にいることはなかった。物事の見方はシンプルで直截、しばしば独自のやり方で道を切り開いているように感じさせた。以前ボーイフレンドがいたが、性格が合わず、二人で顔を突き合わせて話し合いをした後で穏やかに別れている。不愉快な感情も裏切りもなく、別れた後も会えば普段通りの会話を交わし、仲の良い友人関係を保っている。この過程は、会社が合併した後再び分離するような、あるいは商談不成立であっさり別れるような感じ——暫定的な提携と解約はするが将来の選択肢は閉じない、といった感じだった。これから恋愛とか結婚はどうするつもりなのか聞くと、何笑は笑って、まっ、自然にね、フィーリングが合えば結婚するし、そうでなければ結婚しない、それまで。夫を持つことで生じるコストは仕事後の家事の時間で、利益はといえば、将来困ったり病気で苦しんだときに世話してくれる人がいること、これはいわば保険を買うようなもの。計算すべきは、自分が持てる時間の価値がどれだけで、将来独り身で世話してもらう確率がどれだけか。もし家事のために取られる時間のコストが高くて、将来他人に頼る確率が低いならば、夫を持つのは割に合わないし、子供を生むのも同じ論理。何笑はこのようにざっと分析して見せた。母親は彼女に早く結婚するようせっついたものの、こういった説明を何度も聞かされてうまく煙に巻かれ、しまいに説得をあきらめてしまった。

私は何笑と一緒にいてずいぶん感銘を受けた。彼女の基本生活は行動力にあり、それほど深く考え込まず、日常生活の中であれこれ比較して迷うこともない。文芸書はほとんど読まず、感情的になることもなく、人生に対して現実重視の簡潔さを有していた。面白い本、面白いデザイン、面白い演出、と面白くて魅力的なものだけを好んだ。仕事の出張や、ＭＢＡの研修の合間に、ブラジル、ケニア、オランダ、オーストラリア等様々な国を旅行し、主要な大陸はすべて旅行していた。スカイダイビング、ロッククライミングも経験している。私と微月《ウェイユエ》が自由の指標と人生の理想とみなしていた世界旅行を、何笑は空き時間を利用してあっさりやり遂げていた。何笑が一番好きなアメリカのドラマは『グッド・ワイフ』[※6]に『フレンズ』で、そこに登場する女性たちが面白いからだという。

何笑の何事にもこだわらず瞬時に決断する性格は高いＩＱに基づいたもののようだ。私にはとてつもなく困難に思える問題も彼女は難なく対処し、生きていく上で難しい問題など出会ったためしもないのだ。給料は年百二十万香港ドルに達し、年末のボーナスはさらに多い。何笑の両親は失業中の平凡な労働者だったが、今では実家は一番の高級住宅地に移っていた。

何笑のところで、私は将来について落ち着いて考えることができた。林葉も微月も平生も含めて、ほかの友人たちから、人生には超然としてこだわりない態度が必要だと言い聞かされても、すんなり受け入れられなかったのだが。物質的豊かさにはやはりいかんともしがたい効果がある。何笑は生涯独身で過ごすかもしれないが、それは彼女の中のコストと利益を天秤にかける考え方に起因するものではなく、人より優れた者は孤高であるという「高処不勝寒」[※7]の生き方によるものだ。彼女より知能が高い男性が適切な時期に現れて、しかも彼女と一緒になりたいと願うかについていえば、それはもうわずかな確率を問う数学領域の問題だった。

香港は賑やかで親しみがあり、想像していたよりもずっと清潔で静かだった。そこかしこが緑に覆われ、道路は綺麗に舗装され、人々は礼儀正しい。私は自分が映画に影響され過ぎたのはわかっている。私は道々、以前観た映画のイメージとそれを取り去った印象の間で、この街の記憶を構築しようとしていた。私たちは香港の豪快な夜景を見、銅鑼湾《コーズウェイベイ》で夜食をとり、海辺に行って金持ちの遊覧船を見た。ディズニーランドに行った日は強風が吹き荒れ、台風の上陸で盆をひっくり返したような大雨に見舞われ、天空が赤黒く染まりゆく中を無我夢中で走った私たちは、暴風雨に打たれて全身がずぶぬれになった。まるで天地がひっくり返り、テーマパーク中の施設が「オズの魔法使い」の小屋のように風に巻き上げられまた落ちてくるかのようだった。最終的にランド内のショップに雨宿りに駆け込み、ドアの隙間から荒れ狂う外を眺めることになった。毎年のように暴風雨に見舞われる地域で人々はいったいどうやり過ごすのだろう。雨風のただなかにいると慣れてしまうのか。

「いつ身分証をもらえるの?」別れるときに私は何笑に尋ねた。

「七年たったら。今は四年目になったとこ」

「その後は香港に定住するの?」私は尋ねた。

「わからない。たぶんしないと思う」何笑は答えた。「私って生涯一か所に定住するのは向いてないんだと思う」

何笑は世界公民《コスモポリタン》なのだ。住まいのマンションではそれぞれ皮膚の色が違う人々と英語で話をしている。私は彼らの鷹揚な態度が羨ましかった。遅かれ早かれ世界は彼らが暮らしているようになるかもしれない。愛国主義などフェイクだと皆が思うようになって。でもそんな日はまだまだ先である。何笑の世界も私からはとても遠い。

※6　二〇〇九年から一六年まで放映されたアメリカのテレビドラマシリーズ
※7　蘇軾「水調歌頭」の一節。「風に乗って天界に行って見たいが、月の宮殿は高所にあるため寒さに耐えないだろう」という文脈を離れ、「高い地位にあるものは風当たりも強い」「能力あるものは到達する世界が高いほどに孤高の厳しさを味わう」などの意味で用いられる

世界は変化し続けている。人々の目指す方向も様々に分かれてきている。何笑がグローバルな世界に溶け込む中で、徐行はますます中国のポジションを重視するようになっている。私としゃべっていた時、彼は何度も金融危機の後の欧米の凋落《ちょうらく》に言及し、中国のみが唯一局面を打開することができると語り、全世界は我々が支援の手を差し伸べるのを待っていると自負を示して見せた。私は大学の学部生だった時の思想政治授業を思い出した。当時先生は教壇で過去のことは話したがらなかったが、国際情勢については喜んで語った。周囲の国々は情勢が緊迫しており、互いが反感を強め、海も陸も周囲から脅かされている。大国が崛起《くっき》し、欧米の敵対感情は高まり、相手を押さえ込もうとする国内外の勢力による転覆活動が盛んになっている。新興国では発展途上の経済戦争の中にあり、アルゼンチンと日本はいずれも米ドルに引きずられて崩壊する。世界の二百に上る国々の盛衰によって、地図上のあちこちが戦火に見舞われ、孤立した大陸の中原は、敵によって四方八方から取り囲まれているのだ、と。徐行は一度ならず、アメリカによる中国への牽制と、中国が直面する艱難《かんなん》、そして金融危機以降の形勢逆転について言及した。十五年内に中国は世界貿易でトップに躍り出る、徐行はそう語った。

呉峰《ウーフォン》は意見を全く異にしていた。北京に戻ってから一度私は呉峰と外で食事をした。彼はもともとアメリカにとどまることを望んでいたのだが、不運にも卒業と十数年ぶりの金融危機が重なり、状況が悪化する中しばらく職探しをしたものの、インターンシップを二度こなした後はずっとチャンスに恵まれず、ビザの期限切れで仕方なく帰国したのだった。留学の経験は確かだったし、父親が尽力してコネを探したこともあり、最終的には北京の中央企業傘下の投資会社に就職し、新たなメディアの未公開株投資を手掛けることになった。景気刺激策が施行される中、資金は潤沢で、会社は多大な利益を上げていた。私が北京に戻った時、呉峰は結婚したばかりで、東三環[※8]に家を買い、ネット上にしとやかな花嫁の写真を掲載していた。彼に会う前にすでに同級生の一人が、呉峰は家が大きく、嫁さんが美しく、あれこそ人生の勝ち組だと話すのを耳にしていた。

意外だったのは、彼の結婚のニュースを聞いても心に何の戸惑いもなかったことだ。ぎゅっと絞られるような悲しさも、懐旧の念もなかった。つまり過去の生活を本当に過去のものとしたということだ。彼はただの同級生、それ以外の何ものでもなくなったのだ。

私たちは金融街にある賑々しい麻辣香鍋の店で待ち合わせた。周囲は腹いっぱいに詰め込もうとする銀行員たちが列をなしており、仕方なく私たちは隅の席に行って話をした。呉峰はずいぶん太り、ベルトの外に腹がつき出ていた。

「戻ってきたくなかったんじゃないの?」私は尋ねた。「どうして戻ってきたの?」

「しょうがなかったのさ、金融危機ではじき出されたよ」彼は自嘲気味に言った。

「将来また出るつもり?」

「わからない」彼は答えた。「おそらく行くことになるだろう。ただ目下のところアメリカで職を見つけるのは難しいから、二年ほど待つよ。まだ国内で仕事を続けているかもしれないけど、できる限りアメリカで家を買いたいと思ってる。家を買って二年すると移民の申請ができるっていうから」

「やっぱりどうしてもアメリカに行きたいの?」

※8　北京三環路の東部エリア。中国を代表する金融機関など大企業の本社や、多国籍企業の中国本部が集まっている

「どうしてもってわけでもない。ここのところロンドンもなかなかいいと思ってる。昔はロンドンは古臭いとこだと思ってたけど、一度旅行してみたらなかなかおしゃれなとこだったよ」

「ともかく結局国外に出るってわけ？」

「そりゃ当然だ」聞くまでもないという口調だった。「周りで国外移住を考えない人間なんていないだろ。こっちの社長たちも半分は出てったよ。ある日出ていくと言って行っちまうんだ。ちょっと稼ぎがたまったら皆出ていくんじゃないかな、国内は全く不安定だから」

「何が心配なの？」

「国内は環境がひどすぎる。食べるもの飲むものすべてが問題だ……制度もダメだし、朝から晩まで重箱の隅をつつくようにあらさがしして、何もかもが処罰の対象だ。目下だれもがひと儲けしようと狙ってるけど、いずれ経済が突然破綻したら、先を争ってずらかろうとするのさ」

私は彼の真意を推し量った。彼の言うことは徐行の言うことと正反対だったが、矛盾はしていない。だがこの問題を深く追求したくはなかった。私が興味があったのはこの世界の趨勢ではなく、この世界の趨勢に対する各々の判断だった。私たちは話題を変えた。呉峰の悩みは、銀行のカードを妻に渡してしまって手元には家族カードしかないので、毎回使うたびに妻にチェックされること。また、もし出張に二日以上出る場合は、毎日決められた時間に電話をかけ、携帯はビデオ通話にしなければならないことだった。妻からの電話にすぐ出られないと後が大変なんだよ。宴席で酒をついで回っている時なんかいきなり同僚を後にして電話をかけに廊下に出なきゃならなくてさ。十数分で戻るんだけどお客さんや同僚から冷やかされて気まずいったらないよ。呉峰の眉や目のあたりには依然として小さい頃の面影が見られた。相変わらず聡明で、ユーモアがあり、自嘲癖もそのままだった。しかし、かつて私をどきりとさせた軽快な何かは、時おりぱっと輝く彼の表情をよくよく観察しても見つけられなかった。

「君のほうはどうなんだい？」呉峰は最後に尋ねた。

「前と同じ、これといって変化なし」私は答えた。

「なあ、おデブ」呉峰が声をかけた。突然小さい頃のあだ名で呼ばれたので、私は顔がほてった。呉峰は小学校の時のあだ名で私を呼ぶ唯一の人間だった。ふっと二人の間に何かが流れだした。呉峰は一瞬ためらったのち、言葉を発した。「本当は、君が幸せになるのを一番望んでるんだ。本当だよ」

なぜこんなことを彼が言ったのが、私はわからなかったが、心がかすかに波立った。なんだかとても極《き》まりが悪くて、それ以上問いかけることができなかった。「うん、ありがとう」こう答えるのが精いっぱいだった。

けれども呉峰の少しずつ距離を置くような社交辞令が、生暖かい裂け目を広げていった。

その後しばらく音信がなかったが、ちょっと前に聞いたところでは、接待での酒が過ぎて重度の脂肪肝になって療養施設に入り、医者から禁酒を言い渡されたということ、大事には至らず、一か月後に退院して帰宅したということだった。

最後に私は林葉をさがし出した。本来ならもっと早く訪ねるべきだったのだが、今回の旅を始める前は彼女の携帯がずっと通じなかった。旅の途中には、彼女が精神的にとても不安定になっていることを耳にし、そんな状況で突然連絡するのも気が進まなかった。北京に戻ると彼女はもうどこかに引っ越していたため、時間を割いてあちこち訪ね歩き、ようやく住所を探し当てたのだった。会いに行くその日、私はどう話を切り出したらいいかとしばらく逡巡していた。

ところが林葉は予想外に率直でこだわらなかった。ドアを開けると私を迎え入れ、紅茶を入れてくれた。キャミソールにヨガパンツ、薄い長袖のブラウスをはおった格好で、落ち着いた表情をしている。想像していたような、ネガティブで崩れ落ちそうな感じではなかった。クッションを抱き足を縮めてソファーに沈み込み、髪はサイドに垂らしている。

「あたしのこと誰かから聞いてるでしょ？」彼女は言った。

「うん、少しだけ」

「ほんとは大したことでも何でもないのにさ」気軽な口調で彼女は言った。「最初っからこうなるのはわかってたからね。どんなこと聞いたの？　お妾《めかけ》さんになって捨てられたって？　実際その通り」

彼女の口元に嘲るような笑いが浮かぶのを私はじっと見ていた。相変わらずだった。誰がどう言おうと我が道を行く、のだが、同時にまず先手を打って防御線を張る。みんな内心そう思っていながら仄めかすだけで明言しないことがあれば、自分でその水泡を突き刺すことを選ぶのだ。他人のほのめかしは最大の屈辱だった。林葉にとって誇り高くいることは何よりも重要なことだった。

「他人の言うことはそんな重要じゃないんじゃない？」私は慎重に言葉を選んだ。「自分はどうなの？」

「あたし？　すごく調子いいよ。ねえ見て、ここ、すごく感じいいでしょ？」林葉は指を広げ周囲を指さした。

私は彼女の部屋にぐるりと目を走らせた。単身者用のおしゃれなアパートで、１ＤＫ。カウンター形式のキッチンで、オーブンははめ込み式、中央のカウンターには半自動のコーヒーメーカーがある。壁際のミニテーブルには、桜の模様が入った白磁のティーセットと一輪挿しがあり、一輪挿しには季節に合わせて白いバラが挿してあった。彼女自身はソファーの隅に丸く縮こまり、わきの茶卓には碧螺春《ビイルオチュン》※9の茶葉の入った茶筒と、半透明で注ぎ口のついたティーカップ、ページを開いて伏せてある禅に関する本、金糸で細かく穂を縁取りした中国画の栞《しおり》がはさんである。

「今何をやってるの?」私は尋ねた。

「以前のまま、あの広告会社にいる」林葉は答えた。「でもそんなしょっちゅうは行かなくなってるんだ。別のことであれこれ忙しくしてて」こう言った時、彼女は少し生気を取り戻し、背骨をしゃんと伸ばすと胡坐を組んだ。瞳に少し輝きが戻った。「ワークショップを企画してるとこ。書籍とかその他の製品の企画を手掛けて、女性がテーマ。あたしも一冊書いてるんだけど、ちょうど書き終わったとこ」

「なんかすごいじゃない」私は言った。

実のところ、この二年間私は林葉を何回か見かけていて、彼女の状況を全く知らないというわけではなかった。林葉が運営していたウェブサイトでは問題が起きていた。利益配分を巡る口論で二人の創始者が袂《たもと》を分かち、チームの求心力は失われ、当初予想されたほどネット文学もブームを呼ばず、一時もてはやされた後は読者も減っていた。林葉はウェブサイトを離れ、喫茶店の店主と店の経営にかかわっていた。その後再び仕事をみつけ、ある広告会社で高級品業界の雑誌広告を担当していた。当初は、文芸から離れてしまったように感じ、決して満足したわけではなかったが、仕事は性に合っていた。彼女らの会社はよくファッションショーに参加し、自分たちでパーティーを開いて、スタッフとして招いたスターたちと同席することもあった。林葉の洋服

※9 中国十大銘茶の一つで、高級な緑茶。江蘇省の太湖洞庭山原産

ダンスにはヒップラインが出るミニスカートがずらりと掛かっていた。林葉は痩せて背が高く、美しいとは言えなかったが、ドレスをまとうと雰囲気が出て、まれに化粧した姿を目にするようなときは、見違えるばかりだった。

喫茶店の店主とは長い間つかず離れずの関係が続いた。永遠に充たされることのないまま相手の愛を享受し、まるでその愛情をすっかり身体に吸い込み、あるいは注ぎ込んで自らの精神にしてしまおうとするかのようだった。もしかしてこの愛が長続きしないことを知っていたから毎日を最後の一日のつもりで過ごしたのではないだろうか、と私は時々思ったものだ。愛することにこんなにも精力を注ぎ込む姿は、高い所から墜落しないよう欄干にしがみついているようなものだった。当時の彼女は執筆をほとんどしておらず、発表も滅多にしなかった。以前ラブストーリーものを次から次に量産していた時とは違って、ブログには全国各地で撮った写真だけをアップした。現実の愛がすべての愛に対する想像力を消耗させているかのようだった。彼女がいつ執筆を再開したのかわからなかった。あるいは執筆を再開した時は、愛が終着駅に達した時だったのかもしれない。

「よく考えたの」林葉は言った。「女性はね、自分本来の姿に従って生きるべきだとね。今のあり方ってのはみんな、結婚を基準に女性を評価してて、男にとって自分が何番目なのかが大事で、結局女性はみんな男から認められることでしか自分を肯定できない、これって正真正銘のマスキュリズムだよ。ほんとはね、女性が誰かを愛したいときは、ただ自分自身の感情があるだけのはずなのに」

「本のシリーズは、女性主義《フェミニズム》にするの？」

「女性主義とは違う」林葉は胡坐をかいたまま指で軽く華奢《きゃしゃ》な足首をたたいて答えた。「女性が自分で生きているなら、家父長社会の考え方は関係ないよ。何で男性主義って言わないの。女性主義って言う言葉そのものが不平等じゃない？」

「うん」私は頷いた。

「今回はもう成功なんて目的じゃないんだ」林葉は真剣に言った。「こんなにいろいろ経験してさ、あたしわかったんだ。名声とかなんかはちっとも重要じゃないって。だから自分自身で重要だと思うものをやりたいと思ってるわけ」

　私は林葉に目をやった。今も変わらずこんなに精いっぱい努力して、かっこよく見せて生きようとしている。彼女は私が出会ったどの人間よりも努力し、美しく生きる姿勢を誰よりも意識している。生きることに対してある種の潔癖さを求め、愛するもの、信奉するものすべてにある美の型を見出そうとしている。この点がわからなければ林葉を理解することはできないし、彼女の方でもこの点を理解しない人間を理解しないだろう。彼女は観衆を必要としていた。たとえそれが想像の中の観衆だとしても。そしてこうして毎日のように倦《う》まず弛《たゆ》まずに行う探究はこんなにもナイーブなのだ。

　林葉は立ち上がり、私のグラスに水を注ぐとレモンの切れ端をのせ蜂蜜を加えた。そして日本の和菓子を二つ添えて、小さい木のお盆にのせて持ってきた。紙のナプキンにはマリリン・モンローの顔の抽象画がプリントされている。

「月日の経つのってほんとに早い」彼女が言った。「二人で一緒に住んでた頃が数日前だったみたいな気がする」

「ほんと、早いね、もう二年以上になるね」

「これからどうするの」彼女が尋ねた。「体の方はもう大丈夫？」

「大丈夫」私は答えた。「仕事探しをしなくちゃ」

「どんな方向の仕事？」

「えーと……」私は言いよどんだ。まだ完全に言葉にできない。「まだごくぼんやりした考えしかなくて、まだ決めてない、たぶん何か資格を取ってみるかな」

林葉は和菓子の包み紙をはがした。「軽雲《チンユン》、ほんとはね、ずっと思ってたんだけど、なんか書かないのはもったいないよ。いいもの書いてたじゃない。感じ方も繊細だし。ねえ、あたしたちと一緒に本出さない？」

私は首を横に振った。「やめとく。あなたと違うから」どう自分の感覚を説明したらいいか考えてみた。誤解を招きたくもなかったし、また言うべきかも迷ったが、最終的にやはり言うことにした。「あなたは生涯美のために生きていけるけど、私はそうじゃない。私は本当に真理のために生きることしかできないの。モグラが穴掘りするみたいに、掘って掘って掘り続けてないと、さもないと心の中が焦りでいっぱいになっちゃう。周囲を見回したとき、欠けているのはまずはこの点、真理だと思うから」

林葉のアパートを出ると夜はかなり更けていた。彼女はタクシーを捕まえるために大通りまでついてきてくれた。夜は更けてあたりは静まり、人影もまばらで車も少なかった。私たちは風の中で震えながら立っていた。彼女の長い髪の毛が風に吹き乱れている。彼女が穿き替えた踵まであるパッチワークのロングスカートが風にはたはたとはためいている。風で体に張り付いて脚の曲線を際立たせ、反対側はケイトウのように波立っている。また痩せたようだ。客の乗っていない車が見えると、林葉が合図をして停めた。私はタクシーに乗り込んだ。エンジンがかかった時、後部座席の窓から彼女のケイトウの花のようなスカートがひらひらと飛んでいるのが目に入った。

第十六章

二〇一〇年の秋、私は国家公務員の試験準備を始めた。

夏の旅行から戻ると、人とはほとんど会わずに閉じこもって復習をした。十一月、誰にも告げなかったが、一次試験にパスし、翌年二月二次試験にパスした。三月に採用通知を受け取り、五月にトレーニングコースが始まった。

私は国家統計局を受験したのだが、このことは母をことのほか喜ばせた以外は、誰もがみな大いにいぶかった。

私が公務員試験を受験するとは思われていなかったのだ。微月《ウェイユエ》ですら知らせを聞いたとき、ほんとに決めたの、と何度も聞き返してきた。林葉《リンイエ》は理解してくれなかった。統計局から出たのに再びそこに戻っていくなんて、と。何笑《ホーシャオ》は、公務員の給料は低くて仕事内容は単純作業の繰り返し、長くやったところで人としての成長に何ら良いことはないのに、と腑に落ちないようだった。徐行《シュイシン》は理解を示した。前は正規の職員じゃなかったから、今回組織に入ったのは大きな進歩だと。呉峰《ウーフォン》は、部署が今も住まいを割り当ててくれるのかどうかだけを問題にした。私は彼らの反応をただじっと聞き、釈明はしなかった。私自身が重要だと考えるものは別のことだったし、それは自分だけがわかっていればいいもので釈明する必要はなかった。

私は受験のために北京に戻ったが、引き続きこの巨大な都市で戦いに身を投じることにした。この都市の巨大さには慣れることはできないのだが、それでも耐えがたいとはもう思わなくなった。生活するということは結局終わりのない戦いだから、それならこのまま戦い続けていけばよいのだ。

二〇一一年五月末に私は正式に職に就き、新しい生活が始まった。まず違った部門を順番に経験し、それから地方に派遣されて統計局の末端で実習を行った。二〇一一年の秋、私は貴陽に派遣され、ある県都の統計局で実習をした。以前経験していたおかげで、現場の仕事は慣れたものだった。限られた時間の中で私は県都を一通り見て回った。通りに軒を並べる小さな店から、この街の唯一の基幹産業であるソフトドリンクの加工工場まで見て回った。私は統計局の内部矛盾――新たに就任した局長が優しすぎる性格であること、高学歴の若い部門主任と古くからいる労働者との間にかなり齟齬《そご》があり、当地の人間と外から来た者はしっくりいかない等々――から距離を置いた。県政府はホワイトハウスのような権勢を持ち、官庁広場は草原のように広く、華《ホワ》表《ピアオ》※1が石橋に続き、気宇壮大である。昼間は人っ子一人いないが、夜になると社交ダンスをする老人たちで一帯が占拠された。二本しかない大通りには零細商店が並び、酸湯魚《スワンタンユイ》や烤豆腐《カオトウフ》が売られ、ネットカフェにカラオケが並ぶ。ニュータウンのマンション群は厳めしく、入居者を見ることはほとんど不可能だった。週末や休暇の時に郊外の少数民族の村を訪ね、連なった樹木や紺《こん》碧《ぺき》の湖を眺めた。まれに中心地区で開催される研修に集められた。ホテルの会議室での重くよどんだ空気とタバコの煙の中で、南からやってきた講師が機械的に原稿を読み上げるが、皆は理解不能とあっさり認めている。私はひたすらコンピュータに数字を打ち込み、数字を探し、無数の電話相談窓口の番号を入力した。

　一年の実習期間が終わって北京に戻ると、同じ職場の若い女の子と共同で部屋を借りた。統計局は西の区域で、借りた古いアパートは動物園付近にあり、自転車で通うことになった。部屋は小さく家賃は高かったが、ともかく職場までそれほど遠い距離ではなかった。給料は家賃を支払うとたいして残らず、服を全く買わないで何とか月末まで食いつなげる程度だった。若い同僚は南方出身の、学部を卒業したてで、私より何歳か若く、話好きだった。彼女の人生は仕事で努力し栄転を目指すことで占められ、苦労しつつも幸せそうだった。私はほとんど部屋には居つかず、仕事が終わった後の時間はほぼ国家図書館で過ごし、一週間のうち一晩は大学での聴講にあてた。聴講するコースは仕事とは関係なく、自分のためのものだった。

　そうこうするうちに私は統計に関する文章を書き始めた。主に統計の歴史に関してだった。原稿を書くために、膨大な文献の山をあさる。中国語の論文から始め、索引に従って英語の論文もあたりはじめたが、遅々として進まなかった。英語力が足りないのと背景の知識が不足しているため、論文一本を読むのにひどく時間がかかるのだ。絶えず増えていく資料表には百本以上の必読論文が上がっていた。一本をのろのろと読むことしかできなかったが、速い速度で読み進めたいとは思わなかった。どんなことでも速度より自分自身の変化に注意を向けた。読んでいる文字と自分自身の間に起こる関係に気を付けた。

　聴講したのは社会学と政治学関係の授業である。あるウェブサイトに定期的に大学のコース情報が掲載されており、私は担当教官の名前を検索し、興味を覚えた授業があれば聴きに行った。

※1　宮殿や陵墓の参道に立てられる装飾用の石柱

聴講は人生への向き合い方としてはとてもいいものだと思う。興味が出たものだけ聴くのである。何かしら学び取ることができるのは、プレッシャーがなくても聴きたいと思うものからなのだ。

ただ政治学は想像していたものとはだいぶ違っていることに気がついた。自分が一人幻想に浸っていた時期は、理念がまず何よりも先行したが、実際の政治学研究は現実の政治と切り離すことができない。学術研究も私が想像していたものとかなり違う部分があった。私は哲学者をかなりロマンチックに捉えていたが、学術に必要とされるのは、テーマの具体化、答弁での論証、それから経費の申請、共同作業、学生の募集、論文の投稿、成果の発表、レポート申請、肩書審査であった。どれ一つとっても莫大な精力をつぎ込む必要があった。

講師の中には社会への不満や憤りを口にする者もいた。「多くの人が二言目には自由と平等は矛盾するなどと語り、自由は犠牲にしてもいいなどと思っています。本当に自由と平等は矛盾するのでしょうか。実は特権こそが平等と矛盾するものなのです」常に傍観者の立場をとる講師もいた。「権力が集中するこの体制を観察するのは興味深いものです。この体制がもつ特徴ですが、その多くはしっかり玩味《がんみ》するに値しますよ。率先して合法的な権利や利益を擁護しようとした者たちが最終的にどうなったか見てごらんなさい。彼らは政府に向かって権利を主張したために追いやられたわけではないですよ。誰かに計画出産に違反したと言われて、高額な罰金を負わされるのです」別の講師はかつての言説に回帰しようと試みた。「階級の概念をやはり使わないとだめです。階層と言い換えてもいいですが。今日階級はとても細かく分岐してますから。ともかく、社会でこういった貧富の差が固定化するのは大変恐ろしいことです」

私は部屋の隅に座ってじっと聴いていた。社会は入り乱れて混乱し、牙をむいて襲い掛かってこようとする。様々に姿かたちを変え、手品のパフォーマンスよろしくまばゆいスポットライトで目をくらませる。泣き笑いしながら生き続ける人々は、書物の中の一つの分母に変わり、歴史の流れの一点における塵芥《ちりあくた》あるいは「群衆」「庶民」といった単語で形容される一千万分の一の存在となり、そして人間としての意味は、クローズアップされると同時に消失する。人間は群体として拡大されると同時にごくちっぽけな取るに足らないものとなる。

私が興味を持ったのは一九五〇年代を含めた経済政策と六十年代初めの人口データ、七十年代早期の工業の回復状況、九十年代初期の思想的転換、二十一世紀初めの労働力の大移動だった。このほかにも学びたい内容が山のようにあり、しばらくは目移りばかりしていた。ほかに知りたかったのは、現在の経済データと実質的経済データとの差、つまりそれぞれのレベルの政府機関で行われる最終調整のことではなく、統計上の数字自体のごまかしである。どれだけのお金がコストに従って人の懐に流れたのか、どれだけの賄賂《わいろ》がプロジェクトの総額の一部を占めているのか、どれほどの取引額がどんぶり勘定でなされたのか、どれほどの収入が脱税で隠されたのか等々。徐行らが語ったところでは、これらが全体の収益のかなりの部分を占め、データを空洞化させているということだった。この隠蔽をはっきりさせる方法があるのかわからなかったが、これが私がしたいことであるのははっきりしていた。

私には仕事が必要だった。それがこの世界に切り込み、この世界と折り合っていく方法なのである。ただその仕事はもう私の存在を示すラベルではなくなり、喜んで自分の時間を使ってやりたいことになっている。世界にどう切り込むかより、世界をどう示すかが私にはより大切なのだった。

仕事を利用して資料を集めていた頃、私と似た志向の人々にも出会った。一人は老教授で、退職した後私費で県都の檔案館に通い、個人で史料を編纂していた。檔案館には現地資料、新聞記事や公文書、現場の報告書、調査資料書といったものが想像を超える量で保管されていた。老教授は自分で発見した資料の一部を見せてくれた。それは一九五八年から一九六二年の間の資料で、数量データ、会議記録、上部からの指示等々があり、その量は驚くほどで、死亡者数のデータもすべて保存されている。教授の考えは私と同じく、これらの資料は整理する者がいなければ次第に消滅し、起こったこととともども雲散霧消してしまうだろうということだった。人々がこういった断片を残した時は、ゆくゆくは誰かに拾われて日の目を見ることを望んでいたはず。老教授はこの断片を拾い上げる一人であった。

後に私は全国規模の経済調査グループにも加わり、中国全土数十か所にわたる県都をめぐり、通り沿いの風味あふれる店で各地の味覚を楽しんだりした。長距離バスのタイヤはもうもうたる埃を巻き上げ、バスの窓を完全に覆うほどだったし、給料は雀の涙ほどだったが、単身で常に旅の途上にあるなら、必要な全財産は旅行鞄一つで済んだ。

仕事中はやはり様々な人々に出会うことになる。そこでの話題もショッピングから占い、家庭内の些細なあれこれと相変わらずだったが、もうそれらに煩わされることはなかった。自分自身が不安定な時は、周囲のすべてが自分を変えようとする力に思えるものだが、自分が自分でいられるようになると、他人や周囲のことは一幅の絵として眺められるようになる。絵の中の人間と思えば、みんな興味深い存在だった。

二〇一三年の秋、仕事を始めて二年が経った時、私は国慶節の休暇を利用して父に会いに行った。今回父はネパールにいた。アメリカの家と店を売り、単身でネパールに移っていたのだった。

私も母も父が移住して一年後に初めてこのことを知った。この間、父とはあまり連絡を取らなかったし、父はいつもメールを使い電話はかけてこなかったため、電話の国番号を目にすることがなかった。あるとき父が送ってきた写真にふと奇妙でみすぼらしい寺院のような建物が写っていたのに気がついた。母はそれに気づかず、写真を見ながら青い空と遠方の山並みだけに注意を向けて「やっぱりアメリカは空気がきれいなのね」と感嘆していた。「これ、アメリカじゃないよ」と私がいうと「えっ？」と母はぽかんとしたが、ネパールだということが分かると、その後しばらく続くことになる心配とため息が始まった。母には、父がなぜアメリカにとどまらず、この貧しい国に行こうとするのかわからなかった。そして父の暮らしぶりを心配し、父の考えも思いも理解できないとため息をつき、あの時父に従って外国を流浪しなかったのは正しかったと言いつつ、もしあの時ずっと父と一緒にいたならば、父の生活は今とは違っていたはずだとも言うのだった。母は善良だった。父を理解しなかったが、多くのことは打算抜きで喜んで引き受けようとした。

私は直感的に、父の選択は、商売の不調や感情面での挫折とは関係ない、父なりの理由があるのだと感じた。毎度繰り返されてきた同じ理由である。

正直に言えばネパールの第一印象は決して良いものではなかった。小さく粗末な飛行場から一歩でるとすぐに狭苦しい道に入る。一、二本大きな通りがある以外は、その他の道は、アスファルトの舗装すらないでこぼこ道で、車はクラクションとともに込み合う群衆をすり抜け、ガタゴト激しく揺れるたびに体ごとジャンプする。車体後ろの排気管から黒煙を吹き出して通りを歩く男女の身体に浴びせるのだが、彼らは全く動じない。このべとつく黒色の気体に慣れっこになっているようだった。カトマンズは一応大都市ではあるが、近代的都市とはおよそかけ離れた場所だった。都市の中心街に入っても、道路は依然狭くてあちこちが舗装されないままで、石煉瓦の路面の両脇には屑やごみが積もり、高い建物が互いにぶつかりそうなほどぎっしりと立ち並んでいた。高いといってもそれほど高いわけではなく、せいぜい五階か六階しかなく、赤煉瓦づくりで、入り口が狭く、近代国家の都市で見られる鋼鉄とガラスはない。主要な大通りは車一台分の道幅しかなく、対向車が来ると、通行人は両側の壁に張り付くようにしてかろうじて車を通す。通りの両側の小型の商店は間口が狭く、横並びにずらりとつながっている。大きく開いたドアに商品がぎっしりとひっかけてあるので、通りはまるで売り物が積み重ねられた廊下の様相を呈し、目が眩むほどの色の洪水だった。たくさんの人が通りに座っていたが、おしゃべりや娯楽に興じるでもなく商売をするわけでもなく、ただ一列にずらりと道端の空き地に腰かけている。その多くが、形のよくわからない仏龕《ぶつがん》の下に座っていて、ボロボロの長い上着をまとった人々がただぼんやりとしているのである。通りではそこかしこに仏壇やミニチュアの廟が見られ、たくさんの人が立像をなでに来るので、角がきれいに取れ、かつての姿を失って奇怪な形状の細長い石のようになっていた。父によると、なでるのは幸福を願う行為なのだという。これまでネパールを、遥かかなたの清らかな土地と思い込んでいたのだが、ここは全てが埃で覆われていた。カトマンズからポカラへは、でこぼこ道を揺られながら山を越えていくのだが、道路わきには崩れ落ちそうな真っ黒い木造家屋があり、舞い上がる埃は車の窓を閉じても四方八方から降りかかった。

ポカラに到着すると、何もかもがぐんとよくなった。目の前の山は次第に緑が多くなり、水も見かけるようになる。水がありさえすれば清らかな美しさが生じ、道中の緑も爽やかに感じられるようになる。ポカラの村に車が差し掛かると、空はまだ多少曇りがかったところがあるものの、山水も街並みも大変澄み切った雰囲気に変わっていく。通りには湖水に臨んでバカンス用の宿がずらりと並んでいた。宿の入り口には料理の写真が貼られ、二階の欄干から花を垂らしているところもあった。湖のもう一方の側は山並みが広がり、近くの山は低くてなだらかだが、遠方の山々は高くそびえ万年雪に覆われていた。あれがヒマラヤ山系の雪山だと父が教えてくれた。

そしてこの湖面の上空に、パラグライダーが飛んでいるのが目に入った。低い山からジャンプし、午後の陽光の中を旋回する。パラソルは七色のストライプで彩られ、アーチ型に広がると陽光に輝く虹のように見えた。気流がパラソルをパンパンに膨らませ、十分な張力が働くと、空中で静止しているようにみえる。さらに上空に向けてぐんぐん飛翔してゆくものもある。この一瞬に、私はなんとなく何かがわかったような気になった。

父はネパールでパラグライダーのインストラクターになっていた。インストラクターといっても実質何も教えない。初心者の観光客が空へ飛ぶのを助けるだけである。一つのパラソルごとにインストラクターが一人ついている。初心者の客がやり方がわからず戸惑っている時インストラクターが安全ベルトやヘルメットの装着を手伝い、パラソルとつなぐ部分のボタンを嵌《は》めてやる。それから客の背後に立ち、同じパラソルの中に入って引綱《ひきづな》をコントロールしながら、いつどのようにして前に走り出すかを教え、風が吹き始めたら客を前に押し出し、斜面からジャンプし、相手がまだ頭を混乱させている間に空へと飛び出す。それから彼らの興奮した叫び声や恐怖の絶叫を聞きながら背後で微笑みを浮かべて安心させてやり、同時に自分の支柱に備え付けた小型カメラで彼らの写真を撮ってやる。空中では客の度胸と身体能力に応じていくつかのテクニックを披露し、高度をあげたり、旋回したり、百八十度回転したりする。そして三十分ほどで一緒に降下して山のふもとの草地におりたつ。一つのグライダーに一人のインストラクターがつき、毎日十数回の飛行をする。

私も一度体験してみた。ここに到着してから二日目、父がおんぼろのピックアップトラックを自ら山の上まで運転し、それから私を背後で支えながら一時間ほど飛ばしてくれた。私たちは一般の観光客が飛ぶ範囲を超え、かなり上空を飛翔し、遠方の小高い山に向かって意気揚々と飛んで行った。まるで雲の端へ、太陽へと飛んでいくような気がした。

グライダーから降りると、多少めまいがして吐き気がした。父がレストランに連れて行ってくれ、二人で冷たいビールを飲んだ。この仕事をどのくらいやっているのかと私が聞くと、父はネパールに来た時からずっとだと答えた。いつやり方を覚えたの、私が重ねて聞くと、アメリカから南ベトナムに旅行した時、何回か飛んでみたことがあって、インストラクターを頼んで教えてもらったのだという。最後に、どうしてネパールに来たの、と尋ねた時、答えはなかった。

父は湖からはほど遠いあるホテルの一部屋を長期滞在契約で借りていた。湖が見られないので料金は湖畔のホテルの半額だったが、環境はそれなりに清潔で整っており、入り口の鉄の門には花が飾ってあり、中庭には緑の鉢植えが添えられ鉄製のテーブルと椅子が置かれてあった。三階建ての小さいホテルで、長方形に建物がぐるりと取り囲むようデザインされ、中央の中庭は広々としていた。父の部屋は二階の片隅にあり、窓から外を見ると、湖こそ見えなかったが彼方の山々を望むことができた。父は自分の荷物を乱雑に積み上げていた。毎日清掃が入ったが、それでもごちゃごちゃと散らかっている。着た服は二つある籐《とう》の椅子の背やベッドの端に無造作に投げ出され、パソコンと携帯電話が電源と充電器につながり、部屋の一方の端からベッドの中央までコードが引かれている。ベッドの下に読み終わった雑誌が数冊、靴二足、物々交換で手に入れた登山の装備と水筒が乱雑に散らばり、二つのスーツケースが部屋の奥の隅に半開きのまま置いてあった。どうやら父はここで束縛されず快適な、それこそ勝手気ままな生活を送っているようだった。

アメリカから何を持ってきたの、他の物はどこに置いてあるの？　私が尋ねると、父は他の物なんてないさ、すべての荷物と持ち物は全部この二つの中に収まってるよ、と言う。これには少々驚いた。どう見ても、その二つのスーツケースにはそれほどものは入りそうにない。ここ数年父がどれだけ稼ぎそれがどれだけ残っているのか私も母も一切知らなかったし、父が生活に余裕があるのかそれとも大変なのかもわからなかった。二つのスーツケースの中身は生活必需品とカメラだけのようで、思い出の品も、ほかの女性の存在を示すものもなく、今見えるここ以外の生活をうかがわせる手掛かりは何もなかった。

宿泊して四日目、父と一緒にちょっとしたトレッキングツアーに出かけた。私に十分な体力と時間があれば、十二日間の大周遊旅行だとかチョモランマへの往復の旅に参加すべきなのだが、私には体力も時間も不足していた。日程は十日間に限られていた上、普段から体を鍛えていなかったので、突然運動量が増えると適応できず、高山病の反応がでないとも限らなかったのだ。ツアーはほとんど軽登山と変わらぬレベルで、せいぜい泥だらけの道と階段からまばらに生えた特に美しいわけでもない高山植物を鑑賞する程度だったが、二日目の晩と三日目の早朝に頂上まで登って初めて雪山の全容を眺めることができた。

父は歩くのが速く、私は遅かった。父は私に合わせて忍耐強くゆっくりと歩くこともあれば、さっさと先に歩いていき、次の休憩所で早めにビールを一杯注文して、微風にあたりながら下から一歩一歩登ってくる私を眺めていることもあった。父の得意げな笑顔が目に入ると憎らしくなることもあったが、どうしても父のように速く歩くことができなかった。私はすでに太ももが軽く震え始めていたのに、父は依然として平地を歩くかのごとく汗もほとんどかかない。父の後ろを歩きながら、幾度となく父の半分白くなったぼさぼさの頭髪と大股で滑らかな歩き方を見ていたが、そのうち父の実際の年齢がわからなくなってきた。もうすぐ六十歳になるということは、私が三十歳になるのと同じく確かなことである。けれども時間が私たちの身体に刻み込んだ痕跡は深さが違っているように思えた。

途中で私たちは他国の観光客らと一緒になり、私たちが追い越すこともあれば、向こうに追い越されることもあった。彼らは中国、スペイン、ノルウェー、あるいはお隣のインドからも来ていた。互いに話すことはせず、ただ挨拶を交わすか、追い越す時ににっこりするかして、夜に同じ宿に泊まる時は、近くのテーブルに座って情報を交換し合った。同じ山を登るツアー客同士は、院試会場で出会う同級生のようで、本当の連れではなくても道中の仲間のようだった。

二日目の晩、私たちは周遊コースの一番高いところに登りつめた。宿泊したホテルの裏は平らな台のようになっており、その上に立つと三方向の雪山の全景が見渡せた。ホテルの主人がそれらの雪山を指さしながら、ひとつずつネパール語の名前を教えてくれた。私は覚えきれなかった。何度か来ている父も覚えることができずにいた。あたりがますます暗くなる中、私たちは深い藍色をした空の明るさを頼りに、風に吹きつけられた雪山の頂上に雪のベールがかかるのを見ていた。山肌は暗く深く沈み込み、頂上のシルエットは険しくそして優しかった。

少し寒くなってきたので父が外套《がいとう》を脱いで私に渡してくれようとした。私が断ると、少し寒い方が好きなんだ、と父は言い、両手を腰に当て、平台に立ち遠くを眺めている。その沈黙と厳粛な面持ちは父にしてはひどくめずらしいことだった。何を考えているのか読み取れない。私はそっと近くに寄り、父の視線の先をたどった。空はインディゴ色に静まっているがまだ暗闇にはなっていない。

「ネパール人もあの山々を聖地とみなしているの?」私は尋ねた。

「そうじゃないかな」父は答えた。「と言ってもよく知らないがね、ガイドが何か話していたけどよく聞き取れなかったよ。この地の人間はみな仏教徒だから、何かいわれがあるんだろうが」

「お父さんは、仏教を信じるの？」

「信じないさ」父は両手をズボンの尻ポケットに突っ込むと、私を振りむいてかすかに笑みを浮かべた。

「ならなんでネパールに来たの。お父さんがネパールにいるって聞いて、てっきり仏教徒になったのかと思った」

父は軽く首を振った。「パラグライダーを習ってた時知り合った友人がね、一人はイタリア人の老人だったが、この地でグライダーのインストラクターをたくさん募集しているって話してくれたんだ。ちょうどこの仕事をやってみようかと思っていたところだったんで、それで来たんだ」

「ほんとにそんなにグライダーが好きなの」私は尋ねた。「毎日空に飛んで着地して、身体の方は大丈夫なの？」

「今のところは、まあ大丈夫だろう」父は腕を曲げ、力こぶを誇示しておどけたがすぐに真顔に戻って言った。「と言ってもそう長くはやっていられない。六十を越えるとやらせてもらえないんだ」

「六十」という単語が耳にはいるとなんだか悲しくなった。誰もが例外なく最終的には時間の囚人となるのだ。

「なら来年以降は？　何をするつもりなの？」私はそっと尋ねた。

「まだよく考えてない。来年になったらなったでその時に考えるさ」

「落ち着こうとはまだ思わないの？」

「そういうわけでもない」父は答えた。「本当は落ち着きたくないわけじゃないんだ。ただ多くのことを自分で前もってきちんと考えずにそのまま来てしまって、それでずっと落ち着くことができないでいる」こう言うと、少し考えていた。山の静寂と夕闇が父に話したいという衝動を起こさせたのか、また言葉を継いだ。「最近になってようやく分かったんだが、本当は、答えを見つけたいと思っているんだ」

「何の答え？」私は尋ねた。

「ずっと考えていてね……何か間違ったことをしでかしたら、それを償う方法はあるんだろうか、どうやって償ったらいいんだろうかって」父は続けた。「……その後気がついたんだがね、仏教にしろ、キリスト教にしろ、何も答えを与えてくれやしない。仏教は輪廻《りんね》を、キリスト教は神を語るけど、どれも死後のことだ。もし死後の世界を信じないんだったら、方法は何もないってことになる……おそらくこの世界には答えなど何もないんじゃないか。間違ったことをしでかしたらそれは生涯ついてまわって、何をどうやっても償うことはできないんじゃないか」

私はちょっと考えて言った。「心の中での償いは償いになるの？」

「償いにはならないんじゃないかな」父は言った。「心で罰しても罰したことにならない。人間は自分が何よりも可愛いから、自分には言い訳を見つけてくる、そして心の中で考えたことは考えているうちに忘れてしまうのさ。何かにずっと強制的に考えさせられるとかでないかぎりね」

父の横顔がますます暗くなる黄昏の中で、深い藍色の夜空に埋没していく。父は遠くを見つめたまま、髪が風で乱れるに任せている。全身が暗い夜に溶け込んで、瞳だけが光っていた。まるで闇を見通す狼の目だ。父が私にこんなことを語ったのは初めてのことだった。父の言葉には深い悲しみがあった。「時は過ぎ去り機会は永遠に失われた」無念さをかみしめるときの悲しみ、その悲しみは、私をたまらなく辛くさせるものだった。

「寒いんじゃないかい」しばらくして父が尋ねた。

私たちはホテルのロビーに戻った。五、六台あるテーブルにはすでに人がいっぱい座っていて、中央のストーブを囲むようにして酒を飲み食事をしている。山の天候は変化が激しく、昼は明るい太陽のもとでただ暑さを感じていたが、あたりが暗くなった今、寒さが骨の髄まで染み入ってくる。私たちは窓際の長方形のテーブルの一角に席を取った。来たのが遅かったので、ストーブに近いところにはもう空席はなかった。でもテーブルにはオレンジ色の笠のついた小さいランプがあり、電球の発する炎色の光が温かみを与えてくれている。私たちはネパール料理のナンとカレーを注文した。カレーには豆と鶏肉が入っており、インドやタイのカレーよりも更に色が濃くスパイスが強かった。ベルギーからやって来た観光客数人が、翌日の登山ルートを検討している。父は彼らと少し話をして、以前歩いたことのある本格ルートについて、いくつか体験談を披露している。私は別の中国人の女の子二人と挨拶を交わし、二人に翌日のルートについて尋ねた。少しずつ人々が散っていった。食堂に残った数人は、本を読んだりおしゃべりをしたり、ストーブで靴を乾かしたりしている。

私と父はそれぞれバター茶を注文した。熱いお茶のカップを両手で包むようにして持つ。手を温めるのは胃袋を温めるよりも効果がある。父が国内の近況や勉強のこと、今の精神状態や、周りの人たちがどんな選択をしたのか、そして私の現状を聞いてきた。私はこの二年間のことをざっと振り返り、不快だったことは多くを語らずに、自分がどのように成長してきたかを説明した。父は母よりもこのプロセスをよくわかっており、それほど多くの言葉を費やす必要はなかった。過去を振り返るのは私にとって新たに追体験をするようなものだった。言葉で描写することと直接の体験が一致することはありえない。言葉で何かを描写し得るということは、少なくともそれを客観的に見る力を有しているということである。自分が話し始めた時、心にざわめきが起こらなかったのはうれしいことだった。

「統計局でずっとやっていくつもりなのかい？」父が尋ねた。

「わからない」私は答えた。「まず今現在やりたいと思っていることをやり終えたら、それから考えてみる」

「正直に言うと」父は一瞬躊躇してから続けた。「ちょっと意外だったんだ」

「自分でもそう」私も言った。「でもね、ある日突然夢の中で自分が何をしたいのかがわかったの」

「どんな夢だって？」父は興味を持ったようだった。

「といっても本当に夢の中でというより、半分眠っているような状態の時に思ったことだけど」私は言葉をきって思い出そうとした。「つまり考えてたのは、人の理性はどう定義されるべきか、どうするのが理性的な選択になるのかということ。その後わかったんだけど、人の理性的選択というのは、目にしたものすべての中で最も合理的に見えるものを選択してそれを信じること、それから目にしたあらゆる方法の中で最も理智的と思われるやり方でそれを行うこと。このプロセスの中で一番大切なのは、実はどうやって選択したかということではなく、何を見たかということ。たいていの問題は見たものが少なすぎることから来ているとね」

父はしばらく考えていたが、また尋ねた。「それで？」

「閉鎖的な村があって、誰かが病にかかった時に、病気の原因は一つ、つまり悪魔に取りつかれたからだと言われた場合、その村人が悪魔祓いを選択するのは理性的か否か。理性的でしょう。

なぜならその人は、病気は悪魔に取りつかれたからだという解釈しか知らないのだから、選択肢は「悪魔祓いをする」か「そのまま病にかかったままでいる」かしかないし、その中で、「悪魔祓い」を選択するのは相対的に合理的なものでしょ。もし今二種類の解釈を知っていて、その一つが「悪魔に取りつかれた」でもう一つが「血液が変質したので、瀉血《しゃけつ》する必要がある」だったなら、後者がどれだけ馬鹿げて見えようとも、「悪魔に取りつかれた」より少し合理的に見える瀉血を選択するというのも理性的でしょ。人の理性は全くその視野如何にかかってる。どんな選択にもその背景には必ず一つの物語があって、一つの世界観があるはず。光と闇の戦いから、天国と地獄とその間にある煉獄《れんごく》、輪廻の中のある地点、それからピラミッド状の階級闘争にいたるまで、どれもが描かれた一枚の絵図。もしその一つの絵図のことしか聞いたことがなければ、その聞いたことに従って事を進めるのが理性的ということ。ほかの人間には狂っているようにしかみえなくてもね」こう一気に話したところで私は少し混乱したので、一度口を閉ざし頭を整理し、それからまた話をつづけた。「時々思うんだけど、この世界には「真相」なんていうものはなくて、あらゆる「真相」は実はある種の描かれた絵に過ぎないんじゃないのかって。その後に思ったのは、それがあるか否かにかかわらず、「真相」は自分で見つけることはできるということ。もし「真相」があるなら、それを見つける。もしないのなら、できるだけ多くの絵を集める。その絵を全部みんなに見てもらえたなら、たとえそれが真相でないとしても、一枚だけの絵を見せるよりはずっといい。これが私がやろうと決めたこと。できる限り多くを皆に見せること」

父はかなりたってからようやくかすかに頷いた。「なんだか少しわかったよ」

過ちの大半は、与えられた役割をただ受け入れることから来ている、と私は思った。ただこの言葉は口に出さなかった。説明はしたくなかった。

私も父もそれ以上語らず、ただ静かに黙って余韻を味わうように思い思いの考えに耽《ふけ》っていた。父はカップの中のすでに冷たくなったバター茶を一気に飲み干し、それから空のガラスカップをテーブルの上に戻すと取っ手をつかんで、無意識に軽く回している。テーブルのごつごつした木の表面にガラスがあたり、カタカタと規則的な音を立てる。キャンドルランタンが二人の間に温かく静かに淡い光を投げかけ、まるで店を閉めるときに雑多な物を片付けるように、私たちの言葉を拾い集めている。二人の影が傍らのガラスに移り、父の白髪が灯りに照らされてキラキラ光っているのがはっきり見えた。覚えている限り、父がとても老いて見えた初めての瞬間だった。二人のさかさまの影のはるか向こうに、荘厳な雪の峰が見え隠れしていたが、暗がりに沈んでいくそれの厳めしさは和らいでいた。

「お父さん」なんだか切なくなって、そっと声をかけた。「たまにでも家に顔出してね」

翌日の早朝、私たちは付近の山の中腹から日の出を見た。草に覆われた丘陵地は見渡す限りの人だった。太陽は雪をかぶった山あいの平地より赤橙色の光線を発して躍り出し、雪山の際を黄金色に縁取りながら草地を照らし出して高く伸びた葦をまばゆく透き通らせる。私と父は丘の隅に立っていた。周囲の観光客は歓声を上げて飛び跳ね、抱き合って記念撮影をしている。初めて日の出を見たかのように、そしてもう二度と太陽が昇ってくるのを見ることができないかのように。太陽の方も、まるでその柔らかく澄み切った明るさを初めてこの世に降らすかのようだった。人間界の数千年にわたる苦しみも狂乱もまるで見たことがないかのように。

帰国してから私はふり返って考えてみた。そもそも従来思い込んでいたように、自分が父にも母にも似ていないということはないのだ。父には私にも身に覚えがある、自分を容赦なく責める気質があったし、母は、私もよく身につまされる、手にしたものすべてを失うのではないかという不安感を常に抱いていた。こういった気質がどのように一人の人間に引き継がれるのかはわからない。あるいは血液の中の何かの成分が、確かに人の一生に影響を与えうるのかもしれない。

私は再び千篇一律の仕事に戻った。今最も関心があるのは事実《ファクト》だった。一人の人間にある理念を堅持させるものは勇気ではなく、明確な知識である。あることを確実に、二足す二が四であるのと同じくらい確実に知りえた時、初めて進むべき方向がはっきりする。一つのうそのためにさらにうそを重ねることが、どれだけ多くの悲劇を作り出してきたことか。私は黙々とあらゆる資料をノートに書き込み、いつかその中から広々とした道を見出せる日が来るのをじっと待つことにした。

これまで私は仕事というものをひどく誤解していた。どの仕事にも事実の美しさというものが存在することが見えていなかった。事実の美しさに深く分け入って初めてその意味の美しさが目に入るのだ。もう少し早くこのことがわかっていたならば、こんなに回り道をしなくて済んだかもしれなかった。ただ話を元に戻すと、心の中に目を向けてみれば、この世には回り道などないのである。

祖父は私が再び統計局に戻ったと聞くと、もう一度私に、結果を偽るなと強調した。調査中に目にした資料のことを話すと、祖父はため息をつき、以前のことを思い出すように語った。祖父の眼は老眼鏡の奥で銅鈴《どうれい》の如く大きく見開かれ、引き上げた眉につられて額の皺が更に深くなった。「つまり、こういうことだ」祖父は語った。「一九六〇年のその年、我々が集めた穀物のデータについて、わしは当初から疑念を持っていた。県によっては前年比で六十パーセント増の収穫があったんじゃ。そんなことがあるだろうか。多く報告されれば、納めるものも六十パーセント増やさなくてはならなくなる。当時わしはこれは危ないと思ったんじゃ[※2]」

祖父は数年前の忠告を再び繰り返した。「数字というものは決してごまかしてはならん」

これは二〇一四年初旬、春節を迎える大晦日の晩のことだった。年越しの食事が始まる前、私は台所の慌ただしさが落ち着くのを待って、祖父と二人でテレビの前に座り、番組を見ながら話をしていた。両親が離婚したとはいえ、父は一人っ子で私は唯一の孫だったから、年老いた祖父母のために私と母はこの家で年越しをすることになっていた。祖父はもう八十四歳になろうとしていたが、依然頭脳は明晰で耳も目も悪くなかった。読んだニュースはすべて頭の中に納めている。女たちがテレビにかじりつき、ニュース番組をすべて見ていても、テレビを消した途端その内容をすっかり忘れてしまうのとは違っていた。

台所からザッザッと炒め物の音が聞こえてきた。母がいそいそと立ち働き、換気扇がブンブンと回っている。この日祖父はかなり機嫌がよく、私を見ると面白い話をいろいろしてくれた。祖父は決して話好きではなく、記憶の中での祖父はいつも一人でベランダに立って空を眺め、何を考えているのか、あるいは思い出に浸っているのか窺い知れなかった。

「ところで」祖父がまた私に尋ねた。「お前が勉強しているのは、新たな都市化だと言っとったが、どうやって都市化させるんだね」

「ええと……」祖父の意図をつかみかねた。「一般的に二つのやり方があって、農民が臨時工として都市にやってきて、そこで戸籍をもらう方法、もう一つが農村の宅地用の土地を買い上げて、政府が一括して戸籍と住む場所を分け与えるやり方」

「そんなことができるんか？　わしの故郷では皆山間部に住んでおるが、そこは傾斜がきつくて山を下りるときは滑るようにして降りなきゃならん。住民も互いに離れて住んでおって、それぞれの家はかなり離れておる。山頂に住む者もおれば、中腹やふもとに住む者もいる。こんな状態をどうやって都市化するんだ」

私は若い祖父が薪かごを背負って山の上から舗装されてない道を滑り降りてくるさまが目に浮かんだ。「今はたぶん、強制的に山の上に住んでる人たちをふもとに移動させてるんじゃないかと思う。政府がふもとに建てた家に住めるようにして、それから山の土地を回収するんじゃないかな」

祖父は軽く頷いた。「強制占拠でないならよい」

テレビに目をやると、ヨーロッパの経済状況が取り上げられており、画面にはEUのドイツやフランスの指導者が映っていた。ふと何かを思い出したように祖父が尋ねた。「数年前メルケルと我が国の関係はよくなかったが、今はよくなったのかね」

私は国際情勢についてこれまであまり関心を持たずに来たので、少し考えてから、祖父の言うのがどの時期のことなのかに思い至った。それはもう何年も前のことである。「そのことについてはね……私もよくわからない」それでも私は続けた。「でも国際関係っていうのは、いずれもビジネスだから、利益が見込めればそれでいいんじゃない」

祖父は言った。「ドイツが中国と関係を決裂させるなんてことはありえない。そんなことになったら、ユーロ危機はもっと乗り越えられなくなる。ユーロが通用するエリアが分裂してしまったら、向こうの誰にとっても得るものはない」

祖父が十数年前に台湾海峡の情勢を話してくれた時のことを思い出した。おそらく普段は誰と

※2　一九五八年から六一年にかけて毛沢東主導の工業・農業における大増産政策「大躍進」が実施された。その結果、飢饉とインフラの大破壊がもたらされ、数千万の死者が出た

も話す機会がなくて、かなり寂しい思いをしていたのだろう。祖父はニュースを見るとどんなことでも忘れなかったし、心の中に刻み付けていた。祖父の心に記憶されたニュース記事は一体いつの時代までさかのぼることができるのか。一九八〇年代か、六〇年代か、それとも四〇年代か。そして心の中でどんな記録を編み出しているのか、私にはわからなかった。祖父が私たちが住む地区の金融誌に何か書いていて、それが今でも地区檔案館に保存されていることは知っていた。三十五年間を人民銀行で、八年間を工商銀行で働いていた経歴は、この地区の全域で読まれる金融雑誌に執筆するに十分の資格だった。その雑誌を私は読んだことはなかった。祖父も取り出してくることはなかった。祖父が私に過去を語ることはまれで、まるでそれが祖父の心の中だけに存在する世界かのようだった。ある年その世界で何かが発生し、世界が建立され、世界が崩壊する。細切れの質問と答えの間で時の縁《へり》に触れることができるだけで、それも膨大な新しい情報の中で雲散霧消していく。

年越しの食卓は賑やかでもあり寂しくもあった。賑やかなのはテレビの中の番組と窓の外の爆竹の音で、寂しいのは食卓の人数が結局一人欠けているからだった。祖父は三十年間胃病を患っており、年越しの御馳走でも煮くずした野菜とかためのお粥しか食べられなかった。祖母は年を取ってから消化力が弱くなり、食べる量も少なく胃薬を飲んでようやくなんとか口にできるぐらいで、それぞれの皿から少しずつ摘まむ程度だった。母は食欲は旺盛だったが、糖尿病のためにずっと食事制限があり、糖分や油分も控えねばならず主食も以前より減らしていた。私はいろいろ考え事があり食が進まなかった。料理はそれでも従来通りテーブルいっぱいに用意され大晦日の賑々《にぎにぎ》しさを支えていたが、誰もがほんの少ししか食べず、食卓についている時間は長かったが、かなりの料理がそのまま残ってしまった。母は終始、この料理は柔らかくて消化によいから、と祖父母に少しでも多く食べさせようとした。祖母も、料理の味をずっとほめ続け、料理の腕前で母に引け目を感じさせないようにした。母は、最近の身体の調子はどうですか、胃痛が起こることがまだありますか、病院には行かれましたかと、この家に着いた時に尋ねたことをすっかり忘れたかのように繰り返し尋ねている。一通り尋ね終わると、祖母にまた、少しでも多く召し上がってくださいな、これは美味しいですよと勧めるのだった。人は年老いると大量のエネルギーを食卓での体面保持に使う。

ニュース番組が気忙しく終わると、春節の特別番組が始まった。もとより期待していなかったが、以前に輪をかけて辟易する内容だった。舞台裏の様子はすでに何度も予告されていて、まだこういったものに興味を持つ者がいるとでも言うかのようだった。構成もかわり映えせず、小学校の演芸会とさほど差がなく、わざとらしく盛り上げ、もったいぶった大げさな演技が続いた。

テーブルを片付けると、母はすでに準備していた餃子の皮と中身を広げ、餃子を包む用意を整えた。たらい二つ分の中身は、豚肉に白菜とニラ、卵入りだった。私は手を洗って脇に立ち、一緒に包もうと待っていた。

この時、祖母が部屋の中から小さな布の包みを取り出して来た。よく見ると十数年前に、手織りの木綿をかがって縫った財布だった。祖母はソファーに座り私を呼んだ。祖父が寝室の入り口で立って見ている。母ははっとして、皮を麺棒で延す動作をとめた。訳がよくわからぬままに私は祖母のところに行った。

「雲雲《ユンユン》は今年三十になるんだよねえ」祖母がゆっくりと言った。

「あっ、うん、はい」私は答えた。

「三十」という言葉に、まだうまく対応できないのだ。三十歳は私にとって多くのことを意味している。以前は永遠に達しえないと思っていた年にとうとう達したのである。幼い頃、三十歳になって成しえていないことは生涯成しえないと思っていた。当時、ほんの十三歳だったか、あるいは十四歳だったか、三十歳というのはまだまだはるか遠くの、次の世代のような気がしていた。これがパニックと鬱の原因の一つになった。ある時点から三十までの距離を逆算して、それに近づくにつれてますます強く神経が張り詰められていく。まるで列車が前方の壁に衝突しそうになる時の気分だった。ひっそりと無事にこの日を越えることを願ったりもしたものだった。

「言われてみれば本当にそうですね」母は部屋の中が静かであることに違和感を感じてか、わざと気分を盛り立てるように言った。「雲雲がもうすぐ三十になるなんて、すっかり忘れてましたよ。この子は、奥手《おくて》だから、まだまだ小さな子供みたいで。それがあっという間にこんなに大きくなってしまって」

「お母さんたら……」顔がかっと熱くなり、母が黙ることを願った。

「おやおや、気恥ずかしくなったのね」母は私をからかうことでその場の雰囲気をリラックスさせようとして言葉を続けた。「お母さんの言う通りじゃない？　大きくなったら、三十歳前にボーイフレンドを見つけなくちゃ、て言ってたでしょ？」

「お母さん、それとこれとは関係ないでしょ」

この時祖母が布の包みを開けて、中から預金通帳を取り出し私の手の上に置いた。びっくりした私はそのまま開かず、ぽかんとし、そして尋ねた。「これは何？」

祖母は老眼鏡をかけなおし、そしてその手を私の手の上に重ねた。「雲雲、お前の父さんも三十歳で国を出たんだよ……」

「ああ」心臓がどきりとし、それから早鐘《はやがね》のように打ち出して胸がぎゅっと痛む。「そう」

「もう三十年も経ってしまったねえ」祖母の言葉はとてもゆっくりで、空気の震えが聞こえてくるほどだった。

「うん……」

「お前の父さんは、ここ数年あまり帰ってこないだろ。あの子はね、お金を送ってよこしてたんだよ」祖母はそろそろと通帳を開いた。

見ると、びっしりと印字された数字が並び、それが数ページにわたって続いた。見たところかなり大きな数字だったが、どれほどの額なのかはわからなかった。

「お前の父さんはね、埋め合わせをしたいと言ってね……」祖母は続けた。

「わしらは普段たいして使うもんがない」祖父が祖母を遮って言った。「だから二人で相談して、やはりお前にやるのがいいだろうということになったんじゃ」

「そんな」思わず声が出た。「これはお父さんがお二人にあげたものなんですよ。私は必要ないから」

祖母は通帳のページをめくりながら言った。「ほんとにあたしらは使う必要がないんだよ。お前は今いろいろと必要だからねえ」

「そんなに使うことなんてないよ、ほんとだって」私は慌てて押し戻した。「取っておいてください。これはお父さんの気持ちなんだから。おじいちゃんと二人がもしかして病院に行くとなったら、あれこれ払わなくちゃならないでしょ」

祖母が言った。「わしらにはたくわえがあるから。心配せんでいいから」

「取っておいてくださいな」母がやってきて私と一緒に押し返した。「軽雲《チンユン》一人、そう大した出費はないですから。お二人はお金が必要なことが何かと多いですし。本当に、お母さん、普段薬を買うのだって……」

この時、窓の外でドーンと一発巨大な爆発音が響き渡り、会話が遮られた。爆竹が、まるで全世界に向けて栄誉と力を誇示するかのように力強く空高く投げられ、その後バチバチと一斉に音が鳴り響き、天空に一つまた一つと鮮やかな色彩の光の花が咲き、砕け散ったかけらが落下してくると窓をいっぱいに彩った。夜空が一面に明るくなり、部屋の中の音はすべて遮られてしまった。この明るく輝く沈黙の中で、私、母、祖父、祖母は顔を合わせたままぴたりと動きを止めていた。窓から差し込んだ光が私たちの手を照らし出している。

音が次第に散っていき、光もだんだんに暗くなっていった。ただこの挿入歌に言葉が遮られ、私たちはすぐには先ほどの状態に戻ることができず、しばらくの間誰も言葉を発しなかった。この時、バチバチという爆竹音がだんだん弱まり、次第に遠のいてゆくその合間に、私たちの耳にトントントンという音が響いた。トン、トン、トン。ドアの外からである。ドアの板を叩く、はっきりと、しかし強くはない音。最初はみな爆竹音の余韻だと思っていたが、その後、それがドアをノックする音だとわかった。トン、トン、トン、そっと軽く、けれどもあきらめることなく、音が続く。

「こんな時間に」母が私たちを見ながらつぶやいた。「いったい誰なんでしょう？」

第十七章

一九八四年十月四日、地区病院の込み合う分娩室で私は生まれた。

この一年に生まれた赤ん坊はとても多く、特に秋の出産が多かった。病室のベッドは数が足りず、母はもう一人の産婦と同じベッドに、それぞれ頭と足が互い違いになるような向きで一晩寝かされ、汗で全身がぐしょぬれとなった。母は太っていたので、身体を少しでも動かすとマットレスが浮き沈みし、その都度横のやせた産婦の顔が蒼白となった。何回かこれが繰り返されると、母は申し訳なくなり、できるだけ動かないようにして、のどの渇きに耐えながら一晩中苦しんだのだった。

父はこの日はとても協力的だった。その前の日の午後に大遅刻という過ちを犯したため、この日はとりわけ注意深く、朝六時過ぎに病院の門が開くと同時に入ってくると、中に豆乳を入れ、蓋の上に揚げたての油条をのせた鉄鍋を両手で支えながら、母の病室の外で中を窺っていた。産婦たちはほとんどがまだ眠っており、パジャマとシーツが一緒くたになってベッドに積み重なり、髪がぼさぼさでも外見をつくろう余裕もなかった。父がちょうど頭を突き出して覗き込んだ時、一人の看護師がいきなり服の端をつかみ、父を部屋の入り口から引き離した。

「ほらほらほら、あんた誰の許可を得て入ってきてるんですか」小柄な看護師が厳しく咎めた。若い顔に怒りがこもっている。

「入ってきたとき、何も言われなかったので……」父は、油条を落とさないように両腕で注意深く鍋を支えながら答えた。

「誰もいないからって入ってきていいんですか！　入り口にはっきりと書いてありますよ、訪問時間は午前七時から十一時までだって」

「ああ、申し訳ない、気がつかなくて……」

「もう立派な大人なのに、こんなことすらわからないんですか。ここは女性専用の部屋です。男の人に入ってこられたら困るんですよ。早く、出て出て……もう少ししたらまた来なさい」

若い看護師はこう言いながら父を外に押し出した。父は肩で多少あらがいながら、相手に取り入るような口調で言った。「看護師さん、この豆乳を中に届けてもらえませんか？」

あれこれもめていると、看護師と父のやり取りに部屋の中の人たちが気づいた。産婦たちは無意識に掛け布団をひきあげ、ひそひそ声が広がっていく。母も顔を上げたところ、人々の間から父の姿が目に入った。そして父が手にしている鍋にも目がいき、はっとなると同時にほのかに慰めを感じ、前日の午後の激痛と情けなさと怒りが静かに消えていった。看護師はしまいには父の懇願を断り切れず、外に押し出すと同時に、父の手から鍋を受け取り、まだ湯気が消えない豆乳と油条を母の枕元のサイドテーブルの上に置いた。病室内の産婦たちが羨ましそうな視線を母に向け始めた。

午後家に戻った母は、まだ皺だらけで真っ赤な、まるで子ザルのような私を抱いたまま、複雑な気持ちでいっぱいだった。あれこれ慌ただしく私の面倒に追われながら昨日のことを思い出す。

母は当初からすぐ私を気に入ったわけではなかった。生まれたばかりの赤ん坊がこんなに醜いとは思いもしなかったのだ。目が寄っていて皮膚も張りがなく、想像していたつやつやでまるまるした顔とはまるで違っていた。母はまだ母乳が出ず、粉ミルクを溶いて哺乳瓶で飲ませている時うっかり身体におしっこをひっかけられ、がっかりするやら情けないやらで危うく私を放り出すところだった。私に対する母性愛はその後の三日間で少しずつ育っていったのだった。私の目が開き、抱擁をますます欲するようになり、母があやすと心地よさそうな微笑みを浮かべるようになったとき、母乳が出始めるのに伴って母性愛も満ち溢れるようになったのだが、初日の午後はこのあふれるような情はまだ育っておらず、母はただ困惑する中でいろいろ思いを巡らせ、二日前に耳にしたうわさのことを考えていた。父はいったい自分を欺《あざむ》いて何をしていたのだろうか。母は、尋ねたかったのだが、どう尋ねていいのかわからなかった。

　母の落ち着かず不安な気分はその日生まれた私にすっかり注ぎ込まれ、生涯私について回ることになった。自分に自信がなかったせいで母は父の誠意も強く信じることができなかった。母は于欣栄《ユイシンロン》のことを知っていたし、父と彼女の間にかつてあった燃え滾《たぎ》る情熱も知っていたから、初めから自分に対する父の感情が于欣栄へのそれに勝っているとは信じていなかった。父が失望の末に于欣栄を何とも思わなくなっていることなど知らなかったし、いわんや今回また裏切られたという苛立ちがあったため、怒りと自分を守ろうとする以外は感情を振り向ける余裕がなかった。父はかつてひどく苦しみながら于欣栄を忘れようとしたが、その苦痛と忘れられない恨みは確かに父と母の恋愛に終始ついて回った。しかし、今回于欣栄との再会は、父の心の奥にかすかに残っていた無念さと懐かしさを徹底的に葬り去ったのだった。于欣栄は実に俗っぽかった。実際の年齢よりもはるかに世慣れし、化粧が却って中年の女のように見せていた。主任とこそこそ話すしぐさは腹黒いはかりごとを企むかのようで、その表情をいっそう陰険なものに見せていた。そして最終的にはやはり父と対立する立場をとったのだ。これが父をさらに深く失望させ、同時に目を覚まさせた。あの頃なぜあれほど于欣栄ごときに夢中になったのか、と父は自分に怒りすら覚え、于欣栄とのことは過去の恥ずべきこととして王老西《ワンラオシー》にも当時のことを話題にすることを禁じた。心の底の愛情を忘れるための最適な方法は、愛した人物が実際はひどく凡庸で俗っぽい人間であることをその眼で確認することである。

それら一切を母は知らなかった。母はただすべての女性がしがちなように、父の隠れた秘密を憶測したのだった。母には物事を悪い方向に考える傾向があった。失望や苦痛を味わうのが好きでそうするのではなく、まったく逆に、すべてが順調に円満にいくことをあまりに強く望み、失望や苦痛を感じることをあまりに恐れたためである。何かあれば最悪の結果を想定し、心の準備をする、あるいはそういう最悪の事態が今にも起こるのだと自分に言い聞かせ、実際に悪い結果になってもそれほど失望と苦痛を感じないようにした。そして結果が少しでも予想より良かった場合、それがたいして好ましい事態でなくても、自分の想定よりマシであれば大喜びして、まるで円満で順調であるかのような満足感を味わおうとした。これは、自分の境遇への期待値が低いときや、失望することを極端に恐れるときに生じる傾向で、一種の自己防衛、つまり、何か事が起こる前に準備をきちんとしようとする心理から来ていた。

しかし母の心の準備は事実から大きくそれていた。母はずっと葛藤を抱えていた。もし父が自分に背いて不実なことをした場合、父を許すべきかどうか、あるいはどうやって自分の不満を表すべきかと。ただ、父がもしかしたら自分から離れていくかもしれないと思うと、それだけで母は耐えれらぬほど辛かった。それが苦しくておそらく自分は父を許さずにはおかないだろうと母は思った。さもなくば父を失い、その辛さに耐えきれなくなるだろう。そこで、問題は父をどうやって許したらいいのかという方向に変わった。考えれば考えるほど事の核心からそれてゆき、しまいには何をどう調べたら真相に至るかといったことは念頭から消え、ただどう不満を表明すればそれほど受け身にならずに済むだろうかと考え始める始末だった。

その数日間、私は母に自分の胸の内を顧みる余裕を全く与えなかった。黄疸《おうだん》の後はあせもが出、その後あせもが快復に向かって全身から引いていくと、今度はじっとり湿った布団のせいで母の全身にあせもが出てしまった。祖父母は二人とも仕事に出なければならず、母は産後一か月の間[※1]誰からも面倒を見てもらえず、昼間は泣き叫びミルクを飲むのを拒否する私と格闘し、夜は夜でよく眠れず、しょっちゅう寝返りを打っては、目を覚まし、一晩中まんじりともしなかった。私は誰はばかることなく、この世界への生まれついての不満をぶちまけ、いつでも大泣きし、何事も大人しく聞き入れて妥協することがなかった。母は父と私の双方から攪乱され足を引っ張られ、精神的に参ってしまっていた。

その時、父と王老西は自分が置かれた事態の解決策をあらゆる方面から練っているところだった。于欣栄の上司である課長はすでに上部の指導層に報告し、自分は全く蚊帳の外におり、二人の詐欺師がうまい話を作り上げて金をだまし取ったのだと言い張っていた。父と王老西はまずこの課長と接触しようとしたが、相手は様々な口実を設けて会おうとせず、于欣栄も間に立って邪魔だてした。二人に引きずり込まれて憤激したのか、あるいは自分が二人を中傷するその訴えのやり方がまずかったことが分かったのか、この課長はダチョウが地面に頭を突っ込むように二度

※1　中国では習慣として、産婦は産後一か月間、十分な栄養を取って休むことになっている

と顔を見せなかった。父も王老西も不安になって、上部から派遣された調査班と用心深く接触しようとしたが、何かの不注意で調査班に捕まえられ身動きがとれなくなることを恐れて、直接接触する勇気が出なかった。それでコネの又コネという方法をとって、調査員の身近の人物に調査班の動向を探ってもらった。数日前はまだ穏当な調査だったが、六日目になると突然調査班がことを公安に報告して立件し、公安局の人間が二人をとらえて調査しようとしているという噂が立ち、二人を大いに慌てさせた。父は、きちんと釈明できるはずだという一抹の希望を胸に抱いていたが、王老西はこの展開には希望なしだとはっきり悟り、とっととずらかろうと考えていた。私が生まれた七日目に、王老西が南へ行く汽車の切符を二枚手に入れ、もう一度広東に戻ろうと父の肩を押した。ここまで来たからには、もう背水の陣を敷いて、決意を固め、南方で運試しをするしかないと。

ここに至って初めて父は家に戻って母に打ち明けたのである。

父は事の一部始終を語った。王老西がどうやってこの外貨転売の話を持ち掛け、外貨管理局課長に話を持っていき、広東でどのように運用したか、そして戻ってきたときどうやって調査され、外貨管理局の者が口々に関与を否定し、父や王老西と知り合いであることを否定したか等々。そして最後の最後に目下直面している状況と監獄に入れられる可能性を話したのだった。父は心の中ではよくわかっていた。ちょうど市場開放が始まったばかりの混乱した局面では、負の案件とみなされるものは何であれ重い刑罰が科されるだろう。一昨年温州の「八大王」が単に個人商工業者として成功したに過ぎないのに、指名手配されそれぞれ投獄されたり、異郷に逃亡せざるを得なくなったことは聞いていた。※2 さらに二年前、厳しい一斉取り締まりが行われた時に、投機売買を行った者がいかなる罪名を着せられたかは知りすぎるほど知っていた。ダムをいったん開門すればいろいろ混乱した事態が生じるから、怖いもの知らずの輩数名を捕まえて必ず見せしめにしなければならないのだ。しかし父はこういったことを母には言わなかった。産後一か月を経ていない母がショックを受けることを恐れ、それで最も軽い例を選び、今回の件の政治的な処分が決まれば自分は仕事を失う可能性が高いのだと説明したのだった。

母は仰天した。いろいろひどい状況を想像していたのだが、それは恋愛がらみの、なにか抜き差しならぬ恋に落ちたとかそんなことだろうと踏んでいた。それがこんな事態になっていようとは。啞然としてしばらく思考停止となり、父に何と答えたらいいのかわからなくなった。脳裏に最初に浮かんだのは、一巻の終わりだ、ということだった。今この時に工場から解雇されたらたまったものではない。父がこの職を失えば部屋の配分の件はおじゃんになるのだ。けれども母はこの思いを父には言わなかった。何となく、事はそこまでひどくはならないはずで、伝手を見つけることさえできれば、策を講じて最終的にはともかく何とかなるものだと思われた。母には事のいきさつが理解できず、また外貨でどうやって金を稼ぐのかもわからず、ただどんなことでも、上層部は末端より手立てがあり、解決できないことはできるだけ地位の高い人間をさがせば、巡り巡って何とか解決方法が見つかるはずと思い込んでいた。

母は祖父に会いに行ったらと父に促した。祖父は当時すでに文革中の迫害から復帰し元の地位に返り咲いていた。しかも当初から有していた卓越した職務遂行能力により、再び部長になり、近々さらに昇格するということだった。母はこう思ったのだ。祖父は銀行にいる。銀行は金を扱

※2　一九八二年、市場経済の先陣を切った温州の個人経営者八人が投機販売罪の名目で逮捕された事件

う場所であり、外貨もお金である。だから祖父はきっと解決の道を見つけることができるはず。今回の金についても何とか釈明して、それで納得させられたら、これですべてが解決するではないか。それでもだめなら、祖父は他の指導者を知っているから、そのコネを使えばいい。指導部が介入して解決できない事案などない。

父は大いに慌てた。祖父に相談を持ち込む案など頭をかすめもしなかったのだ。本当のことを言えば、祖父から同意を得られないことを恐れ、ずっと外貨の出どころを話せずにいたのだった。この母の提案は、まさに父をにっちもさっちも行かない状態に追い詰めるものだった。母の言うことは実際的ではなかったが、全く道理がないわけでもなかった。祖父が直接介入のしようがないとしても、間接的に解決策を提供してくれるかもしれなかった。ただ、なぜか父はこの道を採りたくなかった。

二人の傍らにいた私がこの時とばかり泣き始めた。二人がこんなに長い間自分に注意を向けず、くだらぬ、それこそ生死に関わらないちっぽけな問題にかかりきりになっていることを非難するかのように金切り声で泣き叫んだのである。その鳴き声は母の愛撫と母乳をもたらし、そして私が満足げに乳を吸う中で、二人の会話は中断した。

しばらく沈黙が続いた。母乳をやり終わり、ポンポンと私の背中を叩いたとき、母がやっと口をきいた。「お父様のところに行ってくださいな。そう、いま。なんなら私も一緒に行きましょうか？」

「少し、少し考えさせてくれ」父が答えた。

父は部屋を出ると、宿舎の建物の外で行ったり来たりぐるぐると歩き回った。いくつかの選択肢の前で迷い、心が千々に乱れた。ここに残って何もせず、捜査の手が自分のところまできたら釈明を考える、というのが最も楽だったが、しかし最も希望がない選択肢でもあった。彼らの釈明を調査班が聞き入れるかどうかはさておき、調査班がこちらの証言を認めてくれるにしても、実際の状況は決して褒められる類のものではない。できることはと言えば、せいぜい違法行為は外貨管理局にあらかじめ知らせてあったとすることぐらいだ。しかし事前に告げたとしてもやはり違法は違法だった。二番目の道は王老西と一緒に再び南に下り、ものは試しで金儲けを狙うことだった。二人が初めて深圳に行った経験からして、この方法にはまだ可能性がある。今回は資金が十分あるわけではないが、それでもまだ転売の機会はたくさんあり、あるいは少なくともほかの者の手助けをしながら、経験を積み、そこから自分たちのチャンスをつかんで打って出ることもできる。こういったチャンスは必ずあるものだ。ただこれは危険に満ちた道である。本気で王老西について行ったら、つかまるか否かは措《お》くとして、成功して暫し危険を脱したとしても、長期にわたって不安定な状態に置かれることになり、荒波が過ぎるまで逃亡生活が続く。それは一年かもしれないしへたすると四、五年続くかもしれなかった。第三の道は、母が言うように祖父に頼んで外貨の件に何とか蓋をしてもらう、あるいは人を探して、特別なコネによって事を丸く収めてもらう。この道はうまくいくとは限らない。祖父という人間が、生涯を通じて最も嫌ったのがコネを使って裏で話を通し、表に出せないようなことをすることだというのを父は理解していた。過去にあれほど困難に陥ったときも、祖父は昔の戦友や仕事仲間には一度として頼みごとはしなかった。祖父は骨の髄まで実直で、その手の恥ずべき行為を軽蔑していた。いわんや今回のことはこんなに騒ぎになってしまっており、人に頼ったところでおそらく解決できないだろう。そして、父にはこのほかにも別の理由があり、それが祖父を訪ねることを妨げていた。

一九六八年の秋、父が十四歳だった時、祖父は右派と走資派《そうしは》※3であるとたたかれ、長いあいだ思想教育を課され迫害を受けた。当時この種のことはよくあることで、祖父がそれまで何回かの反右派闘争で引きずり出されずに済んでいただけでも、ずいぶん長く平穏を保つことができたと言える。批判闘争では復権と失権が激しく、ある者は最初は得意の絶頂であったのがその後に打倒され、ある者は最初に引きずり出されその後に返り咲いた。けれども祖父はもともと寡黙で、騒ぎ立てることも好まず、闘争中もおおかた一人で出入りし、誰ともつるまなかった。派閥がなければ闘争もなく、闘争がなければこれといった政治的立場がないということになる。立場がないということは自覚がないということになり、自覚がなければそれは打倒されねばならない。ここまでことが進んだ時、祖父がいくら沈黙を保っていても身を隠しおおせなくなった。しかもセクトに加わっていなかったため、どのセクトも祖父を支えたり守ったりはしてくれなかった。こうして祖父は人民の裏切り者となってしまったのだった。祖父の罪状はたくさんあった。中国人民共和国成立前に国民党のために働いた、「現行の修正主義の大毒草」、人民に背く路線を行く「走資派」「右派傾向の日和見主義者」そして「アメリカとソ連のスパイ」。銀行の出入口に掲げられた赤布の巨大な横断幕に祖父の名前が書かれるようになった。この時初めて祖父は自分の名前が、「打倒」という動詞の目的語になっているのを見たのである。紅衛兵が三日にあげず家にやってくると、祖父を通りに引きずり出し、群衆の前で批判した後あらゆるリンチが加えられた。祖父は当時若くして部長になったため、普段から不平不満を抱えた者はかなりいた。一斉に殴る蹴るの暴行が始まり、祖父の身体が洪水で決壊した堤の如く崩れていく。祖父の胃が悪いのは当時の暴行が原因だった。胃は全くダメになり、けがを負った腰と脚は年を取るとひどいリウマチの症状が現れるようになった。迫害が続いた二年目には祖父は二十キロ体重を落としていた。

この時、父も運命の選択を強いられたのだった。

いつも同じ相手を叩くのに飽きたのか、あるいは燃え上がった感情を鎮められなくなったのか、暴行を加える側の視線が壇上から次の世代の「犬の糞」に移った。父はもともと紅衛兵から軽んじられ嘲笑される対象だったが、紅衛兵になれないことで次第に事態が悪化し、ついに立場を選択するよう迫られるようになった。つまり人民の裏切り者である祖父の側に立つか、人民の側に立つかである。態度表明は必ずなされねばならず、態度を表明したらそれを行動で示さねばならなかった。重要な点は、父自身も祖父に対してなされた一連の告発を信じ始めたことであり、以下の告発が本当に祖父が腹黒い陰謀家であることを示すものなのかがわからなくなったということだった。いわく、一九五八年、始まったばかりの穀物切符の配給に反対して社会主義の敵となったこと。一九六〇年、各地の銀行に報告されたデータに対し疑わしいと電報を打ち、昂然と社会主義革命の偉大さを疑問視したこと。一九六二年、生活必需品を生産する工場には生産量を自主的に決定する権限を与えるべきだと提言したこと。これは「社会主義の平和的発展を転覆しようとする資本主義の大それた陰謀である」こと。これらは同僚たちが続々と掲げた罪状であり、つるし上げの闘争集会が開かれるごとに、罪の告発は積み重なっていった。そして最終的に、父は学友や紅衛兵のボスに促されるままに壇上に上がり、群衆が見ている前でスローガンを叫び、批判文を読み上げ、祖父とは一線を画すと宣言し、そして祖父の頭に唾《つば》を吐きかけたのだった。

唾を吐きかける、この行為が父の心のしこりとなった。農村に下放したときはすでに十七歳になっていたが、ペッと唾を吐きかけたこの行為が深夜脳裏に浮かぶようになった。しかも、その時の勇ましさは見る影もなく、無残な記憶として。十八歳、父は王老西が闘争集会で父親に暴行

※3　資本主義路線を歩む実権派という意味。もとは打倒の対象として劉少奇と鄧小平を指した

を加えようとする紅衛兵の前に立ちはだかり、無頼拳《ぶらいけん》※4をふるって殴りかかる姿を目にした。王老西は顔中血だらけとなり、多勢に無勢であったものの、死に物狂いのその形相が群衆をたじろがせていた。二十二歳、父は白黒テレビの中で、裁判と一連の名誉回復のあらましを見た。二十五歳、まだ農村に下放させられており、たった一人孤独の中で一人また一人と都市にもどっていくのを目の当たりにしながら、初めて深い恥辱を感じた。誰もかれもが熱狂的に芝居を演じた後、芝居が引けそれぞれが元の生活に戻っていくのに、自分一人が心から芝居にはまり込み、飲み込まれたまま荒れ果てた僻地の舞台に立っていた。それればかりか、芝居を現実だと思い込んでいたのだ。恥辱を感じさせたのは巻き込まれたこと自体ではなく、芝居を本物だと思い込んだことだった。自分の父親に唾を吐きかけたあの行為によって自分は農村にとどめ置かれているのだ、父にはそう感じられたのだった。

そののち長い年月を経る中で、あの吐きかけた唾はまるで心臓に埋め込まれた小石のようになっていった。輪郭はおぼろげなのに、いつも突っかかって痛みを引き起こした。特に酒を少し飲み、心が酒に浸ってふやけたようなとき、その石のへりは心臓をこすり傷つけけんばかりだった。その後父は外国で私のために童話の本を買おうとして、「エンドウ豆のお姫様」の話を目に留めた。百枚敷いたマットの一番下にある一粒のエンドウ豆を感じ取ることができたその姫に、父は知音《ちいん》に出会ったような感じを抱いた。まるで自分のことを言っているようだった。自らに百枚の掛け布団を貼り付けていても、そこにはやはり一粒のエンドウ豆があって、一晩中眠らせてくれないのだ。

町に戻っても父は祖父に助けを求めることができなかった。十年もの間ほとんど会わずにいたため、父と祖父との関係はすでに冷えて遠慮がちなものになっていた。祖父は父の当時の行為を責めようとはしなかったようだが、しかし、責めないということは、そこに許しも存在しないということだ。まるで過ぎたこととして忘れ去られ、二度と取り上げられることはない。ただ家の中の雰囲気がよそよそしくなった。父は幼い頃祖父を恐れていたが、それは親密さからくる怖れで、自分がいたずらをしたときに怒鳴られ叩かれるのが怖かったからだ。しかし大人になってからの恐れは距離の遠さからくる恐れで、父が正しいことをしても間違ったことをしても、祖父は軽く頷くだけでまったく気にしていない様子だった。父は自分の困難を語るのにどうやって切り出していいのかわからず、またそうすることへの引け目も感じていた。人が井戸に落ちそうな時に追い打ちのように石を投げておきながら、自分が苦境に陥ったからといってその相手に助けを求められるだろうか。父と息子の関係でもそんな道理はない。

父は最終的には町に戻り、謝一凡《シエイーファン》と謝の親父さんの助けで順調に工場に就職することができた。父は時間ができると実家に戻り、祖父母に日々の暮らしを尋ね、健康状態を尋ねたが、そこまでだった。時に父は、謝の親父さんの方が祖父よりも率直に話ができるように思えた。

労働者住宅の建物の外で歩き回りながら、父は生涯で最も困難な決断をすることになった。理性的にメリットとデメリットを分析し、ここに残って方策を練るべきだとは思ったが、しかし直感と感情がその都度この選択を否定するのだった。この選択を口にするのもはばかられたし、その上自分に対する深い嫌悪の情があった。自分に対し、周囲に対し、自分がかかわるすべてのことに対する嫌悪。自分は愚か者で、ろくでなしで、人の後にくっついて何かをやらかしながらその局面を理解しないうすのろなのだという感覚。この感覚から父は逃げ出したかった。世界の果

※4　流氓拳（リウマンチュアン）。チンピラの殴り合いから発展した実践重視の拳法

てに、自分から遠くはなれたところへと。後を追うものは調査班や公安局の人間だけではない。それは自分自身の影だった。もう一度王老西と商売をしたいとは思わなかったのだが、ともかく王老西と一緒に出掛けたいとは思った。

その夜、父と母は一晩中眠れなかった。父は考え事でいっぱいで、布団を頭からすっぽりかぶったままだった。母は話をしたかったのだが思い切って言い出せず、眠ろうとしても様々な心配で眠ることができなかった。私は、この尋常ではない雰囲気を感じ取ったのか、同じように一晩中落ち着かず、一時間ごとに泣き出した。お腹がすいた、暑い、のどが渇いた、お漏らしをした、と。しまいには泣くこと自体が作り出した不安で泣いた。

二日目、小さな変化が訪れた。早朝父は一通の書留をうけとった。深圳からのもので封筒には外国語も記されていた。奇妙に思って封を切ったとき、初めて事の次第を理解することになった。

まだ深圳にいたとき、父は展示販売の会場で何人かの外国の冷蔵庫工場の関係者と出会った。謝の親父さんから父が与えられた任務は、それぞれの工場に話をつけ、取り入り、生産ライン購入の可能性があるか否かを打診するというものだった。こちらの工場の名称、住所、それから自分の名前と連絡先を紙に書き、一か所ずつ相手の手に押し込む。しまいには四、五か所だったか、あるいは七、八か所だったか、どれほど売り込んだかわからなくなっていたが、いずれにしろ外国の電気製品工場を見かければ、すぐに話しかけた。相手が英国の工場なのかフランスなのかはたまたドイツなのかもはっきりしなかった。父の中ではこの国々はどのみち同じだった。

深圳から海南島を回り、それから自宅に戻るまでの七月から十月にかけて、この間あまりに多くの変化が起こったので、父はこの件をほとんど忘れかけていた。それで封筒の表の横文字を見てもわけがわからず、封を切り、外国の名称と住所が印刷された格式ばった厚手の便箋上の本文を読んだ時、はたと思い至ったのだ。手紙はフォーマルな翻訳調の中国語を印字したもので、おそらくプロを雇ったのだろう。読めば文法的な間違いは全くないのだが、文体は硬くて奇妙だった。それでも書かれていることの意味は疑いの余地なく明快だった。それは英国の会社からのもので、技術提供を申し出ていた。価格と提携の条件については直接会って話をしてもいいということだった。

父は歯を磨きながら手紙を読み、最後のほうまで目を通すと、口をすすぐのももどかしく、歯ブラシを放り投げ、作業服を羽織り、最速で自転車にまたがると謝一凡の宿舎に乗り入れた。二人はそれから謝の親父さんのうちまで駆けつけ、手紙を素早く広げた。親父さんはちょうど上着を着て出かけようとするところだったが、手紙を読むと興奮して着かけた上着を脱ぎ、父を部屋の中に招き入れ、自らお茶を淹れた。

この小さな思いがけない状況の変化が父のその後の一生を変えたのだった。のちに父はしばしばその日の朝おきたことをこまごま思い出した。太陽の角度、風の冷たさ、自転車の前輪が巻き起こす砂埃の立ち上がりぐあい。自転車を漕いでいた時に多少めまいがして、自転車がぐらついたこと。手で上着を探ると、折りたたんだ手紙が左の胸ポケットの中でぱたぱた翻っているように感じたこと。のちのち、父はあれはある種の天意ではなかったかと思ったものだ。その手紙は早くも遅くもなくちょうど決心をしようとした前の日に届いたのだ。このとてつもない偶然、こんな偶然の一致は天意である、と。

父は、この会社の代表と話すために再び深圳に派遣されることになった。これが父の出発に大義名分を与え、父の中で傾きかけていた選択肢をさらにひと押しした。ついに逃げ出してもよくなったのである。しかもこれは目的のある逃亡だった。謝の親父さんはこちら側の一連の要求と要望を記した書類を父に渡し、相手の会社を招いて商談する意向があることを伝えさせた。父はここ数日の困難な状況を親父さんに洗いざらい話し、自分の苦境を率直に語って、いったん出かけたらおそらく戻れなくなるだろうことを伝えた。なぜ謝の親父さんには実の父親よりも率直に語れるかわからなかったが、思いがけなく、謝の親父さんは父の苦境と選択に否定的な反応をせず、また大げさに騒ぎ立てて批判することもしなかった。

「しばらく距離をおいてみればいい」親父さんは父の肩を叩いて言った。「外の世界を見てみるのも悪くない。やってみればいい。二年もすれば戻ってこられるようになる。今このご時世では、最初に蟹を食う勇者がやられるもんだ、二年もすればこんなことは大したことじゃなくなる」

「そうなることを願ってます」父は答えた。「二年経って大丈夫だったら戻ってきます」

謝の親父さんは頭を横に振った。「まあそんなに焦らなくてもいい。その時の状況を見て決めればいい。ともかく工場の方ではお前さんの場所は確保しとくから。もし外で何とかめどがつくようだったら、焦らんでいい。お前さんはまだ若いんだ。わしだって時々外の世界に出てみたいと思うことがあるさ。ともかくわしの言葉を覚えておいてくれ。人はどんな時でもどこに「勢」というものがあるのかをみきわめなきゃならん。これはわしの言葉じゃなくて、ご先祖様が言ってるんだ。人間は潮の先頭に立たなきゃだめだ、浪のあの「潮」だ。潮の後に続いてるようなやつはだめだ」親父さんは掌《たなごころ》に「潮」の文字を書くと、言った。「潮の頭にいる者は高く上げられる。潮の後ろにつくものは何も得られん。潮の中のものは下手すれば叩きつけられて砕ける。お前さんは若い、まだいろいろやってみることができる年齢だ」

この言葉を父は十分に理解したわけではなかったが、わかったと頷いた。そして本当に親父さんの言ったことを心に刻み込んだのだ。父はのちによくこれを思い出したが、そのたびに何か新たに感ずるものがあった。ただ父はその後何年も親父さんの言ったようにはせず、故意にそうするかのように潮の外に身を置いた。そこが逃亡先であり、またよりどころとする場でもあった。

出かける前の最後の日も、父には準備と別れに費やす時間があまりなかった。半日の間に、工場の資料等を準備せねばならなかった。ただ食堂で食事をとった時、父は謝一凡の横に座り、料理を盛った器を手にしながらしばらく考えた後、時間があったら私と母の様子を見てくれ、と頼んだのだった。謝一凡は父が長年にわたって母に対して申し訳ないという気持ちを抱えていたことを十分理解していた。

「お前には礼の言葉なんかいらんだろう」父は言った。「戻ったら恩を返す」

「水臭いぞ」謝一凡が言った。「恩返しなんて大げさに言うなよ」

「たぶんそんなに長くは留守にしないだろうと思う、一、二年したら戻ってくるかもしれんし」

「わかった、その時は俺の代わりにかみさんと子供を見てくれ。俺が今度は世界を見に出るから」謝一凡はこう言いながら、弁当箱の蓋のご飯を一粒残さずきれいに平らげ、そして弁当箱をテーブルに置き蓋をした。

「北京行きを決めたのか」父が尋ねた。

「ああ、ちょっと見てみようと思って」謝一凡が答えた。「あそこには詩を書いてるやつがかなりいるはずなんだ。微月《ウェイユエ》が幼稚園に上がったらちょっと行ってみて、彼らがどんなことをやってるのか見てこようと思ってる。できそうだったら、やっぱり大学を受けてみるつもりだ」

「そりゃあいい、お前が大学にはいれたら、俺が知る最初の大学生だ。俺も文化人と関係ができるってことになるぞ」

「そんな簡単じゃないよ」謝一凡は笑った。「大学ってのは、誰でも簡単に入れるところじゃないふたりともさ」

「ほかのやつはだめでもお前なら大丈夫だ」父は言った。「踏ん張ってやってみるんだ、俺たちだろ」

午後の仕事を終え謝一凡に別れを告げる時、父はふと感傷的になった。普段はイラつくことが多く、しんみりとした気分になることなどほとんどなかったのだが。父にとって感傷というものは、それこそ無用な、自己憐憫に過ぎる情緒だった。ところが、その日、仕事を終えて帰宅する大勢の人々の流れに交じって手を振ったその一瞬、心がぐらりと動き、別れのために生ずる落着かない気分に見舞われたのだ。離れ離れになる時が訪れたことを父は意識した。これ以降、謝一凡とはたもとを分かち、他人のようになっていく。この感覚が周囲のすべての事物へと、そしてすべての過去へと拡散していく。自分は今一つの扉を閉じ、目の前と記憶の中のあらゆる事物をすべて閉めた扉の向こうに置いていくのだとぼんやり心の中で感じていた。この人々やこれらの事物の間に混ざって歩くのもこれが最後なのだ。この亀裂と決定的な分離の感覚に父は軽く震え出した。周囲の群衆が続々と横をすり抜け四方八方へ散ってゆく。父だけが、目を刺すような夕日を真っ向から浴びて、あちこちさび付いた工場の鉄の正門に向き合うようにじっと立っていた。その目で未来と過去の間に横たわる距離を測りながら。

しばらくそうしていた後で、父は首を横に振り、取りとめなくぼんやり考える自分を情けないと罵った。そして、こういった感傷的な気分を出発する前夜の臆病さのせいにした。父にとって臆病は最も受け入れがたいものである。何考えてるんだ。永久に行っちまうわけでもあるまいし、半年で戻るかもしれないのに、いったい何を考えてるんだ。父は自分に言い聞かせた。

「半年したら戻ってくるかもしれない」その晩、父は母に言った。

「今回みたいな件が、半年くらいで大丈夫になるの？」母は半信半疑だった。

「状況によるさ。おそらく大丈夫だと思う」父は答えた。「状況は二転三転しているから、半年経ったら誰も何も覚えていないさ。長くてせいぜい一、二年ってとこだ。ともかくそれより長くなることはないよ」

母は、父がわざと軽く言って慰めていることはわかっていた。こういった気づかいでは母の心の不安をなくすことはできなかった。人は時に第六感が働くことがある。母には別れの直感があり、そして父もそれを感じていることが分かった。つばを飲み込み、母も軽く言った。「お父様のとこにはいかないのね」

父は真面目になって答えた。「説明しただろ？　今回は難を避けるだけじゃなくて、工場の仕事が目的で行くんだ。もし本当に英国の会社と商談がうまく行ったら、うちの工場は発展する。そしたらこっちでも昇級することになるだろ？」

母はもう何も言えなくなり、ため息をつくばかりだった。「出発はいつ？」

「明日の朝だ」父が答えた。

「そんなに早く？」

「ああ……王老西が数日前に切符を準備したんだ」

「またあの人と一緒に行くの？」母は不満を漏らした。

「一緒の席に座るだけだ。今回はやつと一緒に商売はやらないよ、向こうに着いたらそこでそれぞれの道さ」

母は立ち上がり、低い声でつぶやいた。「お好きなように」

こう言いつつ盥《たらい》を抱えて洗面所にはいった。盥の中は私の一日分のおむつと汚れた涎かけだった。母は蛇口をひねり、勢いよく流れ出る水で自分の両手を打たせ、水音が他の音をかき消すようにしながら力を込めてもみ洗いを始めた。氷のような水の冷たさに手がしびれるほど痛み、注意力をそこに向けることができる。母は手の甲で顔をこすったが、石鹸の泡のついた水は顔をさらに濡らすことになり、仕方がなく、今度は袖で拭った。

この時父が洗面所にやって来た。母が振り返ると、父が母の背後からぐっと抱きしめた。水がジャージャーと盥にかかり、カラカラとプラスチックを震わせるような音を立てている。母の手は抱き留められて蛇口を締めることができない。水が盥からあふれ出した。母は身をよじったが、父は動かなかった。窓の外はすっかり暗くなり、亀裂があちこちに入ったガラスに黄色い電球と父と母の顔が映し出されている。

「雲雲《ユンユン》はまだ八日目なのに」母が小声で言った。

「すぐに戻ってくるから」父は言った。

洗面所から部屋に戻ると、母はもう泣いていなかった。いつものように私に乳をやり、おむつを取り替え、顔を拭きお尻を拭くとあやして眠らせようとした。理由はわからなかったが、この日の私は普段のようにすぐ眠りにはつかず、長い時間が経っても眠ろうとせずに目を大きく開いて二人を見ていた。私が浮かべた静かな悲しむような表情は、母をとても驚かせた。あるいは無意識に母の表情をまねていたのかもしれない。この表情を、自分も浮かべていると母は気づかず、私も自分ではわからなかった。

テレビでは相変わらず国慶節の閲兵の模様を放映していた。学生たちが頭上に「小平您好」(鄧小平様、こんにちは)と掲げている。父はその四文字をしばらく茫然としたように見ていた。白黒の画面は画質が粗く、絶えずちらちらと影が入る。学生たちはにこにこと笑い、声も音も聞こえなかったが、とても朗らかで楽しそうである。父は深圳で目にしたマーケット内の巨大な広告を思い出していた。

「深圳に着いたら」父は言った。「電話を掛けるから」

またしても眠れぬ一晩だった。母も父も静かにそっと寝返りを繰り返した。母は父が眠り込んだものとばかり思ったし、父も母が寝入ったのだと思った。が、あるいは二人とも相手が眠れないのを知っていて、それでも互いに知らぬふりをしていたのかもしれない。夜中、父は寝返りをした際母の手を握り、母はその手を動かさなかった。こうして二人は空がぼんやり明るくなるまでそのまま横たわっていたのだった。

東の空がほのぼのと明るくなると、父はくるりと寝返りを打って起き上がった。真っ白なシャツと「的確良《ダクロン》」ブランド[※5]のズボンをそっと穿き、謝の親父さんの指示で工場から渡された旅費やこまごまとした持ち物を昨晩準備した手提げカバンに詰め、顔を洗い歯を磨き、使ったタオルや歯ブラシを詰め、列車の切符を確かめ、靴を履き、ズボンのベルトを締めるとドアを押し開けた。この間一部始終を母はうっすら開けたまぶたの間から見つめていた。ついに父がドアの前に立ち、ベッドに寝ている私と母の方に最後の視線を投げかけた時、母はぎゅっと目を閉じた。父がしばらく見つめている。数十秒間、あるいは三十秒だったか、そしてとうとう戸口から足を踏み出しドアの外に出ると外からそっとドアを閉めた。この瞬間、母の涙があふれ出し、そして枕の上にしたたり落ちていった。

※5　合成繊維で作られた衣料品の中国産ブランド名。一九七〇年代から八〇年代にかけてもてはやされた

この最後の一瞥が父の張りつめた心を溶かした。ドアの外に出ると、父はもうこらえきれず気持ちが激しく揺れ動いた。前の地面を見つめる。どこに行ったらいいのか、なぜ行くのか。ひたすら機械的に足を前に運ぶ。身体はあらかじめきちんと予定されたように、何度も思い描いた道を前に向かって歩く。麻痺したように真っ白になった頭で、出発する理由を理性的に探し続けながらも後悔の念が起こる。今ここで立ち止まっても間に合うじゃないかと、自分に言い聞かせる。けれどもなぜか足は前に向かって動き、知らず知らず工場の住宅の敷地から遠ざかっていく。遠く離れるほどに、立ち止まる理由が弱くなっていくようだった。空はまだ明るくなりきっておらず、群青色の天空にじっとり湿り気を帯びた雲がたなびき、遠方が白々と輝いている。秋の早朝はひんやりとして、夜露がリュックごと身体をしっとり包み込む。

しばらくしてから始発のバスが動き出した。車が動いた瞬間、後悔の念とともに父はバスを降りようと思うのだが、バスが次の停留場で実際に止まると、なぜか動けずにいた。尻が急に重くなったようになり動くことができない。走り出したバスは一つ先の停留所に止まる。一つ、また一つと、汽車の駅が近づいてきたとき、父はもう考えるのをやめていた。

到着は早めだった。駅前の広場に来たときは、王老西と約束した時刻までまだ二十分あった。父はまず朝食をとることにした。駅の右手に粗末な平屋建ての建物が一列に並び、屋根の看板に「火車站快餐」（駅前軽食）の文字が書いてある。父は唯一開いていた一軒に入り、おぼろ豆腐と包子を注文した。店主はまだ完全には目覚めておらず、むすっとしたまま金を受け取ると、声をかけるでもなく包子と椀をテーブルにドンと置き、くるりと身をひるがえして自分の椅子に座りこんだ。一口食べる。熱々だが不味い。父は手を伸ばして酢をもらおうとしたが、手を挙げたその瞬間、突然心臓がドクンと打った。もう二口食べたところで味がないままに箸を置き、座席で暫し呆然とした後いきなり飛び上がって店を飛び出した。家に帰るのだ。父は自分が降りたバス停めがけて走ったが、方向を間違えていた。しばらく走ってそれと気づき、向きを変えて駆け戻る。ところが下車地点まで来たとき、乗車する地点は通りを曲がった向こう側だと気づき、もう一度角を曲がり、バス停まであと百メートルほどまで来たときに、バスがエンジンを始動させる音が耳に入った。走る速度を上げ必死に駆けつける。しかしバスは轟音とともに車体を揺らしながら父の身体をかすめるようにフルスピードで走り去って行った。父は両手を膝で支えるようにして立った。はあはあ喘《あえ》ぎながら道の端に座りこむ。どっと襲ってくる脱力感は、それが失望からくるのか解放からくるのかはっきりしなかった。遠ざかるバスの後部をじっと見つめながら、父はカバンを抱えたまま座り続け、次のバスを待った。けれども父が乗り込むことはなかった。五分余り経ち、呼吸がほぼ正常に落ち着いてきたとき、父は立ち上がると、ぱんぱんとズボンの埃を払い、それからゆっくりと駅の入り口に向かって歩き出した。

駅前の広場は朝の喧騒が始まっていた。人々が続々と集まり駅構内の入り口で並んで待っている。空気はまだひんやりしていた。父は片方の肩にリュックを担ぎ、下を向いたまま広場を横切った。地面の青い敷石はところどころでこぼこでいくつも亀裂が走っていた。紙屑が時おり風に舞い、遠くで清掃人がザーザーと音を立てて地面を掃いている。駅前広場は広々としていた。父が駅の入り口で振り返って眺めると、あの年の意見交流会で広場を埋め尽くした人々と横断幕が見えたような気がした。そしてまた、深圳に行く前に王老西と二人で駅構内入り口に詰め掛けた群衆にもまれる姿が浮かんだようにも思えた。一度うつむき、また顔をあげた時にはもう何も見えなくなっていた。広場にはただ敷石と先を急ぐ人影がちらほらするだけだった。

父の胸の内には長期的な旅の計画はなかった。深圳より遠い場所に行きたいという考えはなく、しばらくしたら戻ってくる、ちょっとやってみて、あれこれ考えてみてから戻ってくると何度も口にしていた。出かける早朝も将来のことは曖昧模糊としており、面会した英国人の社長に外国行きの手助けを頼むことになろうとは全く考えもしなかった。自分でもよくわからない衝動でこの要求を願い出ることになるのだが、社長は、出国の事務手続きのみを手伝うが英国での職や生活面は面倒は見ないという条件ならばと答え、父もそれでかまわない、十分だとしたのだ。父は私と母を国外で受け入れるつもりだったのだが、国を出た後に生活を安定させ、また合法的なビザを取得できるようになるまで何年もかかるとは思いもしなかったし、ましてや一九九〇年前後に出国が非常に難しくなることなど予想すらしなかった。うすぼんやりした日の光を通して駅前広場を眺めたこの朝、父は、自分がこれから十年間、私と母に会うことができず、二十年間ここに戻ることもなくなるのだとは想像もしなかった。当時はまだそんな先のことなど考えてもいなかった。けれどもある意味、すべての可能性を考慮に入れていたともいえる。父の視線は駅の赤い標識から、その前で麻袋を背負って汽車に乗り込もうと急ぐ人々、広場の英雄たちの彫刻、遠くに見える百年の時代を経た鉄橋、そしてさらに遠くにある庶民の住む赤煉瓦で出来た六階建ての建物へと滑っていった。それがまるで最後の一瞥であるかのように、スローモーションでこれら一切を視界に入れていく。父は自分自身でもまだわかっていなかったあの瞬間に、すでに前もって別れを告げていたのだ。多くの年月が経って当時を振り返ったとき、すべては運命によって定められていたのだということを父は確信したのである。

王老西がそこに現れるまで、多くのことを考えたようでもあったし、何も考えなかったようでもあった。夜明けの夢心地状態にあるように、一連のイメージが次々と浮かぶのだが、目を据えてそれらを見届けようとすると、すべてが消えうせてしまう。父はその夢想状態の中で、もう一度自分の一生を体験していた。父はずっと走り続けている。目的のわからぬ何かのために疾走している。耳元では、こっちだ、いやあっちだ、とささやく声が常にこだまする。てんでばらばらの声が父を追い立て、その声につられるように疾走する。止まることのない疾走。しまいには何かの追跡劇がはじまる。父は自分がいったいどこに向かって走っているのか知りたかった。耳に響く声を振り払いたくても、声は悪夢のように父に追いつき、取り囲む。父はどうしようもなくひたすら走り、走り続ける。走って走ってついにはそれが耳に届かなくなる遥か彼方まで走り抜けて、ようやく我が身一つになったとき、父の背後に唯一ついてきたもの、それがあの吐きかけた唾だった。父が逃げてきたのは、あの出来事と裸で向き合うことだったのだ。この別れの朝、父は目覚め始めた朝の風景を通して、その最後の孤独の身をぼんやり見届けたような気がした。

父はそれでも何かをしっかりとつかみたかった。暴風雨の中で波の一つをつかみとるように。けれども時間がなかった。すでに背後から自分の名を呼ぶよく知った声が聞こえてきた。汽車の大時計が七時を告げた。

第00000章

私は現実を一枚ずつ剝がした。手始めに細いひびから、小さな一片を剝がす。ペンキのついた小片は不規則な形をしてペンキも半分ほど剝げ落ち、そのペンキの上にも蜘蛛の巣のような細かな亀裂が走っていた。指先の震えで粉々に砕けはしないかと端をそっと握る。小さな一片が全体のどの部分に位置するのか見分けることはできない。無数のよく似た破片が、動物の毛皮の一本の柔毛のように、あるいは鎧の一つの鉄片のように、区別のつかない色の広がりの中で積み重なっていたからである。埃を払おうと指でそっと表面を触れたその瞬間、破片は細かい粒子となって空気中に舞い上がり、あたりを漂いながらふわふわ四方へ散っていく。

それがもともとあった場所を見ると、今そこは小さな空洞になっていた。空洞は魅惑的である。思わず手を伸ばしてその周りのよく似た破片を剝がしたくなる。

私は空洞の横の破片を剝がし始めた。空洞より少し大きいその破片は、片側の端が弧を描きもう一方の端は鋭くとがっている。握ったときに手を傷つけてしまい、血が滲みだして破片の表面にしたたり落ちた。さらにその横は大きなかたまりの破片で、端から端まで完璧な弧のラインを描いていたので、人の手が描かれていることがおぼろげにわかった。その手をじっくり観察すると、暗がりの中での位置関係が見えてきた。ただその横が不完全にまだらで、欠損が多すぎて私のイメージ通りなのかどうにも確かめようがなかった。

一枚、一枚と剝がしてゆく。どの破片も剝がれ落ちると同時に色を失っていくことに私は気づいた。それらを地面に並べてみると、たちまち埃の中に埋没し、茫漠とした周囲の一切に巻き込まれ始まりも終わりもわからぬ混沌の中に吸い込まれてゆく。破片が剝がれ落ちたところは空洞となっている。大きくはないが奥は見えず、全き暗闇のようにも、微かに光がさしているようにも見える。このほんの一瞬に、すべての破片の表面にその光が映し出されているように感じる。

私は現実をある方向へ剝がしていった。一片、ひとかたまり、どんどん剝がしていくが、剝がすほどに残った破片が多くなっていく。剝がし続けていくうちに指から出血し、爪が割れる。もうすぐ一つの平面をまるごと剝がし終えるところまでくる。あと一息、私の動作は速度を増し、機械的になり、手と心の痛みも鈍くなっていく。

一つの平面を剝がし終えたところで、すぐにまた別の面が現れる。まるで終わりのない世界のようで、一つの平面が剝がれ落ちるとそれがさらに多くの平面の生成を促すようだった。平面の画像がだんだん明瞭になり、そこに現れた顔をじっくり見ると、どの顔も何か言いたげな表情のまま、無言でパスワードを渡そうとしている。それらの顔を振りのけると、壁が勝手にバラバラに崩れて地面に落ちた。最後に近づくにつれて、破片が落下する速度は速まり、しまいには私が予期していたよりも速く、私の歩みよりも速くなる。先に剝がれ落ちた破片が自動的に加速プログラムを起動したかのようだった。そしてとうとう最後に世界全体が崩れ落ち、目に見えない細かい破片となった私を取り囲んだ。

私は現実の最後のひとかたまりを剝がした。それは私の身体に接続していた。

世界は足元に砕け落ち、私は自分の身体を少しずつ剝がし始めた。つま先の小さな一片から踵、ふくらはぎ、脛骨《けいこつ》、太もも、大腿骨へと。自分をたたいて砕く。砕いた卵の殻のように、ひびが全身にくまなく広がり、小さな破片が指先からぱらぱらと剝がれ落ちていく。私の身体が消え、私の心が消えた。手が砕けてしまい、これ以上他の部分を剝がすことができなくなったので、私は目で見つめ続けた。あたりに視線を行き渡らせると破片が風に吹き剝がされていく。私の首が消え、顔が消える。しまいには完璧に粉々になって、跡形もなく、きれいに吹きはらわれ、ぐるぐるとめぐる思いのみがその場にとどまり、虚空を舞っている。

私は剝がれ落ちた後にそれでも残っているものを見たいと思った。

虚空は暗闇が一面に広がっている。漆黒の暗さではなく、果て無く深い虚空であり、人の眼を引き付けながらも神秘に包まれ中まで見通せない。私の思惟は寄る辺のないがらんとした場所をしばらくめぐり、虚空の暗黒を通して無数の鏡に映る私と、そして逆行する時の流れを目にしているようだった。

と突然あの顔が目の前に現れた。まさか彼にまた会うことになるなんて。

「ウィンストン？」彼の名を呼ぶ。

「やあ」彼が答えた。

「……どうしてここにいるの？」

「いてはだめなのか？」

とっさに私は自分の精神障害がまた始まったのかと思った。日常が再び空虚なものとなったのか、あるいは往時を回想した結果なのか。本当に治ったのであれば、幻想の中で会った友や敵を再び見ることはないはず。

「あなた……あなたは存在しない」私は相手に、そして自分にむけて言った。

彼はずっと微笑し、これといった反応を示さない。その平静さが一つの答えだった。彼はすべてをとっくに予見していたということである。

彼はそれとなく暗示するような声で言った。「君は間違ってる。存在しないのは君のほうだよ」

言い終わるとまた口をつぐみ、眼鏡の奥から私の反応をうかがった。

私は息をのんだ。

彼は居住まいをただすと、本を太もものに置き、ゆっくりと話し出した。「真相を君に話そうか」

「君は存在しない」彼は言った。「君は私の創作上の人物だ。気がつかなかったのかい？　私は君のことを掌を指すように理解していた。君のほうはどうだ。私について何か知っているかい？何も知らないだろう。なぜなら私が君を創造したからだ。君が私を創造したのではなく」こう言いながら私のほうへ身をぐっと乗り出した。のしかかられる感じだ。「考えたことはないのかい、君の世界全体が私の想像だと？」

「……えっ？」

「苦しんでいたから、一切を想像してみたんだ。あの年から始まった全てのことを」

彼は話すのをやめた。暗闇の虚空に静かに座っている。ゆっくりと、次第に姿が薄くなっていき、その輪郭が暗がりへ溶け込んでいく。暗闇の中でかすかに光が瞬き始める。秘密の閃光の核のようなものだ。そこから出てそこに帰ってゆくもの、私を生み育てたもの、私のすべてがまたそれを生成するためにあるのだ。それは暗がりの中でうごめき成長していく。ほとんど見えないほどに小さく、ぼんやりひろがって全世界を包み込むほどに大きい。空っぽの無の暗闇の中で、現実と私のどちらかに一つまた一つと亀裂が入り、外殻の破片が風に吹きはらわれた後は、この豊かな無限の深みをたたえる暗闇の中に残される。それは私であり、私の空をみたす唯一の可能性である。

一瞬のうちに空間全体が揺れ動き始めた。なんとはなしに最後の時が近づいていることを知った。空間が裂け、世界が端から覆いかぶさってくる。ウィンストンが言ったことは正しいのだ。私は突然悟った。私の世界、私の空間、私にまとわりつく思惟、すべてがこの覆いの中で押しつぶされ跡形もなく消えていこうとしている。それでも私はあきらめずあのきらりと光るものを見つけ出そうとしていた。身を固くし暗闇をじっと見つめる。私が存在していた場所を見つめ、粉々に砕けた外殻の間に残る虚無を見つめながら、私が見届けたものを見たいと思う。何かが動く物音を聞いたように感じる。暗闇の中に光を、ミクロの中に無限を、消え去るように運命づけられた私の意識の中に、私は真実を見る。

頁が尽きた。本は閉じられんとし、私も終わることになる。

あとがき

この小説は、あの年へ興味を覚えたことから始まりました。幼い頃は歴史的事件の意味が分からず、大人になってから少しずつ学んでいくなかで、初めていくつかの出来事と時間の接点の重要性を実感できるようになります。時には、いくつかの時点が平行宇宙の分岐点となっていることがあります。ある出来事を、もしその分岐点において別の様式で変化させたらどうなるかと考えてみるのは、とても意味深いことです。

この点、一九八四年は平行宇宙の一つの分岐点と考えることができます。つまり、ジョージ・オーウェルの『一九八四年』は分岐点のありうべき一つの結末であって、そして私たちの目の前の世界は別の一つの結末だということです。現実と小説はかなり違った形で互いを映し出します。両者は違っているようにみえて、非線形の血縁関係のロジックを有しています。両者は最も遠い位置関係にありながら、ある箇所では兄弟のように似ているのです。一九八四年、この年に起きたことは中国に後々まで長く影響を与えています。都市、港が開放され、銀行と企業の改革が行われました。呉暁波《ウーシャオボー》は『激動の三十年』（《激荡三十年》未邦訳）という著書の中で、一九八四年を会社元年と名付けています。Y字型の歴史がこの地点まで来た時、現実はついに小説とそれぞれの世界から相手の方を見ることになったというわけです。

私にとってはこれが、創作において避けられない引力になっています。

この小説は、自伝ではない「自伝体」小説です。小説を書くことの最大の魅力の一つに、唯一嘘をつくことが称賛される仕事だということがあります。私個人の経験が小説の中の出来事とどれだけ関連しているかですが、いくつかの心情について、それを経験したことのある人なら、出来事の外面的な類似はたいして重要ではないと分かると思います。物事のディテールは服の上に身につける帽子や帯にすぎず、その事柄に対してどう感じるかということこそが服の下に隠された身体そのものなのです。

心の中で経験した苦しみや痛みについて言えば、最も大切なのは、苦しみがどこから来たのかということでも、また苦しみの種類でもなく、その苦しみに対する意識と自分がそれにどう対応するかということだと思います。私たちは苦しみの意味を誤解することがあります。苦しみから抜け出せないのは、苦しみがあまりに深いためでもありますが、そこに溺れ、抜け出す力が欠けているからだとも言えます。よく「苦しみが深みを与える」とか、「苦難が偉大さをつくる」といった類の言葉を耳にしますが、これは誤解を招きます。本来、苦しみはそこに溺れるものではなく、またそれで自分とは何かを表現するものでもなく、また世界に向けて償いを求めるためのものでもありません。運命は自分で責任を負うものであり、世界が自分に代わって苦痛の責任を負い補償を与えてくれるものではないのです。最終的には、苦しむことそれ自体ではなく、苦しみを乗り越えることによって人間の価値がはかられます。苦しみから抜け出して初めて苦しみの意味が肯定できるのです。人間にとってもそうですし、一国にとってもこれは言えます。

訳者あとがき

櫻庭ゆみ子

「折りたたみ北京」のヒューゴー賞受賞によりSF界隈で一躍名が知られるようになった郝景芳の、SFとは一味違う自伝体小説をお届けする。翻訳にあたってはまず入手できた『生于一九八四』（電子工業出版社、北京市、二〇一六年十月）を使用している。※1

　自伝体小説とは、自伝という形をとったフィクションという意味で、過去のその時々の心情を記憶の断片のようにあちこちに刻み込みながら、それをつなげくるみ込んだ外装では私＝軽雲とその父親を中心として構築される物語の世界が展開する。そして一九八四年という時点を接点として、オーウェルの例のディストピア小説の主人公、ウィンストンと、奇《く》しくもこの年に生を享けた書き手の分身である軽雲が、偶然かあるいは宇宙レベルの時間の流れからすれば起こるべくして起こった時間軸上の一瞬の触れ合いによって相まみえる、という形でSF的味付けがなされているのはご覧の通り。やはり地球と地球人の未来の問題にベクトルが動くSF作家ならではの語りの進め方である。

　リアリズム風に構成した一人称の私語りの世界の方では、彼方の『一九八四年』世界と同じく、本質的には網の目が張り巡らされた統治のメカニズムの中で、自分を取り巻く環

※1　のちに台湾版で確認した時、電子工業出版社版の第十四章に三行の脱落があることがわかり、本書ではご本人の確認を得てその箇所を補って訳している

境に違和感を感じ、疎外感に苦しむ軽雲と、文化大革命という災厄を引き起こし暴走した権力機構のひずみで精神に深い傷を負った世代に属する父親のそれぞれの時空が、一九八四年という中国の資本主義化が始動した「会社元年」を一つの結節点として展開する。

『生於1984』は特別な一冊です。この本には私自身の心の遍歴をたくさん記しています。具体的なことどもは私自身の話ではありませんが、代わりに成長するその時々での考えや思いがたくさん入っているのです。物語の中に描かれているように、世界の文学と書籍が私の視野を広げ、今日ある私というものの重要な源になっています。

中国清華大学の学部で天体物理学を、同大学院では経済を学び博士号をとった郝景芳は頭脳明晰である。彼女の他の短編小説では巧妙にストーリーを走らせ、書き手自身が読者の前に姿を見せることはほぼない。それが、台湾版『生於1984』自序でこのように語る言葉通り、『1984年に生まれて』では過去のその時々の内部世界とその変化の足取りが正直に語られている。

そして、世界文学と書籍が影響を与えた、とあるように、中学時代に感銘を受けたという『一九八四年』以外にも、過去に影響を受けた文学作品の書き手、カフカ、カルヴィーノ、フォークナー等々及び数々のSF作家だけでなく、哲学、心理学、社会学、経済学の巨匠たちへのオマージュが、あちこちに示されている。例えば、軽雲が父を訪ねてアメリカ中部の町に来た際、父とともに訪れた湖でおぼれそうになる場面。樹木を見つめ、枝を見つめ幾何学模様に魅入られ思索を突き詰めていったところが内面世界に出会ってしまい、見ていた自分が見られる自分へと反転する衝撃的な場面。主客が一体化する世界観を示したニーチェのあの有名な言葉「深淵をのぞくとき、深淵もまたこちらをのぞいているのだ」が文字通り形象化され読み手の前に示される。

彼女は二〇一九年のインタビューで「私にとって書くことは哲学理念をイメージ化すること。哲学理念は抽象的な語彙《ごい》と言葉で表現しても、多くの人々にその重要性を認識してもらえるとは限らない。けれどももし形象化しストーリーや物語を使って展開して見せたならば、私自身が（それらから）受けた強い衝撃のあの感覚を伝えられるかもしれない」と語っているが、それにしても湖のシーンの描写は圧巻である。そしてまた、文革中に自分の父親につばを吐きかけた行為へのいわば「罰」として放浪の身となる父親に付きまとう影、神話的な構造分析もできそうな「影との戦い」はもちろん、SFファンタジーの巨匠、アーシュラ・K・ル＝グウィンの『ゲド戦記』を想起してもよいだろう。

作家はその読書体験によって形作られると言うが、たいていの書き手は自分の学びの源泉をつまびらかには説明しない。質問された時に曖昧に答えるのがふつうだが、彼女はこうしてさりげなく、てらいもなく、秘密を見せてくれている。もし彼女の思想の枠組みを、もっとありていに言えば、もし郝景芳という作家が何を考えどう社会をとらえているかを知ろうとするならば、この小説は何よりの指南書になるだろう。

ところで「折りたたみ北京」を見事な英訳でアメリカSF界に紹介しヒューゴー賞獲得へと導いた立役者、ケン・リュウ（劉宇昆）が、昨年冬※2に「ニューヨーク・タイムズ」に掲載されたインタビューで、今日大陸の中国人作家が陰《いん》に陽《よう》に受ける外部権力からの圧力への懸念を慎重な言葉づかいで示している。中国の政治状況が今は表現の自由に対する引き締めに動いているのである。郝景芳も共産党一党独裁の体制の内部にいて作品を書いているのだということを私たちは忘れるべきではなく、それは、『１９８４年に生まれて』でも、政治にかかわる敏感な話題がそれとなく暗示する形で示されていることからも見て取れると思う。

ただこの作品内では、社会主義か資本主義かを問わず、近代以降徐々に強められ網を広げて今日に至る監視システムとそれを自己内部に引き受けてしまった近代人の葛藤により重点を置いて、権力機構のメカニズムを示しているように思える。They are watching you はもちろん「一九八四年」を意識しての言葉ではあるが、同時に、私を見ているThey／カレラの視線は、統治機構を内面化させてしまった私自身の視線でもあるといえる。さらに言えば、私が見ている他者には私が反映され、私の見方によって他者の見え方が変わってくる、そういった視点の転換を図る鍵の言葉ともなっている。他者、あなたの中に私はいるのであり、縛りを掛ける彼らの視線は自らを縛る自分自身の視線であるかもしれない。だから、自ら縛りを解いたものに自由が訪れる。ウィンストンが偽りの自己を消すようにと忠告するのは、それが彼女の求めていた自由につながるからである、とこう考えてみるほうが、『一九八四年』になぞらえてこの言葉に体制批判のみを見て取るよりも、より面白い読書体験を提供してくれるだろう。そういった仕掛けをこの小説は持っている。

その意味でなぞ解きを要求する最後の章、『一九八四年』の世界と中国の一九八四年に始まるこちらの世界が時間軸上で一瞬ふれあい、この接点で二人が相まみえたシーンは意味深長である。ウィンストンが言うように、彼の想像／創造の産物が私なのか、それとももしかしたらその逆にウィンストンこそ私が作り上げた存在なのか、並行世界を描いた劇場の場外に置かれた読み手は明確な答えをもらえず宙づり状態のまま頁が閉じられてしまう。私たちは、家族の再会を予想させて終わる軽雲と父の物語には収まらない疑問符を持ち続けることになる。最後に「私」は砕けて消滅してゆくが、これは分裂しつつ統合されていた私の一つの分身が消えてゆくにすぎず、私は存在し続けるということなのだろうか。読書後にその意味を問い続けさせるいわば「開かれたテクスト」、この作品の特徴をこのように見てもいいと思う。

翻訳者としての立場から言えば、実は私が惹かれたのは、仕掛けのある作品構造もさることながら、まずはこちらの記憶をよびさます描写の力とその根底にある価値観だった。一九八四年当時、留学生として私が身を置いた中国は、社会主義国家特有の冷たさと、各面で自由化に向かって動き出した社会が醸し出す熱いエネルギーがないまぜとなった奇妙な空間だった。人々は貧しく、しかし親切だった。友人夫婦が割り当てられた住居の一間にはトイレもシャワーも台所すらなく、廊下においたコンロで料理しもてなしてくれた。軽雲の母親が、古びた練炭コンロの上で麺をゆでる場面は、この記憶と重なり、ふちの欠けたどんぶりを片手に股を大きく広げて座った父親が顎を突き出すようにして麺をする音が聞こえてくるような気すらした。

※2　How Chinese Sci-Fi Conquered America, *The New York Times Magazine*, 2019.12.3
https://www.nytimes.com/2019/12/03/magazine/ken-liu-three-body-problem-chinese-science-fiction.html

父親が初めて深圳《しんせん》へと向かう列車の中の描写も見事に私の旅の記憶と重なる。狭い通路にかろうじて座る場所を見つけ、トイレから漂う悪臭と人々の喧騒《けんそう》とトイレのドアの隙間からのぞく洗面器が夕闇迫る窓に映っている。遠い記憶の底からこの情景が浮かび上がってくるようだった。そして、いつ帰るかわからぬ旅に出かける夫との別れの辛さに思わず涙を流す妻が、それを悟られぬように蛇口の水を流す場面、夫が出ていった後でこらえていた涙が枕に流れ落ちる描写が醸し出す切なさ、そこに書き手の対象への同情を込めたまなざしと愛情を感じた時に、絶えて久しかった翻訳への衝動が起きたようなのである。一九八四年の状況を体験するはずのない郝景芳が、まるでその場にいたかのように如実に描き出している。見事な具象化の力である。

『三体』の作者劉慈欣《リウツーシン》は、彼女の筆致の感触を唯一無二の境地と評価し、劉慈欣に並んで中国のSF界を代表する作家韓松《ハンソン》も、「サイエンスフィクションを文学の路線に引き込んだ一人」と評価しているが、描き込む対象の選択の的確さ、観察眼を支える技巧の確かさ、真実は細部に宿ることを心得た書き手のディテールへのこだわりがこの作品の芸術性を高めている。文学的センスと科学者の視線、そしてもう一点、社会構造の矛盾点に実践で切り込む行動力、これがこの作家の持ち味である。郝景芳は、自ら立ち上げた「童行学院」（幼児教育機関）で貧困家庭の子供たちが教育にアクセスできるように次々とプロジェクトを立ち上げている。[※3] 事実をロウソクの炎とすると想像世界はそのロウソクの光が広げる輪だ、と私の敬愛する中国のある作家は言っているが、彼女の場合、想像力／創造力の基盤となるのは、文学領域だけではなく社会活動という実践を通じて人間社会にコミットする、文字通り時空を駆け巡るそのマルチな活動から来ているように私はとらえている。そこから出てくる文学の可能性がとても魅力的なのである。

そもそもこの作品の翻訳は、二〇一七年に中央大学で開かれた「ＳＦから見るアジアの未来」シンポジウムに郝景芳さんが講演者として招かれた際、会が終了したところで彼女に直接『生于一九八四』を訳したいと申し出たところ、あっさりと承諾を得たことから動き出した。出版までかなり時間がかかるかもしれない、と正直に言ったところ、「急がない」との返事だった。その後一年が過ぎ、遅れを詫《わ》びながら翻訳権の確認をしたときも、「急がないから」と同じ返事が返ってきた。日本の出版事情を察しての配慮であったと思うが、他の著作の宣伝や、また彼女自身の精力的な社会活動に比べ、心なしかこの作品に対しては控えめな扱いだと感じられた。作家としての内面世界の成長を見せることへの自重からくるのか、あるいは「一九八四年」という言葉が当局を刺激することを避けたい中国大陸の作家ならではの慎重さからくるのかとも思ったが、目下不平等をテーマとしたＳＦを構想中とあるインタビューで語っており、また、先の「童行学院」を軸とする教育活動をキャリアの中心に据え多方面で活動していることからも、この作家にとって、本書が一つの通過点としての存在なのかもしれないと思っている。だからこそ、この作品の位置づけは、書き手から独立して存在する美しい言語芸術作品としての「自伝体小説」がふさわしい。

※３　郝景芳の活動について、日本語としては以下のサイトがよくまとめている。「ＳＦ作家・郝景芳が取り組む教育事業「誰もが教育にアクセスできる環境を」――「折りたたみ北京」をフィクションで終わらせない取り組み、〝ＡＩの時代〟のその先へ」

https://virtualgorillaplus.com/topic/hao-jingfang-education/

それにしても、その時々で迷い、困惑し、茫然とする姿、ここで正直に示された同時代に生きる人間の姿は心に響く。隠蔽《いんぺい》と粉飾《ふんしょく》が横行し、システムのコマとみなして他者を利用することが当たり前になってしまった今日の日本社会において、本来他者との交流なしでは生きていけない私たち人間は、この作品の根底に流れる人間性《ヒューマニティ》への信頼を基盤とする「温かさ」に慰めと、そしてもしかしたら希望を感じる、かもしれない。

最後に、言葉のだぶつきや訳語の矛盾を丁寧に指摘してくれた編集者の藤吉さん、これまで使っていた言葉の賞味期限と翻訳者の立ち位置の確認の点でもとても勉強になりました。そしてこの本をいとおしいものにしてくれた意外で素敵な装幀、手触りを確認できる本を確かな存在感とともに世に送り出すために、共同作業がいかに大切か改めて教わりました。どうも有難うございました。こうして読者のもとに届けられるこの本が、多くの人に読まれますように。

二〇二〇年十月

装幀　岡本歌織（next door design）
装画　平野実穂

郝景芳（ハオ・ジンファン／かく・けいほう）

1984年中華人民共和国天津市生まれ。作家。2006年、清華大学物理系卒業、13年、清華大学経済管理学院博士学位取得。16年、『北京折畳』（折りたたみ北京）でヒューゴー賞中編小説部門を受賞。19年、白水社から『郝景芳短篇集』（及川茜訳）が刊行されている。

櫻庭ゆみ子

東京都生まれ。中国文学研究者、慶應義塾大学教授。訳書に『迷いの園』（李昂著）『別れの儀式』（楊絳著）『黄金時代』（王小波著）『フーガ 黒い太陽』（洪凌著）などがある。

1984年《ねん》に生《う》まれて

2020年11月25日　初版発行

著　者　郝《ハオ》　景《ジン》　芳《ファン》
訳　者　櫻庭《さくらば》ゆみ子《こ》
発行者　松 田 陽 三
発行所　中央公論新社
〒100-8152　東京都千代田区大手町1-7-1
電話　販売 03-5299-1730　編集 03-5299-1740
URL http://www.chuko.co.jp/

DTP　ハンズ・ミケ
印　刷　図書印刷
製　本　大口製本印刷

Published by CHUOKORON-SHINSHA, INC.
Printed in Japan　ISBN978-4-12-005355-9 C0097

好評既刊

作家たちの愚かしくも愛すべき中国

飯塚容 著訳
高行健／余 華／閻連科 著

創作の自由を失い、流浪の旅をへて亡命した高行健は、中国語作家として初めてノーベル賞を受賞した。余華および閻連科は、その著作の過激さから発禁処分を受けるも、内外でノーベル賞の有力候補と言われている。本書は、三人の作家たちの講演、日本の著名作家との対談、オリジナル・インタビューをとおして、世界的に高く評価されている中国文学の魅力と、中国の激動の現代史をリアルに伝える。高行健×大江健三郎、ノーベル賞作家対談を収録。　**単行本**

老生

賈平凹 著
吉田富夫 訳

百数十年の生々流転を凝視した「弔い師」が唱うのは、自国への哀切な引導歌。国内外で莫言と並び称される現代中国作家の意欲作。

単行本

転生夢現

莫言 著
吉田富夫 訳

上巻／土地改革で銃殺された元地主の西門鬧（シーメンナオ）は、ロバ、牛、豚、犬、猿、そして人へと転生する。毛沢東時代から改革・解放の時代へ、人と世の変遷を物語る傑作長編小説。
下巻／西門鬧（シーメンナオ）は冤罪の恨みを抱き、転生を繰り返す。中国の紆余曲折を生き抜き、ミレニアムの瞬間に再び人間世界に戻るまで。現代中国文学の最高峰。莫言文学ここに極まる！

単行本

蛙鳴

莫言 著
吉田富夫 訳

神の手と敬われた産婦人科医の伯母は、「一人っ子政策」推進の責任者になるや、悪魔の手と怨嗟の的に。堕せば命と希望が消える、産めば世界が必ず飢える……莫言が現代中国の禁忌に挑む！

単行本

白檀の刑

莫言 著
吉田富夫 訳

上巻／膠州湾一帯を租借したドイツ人に妻子と隣人の命を奪われた孫丙は、復讐として鉄道敷設現場を襲撃する。哀切な猫腔の調べにのせて花開く壮大な歴史絵巻。
下巻／捕らわれた孫丙に極刑を下す清朝の首席処刑人・趙甲。生涯の誇りをかけて、一代の英雄にふさわしい未曽有の極刑を準備する。現代中国文学の最高峰、待望の文庫化。

中公文庫

活きる

余　華　著
飯塚容　訳

生と死、愛と別れ、時間の神秘。国共内戦や文革という激動の時代を生きた、ある家族の物語。世界で不動の地位を築く中国作家の代表作。〈解説〉中島京子

中公文庫